新編賴和全集

貳

小說卷

Sin-pian
Luā Hô
Tsuân-tsip

十一

敢聽現大千世界裡，有何法律，但有維持特別階級之工具而已，亦不過一種力的表現罷。

明嘅！這和尚今天吃了什麼兵讐剤。

我回去罷，天不早了。

尚是要趕快一点綫好，日頭暗了，就走不成。

我就走近魏老虎的身边，替他祈祷說——

——汝要是能自悔悟，神当庇佑汝——

、

一九二三，九，一五 完

十二

小逸堂記

小逸堂為故黃夫子倬其先生館號，我同人受業處也。

夫子早年不得志，倚筆為生，初設帳於邑下茄苳腳林文澗秀才宅。癸亥以後，知毛錐子之不能為用也，投而棄之，欲伸其志於商場，然轉徙流離十餘年間，卒不獲就。

丁未之春，家居賦閒，我等父兄仰其博約善誘，御之操[illegible]欲以子弟相托，乃為築室於南壇之側，以為講学，夫子勤於誘[illegible]，遂就焉。一時聞者亦競遣子弟從遊，因夫子教導有方，我等学生皆甚契洽，遂成一系無形之統。

注意 一、楷書で書くこと。二、口語体で書くこと。三、平假名で書くこと。四、句讀点は一字分のこと。（十七行廿三字詰）

臺灣雜誌原稿用紙

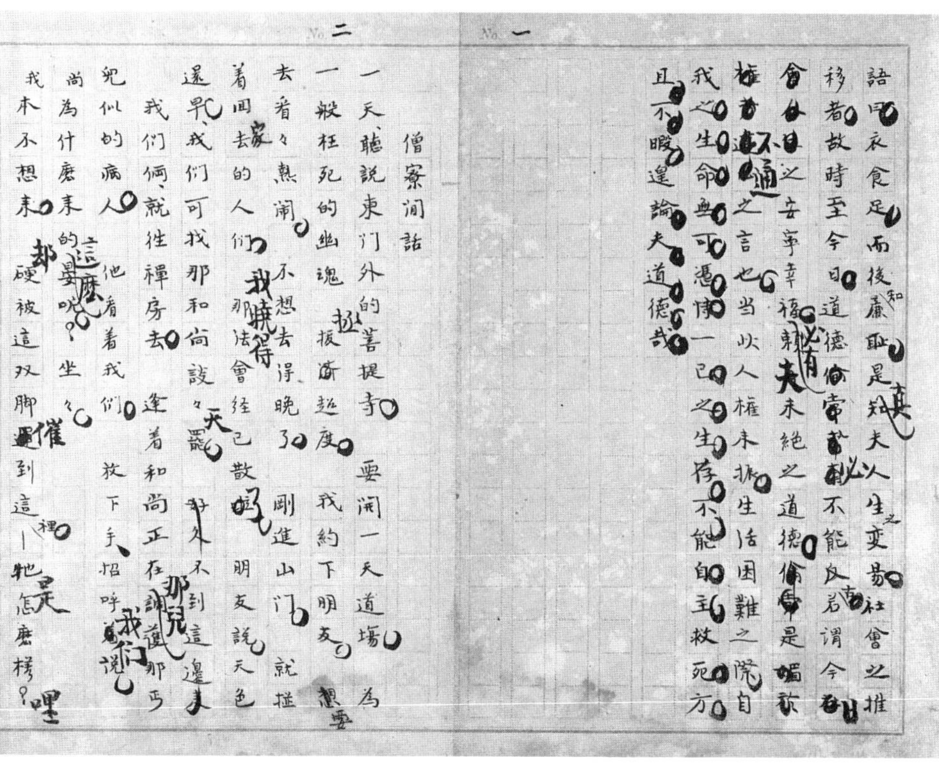

僧寮閒話

一天，聽說東門外的菩提寺要開一天道場，為一般枉死的幽魂拯濟超度。我約下朋友想要去看看熱鬧。不想去得晚了，剛進山門就撞着回家去的人們。我曉得那法會經已散了。朋友說天色還早，我們可找那和尚談談罷。好久不到這邊來。我們倆，就往禪房去。逢着和尚正在誦經……

小說〈僧寮閒話〉稿本二，篇末標記完成日期為「1923.9.15」。〈僧寮閒話〉是目前已知賴和最早的小說創作。

賴和文教基金會典藏

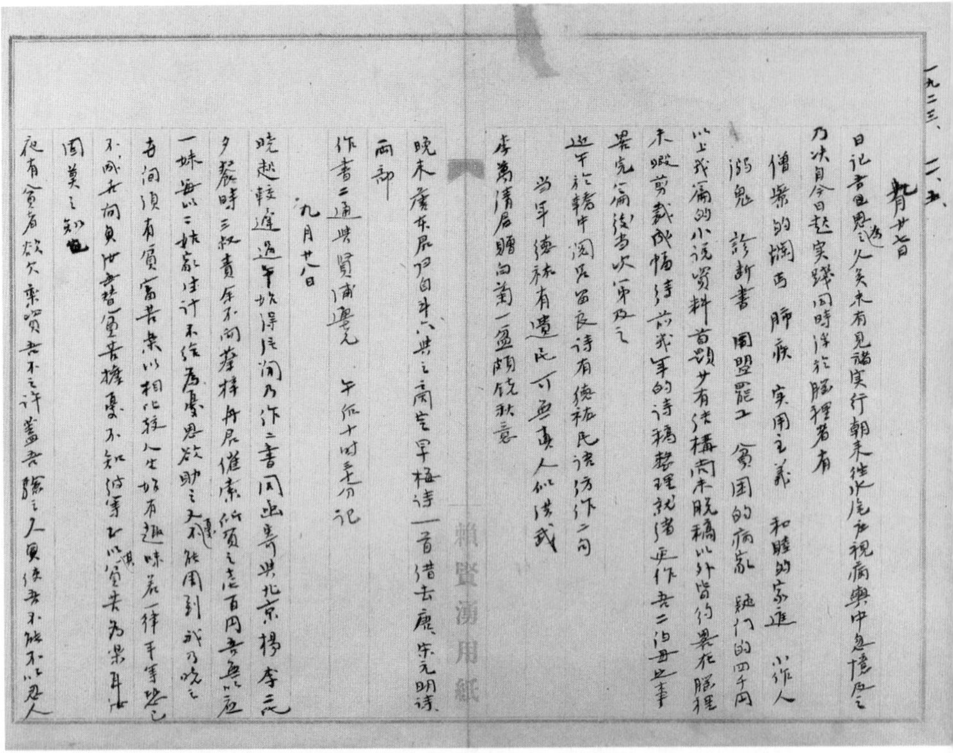

1923年9月27日（國曆11月5日）賴和之〈日記〉手稿，內容記載有10篇小說的寫作計畫。〈僧寮的爛丐〉手稿缺題，內容相近的〈僧寮閒話〉卻在9月15日（國曆10月24日）已完稿。
賴和文教基金會典藏

60

善訟的人的故事

懶雲

所謂善訟的人、有他一個特別的名稱、便是世俗所謂訟棍、但是訟棍是專靠訴訟來賺錢、訴訟就是職業、有點像現代的辯護士、不過被稱爲訟棍的人、多不是好人、他所以愛訴訟、就是訴訟於他自己有利益、可以賺錢、不是要主張公理、或維持正義、甚至顚倒是非、混亂黑白、若以自己有益、也是在所不計。

我所要講這故事的主人、雖然也善訟、我却不忍稱他爲訟棍、因爲他不是以自己的利益爲前提而去興起訴訟的。

雖然任你怎樣善訟、也須是正理有威嚴的時候、纔能得到公平的判決、若是有力或金錢支配着一切的世界裏、縱怎樣善訟也不能使是非明白。這故事裡的主人、會得爲後世的人所感念獨幸是生在正理尙有些威嚴的時代。不然、我想不僅々徒勞無功、且要負擔着擾亂安寧秩序的罪名、去受刑罰。

講起善訟的人、在我們地方很有幾位。第一個要算是詹典嫂告御狀。這故事已被編爲戲劇、每次上演都能吸引不少觀衆。雖然所編成的純是舊劇、且加入一些無稽的迷信的事蹟、也眞會使觀衆感動。

這故事裏有幾句話可以特別提出來講、就是皇帝親自問詹典嫂「父與夫孰親」、她所應答的是「穿衣見父、脫衣見夫」。這句話和「人盡夫也、父一而已」的古人之言、成爲眞好的對照。這故事到現時雖然經過不甚久、竟有一點神話化、本地方的少年人、多有不知道的、但是不相干、現時已不復是那樣時代了、任它失傳也無關係。

其次有所謂陳圖告林品的事。這故事的主人、雖然他們住在和我們地方同一行政區域裏、根本不能說是我們地方的人、不過這故事流傳去眞普遍、勿論大人、孩子、婦人女子、大家都知道、雖講大家都知道、其實大家所知道的只是一小部份、及至全般大家都不知道。聽講林品是「風的名所」的財富勢力俱足的土豪、陳圖是慣食蕃藷的海口兄。他們訴訟是因爲什麼事？結局怎樣？講的人也都不知道、大家只是流傳陳圖所講的話「明知

〈善訟的人的故事〉刊本。《臺灣文藝》，1934年12月18日。

工作，向鷄羣走去，却不敢用土塊擲牠，只想借脚步聲要把鷄嚇走。鷄母正啄着半條蚯蚓，展開翅膀咽々地在招呼鷄仔，聽到脚步聲，似覺到危險將要發生，放下蚯蚓，走向前去，用牠翅膀遮蔽着鷄仔，咽々地要去啄種菜的脚。

「畜生！比演武亭鳥仔更大膽。」種菜的一面駡，一面隨手拾起一支竹莿，輕々向鷄母的翅膀上一擊，這一擊挫下牠的雌威，便見牠向生滿荒草的籬下走入去，穿出籬外又咽々地在呼喚鷄仔，鷄仔也吱々叫々地跟着走。

「咬—」種菜的又發一聲洩不了的餘憤。

這一群鷄走出菜園，一路吱々叫々，像是受着很大的侮辱，抱着憤々的不平，要去告訴主人一樣。

大家要知道，這群鷄是維持這一部落的安寧秩序，保護這區域裡的人民幸福，那衙門裡的大人所飼的。「拍狗也須看着主人」，因為有這樣關係，這群鷄也特別受到人家的畏敬。衙門就在這一條街上，街後便是菜園，透菜園內的路，就在衙門邊。路邊，和衙門

惹事

懶雲

一

「喲—號—喲，咬—咬—」，種菜的人拍手頓脚在喊雞。

「娘的，畜生也會傍着勢頭來踐踏人。」喝喊旣嚇牠不走，隨着便是咒罵。

一群雞母雞仔在菜園裡覓食，脚抓嘴啄，把蔬菜毀壞去不少。這時候像是聽到「咬」的喊聲，有些驚恐的樣子，「嘓々々」，雞母昂起頭來叫兩三聲，似是在警告雞仔。但是過了一少時，看見沒有危險發生，便又嘓々々地招呼雞仔去覓食。

「畜生，也眞欺負人！」種菜的看用嘴嚇不走，便又無可奈何地咒罵起來；憤々地放下

惹事　二五

小說〈惹事〉刊本，1940年收錄於《臺灣小說選》時，賴和對全文有大幅刪改。

序一

為什麼我們重新出版賴和？

雖然「賴和全集」已經歷數次出版，最早始於 1979 年李南衡主編、明潭出版社的《賴和先生全集》，而後是 2000 年臺灣省文獻委員會與賴和文教基金會攜手出版《賴和手稿集》五冊，以及同年 6 月林瑞明主編、賴和文教基金會策劃、前衛出版社出版的《賴和全集》全套六卷再度問世，但一次又一次的整理、編輯，這位臺灣文豪的面貌才越來越完整。

賴和幼時飽讀漢學，青年時期卻迎向新文學的時代浪潮，竟能將一顆暖心注滿兩個迥異的文學世界，而且都扎實綻放無比文采，確是臺灣第一人。即使百年之後再讀，賴和的文學成果依然令人動容，研究及閱讀的需求亦是有增無減。因此，國立臺灣文學館於 2018 年啟動《新編賴和全集》編纂計畫、2019 年完成內容編纂，而今完滿出版。

這套 2021 年版的《新編賴和全集》分為漢詩卷、小說卷、新詩卷、散文卷與資料索引卷。新編漢詩卷，詳盡記錄了手稿、筆記的所有整齊與潦草的文字、安定與不確定的思緒，也精心保留了賴和費心改字易句的痕跡，更能體察落筆當下的多變心境。新編小說卷、新詩卷、散文卷也重新整理，較以往版本多加了注釋，每一篇作品也做版本說明，另將重要人物、事件加了釋義，將臺語、日語字詞添上標音與釋義。

新編資料索引卷呈現賴和生平、經歷、文學活動相關的圖像。其中有一個隱藏版小軼事。多年來，賴和文教基金會典藏的賴和手稿，其實一直缺了一卷——這是因為，林瑞明與羅鳳珠兩位教授整理賴和手稿之時，都沒發現手稿第七卷其實已隨詹作舟文物進了臺文館，化名編號 NMTL20110270251，靜靜躺在典藏庫房之間。這一回文物重整，眞實身分才恢復、重編至賴和漢詩第二十卷之中，呈現於新編資料索引卷。兜轉一圈，失落多年的手稿終在這套全集相逢。

賴和畢生追求自由、平等與人權，在他過世後的七十多年，雖然多數已經實現，但臺灣人如何在殖民地長出這樣的花朵，仍是一個驚奇。國立臺灣文學館曾在 2019 年以賴和漢詩手稿〈別後寄錫烈芸兄〉製成抵擋驟雨的雨傘，今年再推動賴和文學力道加足前進。從他雜揉的語言、深邃的思想、耐人尋味的故事布局，我們不會忘記在時代進步的同時，更須追尋人們的幸福。這是新編賴和全集的意義，也是重新閱讀賴和的理由。

國立臺灣文學館　館長　蘇碩斌

序二

《新編賴和全集》終於要出版了！

1976 年，梁景峰先生在《夏潮》雜誌發表〈賴和是誰？〉介紹賴和。

1979 年，李南衡先生主編《日據下臺灣新文學‧明集 1：賴和先生全集》出版。

1991 年，彰化市闢建中民街，拆除部分舊家房舍，改建大樓，並將其中一層作爲賴和藏書及文物、手稿典藏之處，曰「賴和書室」。

1994 年，賴和百歲冥誕之前，家父賴燊邀集林瑞明老師、陳萬益老師、呂興昌老師研商成立賴和文教基金會，作爲推動紀念館舉辦活動的運作指導及經費來源。

其後，舉辦各種藝文及醫療服務講座、文學營，出版活動相關內容及紀錄，頒發文學獎、醫療服務獎。

那些年，社會瀰漫一股要衝破迷障的底層動力。基金會董事及參與活動的朋友們，充滿推動臺灣文化風氣、再造臺灣新文化運動的期待，共同找尋臺灣典範人物及臺灣精神指標，建立臺灣國民意識的使命。

2000年，林瑞明老師獨立投入數十年研究賴和，出版《賴和全集》及《賴和手稿集》。

其後，陳建忠老師等多位學者，投入臺灣文學研究，賴和研究更加深化，也發現更多遺漏的賴和作品，以及先前出版《賴和全集》的錯誤。

2017年，「自自冉冉」事件，更深化《新編賴和全集》的想法。時任國立臺灣文學館館長的廖振富老師，適時推動成就此事。感謝文化部、臺文館的重視與支持。

2021年，出版《新編賴和全集》。適逢臺灣文化協會成立百年前夕，自有其巧合的深意。

感謝編輯團隊和基金會董事、同仁、志工，無怨無悔的付出，讓紀念館和基金會正常運作，繼續一棒接一棒傳承、發揚、創新臺灣文化發展工作。

賴和文教基金會創辦人
賴和長孫　賴悅顏

序三

賴和生於 1894 年，當時臺灣仍屬大清版圖；但翌年日清戰爭後，日人領臺。賴和於 1943 年，也就是在二戰終戰前夕逝世，因此終其一生，本是客屬人賴和的國籍是日本，也造成賴和對國籍與民族認同產生相當大的困擾。

由於賴和自幼（1903 年）就讀私塾學習漢文 ，1907 年另外拜黃倬其爲師，學習漢文經典，遂奠定舊文學的深厚根柢，更成爲其日後寫作的基礎。1918 年，賴和遠渡廈門行醫期間，因受到中國五四運動的衝擊，深感文學不該是菁英階層的專利，更受到中國白話文運動的影響，返臺後致力於推動臺灣新文學運動。

賴和本職是醫生，卻在文學領域裡發光發熱，留下盛名；他的同輩楊守愚稱他是「臺灣新文藝園地的開墾者」，曾經主編新潮文庫的醫生文人林衡哲更尊稱賴和爲「臺灣現代文學之父」。如今，賴和亦被普遍稱爲「臺灣新文學之父」。

二戰終戰前（1943 年），賴和重病入住臺大醫院，友人楊雲萍前往探訪，他躺在病榻上感慨地說：「我們所從事的新文學運動等於白做了。」楊雲萍當時安慰他說：「不，等過了

三、五十年後，我們還是一定會被後代的人記念起來的。」果然於 1994 年，賴和的長孫賴悅顏先生成立了賴和文教基金會，使我們的社會得以從近乎無知的狀態重新去認識這位臺灣文壇的前輩。2000 年，臺灣第一次政黨輪替後，執政黨首度將賴和作品收錄於高中國文課本中，引發了諸多學者與青年學生研究賴和作品的熱潮；其中，重中之重當屬前成功大學歷史系教授林瑞明獨立編纂的《賴和全集》。

林瑞明老師當年編纂全集的過程異常艱辛，首先由賴悅顏先生將賴和後嗣所珍藏之手稿捐出，由於年代久遠，有些作品已成「斷簡殘篇」或是字跡模糊。但經林瑞明老師一字一句的辨認校對之後，終於使《賴和全集》得以於 2000 年 6 月付梓問世。

2017 年，總統府的春聯、紅包袋上的賀詞「自自冉冉幸福身，歡歡喜喜過新春」，原欲引用賴和詩句，寄意國家漸進改革、穩健轉型之意象，也藉此祝福全體國人在整年爲家事辛勞之餘，能夠歡喜自在並與親人團聚過個幸福好年。唯「自自冉冉」一詞，引發各界熱議；學界有人認爲「自自冉冉」可能係編纂全集的過程中，因年代久遠、筆跡難認所致之誤寫，應該是「自自由由」才對；但是無論如何，都令人肯定總統選擇賴和作品，作爲向全民祝福的賀歲春聯之美意；另外，也因爲此一爭議，讓「賴和」的能見度在全臺灣迅速拉高，也使更多國人瞬間熱切地去親炙賴和的文學作品。

近年來，國人對賴和文學的認識逐步提高與深化，爲提供臺灣社會對賴和作品有更好的閱讀文本以及更完善的研究文獻，賴和文教基金會與國立臺灣文學館攜手投入更多的人力、物力，重加編校、注釋與解說，出版《新編賴和全集》及撰寫「賴和傳記」。在此要感謝國立臺灣文學館之策劃，國立成功大學臺灣文學系蔡明諺教授之主持編纂計劃，許俊雅教授、陳家煌教授及呂美親教授之共同編纂，以及諸多教授前輩之參與審定、協助。也感謝基金會白佳琳小姐、張綵芳小姐之協助，最後還要感謝前衛出版社之慨允出版，使此著作得以新面貌呈現在國人眼前。

賴和文教基金會董事長 

總序

賴和（1894-1943），字癸河，號懶雲，彰化市市仔尾人。少年時曾在黃倬其擔任塾師的小逸堂學習漢文，1909 年就讀臺灣總督府醫學校，1914 年畢業，在學期間寫有大量漢詩作品。賴和最初整理自己的漢詩創作，是在 1923 年秋冬之際。1923 年 11 月 15 日，賴和日記載明正在整理漢詩舊稿，另有十篇小說撰寫計畫「皆約略在腦裡，未暇剪裁成幅」。賴和當時謄抄整理的漢詩，大概就是現存漢詩手稿第一卷、第三卷與第五卷。十篇小說計畫只有〈僧寮的爛丐〉與現存手稿〈僧寮閒話〉相近，其餘諸篇可能皆散入後來的小說創作中。

1925 年春，賴和暫停了漢詩發表，轉而投入新文學創作；至 1936 年春，賴和恢復發表漢詩，幾乎停止新文學創作，賴和的新文學時期總共十年。賴和發表的第一篇新文學創作，是 1925 年 8 月登載於《臺灣民報》上的〈無題〉；最後一篇則是 1935 年 12 月登載於《臺灣新文學》上的〈一個同志的批信〉。而對於賴和新文學作品的第一次整理，則是在此稍後的 1936 年夏季。

1936 年 6 月 21 日，王詩琅爲撰寫〈賴懶雲論〉，寫信給楊守愚商借賴和創作原稿，但遭到賴和拒絕。賴和說：「代表作家？很慚愧的，我不敢當，還是寫別的吧。要是想寫懶雲論，那麼，等我死了才寫吧。」對於創作原稿，賴和則是主張：「我的作品，要是有保存價值，就讓後人去搜集，不然，就任牠湮滅去。」但在幾度接洽後，6月24日，賴和同意提供材料給王詩琅參考。楊守愚遂搜集、整理賴和曾經發表過的新文學作品，並且認爲應該讓堂郎（賴賢穎）「著手把這些作品抄錄保存不可」。6月27日，王詩琅再次去信詢問「賴和先生處女作小說、年齡、畢業醫學時之年齡和什麼年、性格和奇異的行動、全面貌最顯然的代表作、雅號等」問題。楊守愚就此問過賴和，再與黃朝東、賴賢穎等人討論後正式回信答覆王詩琅。由此可知，1936年8月王詩琅發表的〈賴懶雲論〉，是集合了包括賴和在內的彰化文人共同參與的結果。

賴和過世之後，1943年4月，在《臺灣文學》製作的「賴和先生追悼特輯」中，朱點人曾經呼籲要編輯出版《賴和全集》，並設立「懶雲文學獎」；該刊編輯部同時預告將刊出張星建撰寫的「賴和傳記」，但這些倡議當時都未能獲得執行。

戰後，賴和手稿由其長子賴燊收藏保管。1973年左右，賴燊曾整理、抄寫賴和漢詩寄給楊雲萍，此即《賴和手稿集》漢詩第十三卷謄寫在「懶雲遺稿」上的作品。1979年3月，在賴和哲嗣賴燊、賴洝的協助下，李南衡主編《賴和先生全集》出版。這本書建立了往後編輯賴和文集的基本體例，一是文類分卷的編排架構，一是對於日文與臺灣話文的字詞注釋。前衛出版社在1990年印行的《賴和集》，以及2000年出版的《賴和全集》，基本上都採用了李南衡所設定的文類框架與注釋。

1979年出版的《賴和先生全集》，在臺灣文學史上展現了重要的傳承意義。引領李南衡走入臺灣文學史料的王詩琅，正是1936年〈賴懶雲論〉的撰寫者。在1936年的文章中，王詩琅說：「實際臺灣の新文學が今日の隆盛を來したのは、彼に負ふ所や眇しごしない。ご云ふよりは彼は一方の育ての親であるご云つた方が適當であらう。」1979年，李南衡把這句話翻譯爲：「事實上，臺灣新文學能有今日之榮盛，賴懶雲的貢獻很大。說他是培育了臺灣新文學的父親或母親，恐怕更爲恰當。」後來爲人們所熟知的賴和是「臺灣新文學之父」的說法，即來源於此。

1985年12月，林瑞明發表〈賴和與臺灣新文學運動〉，這是他漫長的賴和文學研究正式展開的起點。林瑞明畢業於臺大歷史所碩士班，其指導老師是賴和的同時代作家楊雲萍。1991年，賴燊在彰化成立賴和圖書室，將其所藏賴和資料提供外界閱覽，林瑞明即在賴悅顏的協助下，得以直接研究賴和手稿。1993年8月，林瑞明總結其成果，出版《臺灣文學與時代精神：賴和研究論集》，此書同時建立了其後來整理賴和手稿的體例基礎。

1994年，爲紀念賴和百歲冥誕，賴和文教基金會於1月成立。同年6月，林瑞明整理的《賴和漢詩初編》，以及賴和紀念館編輯之《賴和研究資料彙編》，由彰化縣立文化中心出版。這兩本書代表了林瑞明整理賴和手稿工作的階段性成果。同年11月，清華大學陳萬益、呂興昌舉辦「賴和及其同時代作家」國際研討會，以賴和爲代表的臺灣文學研究正式邁入學院的高牆內。1995 年 5 月，賴和長子賴燊、長孫賴悅顏在賴和醫院舊址新建和園大樓，設立賴和紀念館之新館，典藏並公開賴和手稿及相關文獻資料。

2000 年 5 月，《賴和手稿影像集》由臺灣省文獻委員會與賴和文教基金會出版；同年 6 月，《賴和全集》由前衛出版社發行。這兩套書是互爲表裡的賴和文學作品全集，由林瑞明擔任主編，陳薇君擔任執行編輯。《賴和手稿集》共有四冊，分別爲「漢詩卷」（上、下）、「新文學卷」、「筆記卷」，另有一冊《賴和影像集》。這套全彩印刷的書籍，以「圖片」作爲媒介，清楚、直接地呈現了賴和在手稿上寫作與修改的過程。《賴和全集》則是對賴和文學作品進行重新排版與整理，全書依序爲「小說卷」、「新詩散文卷」、「雜卷」、「漢詩卷」（上、下），並於隔年發行「評論卷」。整體而言，《賴和全集》的編輯是建立在對《賴和手稿集》整理的基礎上所完成。不管是在傳統漢詩文或者新文學作品的數量與質量上，2000 年的《賴和全集》都更全面而且完整地呈現了賴和文學創作的風貌。但由於賴和手稿有反覆塗抹、修改的情況，部分內容還受限於草寫字體、墨水暈染、紙張殘缺等問題，因此在辨識與校勘上，當時確有相當的困難。

2001 年，陳建忠以《書寫臺灣，臺灣書寫：賴和的文學與思想研究》獲得清華大學博士學位，這是賴和研究在學院內開花結果的標誌性成就。陳建忠對賴和文獻資料的採集蒐羅，有部分已被收錄在《賴和全集》的「雜卷」之中。2003 年，元智大學羅鳳珠與清華大學陳萬益，共同主持「賴和數位博物館」計畫。這項工作以資料庫設置的概念，將賴和的文學手稿、刊稿、照片、醫學筆記等逐一編號命名，重新翻拍並建立影像資料，完成了翔實可供檢索的賴和文學數位化檔案。

2018年初，在國立臺灣文學館與賴和文教基金會的合作下，「新編賴和全集」計畫開始再一次重新整理賴和文獻資料。此次工作是以2000年林瑞明主編的《賴和全集》、《賴和手稿影像集》，以及2003年羅鳳珠、陳萬益建立的「賴和數位博物館」資料庫爲基礎，對於賴和的文學手稿、刊稿，與相關文獻資料，進行全面的清查、校對。歷年來賴和文獻整理工作既已形成的編輯傳統：文類分卷與字詞注釋，在此新編中仍接續保留。新編賴和全集的計畫目標，還是延續著多年以來臺灣文學研究者共同努力的方向，那就是推廣賴和文學，提供給一般讀者更能夠親近閱讀的賴和文本。

「新編賴和全集」工作小組由賴和文教基金會吳潮聰董事長爲召集人，蔡明諺爲計畫主持人（新詩卷、散文卷、資料索引卷），許俊雅（小說卷）、陳家煌（漢詩卷）、呂美親（臺語文、日文注釋）爲共同主持人，蔡佩容爲編輯助理，張綵芳爲專案助理。賴悅顏、林瑞明（2018年11月過世）、陳萬益、施懿琳、呂興忠等先進前輩擔任顧問並參與諮詢會議。在專案審查過程中，呂興昌、廖振富、黃美娥、李漢偉等諸位委員曾提供許多精闢的修改建議；而在文字材料的判讀上，莊千慧、李承機曾給與非常重要的協助，陳淑容則提供了數筆未曾面世的文獻資料，他們的鼎力幫忙尤其讓人感念。國立臺灣文學館廖振富館長、蘇碩斌館長，研究典藏組許惠玟組長、林佩蓉組長以及王雅儀承辦人，先後對於本案表達了充分的支持與包容。賴和文教基金會周馥儀執行長、白佳琳執行長在行政庶務上給與即時而必要的協助，前衛出版社主編鄭清鴻在出版編輯上提供許多專業的建議。這些工作都是群策群力所完成，並非單憑一己之力所能達到。我們感激賴和家屬長年來為臺灣守護賴和手稿，我們緬懷林瑞明老師、羅鳳珠老師，感謝李南衡老師、陳萬益老師，繼續支持陳建忠老師，並且感念歷年來為賴和文獻的整理工作付出心力的所有的人們。

賴和是根植於臺灣民間的漢詩人、新文學作家，希望《新編賴和全集》同樣也可以跑向民間去。

「新編賴和全集編印計畫」主持人
國立成功大學臺灣文學系副教授

小說卷編輯凡例

一、《新編賴和全集》共分爲五卷，依次爲：漢詩卷、小說卷、新詩卷、散文卷、資料索引卷。

二、本書爲小說卷，收錄賴和小說之「稿本」及「刊本」。稿本，即賴和撰寫於稿紙或筆記本上之作品。刊本，即公開發表於報章、雜誌或單行本上之作品。

三、小說作品以稿本寫作或刊本發表時間依序排列。其中〈惹事〉與〈善訟的人的故事〉，由於賴和有較大篇幅的更動，因此前、後刊本皆收錄。未完稿〈我們計劃的旅行〉、〈新時代青年的一面〉、〈不投機的對話〉、〈洪水〉，以及楊守愚代寫之〈赴了春宴回來〉，置於卷末作爲「附錄」。

四、作品原無標題者，由編者擬題，並以符號〔〕表示。標題之後，詳列作品版本以供參考，並標示正文採用底本。正文之後有「版本說明」，內容爲作品刊本發表狀況、稿本書寫狀況，以及其他對於該作品必要之說明。

五、賴和書寫時慣用的行草字、俗字、異體字等，改爲現在通行的繁體字。例如「已、己、巳」，「拆、折」當時行文不分，編者皆依上下文意改正。若有特殊用法，例如表示發音的古字、翻譯名詞等，則保持賴和用字原貌。如有錯字、誤植、衍字，則以符號〔〕表示編者之訂正。

六、標點符號為方便閱讀，皆改為新式標點。正文中有缺字、脫落字，或字跡塗抹修改，以致無法辨識者，以符號□表示。若為賴和使用之特殊符號，則予以保留。例如符號（）之內文，是賴和加註的說明。符號○或 ×，是原稿用以表示空格或分隔線。

七、注釋置於頁尾，正文提及之人物、事件擇要加上釋義，臺灣話文、日語借詞則加上釋義及標音。臺語標音採用 2006 年教育部公告之《臺灣閩南語羅馬字拼音方案》（臺語字第 0950151609 號）。注釋詞目於每卷第一次出現時加注，重出不另加注。例：

【臺灣話文】永過：íng-kuè，以前。
督龜：tok-ku，打瞌睡。

【日語借詞】風邪：かぜ，hong-siâ，感冒。
都合：つごう，too-hảp，狀況、情況。

八、為符合當代數位化資訊呈現方式，本書版面一律採用橫式編排。

目次

小說卷導讀

許俊雅
國立臺灣師範大學國文系特聘教授

一、歷次賴和小說編選版本與新編選錄概況

從1926年1月1日《臺灣民報》第86號刊登賴和小說〈鬪鬧熱〉開始，到1935年12月《臺灣新文學》創刊號刊出〈一個同志的批信〉為止，賴和共發表小說17篇，另外還有一些未曾發表的手稿，在林瑞明編的《賴和手稿集‧新文學卷》可以看到若干篇可歸諸小說的作品。然而賴和小說總數有多少，牽涉到對小說文類的認識與理解，尤其是那些介於小說、散文、劇本之間，界義不是那麼絕對的作品。

在文獻蒐羅不如今日方便的時期，1979年3月，李南衡主編《日據下臺灣新文學‧明集1：賴和先生全集》，其中賴和「小說創作集」收入14篇，這14篇作品依序是〈鬪鬧熱〉、〈一桿「稱仔」〉[1]、〈不如意的過年〉、〈蛇先生〉、〈彫古董〉、〈棋盤邊〉、〈辱?!〉、〈浪漫外紀〉、〈可憐她死

1　本文提及的〈一桿「稱仔」〉，在不同版本的賴和小說集當中有多種寫法，如〈一桿「稱仔」〉、〈一桿「秤仔」〉、〈一桿「穪仔」〉，將視實際情況使用。

了〉、〈歸家〉、〈惹事〉、〈豐作〉、〈善訟的人的故事〉、〈赴了春宴回來〉。1991年2月，張恆豪編《賴和集》，收入20篇，多出的6篇作品是〈前進〉、〈一個同志的批信〉、〈未來的希望〉、〈赴會〉、〈不幸之賣油炸檜的〉、〈阿四〉。1994年10月，施淑編《賴和小說集》收入21篇，較張恆豪編的《賴和集》多出〈富戶人的歷史〉一篇，這與1991年12月《文學臺灣》創刊號刊登林瑞明新發現的賴和遺稿有關。到了2000年6月，林瑞明整理的《賴和全集》正式出版，其中小說卷總共收了28篇（〈善訟的人的故事〉兩版本算一篇），較施編又多出8篇，此8篇爲〈僧寮閒話〉[2]、〈盡堪回憶的癸的年〉、〈醉人梓舍之哀詞〉、〈新時代青年的一面〉、〈不投機的對話〉、〈補大人〉、〈我們計劃的旅行〉、〈未命名（洪水）〉。除了〈補大人〉是刊本，發表在《新生》第1集（1927年7月）外，其他7篇皆出自賴和手稿，但未收施、張所編入的〈前進〉一篇，而改收於氏編的《賴和全集·新詩散文卷》，歸屬「散文」。此後視〈前進〉爲散文，幾乎已是學界共識。〈前進〉

2 〈僧寮閒話〉是目前已知賴和最早的小說創作，未見刊行，其篇末標記完成日期爲「1923.9.15」並有「完」之交代。小說人物由半身臭爛的丐兒似的矮古東，更改爲東村爲非作歹的魏老虎。然賴和1923年9月27日之日記云：「僧寮的爛丐……少有結構，尚未脫稿」，此處「少有」之意是「稍有」、「略有」的意思，並非指很少。〈僧寮閒話〉的惡人是東村爲非作歹的魏老虎，缺題的稿本中的惡人是已淪爲半身臭爛的丐兒似的矮古東，內容更接近日記所云的「僧寮的爛丐」。此二篇手稿內容既泰半相同，又在9月15日已完稿，並定題名爲〈僧寮閒話〉，然在9月27日復云僧寮的爛丐少有結構，尚未脫稿，此中信息難明，或者賴和於〈僧寮閒話〉脫稿後，確實想另寫一篇「僧寮的爛丐」。

初於 1940 年收入李獻璋編的《臺灣小說選》，此書同時收入賴和〈棋盤邊〉、〈辱?!〉、〈惹事〉、〈赴了春宴回來〉（已知是楊守愚之作）等 4 篇小說。

此次《新編賴和全集・小說卷》收入 30 篇，列入正文的有 24 篇，附錄有 6 篇。與林瑞明所編《賴和全集・小說卷》之出入，新編本〈一日裡的賢父母〉列在小說，殘稿〈元氣精神已盡消〉放在附錄。林編〈《賴和手稿影像集》序〉謂「介於小說及戲劇文體的〈一日裡的閒父母〉」（閒，宜作賢），林編並未收入。新編以賴和對話體小說之特色，將〈一日裡的賢父母〉移入小說卷，另將〈醉人梓舍之哀詞〉移出小說卷[3]。〈元氣精神已盡消〉，從形式而言雖亦是對話體，但有布幔、後場、丑角設計，應爲戲劇作品，所以放在附錄。林編及新編這兩個版本也都收入了發表在《東亞新報》新年號的〈赴了春宴回來〉一篇，此文署名懶雲，自然收入賴和小說行列，但根據《楊守愚日記》（彰化：彰化縣立文化中心，1998 年 12 月）所記載，該小說爲他所代寫。新編本因之置於卷末作爲「附錄」。再者，新編賴和全集計畫主持人蔡明諺教授新查得《現代生活》第 2 號（1930 年 11 月 1 日）刊載之〈讓步〉，屬於新「出土」的賴和小說，此發現大快人心，爲賴和小說添

---

3 計畫主持人蔡明諺教授在 2018 年 12 月 14 日來信說：「〈醉人梓舍之哀詞〉之哀詞（並敘），這篇作品雖然以前都被歸類爲小說，但是如果看賴和手稿的狀態，我有點懷疑這篇應該是後面的『詩五首』的『敘』，也就是說這篇作品和後面的詩五首合起來才是〈醉人梓舍之哀詞（並敘）〉。」其判斷甚是，因此移入漢詩卷。於此亦可見賴和此敘文之特殊，以白話體故事呼應後面五首詩。

增了一篇瓌寶。蔡明諺另同時查得《現代生活》第 3 號有散文〈重陽〉，以及小說〈赴會〉。這兩篇過去有手稿，但沒有見過刊本，因此本次新編小說〈赴會〉多了刊本，可以之比對手稿本。以〈惹事〉兩刊本爲例，本作於 1932 年發表於《南音》之時，小說主人公原爲第一人稱「我」，但收錄至《臺灣小說選》卻改爲第三人稱「阿根」。《善訟的人的故事》亦列兩種刊本，分別是較早發表的《臺灣文藝》版（1934 年 12 月），以及後來收錄於李獻璋編《臺灣民間文學集》（1936 年 5 月）的版本。雖然兩篇內容相近，但李本可見大段刪改，一開始就進入故事主體，而《臺灣文藝》本在前面有三頁篇幅長的一段論述。戰後初期，楊逵印行《善訟的人的故事》（臺中：民眾出版社，1947 年 1 月），底本採用《臺灣文藝》版，但結尾添加一句非賴和所撰的句子：「但這也是人民自主團結纔得爭取來的。」

以上是對賴和小說各版本收入情況做一簡單的回顧，同時交代本次新編收入的篇目。如果再仔細觀察其異同，尚有各篇發表、寫作時間的考量與判斷，比如前述〈赴會〉，林編時只有手稿，創作日期不詳，林氏在編按說「本文可能是在描述 1926 年 5 月 15、16 日，文化協會於霧峰召開理事會的情形」，因此將〈赴會〉放在〈補大人〉之前。而今有了刊本之後，刊登時間很明確可知是在 1930 年 11 月 17 日，必須放在〈棋盤邊〉、〈讓步〉之後。〈阿四〉這一篇帶有自傳體味道的小說，林編本放在〈一個同志的批信〉後面，新編本則以該文結尾提及主人公在斗六的演講（1925 年 6 月及 11 月），並寫於《臺灣民報》稿紙上（1930年3月26日起改名爲《臺灣新民報》），推測其寫作時間約在1925年夏到1930年春之間，因此置諸〈蛇先生〉之後。此外，還有題目不盡相同，篇幅長短不一，但內容卻有相近、雷同的，如〈新時代青年的一面〉與〈不投機的對話〉，〈盡堪回憶的癸的年〉與〈歸家〉。

二、賴和及其小說研究概況

因政治環境的不同，賴和及其小說研究概況可分就「日本殖民統治時期」及「國民黨政權接收臺灣後」略加敘述。起初對賴和的敘述多在於其作品與想像其人之落差，從而肯定其大智若愚且具臺灣精神。如1926年張我軍〈南遊印象記〉、1934年毓文〈諸同好者的面影（一）〉、1936年朱點人〈賴和先生的人及其作品〉、楊逵〈臺灣文壇的明日旗手〉、王錦江〈賴懶雲論——臺灣文壇人物論（4）〉、劉捷〈臺灣文學の史的考察〉、宮安中〈開刀〉、徐瓊二〈賴和氏「豐作」批評と我再出發の辦〉、徐玉書〈臺灣新文學創社及《新文學》第一、二、三期作品的批評〉[4]及1943年黃得時〈輓近臺灣文學運動史〉、〈臺灣文學史序說〉諸文，爲賴和形構出「人道

4　徐玉書此文談郭秋生小說的臺灣話書寫，並提及賴和小說要謀大眾化的寫作問題，他說：「這篇（指女鬼）我曾重讀過了好幾回，可是有很多地方的文句讀不懂。……女鬼的作者，同灰氏（指賴和）一樣地要謀大眾化，我們是很感佩，可是要謀大眾化，反以不能大眾化，故我很望此後，長於用臺灣白話描寫的作者，要考慮讀者是否能讀得懂，要不然，要謀大眾化，好像緣木求魚。」

主義者」的形象，及作爲臺灣新文學之父（母）在臺灣文學史上之位置。另外，根據下村作次郎的研究，中村哲在「臺灣の賴和氏」和「臺灣人作家の回想」兩篇文章當中，把對賴和的印象比爲魯迅。中村所記述對賴和的印象是這樣的：

> 令人感到悠然的風貌，好像是把魯迅與野坂參三綜合在一起那樣的人。其言語雖不多，但是使人覺得親切。（「臺灣の賴和氏」）

> 第一次見面時，使我聯想到魯迅。因爲想到他是醫生以及其短小風貌之悠然樣子。（「臺灣人作家の回想」）[5]

當 1943 年賴和因病去世時，同仁等曾編輯「賴和先生悼念特輯」。此時期的文獻，以精簡評述概括其人及文學，並已將賴和與魯迅連結介紹。

受到外在環境改變的影響，戰前的賴和論述，到了戰後初期有所轉變。如楊守愚〈賴和〈獄中日記〉序〉、楊雲萍重刊賴和的〈辱?!〉，強調了賴和不妥協、抗議的精神。楊逵〈紀念林幼春．賴和先生臺灣新文學二開拓者：幼春不死！賴和猶在！〉、王詩琅〈臺灣新文學運動史料〉及〈臺灣新文學運動

5 下村作次郎，〈日本印象中的臺灣作家．賴和——從戰前臺灣文學之歷史性記述中思考起〉，「賴和及其同時代的作家：日據時期臺灣文學國際學術會議」論文，新竹：國立清華大學中國語文學系，1994 年 11 月 25-27 日。

史稿〉、吳新榮〈賴和在臺灣是革命傳統〉，凸顯其氣節及臺灣文學的存在與特殊性。然而，隨著1950、60年代進入白色恐怖時期，臺灣作家被迫噤聲、失語，臺灣文學的論述幾近空白，僅見少數文章，如王詩琅〈半世紀來的臺灣新文學運動〉和〈臺灣文學的重建問題〉，《臺北文物》季刊（第三卷第二期）有楊守愚〈赧顏閒話十年前〉、黃得時〈臺灣新文學運動概觀〉、廖漢臣〈新舊文學之爭〉、楊雲萍〈《人人》雜誌創刊前後〉、一剛（王詩琅）〈懶雲做城隍〉、黃邨城〈談談「南音」〉、施學習的〈臺灣藝術研究會成立與福爾摩沙創刊〉、廖毓文〈臺灣文藝協會的回憶〉、曹介逸〈日據時期的臺北文藝雜誌〉、吳瀛濤〈臺灣新文學的階段〉等文。第三卷第三期，除承襲上期編輯方針，刊載上期續稿外，實則「這兩期根本就是一部，不過因爲限於頁數的關係，才分爲兩期罷了」。這一期刊載的文章有郭千尺的〈臺灣日人文學的概觀〉、龍瑛宗的〈日人文學在臺灣〉、廖毓文的〈臺灣文字改革運動史略〉、賴明弘的〈臺灣文藝聯盟創立的斷片回憶〉等等，不過此卷（第三卷第三期）當時遭禁，未能公開發行。這些論文都是當事者親身經驗談，參考價值甚高，自然無法迴避賴和及其作品。只是已去世的賴和終究無法倖免於難，1958年，賴和突然因爲「有共產黨嫌疑」而被請出了忠烈祠，此後到1970年代初期，賴和的研究幾乎停擺。

直到1970年代末期，由於鄉土文學論戰的關係，本土文獻文學資料的發掘和研究方有了進展。《大學雜誌》、《中外文學》、《文季》、《夏潮》等，對臺灣文學及賴和作品予以介紹並轉刊，1976 年 9 月，梁景峰〈賴和是誰？〉喚醒了臺灣人的失憶症；1978 年，林邊（林載爵）〈忍看蒼生含辱：賴和先生的文學〉一文，可謂是戰後首度較正式的賴和文學論述文章。1979 年 3 月，李南衡出版《日據下臺灣新文學．明集 1：賴和先生全集》，同年 7 月，遠景出版社刊行《光復前臺灣文學全集 1：一桿秤仔》，張恆豪對賴和作品做了精要的解說。這個時期刊印了賴和爲數不少的作品及論述材料，開啓往後賴和研究的契機，不過在 1970 年代的政治氛圍下，臺灣作家作品多以抗日情懷加以詮釋，即使是左翼作家楊逵的〈送報伕〉，仍不敢凸顯其無產階級的色彩，而冠之以抗日小說。

進入 1980 年代，時值戒嚴末期，解嚴前後，臺灣社會對本土化、民主化的追求，以及人民對本土認知的需求等，都直接或間接的影響學術，引起學術界的關心，促使知識分子作深刻的反省，對賴和的研究才有更細緻且開闊的研究視野。1983 年 1 月，《臺灣文藝》推出「賴和專輯」，刊出花村〈從舊詩詞起家的臺灣新文學之父——賴和〉、陳明台〈人的確認——試論賴和先生的人本意識〉、施淑〈稱子與稱錘——論賴和小說的思想性〉，不久，賴和先生獲得平反，重新入祀忠烈祠，葉石濤寫了〈爲什麼賴和先生是臺灣新文學之父？〉[6]，成大歷史系的林瑞明陸續發表〈賴和與臺灣新文學運動〉、《賴和的文學與社會運動之研究》、〈賴和的文學及其精神〉[7]，爲

---

6 收入葉石濤，《沒有土地，哪有文學？》（臺北：遠景，1985 年 6 月）。
7 出處分別是《國立成功大學歷史學報》12 號，1985 年 12 月，臺南：久洋，1989 年 3 月；《臺灣風物》39 卷 3 期，1989 年 9 月。

賴和研究做了很好的示範。到了 1993 年，林瑞明將數十年研究心血，結集出版《臺灣文學與時代精神：賴和研究論集》，針對賴和與臺灣文化協會、與臺灣新文學運動、與魯迅關係及〈前進〉、〈富戶人的歷史〉、〈獄中日記〉諸作品，彙整堅實的史料並提出細膩的文本分析，形構了賴和文學與時代精神的眞貌。之後，他又投入大量精力於賴和遺稿的整理，在 2000 年出版了《賴和全集》。在 1986 年 3 月時，日本天理大學下村作次郎發表了〈賴和的〈豐作〉——1936 年「朝鮮・臺灣・中國新銳作家集」〉載《天理大學學報》，後收入《從文學讀臺灣》[8]。

1990 年代，賴和研究更迅速地往前推進，相關論述極爲豐富多元。先是林瑞明〈關於賴和研究的幾點說明〉，1991 年發表〈重讀王詩琅〈賴懶雲論〉〉，同年，張恆豪編《賴和集》，有〈覺悟下的犧牲——賴和集序〉。9 月，林瑞明發表〈石在，火種是不會絕的——魯迅與賴和〉，12 月又發表〈〈富戶人的歷史〉導言〉。1994 年 6 月，賴和紀念館編《賴和研究資料彙編》，11 月舉辦「賴和及其同時代的作家：日據時期臺灣文學國際學術會議」，有馬漢茂〈從賴和看日據時期代臺灣小說的孤島狀態——兼論方才起步的西方研究和翻譯〉、鄭穗影〈賴和文學的現實與理想——臺灣文學語言和精神之根源的思索〉、陳芳明〈賴和與臺灣左翼文學系譜——殖民地作家的抵抗與挫折〉、呂正惠〈賴和三篇小說析論——兼論賴和

8　下村作次郎著、邱振瑞譯，《從文學讀臺灣》（臺北：前衛，1997 年 2 月）。

作品的社會性格〉、胡民祥〈賴和的文學語言〉諸文。1995年，陳偉智撰述了〈混音多姿的臺灣（文學）——賴和〈一個同志的批信〉的閱讀與詮釋〉一文；1996年，陳萬益發表〈從民間來，到民間去——賴和的文學立場〉，後來又有〈啓蒙與傾聽——論賴和小說的人民性〉、〈臺灣魂——論賴和文學的抗議精神〉、〈賴和的小說藝術〉諸篇，對賴和小說的民間性、啓蒙議題、對臺灣話文的思維，有發人深省的論述。1998年《民間文學與作家文學研討會論文集》所收的論文，又進一步見到若干篇與賴和小說關係的論文，如游勝冠〈日本殖民進步主義與本土主義的文化抗爭——本土主義發展脈絡中的民間文學〉、陳建忠〈民間之歌，民族之詩——日據時期民間文學採集與新文學運動之關係初探〉、張恆豪〈賴和、張文環小說中的民間素材與作家文學經驗——以〈善訟的人的故事〉、〈夜猿〉爲例〉，及前述陳萬益〈啓蒙與傾聽——論賴和小說的人民性〉等篇。這一年，還有陳昭瑛〈一根金花：論賴和的〈一桿「稱仔」〉〉，特別凸出「金花」在小說的作用及隱喻。徐世賢〈從賴和到呂赫若：一桿「稱子」與牛車之比較〉，析論賴和小說〈一桿「稱子」〉結尾的暗示性藝術技巧。廖淑芳〈理想主義者的荊棘之路——賴和左翼思想兼探〉，標舉賴和左翼思想。1999年，林秀蓉發表〈賴和〈蛇先生〉寫實意識探析〉，陳建忠又發表了〈啓蒙知識分子的歷史道路——從「知識分子」的形象塑造論魯迅與賴和的思想特質〉一文。研究者林瑞明、陳萬益、張恆豪、陳芳明、游勝冠、陳建忠等都已發表重要論文，對2000年後的賴和研究及學位論文撰述的風潮有極大影響。同時，賴和小說〈豐作〉被選入國立編譯館國中國文選修教材，這也是賴和作品首度被選入教科書的里程碑，開啓日後民間版高中國文亦選錄〈一桿「稱仔」〉、〈前進〉的契機[9]。

進入千禧年，林瑞明編輯了《賴和全集·評論卷》，選入十篇具代表性的賴和研究論著；游勝冠陸續發表論文，寫了〈啊！時代的進步和人們的幸福原來是兩回事——賴和面對殖民現代化的態度初探〉，2002 年又有〈我生不幸爲俘囚，豈關種族他人優——由歷史的差異性看賴和不同於魯迅的啓蒙立場〉一文刊《國文天地》，同期還有陳建忠〈反殖民文學的文學形式——論賴和小說中的對話性敘事〉、〈反殖民戰線的內部批判——再探「賴和與臺灣文化協會」〉、〈解構殖民主義神話：論賴和文學的反殖民主義思想〉等篇，這些論文後來成爲其博士論文的主要內容架構。2011 年，國立臺灣文學館推出《臺灣現當代作家研究資料彙編》，以賴和爲主題的第一本，即是請對賴和研究投入極多心力的青壯學者陳建忠主編，並撰寫研究綜述〈賴和及其文學研究評述——一個接受史的視角〉，彙編對賴和研究評論資料目錄、作家生平、作品評論專書與學位論文的整理相當全面，值得參考。不過，距今又十

---

9 筆者參與國立編譯館編寫委員，編國中國文教材時，圈選賴和作品〈一桿「稱仔」〉、〈豐作〉供討論，因〈一桿「稱仔」〉結尾是主人公憤而殺警的描寫，委員認爲給國中生閱讀有所不妥，因此選擇了〈豐作〉。又，關於高中教材方面的討論，可見翁聖峯，〈八四課程標準高中《國文》賴和教材試論〉，收入林明德總策劃，《彰化文學大論述》（臺北：五南，2007 年 11 月）。

年，賴和研究又產出不少論文及評論彙編，如2016年，施懿琳、蔡美端編《賴和文學論》（臺中：晨星，2016年11月），2017年蔡明諺發表〈土地正義與文學技藝——重讀賴和小說〈善訟的人的故事〉〉。此外，學位論文研究賴和或與他人比較的論文也未曾停歇，對賴和及其文學的研究做出大小不一的貢獻。

至於中國方面的研究，則因政治考量，多以抗日作家來定位賴和，或論斷其與中國、魯迅文學的密切關係，相關論文如粟多桂〈臺灣抵抗作家的一面光輝旗幟——賴和〉、黃重添〈臺灣新文學的「奶母」——賴和〉，相關研究者有武治純、莊明萱、包恆新、白少帆、汪景壽、古繼堂、朱雙一、楊劍龍、劉紅林等人。日本學者則以下村作次郎、中島利郎、河原功等人用力最深。

在賴和研究史中，林瑞明《臺灣文學與時代精神——賴和研究論集》（臺北：允晨，1993年8月）尤有開山之功，當多數學者對日治作家的研究，強調作者抗日精神之際，他以歷史學者治史的功力與精準判斷，投入長期而細密的研究，尋訪彰化賴和遺族，運用與發掘被人忽視的漢詩、日記、舊照片、手稿，建立賴和一生的清晰圖貌，並透過史料分析架構日治1920、30年代政治經濟社會的圖像，與賴和的文學作品建立密切聯繫。其後，陳建忠博士論文《書寫臺灣．臺灣書寫：賴和的文學與思想研究》，試圖爲賴和「文學」與「思想」展開全面性研究，凸顯賴和對日治時期重大議題的關注。陳建忠的研究指出賴和文學的反殖民思想，「主要呈現在『種族主義批判』、『法律與警察暴力批判』與『殖民教育批判』；而賴和從立基於臺灣本土建構據以反殖民的思想體系時，可以看到他接引啓蒙主義的思想外，也提出以追求文化主體性的本土主義抵抗殖民，以及由臺灣歷史與政治運動發展的現實啓示傾向於左翼思想」，「賴和文學無疑是架構在這種反殖民、啓蒙主義、本土主義與左翼思想之間相互交織、作用的思想體系之下的『反逆文學』」。與小說論述相關的章節，主要是第五章「小說臺灣：賴和小說與臺灣反殖民文學傳統的建立」，分「賴和文學的階段性發展與小說主題分析」、「反殖民文學的文學形式：賴和小說的批判現實主義與對話性敘事」、「南國之音：賴和小說語言的主體性與本土性」、「殖民者與被殖民者：賴和小說的人物塑造與殖民地的權力關係」，對賴和小說的主題與題材分析、鄉土性、對話性敘事、人物的基本類型、知識分子的自我定位、群眾的面貌都有精闢的闡釋。

三、賴和小說的內容思想與藝術技巧

賴和小說寫了什麼樣的故事？他又是如何以小說傳達其思想？從其題材可知賴和小說從生活出發創作，反映當時生活本質的時代精神，因此格外關注種族、法律、教育問題，特別在武裝抗日已經被鎮壓的 1920 年代，賴和所從事的就是解構殖民主義話語及其實踐的邏輯，並且呼喚群眾對民族主體的護持與追尋，臺灣色彩是非常強烈和鮮明的。

首先就批判國家機器的暴力而言，有不少是警察執法暴力的描寫。賴和對「法」的諸般定義與思考，應與其親歷「治警事件」有關。在其小說中批評或暗諷法律的小說就有多篇，如〈不如意的過年〉、〈蛇先生〉、〈阿四〉、〈讓步〉、〈赴會〉、〈辱?!〉、〈浪漫外紀〉、〈可憐她死了〉、〈富戶人的歷史〉、〈善訟的人的故事〉。先是施淑的研究對〈一桿『穪仔』〉加雙引號，說明其象徵性，後來又引錄賴和〈不如意的過年〉（1928 年 1 月）、〈蛇先生〉（1930 年 1 月）之文字，證明「法」的公平性是賴和關心的主題。〈一桿『穪仔』〉小說描述身爲佃農後代的秦得參，在製糖會社的剝奪下，租不到田地，不得不轉爲菜農，只因巡警索賄不成，向人借來賴以維生的稱仔也被折斷，還被以違反度量衡規則入罪，秦得參在遭到種種羞辱後，深感生存的悲哀，乃抱必死的覺悟，選擇與巡警同歸於盡。小說強烈批判了日本殖民體制對臺灣庶民的經濟掠奪，並指控日警欺凌善良百姓的殘酷行徑，對弱者寄予無限的同情，甚至暗示受壓迫的同胞，挺身對抗殖民不公不義的統治。小說的時代背景是 19 世紀末期、20 世紀初期，臺灣淪爲日本近代殖民地時的半封建半資本社會，日本當局爲使臺灣由封建形態轉變爲資本主義形態，自 1897 年後，臺灣總督府便陸續推行《貨幣法》、《臺灣地籍規則》、《臺灣度量衡條例》等，將臺灣推進資本主義化的階段，而殖民主義的民族問題及內部社會問題也日漸尖銳化。故事中的秦得參即是資本主義結構下層的勞動菜農，面臨資本主義的「法」或殖民主義的「法」時，永遠只是弱勢而渺小的，被統治者置之罔顧。法之所以爲法，不過是殖民者自欺欺人的騙局。

「稱仔」是「法」的象徵，在小說中有線可循。當秦得參買得生菜想去鎮上販賣時，賴和寫到：「他妻子為慮萬一，就把新的『稱仔』借來。」「因為巡警們，專在搜索小民的細故，來做他們的成績，犯罪的事件，發見得多，他們的高昇就快。所以無中生有的事故，含冤莫訴的人民，向來是不勝枚舉。什麼通行取締、道路規則、飲食物規則、行旅法規、度量衡規紀，舉凡日常生活中的一舉一動，通在法的干涉、取締範圍中。」可見一般老百姓「感到這一官廳的專利品」的「稱仔」即代表「法」，他們並未感受到「法」是保障生活權益的，反而視之為「干涉」、「取締」，主要的緣故即在於執法的日警以之做為高昇的利器。這桿稱仔被巡警打斷擲棄，不僅說明了失去賴以謀生的工具，也象徵法律原本應有的公正客觀遭到毀壞，由於毀壞者代表立法的日本官方，因此凸顯了立法者自毀其法的荒謬。又由於立法的目的並不在保障人民的權益，而是鞏固執法者的不法統治，因此「稱仔」的毀壞無形中也就拆穿了執法者實際上是披法而違法、亂法。小說題目的稱仔，特別加上雙引號，其深意由此可見。〈豐作〉裡的磅仔也跟〈一桿『稱仔』〉一樣，都具有象徵意義，並可擴及法度之問題。

陳建忠特別指出在作家「手稿」與「發表稿」的比對中，能看到賴和做為一位殖民地作家如何在累積、強化他自己作品的反殖民能量。賴和〈一桿『稱仔』〉小說中關於「殺警」的暗示，在另一篇沒有發表的小說〈新時代青年的一面〉就坦然無隱了，透過法官與新時代青年的對話，被責以用「暴力」刺殺巡警的青年，說出了要用「鮮血」來「淘洗」巡警的話：

「我認定他的罪惡，不管他的位置，在他所留下的罪惡。比到在高位的還更重大，用我一滴滴的血，洗去多麼大的罪惡，不是很光榮嗎？」更重要的是，新時代青年要求在判辭中寫說自己是受到「××力」的屈服，而不是受到「法」的制裁，因爲「法」的後面還有一種「力」的支配，「現在汝們所謂法不是汝們做的保護汝們一部分的人的嗎，所謂神聖這樣若是能無私地公正執行也還說的過去，汝們在法的後面，不是還受到一種力的支配嗎？」陳建忠進而指出賴和從法朗士那裡看到，所謂「國家」、「法律」、「警察」之間「已形成一種鞏固統治秩序的三角關係，法律是國家制訂來維持社會秩序的，警察爲國家執行法律，國家的權威則具現在警察的權力之上，爲了統治秩序的確立，警察的權威也被『上綱』到無可懷疑的地步，這就是近代資產階級統治的特點。」其小說觸及警察或補大人的就有〈不幸之賣油炸檜的〉、〈盡堪回憶的癸的年〉、〈補大人〉、〈阿四〉、〈讓步〉、〈辱?!〉、〈浪漫外紀〉、〈可憐她死了〉、〈豐作〉、〈歸家〉等。

賴和在〈蛇先生〉中，一語道出：「法律的營業者們，所以忠實於職務者，也因爲法律於他們有實益。」直陳殖民統治者對於法律「保有專賣的特權」，賴和另於〈辱?!〉這一篇小說中，也假藉一個小老百姓之口說：「法是要百姓去奉行的，若是做官的也受到拘束，就不敢創這多款出來了啊。」可以說賴和小說處處可見日本殖民統治者執法不公、玩弄把戲的場面。賴和在〈蛇先生〉一文又說：

> 法律！啊！這是一句眞可珍重的話，不知在什麼時候？是誰個人創造出來？實在是很有益的發明，所以直到現在還保有專賣的特權。世間總算有了它，人們才不敢非爲，有錢人始免被盜的危險，貧窮的人也才能安分地忍著餓待死。因爲法律是不可侵犯，凡它所規定的條例，它權威的所及，一切人類皆要遵守奉行，不然就是犯法，應受相當的刑罰，輕者監禁，重則死刑，這是保持法的尊嚴所必須的手段，恐法律一旦失去權威，它的特權所有者——就是靠它吃飯的人，準會餓死，所以從不曾放鬆過。像這樣法律對於它的特權所有者，是很有利益，若讓一般人民於法律之外有自由，或者對法律本身有疑問，於他們的利益上便覺有不十分完全，所以把人類的一切行爲，甚至不可見的思想，也用神聖的法律來干涉取締，人類的日常生活、飲食起居，也須在法律容許中，纔保無事。

的確，日治時期臺灣人在統治者所訂的極不公道的法令下，只有戰戰兢兢的生活，如果一不小心觸犯法網，必然動輒罰鍰，並拘留二十九天。這段話透露了「法之爲法」只是使人不敢爲非，讓貧窮的人安分等待餓死，「法」不是人民有力之保障，而是執法者最佳謀生之途，「法」甚而成爲弱者礙手絆腳的桎梏，因而荒謬的悲劇因之產生：秦得參的自殺、寡婦的含冤莫白、小孩無辜被遷怒挨打、阿金背負一身不平跌落河中等等，其中又與製糖會社之勾結、地主之壓迫息息相關，可見賴和對「法」的思考，最終指向一個批判的目標：資本家與統治者。殖民者之「法」具有的階級性與欺罔性，根本上瓦解了「法」具有的公平、正義等價值。

其次，就陳萬益的研究，作爲知識菁英的賴和，如何在啓蒙與傾聽、民間性的歸屬上自我批判、省思？賴和接受最先進的現代醫學教育，受過近代思潮的洗禮，在 1920、30 年代的文化社會運動中扮演了啓蒙者的角色，但他與魯迅極大差異之處，恐怕在於其出身和民間屬性濃厚，因此賴和能親近一般群眾，傾聽人民心聲，並很早意識到殖民地知識菁英所隱含的思想上的危機，歷史的發展也確實證明了他的疑惑及先見，這些思考都反映在他的小說裡。陳萬益〈啓蒙與傾聽——論賴和小說的人民性〉，肯定賴和「民間的」文學立場，探討賴和小說敘述者在啓蒙與傾聽之間的位移，所顯現的賴和對人民心理和期待的深刻把握，及其個人心靈的內在轉換。論文指出：

> 賴和的小說作爲啓蒙的話語，讀者可以清晰地感受到他以先覺的志士，昂揚的語調，深刻的思維，由上而下喚醒群眾；但是，也有不少的篇章，賴和小說的主人公由上位的被仰望的說話人轉換成在下的自慚形穢的被批判的對象和傾聽者。
>
> 賴和作爲啓蒙者的角色，向來爲論者所知，然而他一生在彰化行醫，鄉下醫生的角色，使他更接近人民，更能

> 夠傾聽人民的心聲，從肉體的病痛到心靈的苦楚，從個人的生活到地方的故事，傾聽所得成爲他創作的泉源，「傾聽」也正是賴和其人及其文面對人民所處的位置和採取的角度。

陳文也指出「國民性」的問題，最能展現賴和的啓蒙主義思想，因此，面對處於封建制度下的臺灣人及對所謂的民俗風情、破除宗教迷信的思索，都得回到臺灣人民族性格的原點上尋找答案，並非僅以批判一詞即可簡單概括。

他接受現代化，但也清楚看出現代化的陷阱，不曾失去臺灣人的立場。他苦思焦慮如何去除封建化之餘又能保有本土化的精神，不落入殖民者以「文明」之名行「殖民與同化」之實的社會進化論陷阱中。小說生動地描述其間的文化過渡性，如〈一桿「稱仔」〉中的農民秦得參身陷現代法律與度量衡標準的矛盾，〈鬪鬧熱〉中眾人對中斷 15 年的鬪鬧熱傳統習俗持各種正反不一的看法，〈歸家〉的兩個小販對於現代醫學和日本教育的否定，知識分子對於破除迷信的欣喜，〈赴會〉中的知識分子對於燒金客既懷疑其迷信又肯定宗教信仰給人的撫慰力量……賴和最終看清「時代的進步和人們的幸福原來是兩回事」，他在許多小說裡提到「幸福」，如〈僧寮閒話〉說：「人生幸福，須是自己創造，不是別人惠與的，是平等普遍的，不容獨占或過分享受。」但在〈不幸之賣油炸檜的〉結尾只能發出無力的祝福：「他含兩眶淚，依依地沿城腳走了。我心裡迷惘了，看她去的遠，終說一聲：『小兄弟——祝汝幸福無窮——』」，在〈一桿「稱仔」〉多次提到秦得參失去了幸福。其他如〈不如意的過年〉、〈阿四〉、〈棋盤邊〉、〈可憐她死了〉、〈惹事〉、〈善訟的人的故事〉、〈一個同志的批信〉等篇也都觸及「幸福」二字，在〈赴會〉甚至反省臺灣文化協會眞的能替人民謀得幸福嗎？小說的對話說：「講文化的？若是搶到他們，就會拍拼也無定著。」「他們不是講要替咱謀幸福嗎？」他在〈棋盤邊〉透過老許某乙的對話，批評了吃鴉片的沒一個無幸福。

儘管現代化未必帶來幸福，但島民庶民的性格與迷信，也的確將幸福推得遠遠的，對於處於半傳統、半資本社會形態中的臺灣眾庶，其性格一方面是牛步化的守舊、愚昧、迂腐、迷信，另一方面又貪財拜金、諂媚阿諛、自私自利。他在批判之餘，也同時承受來自民族情感的隱痛。他在散文〈隨筆〉診斷臺灣人性格說：「我們島人，眞有一個被評定的共通性，受到強權者的凌虐，總不忍摒棄這弱小的生命，正正堂堂，和他對抗，所謂文人者，藉了文字，發表一襲牢騷，就已滿足，一般的人士，不能借文字來洩憤，只在暗地裡咒詛，也就舒暢，天大的怨憤，海樣的冤恨，是這樣容易消亡。」在〈不如意的過年〉裡描寫日本人推行的陽曆新年，雖然街上冷清毫無節日氣息，但是「島民」最先想到的就是賭錢：「那些以賭爲生的人，利用奉行正朔的名義，已在十字街路開場設賭，用以裝飾些舊曆化的新年氣氛而已。」賴和藉此批判：「嗜賭的習性，在我們這樣下賤的人種，已經成爲構造性格的重要部分。」

至於「迷信」、「習俗」等議題，賴和除了一再透過小說如〈鬪鬧熱〉、〈蛇先生〉、〈赴會〉、〈歸家〉、〈善訟的人的故事〉等篇加以思考外，其散文中涉及民俗內容的描寫也不少，如〈忘不了的過年〉中小孩子拜年討掛頷錢，〈無聊的回憶〉裡私塾生給先生送節儀薦盒，〈我們地方的故事〉描寫本地迷信鬼神的風俗。值得一提的是，賴和小說中面對風俗不僅僅是描寫細節，更常將之作爲小說基本結構的基礎，其中有不少是直接以民俗文化內容爲素材，像〈鬪鬧熱〉光看篇名就知道與民俗、慣習有關。這些題材的選用與處理方式與魯迅有相近之處，例如魯迅也在〈五猖會〉、〈迎神與咬人〉、〈破惡聲論〉諸篇對「迎神賽會」、「祭祀」等活動的描寫中，挖掘潛藏著的民族性格與價值觀，批判中國人性格中愚昧、野蠻、迷信、落後的一面。而賴和小說在描寫中不僅僅是俯視的啓蒙，人道同情的角度，也呈現了平視、仰視角度，既懷疑其迷信又肯定宗教信仰給人的撫慰力量，如〈赴會〉中的知識分子對於燒金客的態度。

本來很多民俗都帶有理想民族性格的象徵色彩，如祭拜媽祖、王爺有其感激謝恩之思，但禮儀習俗成了模糊是非的天然氛圍，民族性格中的某些劣質（如好面子、講究排場……）在此一風俗中得到延續、繁衍的機緣。因之爲了建造各種神廟，舉行慶典不惜貸款或賣子者頻見。迎神賽會的鋪張、婚喪禮俗的奢侈，幾乎可使中下階層的人傾家蕩產。賴和〈鬪鬧熱〉就是以近代知識分子的觀點，批評封建舊社會，迎神賽會無謂的鋪張浪費。並藉由描寫小城居民因媽祖慶典而回憶往昔地方上拚熱鬧的風光，側面說明日本占領前的時代已一去不復返，沒有城牆保護的臺灣人民，隨著城牆拆除而失去光彩、災禍連連，表達了作者期盼文化革新與社會進步之思。兩庄村民爲了在媽祖生日的祭典中比賽哪邊熱鬧而不惜一擲千金的行徑，賴和說：

> 「實在是無意義的競爭，」丙喝一喝茶，放下茶杯，慢慢地說，「在這時候，救死且沒有工夫，還有閒時間，來浪費有用的金錢，實在可憐可恨，究竟爭得什麼體面？」

對於發起「鬪鬧熱」而奔走的學士、委員、中學畢業生和保正等「有學問有地位的人士」，賴和加以諷諫。對於迫使窮人典當衫被、耗盡老本以迎合舊俗的陋習，亦提出反省。賴和爲彰化人氏，信徒於北港天后宮、鹿港新祖宮及大甲媽祖廟進香之盛況，自爲其所熟悉，〈鬪鬧熱〉、〈赴會〉皆記載了香火鼎盛之情況。宗教本在淨化人心，藉著齋戒祭祀的活動，冥冥中堅定了民眾奮鬥進取的信念·撫慰了民眾忐忑不安的心靈。但由於爲廣大群眾所信奉，其庸俗化與迷信化，遂爲不可避免的趨勢。賴和在〈赴會〉一作中有一段話足以令人省思：

> 我靠近車窗坐下，把眼光放開去，無目的地眺望沿途風景，心裡卻想到適纔所見的事實。「這須向此次的會議提出」，我默默地打算著，「要選用那一方面做題目」，

> 我又自問著，「迷信的破除？」這是屬於過去的標語。啊！過去！過去不是議決許多提案，究其實在，有那一種現之事實？只就迷信來講，非僅不見得有些破除，反轉有興盛的趨勢。啊！這過去使我不敢回憶。而且迷信破除也覺得不切實際，使迷信眞被破除，將提供什麼？給一般信仰的民眾，像這些燒金客，可以賜與他們心靈上的慰安。這樣想來我不覺忙〔茫〕然地自失，漠然地感到了悲哀。

迷信的觀念或行爲，的確須加以破除，但在低水準的生活、農業爲主的社會、教育不普及的情況下，民間所建立的生活秩序、社會倫理、道德行爲種種，即以神教觀念爲基礎，它仍有溫暖民眾心靈、淨化人們精神生活的作用。如一味地破除其信仰行爲、斥責其迷信觀念，我們將如何去安慰他們在耗劫、挫敗與空虛中的生命？如何提升他們在平安快樂中對人生的滿足與感敏？賴和在反思中感到失落及悲哀，也難怪李獻璋如此評論賴和的一生：「臺灣人在臺灣政治命運上所負荷的重十字架，他以一個無處可遁逃的作家的心情，自己一個人承擔起這個負荷，替我們寫下了精神食糧。賴和和其他人不一樣，他以臺灣人的苦惱爲自己的苦惱，而生存下去，這是他作品中的歷史意義。」

那麼，賴和對殖民統治、社會現象、人民生活及自我生命的種種思考，如何以小說來表現？表現的技藝好不好？其小說的意義又在哪裡？賴和小說的獨特藝術手法，可從「對比」、

「對話」、「嘲諷」及人物生動傳神的語言數方面來加以說明。

對比方面，如〈不如意的過年〉、〈一桿「稱仔」〉等篇，是安排過春節和過元旦的節日氣氛下卻發生悲劇的情節，以喜襯悲，更凸顯「悲喜」對比的藝術效果。透過鮮明的對比，也能讓衝突白熱化，進一步拓展主題內涵，像是在〈豐作〉中，一開始添福的歡喜微笑，經過會社的層層剝削苛扣後，那種希望破滅而轉爲失望憤怒的悲哀。又或是如〈不幸之賣油炸檜的〉中賣油條小孩的楚楚可憐，與查大人的凶神惡煞，便形成鮮明的對比，劇情的衝突也更令讀者印象深刻。

其次是對話，賴和小說中的對話性敘述是其一大特色，甚至他有一篇小說〈不投機的對話〉，篇名就直接用了「對話」二字。他的許多小說裡，內在與外在的對話，都是表達思想的一種形式，往往比小說的內在情節來得更精彩、更重要，各種不同的對話、不同的聲音、不同的語調，共構講述同一個故事，對話就是主要的表現形式，故事情節只是幕後英雄，多重的對話關係反而是舞臺前耀眼驚豔的主角。林瑞明在談賴和是否向魯迅學習時，以魯迅曾被轉載於《臺灣民報》的〈犧牲謨〉爲例，這一篇作品收於《華蓋集》，向來皆被視爲雜文，但林認爲這是一篇形式創新的小說。題目仿《尙書》〈大禹謨〉、〈皐陶謨〉而命名，「謨」原是記君臣謀略，但魯迅在〈犧牲謨〉中刻意起了副標題：「鬼畫符」失敬失敬章第十三，藉此來達到諷刺的效果。他認爲〈犧牲謨〉一文中有情節：

> 以一個一無所有的「同志」向舊日「同志」求援開始，

> 而遭到對方刻薄的消遣，最後被趕出去，還要他爬著出去。全文採用會話體，更特別的只有單邊會話（消遣人的一方），語言極盡刻薄之能事。另一方則是隱藏性的角色，對話沒寫出來，然而一直留在場景中，因此講話的一方並非是獨白而已，在行文中可以充分感受另一方的話總是被打斷，在段落的轉折之間，構成了情節。全文有對話（雖然只以單邊會話出現）、有情節，已充分構成小說的條件。這樣的表現形式，極具前衛性，魯迅是最多樣的文體家，又是一例證。賴和新文學創作生涯中最後的一篇小說〈一個同志的批信〉，全篇以臺灣話文寫作。其情節是以獄中同志向舊日同志求援開始，然而已經從政治運動撤退的一方，過著紙醉金迷的生活，捨不得寄錢給對方，最後在官方募捐的壓力下，將捨不得寄出的款項挪用捐給官方，置獄中同志於不顧。賴和在呈現情節方面，多了一些敘述，而全文有三分之二以上皆採用單邊會話體，內容則同樣是同志遺棄同志的情節。[10]

從以上評述可知，對話不僅是賴和小說的重要表現手法之一，也同時呈現其語言文字方面最大的特色，亦即在白話行文中穿插臺灣話，尤其是人物對話，這樣就使得對話生動

10 林瑞明，〈石在，火種是不會絕的——魯迅與賴和〉，《國文天地》7卷4期（76期），1991年9月，頁18-24。

具體、眞實可感，符合人物的身分和當時的狀況，並具有濃厚的臺灣色彩。賴和這方面的小說極多，如〈僧寮閒話〉寫兩位朋友在寺廟法會之後與和尚的對話，三個人對於惡人之淪落是否予以照顧，對世俗與宗教的觀點有所差異，但對於統治者的法律問題的譴責，及不願作「順良民」卻有相同的覺悟。和尚所說：「現大千世界裡，有何法律，但有維持特別階級之工具而已，亦不過一種力的表現罷。」即是賴和借和尚之口表現了他對「法」的想法。〈一桿「秤仔」〉後半即以幾場對話進行，巡查與秦得參的對話，秦得參與市場攤販的對話，以及最後一幕的法庭訊問對話，傳達巡查大人的可惡及司法的黑暗。對話也呈現了秦得參具有反抗的理想性格，他所理解的世界是理想的，老者則是眞正理解「現實的」社會。〈鬪鬧熱〉全篇則如同戲劇對話般，讓街頭上的人各自講話爭論「鬧熱」繼續鬪下去，是否有好處？小說中出現的人物沒有名姓，只有甲、乙、丙、老人等，對話都圍繞在鬪鬧熱主題上，或贊成或反對，或現實考慮，從對話中可判斷發言者對此事的態度，以此推動情節發展，並透露賴和的思考。〈歸家〉通過敘述者「我」與兩個小商販的對話，批評日本統治下臺灣人出路的無望。〈不幸之賣油炸檜的〉以「我」、賣油炸檜的小孩、警察三人間的對話，寫活了警察的凶狠殘暴、小孩的痛苦無告、我的同情與無所作爲。〈赴會〉和〈富戶人的歷史〉在內容和形式有諸多近似之處，除了皆以一段旅程作爲情節發展的主軸外，兩篇皆有相當的篇幅以對話方式記錄路途中的聽聞。〈赴會〉透過身爲文協會員的

「我」在赴霧峰開會途中聽聞的談話，表現了「我」對當時知識分子與勞動群眾間存在的階級矛盾的看法，小說提到文協時說：「一派以社會科學做基礎，主張階級利益爲前提，一派以民族意識爲根據，力圖團結全民眾爲目的。」雖然「我」並沒有在文中直接表態，但一路傾聽勞動者的對話當中，已透露了「我」較傾向勞動階級的左翼立場，「我」的寫照有很大成分即是賴和本人的形象，可見其在文協分裂前的立場。對話體產生了特殊的逼眞感，如果再看人物語言，在對立爭執的情景下，則更是具體生動。此外，對話性的衝突，也很明顯是賴和小說的特色之一，往往是對話結束前都尚未達成某種妥協，甚至是衝突最激烈之際，小說突然終止。〈盡堪回憶的癸的年〉寫道兩位小販和歸鄉知識青年針鋒相對之際，最後以一聲令人驚恐的「巡查！」結束。這可說是小說高明的結束手法，讓讀者有更多想像空間參與閱讀[11]。

最後是賴和小說的諷刺手法，運用得相當高明。他不直接去寫諷刺的對象，而是讓人物自己去表演，而讀者自然心領神會。例如〈不如意的過年〉中的查大人，心中不滿年禮減少，閑坐辦公室裡憤怒想著：

---

11 陳建忠以「對話性敘事」概念分析賴和小說，藉由巴赫金的理論，他特別談到賴和小說的對話可以呈現一種「相對眞理性」，特別是呈現普羅大眾的心聲，使知識分子居於傾聽者的地位，接受民間的聲音。見《書寫臺灣．臺灣書寫：賴和的文學與思想研究》（高雄：春暉，2004年1月），頁205-233。

> 「這些狗，不，不如，是豬，一群蠢豬，怎地一點點聰明亦沒有？經過我一番示威，還不明白！官長不能無些進獻，竟要自己花錢嗎？怪事，銀行貯金，預計和這次所得，就可湊上五千，現在似已不可能了。哼！可殺，這豬！」他唾一空口沫，無目的地把新聞扯到眼前，忽地覺有特別刺眼的字：「剛〔綱〕紀肅正」，他不高興極了。

那「綱紀肅正」的描寫眞是諷刺極了，後來查大人在默許賭錢的日子去抓賭，沒抓著，竟施虐於一個無辜的孩子，敘述者不動聲色地說：「查大人爲公心切，不惜犧牲幾分鐘快樂。」嘲諷之意深刻。〈一日裡的賢父母〉頗似戲劇場景，分保長家裡、莊口迎接、與民同樂三幕，主要人物是區長、署長、保長，時間是冬季某天早晨到午後，場景分別是保長家中、莊口、溪邊。小說篇名用「賢父母」極盡諷刺，賢父母官來此莊一日，即把莊民賴以生存的魚一網打盡，而且還要年年如此，情何以堪？再者，官們坐在船頭，丁壯下到水中，官們吃魚喝酒，丁壯穿著濕衣在冷風中發抖，官們拿走了全部大魚、好魚，剩下的才賞給大家。賴和最後又以「與民同樂」再度諷刺這群「賢」父母。

四、餘論

從以上分析，足見臺灣「正格的」、「現代小說」的形式在賴和手上完成，他的小說具有廣闊的社會視野，並具有敏銳的歷史感，所以能夠從不同的社會階層的人物思想看到社會轉型的具體變化，而不受知識分子的觀點和價值判斷所侷限。關於賴和小說的評價，陳建忠之說值得重視，他說：「做爲一個主流而能夠表達殖民地問題的『實用性』文類，同時標示著新文學運動進入一個具有『新典範』的『時代性』文類，賴和小說可說是任何人都無法忽略的『源頭』。」[11]

2011 年《臺灣現當代作家研究資料彙編 01：賴和》出版時，收入 1,043 條研究篇目（含 29 本學位論文），林瑞明、陳建忠等學者的研究且極全面深入，在這樣的研究條件下，賴和研究還可能有空間嗎？這一提問，事實上不問自明。學術上的討論，永遠是無止盡的，也是文學史迷人之所在，如以〈善訟的人的故事〉爲例，早期研究者或認爲是賴和虛構的一篇小說，或視之爲民間傳說，不以小說視之，後來陳益源〈賴和〈善訟的人的故事〉的故事來源〉一文，先梳理故事的不同版本，進而尋找彰化東門外石碑，解決了小說故事來源的問題。2017 年時，蔡明諺又發表了〈土地正義與文學技藝——重讀賴和小說〈善訟的人的故事〉〉，提出諸多新意，豐富了小說文本的閱讀縫隙。該文指出賴和小說〈善訟的人的故事〉內容有兩個主要來源，除陳益源的研究已經指明外，另一個來源是當時「清塚」的事件，賴和借東門外石碑傳說，「傳諭」爲了擴大遊園地、開鑿自動車山路，造成地方民眾大規模遷葬的殖民

---

12 同前註，頁 444-445。

政府。他充分運用史料（1931年彰化街長楊吉臣父子在八卦山上強迫民眾「清塚」、總督府「退官者拂下土地」政策），連結了當時的政治與社會現實，因此得以進一步指出小說的隱喻，小說的核心概念是在土地正義。此外，對於賴和設計的底層的「乞丐」人物，作爲「善訟」的極致表現，指出其中恐怕還有階級的意味在裡面。就如同賴和設計「林先生」可能是「番社中人」，或者是「生番的後裔」一樣，這個人物設定同樣蘊含了對原住民身分的肯定，用以應對世俗觀念對「生番」的歧視。[13]

這次《新編賴和全集·小說卷》的出版，因各種因緣聚合，較諸之前的賴和小說創作又增加些新作、稿本、刊本，期待日後研究能綿延不絕，後出轉精，或可就手稿比對揣摩其修訂深意，或就小說、散文、劇本文類區分予以探究，或就小說內容形式更進一步闡釋。小說卷完成了，門打開了，相信賴和及其文學光芒將繼續照亮人心。

13 蔡明諺，〈土地正義與文學技藝——重讀賴和小說〈善訟的人的故事〉〉，《臺陽文史研究》第2期，2017年，頁41。

小說

〔僧寮閒話〕(稿本一)

稿本　《賴和手稿集・新文學卷》,頁 29-35。底本
　　　《賴和手稿集・新文學卷》,頁 18-27。
刊本　無。

一天,聽說東門外的菩提寺裡,要開一天道場,爲這回遭難枉死的人們,拔濟[1]超度,我約了一個朋友,想去看看熱鬧。不想去得晚了,剛剛跨進山門,就碰著紛紛要回家的人。問起來,纔曉得道場完了,人家都散了。我朋友說:「已來了,天還早的,我們可找那和尙談談罷,好久不到這邊來。」我們倆就走到禪房裡去。看那和尙正在調護一個半身臭爛的丐兒似的人。他看見著[2],就招呼我們,說:

和尙:「爲什麼來的晏[3]呢?」

我:「我們本不想來,硬被這雙腳運到這裡。——那個人怎麼樣?」

尙:「此人麼?是我一號的下午,在山後溫泉口,把他救起來的。不曉得是跌下去呢,亦是要尋自盡呢,幾番問他都不答應。來歷全不明白。」

1　拔濟:puåh-tsè,拔苦濟難,拯救。《妙華法蓮華經》卷二:「但以智慧方便,於三界火宅,拔濟眾生。」
2　看見著:khuànn-kìnn-tiȯh,看到。
3　晏:uànn,晚。

朋友：「會說話麼？」

和尚：「會說。」

我朋友走近那人身邊，子子〔仔仔〕細細看一下，說：

朋友：「唉！這人我似曾見過的，汝[4]不是東村魏老虎的兒子，人家喚汝叫矮古東，是不是？」

那人點個頭亦不做聲，翻頭[5]過去，似有點羞愧的樣子。

朋友：「汝為著什麼事情，弄到只樣田地[6]，家裡的人可曉得麼？」

停一刻亦沒聲響。

朋：「是不是，要自盡的？那就有大和[7]男兒的勇氣了，但是我們那起官司還未結局，要怎麼樣？」

倭〔矮〕：「我承認我的不是，我願輸了！」

朋：「汝亦就能悔悟來了麼！」轉身向我同和尚說：「汝兩位替他作個見證罷。」

我：「這就是硬要汝東村的田地，那個矮古東麼？」

和尚在傍兒念著。

尚：「善惡到頭終有報！」

我對著牠。

我：「念什麼？我請問汝，善惡要如何分別，可有標準麼？」

---

4 汝：lí，你。

5 翻頭：huan-thâu，轉過頭去。

6 只樣田地：tsit-iūnn tshân-tē，這步田地，這樣的處境。

7 大和：やまと，Tāi-hô，日本。

尚：「汝只管善汝善、惡汝惡，何用強爲分別，強設標準。」

我：「善惡是一般人的，不是我一個人自己的，何能以自我作標準？」

尚：「因爲是一般人的，纔能如此，汝善汝善、惡汝惡，一般人的善惡依原[8]是一般人的善惡，不能強別人同汝善汝善、惡汝惡；亦不能拒絕人家，要同汝善汝善、惡汝惡。（善惡固依然是一般的善惡。）」

我：「究竟汝說得勉強。」

尚：「我反要問汝，人類是要生存的麼？那麼凡保持他的生存手段，可能說他是惡麼？但有時候只顧自己的生存，侵害他人的生存手段，那可說他是善麼？勇於戰爭，汝敢說他是惡麼？但殺人的事，也可說是善麼？就汝心中所信的善惡，不論什麼時候，汝敢無所隱慝，一一直說出來麼？我打算當有不能。汝沒看見麼？印度的聖人顏智[9]，不僅印度的人，信他是善人，世界除英國以外（我想英自國內的人怕亦有），亦皆稱讚他、信仰他，現在不是被英政府監禁起來麼！（曾不聞國際間有說英是惡的國。）」

朋：「和尚大演說起來了，但說了有點興奮，且帶有些感情的……」

8　依原：i-guân，還是。

9　顏智：Gân Tì，甘地（Mohandas Karamchand Gandhi, 1869-1948）之臺語譯名，印度獨立運動領袖。1924 年 2 月 21 日《臺灣民報》載，甘地於 1922 年被捕入獄，1924 年獲釋。

我：「是，我亦同感，且所說亦在於事實，不是善惡的本體，且這種口吻亦不似出家人啊……」

尙：「難道出家人，就不算得人麼？不該談起人的問題麼？」

朋：「實在社會心理，已大有變化了，只如我，看那報紙上的不逞[10]徒、不良分子，就聯想他們是政治運動的實行者，或是固性覺醒之人，不然便是強權反對者。」

我：「這是實在的事，我亦有同樣的感覺，現在社會上，善惡是非將要倒置了！」

朋：「有果必有因，使世間如此，這責任不曉得誰當負呢？」

我：「此重因果案，很有研究的趣味。」

尙：「就在這眼前，何用研究？」

朋：「這不過單一的例罷。」

尙：「廣之至於無量數的眾生，亦是這樣罷。」

我：「那麼，我們將這個人的身上，來把因果判斷一番好麼？」

朋：「怎麼樣判斷？」

我：「研究他是因是果，該受得不該受得。」

尙：「何用判斷？人生就是罪孽，事事全是結果的表現，不是前生做下，一定今世積來……」

我：「這樣說，人生便是結果，此人從前的得意，就是他

---

10 不逞：ふてい，put-thíng，不順從、不聽話。

該享受的，爲什麼，再有這一番的慘痛？若說人生是果，我們就可不作未來和他生的希望了。」

尚：「不，因因果果，非因非果，亦因亦果。人生幸福，須是自己創造，不是別人惠與的，是平等普遍的，不容獨占或過分享受，一有幸當有一不幸，所以今日果亦可作明日因，心靈念慮爲原因，動作就是結果，現在的瞬間，已伏有未未〔來〕，今生的死就是未來生的因。」

我：「那就不能分別了，假使這人，汝說是過去的孽果，也許可說是未來的善因，卻要如何判斷呢？」

尚：「要如何判斷。不過處果以求因，明因以知果，由果而生因，那要判斷他則甚。可說現在果，是要人們能求過去的懺悔；未來因，是要人們常有以後的希望。這人，很盼望他能了解，孽由自作，罪降於天。」

友：「汝救他做什麼？」

尚：「宏我佛祖慈悲之願，體先聖惻隱之心。」

友：「設若這是孽果，汝輕減他一分苦痛，不將重他現在罪業。若還是善因，汝施他一分恩惠，恐要損他未來幸福。」

尚：「我們只管盡這一寸心，臨危救苦，不容有所打算。」

我：「啊！汝就大膽，法律所制定的罪名、刑罰，且不容許世人異議，天所責罰，汝敢替他赦免。」

尚：「唉！冤枉了！汝原是順良民，我錯看了，這大千世界裡，有什麼法律！但有支持特別階級之工具而已，不過是一種權力的表現罷。試睁開慧眼看，那受法律所拘束的，盡有無告之善男子、善女人。且現在一輩之新人，不是把受罪入獄，視爲光榮名譽⋯⋯」

友：「噯！這和尚今天吃了什麼興奮劑。」

尚：「笑話。」

我：「不早了，我們走罷，改天再談。」

我朋友走到矮古東身邊，說：

友：「保重，保重，汝能懺悔，神當庇佑汝。」

說罷和和尚拱拱手，就走出禪房，乃聽背後有「多謝慢走」的聲。

版本說明｜本文共有二稿，此爲稿本一。手稿 4 張，稿紙（賴賢湧用紙），軟筆字，直書，完稿，缺題，現存賴和紀念館。疑是賴和日記中提及的寫作計畫中的首篇〈僧寮的爛丐〉。「賴賢湧用紙」是賴和在總督府醫學校後期，及嘉義醫院時期所用之稿紙。推測本文寫作時間在 1923 年。

僧寮閒話 （稿本二）

稿本　《賴和手稿集‧新文學卷》，頁 29-35。
　　　《賴和手稿集‧新文學卷》，頁 18-27。底本
刊本　無。

一天，聽說東門外的菩提寺，要開一天道場，為一般枉死的幽魂，拔濟超度，我約下朋友，要去看看熱鬧。不想去得晚了，剛進山門，就碰著回家的人們。那法會經已散啦，朋友說：「天色還早，我們可找那和尚談談天罷，好就不到這邊來。」

我們倆就往禪房去，逢著和尚正在調護那丐兒似的病人。他看著我們，放下手，招呼著說：

尚：「為什麼來的晏呢？坐坐。」

我：「本不想來，硬被這雙腳運到這裡。——牠怎麼樣？」

尚：「這人麼！是我一號的下午，在山後溫泉口救來的。看他苦痛的很，全未問牠，不曉得為著什麼呢？」

我那朋友走跟前去，仔細瞧他一下：唉！

朋：「汝不是東村的魏老虎麼！為什麼弄到這樣子？可憐啊！」

我亦近前去，牠竟翻頭過去，總不做聲。

我：「魏老虎他不是在東村勢力家？聽說近來更好。汝在那邊的園地，牠不是強要霸佔去？怎會弄到如此？」

朋：「和我的官司還未了局！我怕是被牠的讎家捉弄的，

或者是牠悟了前非，覺得對此世間不住，要尋自殺。」

我：「怕不是！這人誰敢捉弄牠？牠亦不似能悔悟的人。」

尙：「善惡到頭終有報，我怕是天降之罰。」

我：「汝們出家人，總是隨地說法，那善惡要如何分別，可有標準麼？」

尙：「汝只管善汝善、惡汝惡，和尙豈能爲汝分別，爲設標準？」

我：「我善惡我的善惡，汝當亦有汝的善惡，善惡可得任人隨意以爲善惡麼？汝的話沒有一般性。」

尙：「因具有一般性，須能如此。汝善汝善、惡汝惡，一般的善惡，依然是一般的，不能強別人善汝善、惡汝惡，亦不能拒絕別人善汝善、惡汝惡。」

我：「汝話太含糊勉強，善惡……」

尙：「出家人問汝，人是不是要生存？那麼凡能以保生存的手段，可能說他惡？但只顧一己生存之必要，侵牠人反共存之手段，那能說他善麼？比方戰爭，勇往忘生，誰敢說他惡？但殺人之事，也可說是善麼？印度的聖雄顏智，不僅是印度之人，世界除英政府，亦都是稱讚他、信仰他，現在不是被視做惡人，受監起來麼？只就汝所信的善惡，汝敢確認麼？敢隨地隨時，不少隱忍，嘴開便說？打算當有不能。」

朋：「師父說的是，但似有點興奮，且帶些情感。」

我：「是。我不想出家人有這議論，但所說乃事之現在，不是善惡本體。」

朋：「實在目下社會心理，已大變化了。只如我自己，看那報上的不逞徒、不良分子，就認他們是個性覺醒之人、是先覺者，替多數之人謀幸福的，很暗地祝他成功。」

我：「啊！汝的思想幾時亦惡化了？汝沒聽著[1]麼……」

尙：「小乖乖！汝是很純良柔順的，和尙要獎賞汝……」

我：「休笑話，汝們的好友，聽見要受懲罰，把他放逐在熱焰地獄裡做苦工。」

朋：「那更好啊！在那邊的兄弟們，個個都很有膽量，敢做事的，只惜沒有人指導，若我到……」

我：「汝不怕人……，那姓魏的什麼樣啦！我們只管說笑，休要把他的苦痛忘了。」

朋：「使牠多受一刻，怕就會把他的心腸改換些兒。」

我：「閒話休說，何不把他的因果來判斷一番？」

尙：「何用判斷？人生就是罪孽，現世全是結果，不是前生種下，一定今世積來。」

我：「這樣說，牠以前的得意，就是牠該享受的，爲何再有此回的苦痛？若如汝說，我們就可不作未來和他生的希望了？」

尙：「不，因因果果，非因非果，亦因亦果。人生幸福，須是自己創造，不是受人惠與的，是要平等普遍，不容獨占或過分享受。有一幸福，當有一不幸者，所以今日果，即是明日因，現在的瞬間，已伏無限的未來，今世未盡，來生已見。」

我：「那就不能判斷啦！假使此人，汝說是過去之孽果，

---

1 聽著：thiann-tio̍h，聽到。

也許可說是未來之善因。」

尚：「要如何判斷，不過處果以求因，明因以知果，由果而生因，循環不息，將何判斷？所以說，現在果，乃要人們能朮〔求〕過去的懺悔；未來因，乃要人們常有無盡的希望。這人我很盼望他能了解，孽由自作，罪降於天。」

朋：「師父爲什麼救他？」

尚：「宏我佛慈悲之願，體先聖惻隱之心。」

朋：「設若這是孽果，汝輕減他一分苦痛，不將加重他現在罪業；若還是善因，汝施他一分恩惠，恐要損害他未來幸福。」

尚：「我們只盡這一寸心，臨危救苦，不容有所打算。」

我：「啊啊！膽就大啦，法律所判定之罪名、刑罰，且不許人異議；天降之罰，汝敢爲他赦免。」

尚:「哈哈！汝是以服從爲美德的善良民？這話怕不敢聽。現大千世界裡，有何法律？但有維持特別階級之工具而已，亦不過一種力的表現罷。」

朋：「噯！這和尙今天吃了什麼興奮劑。」

我：「回去罷，天不早啦。」

尚：「是，要趕快一點纔好，日頭[2]暗了，就走不成。」

我就走近魏老虎的身邊，替他祈禱說——

——汝要是能自悔悟，神當庇佑汝——

一九二三，九，一五　　完

2　日頭：jit-thâu，太陽。

版本說明｜本文共有二稿，此爲稿本二。手稿6張（編頁2-11），稿紙（臺灣雜誌原稿用紙），軟筆字，直書，完稿，現存賴和紀念館。文末標注寫作時間爲「1923.9.15」。本文由他人批改，兼有部分賴和自筆修改。《臺灣》雜誌，原爲《臺灣青年》，1920年7月由東京臺灣青年雜誌社發行。1922年4月改名爲《臺灣》，由東京臺灣雜誌社發行。1923年4月發行《臺灣民報》；同年6月，在臺中成立「株式會社臺灣雜誌社」，社長林幼春，社址仍在東京。本文所用「臺灣雜誌社原稿用紙」，應由該社提供。

〔不幸之賣油炸檜的〕（稿本一）

稿本　《賴和手稿集．新文學卷》，頁 49-54。底本
《賴和手稿集．新文學卷》，頁 38-47。
刊本　無。

現在的一夜長得多了，本來我早上睡醒，通[1]在六下鐘[2]，總是紅日滿窗，市聲喧鬧，怎麼樣今早眼兒睁開，窗上還黑漆漆，四邊都很沉寂，連賣早點的亦沒聲息。但我已睡夠了，再睡不下，那就起來，開門出去，立在街心，望望天色。在東北角的天空，北斗七星尚熒熒地掛著，絲絲的曉風帶有些霜氣，吹在臉上如受刺一樣，覺得耐他不住。隨即關門進屋，方想拿本書讀，遠遠地聽著，賣油炸檜[3]的聲被風送來，那我腹子裡的蟲，亦就作怪起來了，怕不把些東西安慰他，將有不答應的樣子，乃復開門等他。不一刻那孩子亦就到了，捧一筥籮[4]熱騰騰的東西，說：

童：「先生請用罷。今天竟怎樣特早起來？」

我：「不早啊！亦是六下多鐘了。」

---

1 通：thong，通常。

2 六下鐘：la̍k-ē-tsing，鐘敲了六下，指早上六點。

3 油炸檜：iû-tsia̍h-kué，油條。

4 一筥籮：tsi̍t-kú-lô，一籮筐。筥：圓籃形貯物器具；籮：竹製貯物器具，如米篩。

我們本是交關[5]主顧，亦不說價，隨[6]買他幾片。看他尚穿單衣，我就說：

我：「天氣冷了，汝這孩子，還未有覺著麼？什麼不多穿上一件？」

他紅著眼眶，戰著齒牙，顫聲地回答我：

童：「還不覺得怎樣冷啊！先生不再要麼？」

我回說：

我：「夠了。」

他就往別處賣去。我進入屋裡，他的「燒——的——油炸檜——燒的啦——」的呼聲漸漸大起來了。

一會兒，他忽地哭了，怕為了什麼事，我就走出來看。唉！他在派出所前被警察拉住了。犯著什麼事呢？我走跟前去，聽著：

警：「汝這該死的畜生，只管大呼小叫，把人家好夢打斷。」

哈！為這小事，我就替他求求情說：

我：「大人，饒他一次罷，小孩子實出無心的，不曉得大人正在做好夢。」

警：「汝們這班土民，全都不怕規紀，只怕的打，怕罰金，恕他不得。」

我：「他小孩子做得小生意，曉得什麼規紀，況不大聲叫

5　交關：kau-kuan，往來結交、買賣交易。

6　隨：suî，馬上。

喚，人家怎曉得……」

警：「誰叫他做這樣生意。」

童：「我母親教[7]我，我不出來賣，就沒有飯吃；賣不去，回去亦沒有飯吃。若不高聲，人家聽不著，就不來給我買，生意是做不來……」

警：「那……做賊去好啦！」

我：「唉……」

警：「關汝什麼事，王八，給我走開！」遂把他拉進衙門[8]裡。

童：「大人，我不敢了，我早飯還未吃呢！」

警察將手掌把他臉上摸得一拍說：

警：「休再開口，給我站著。」說著，進他房子裡去。

那孩子臉上現著五條的指痕，淚點瑩瑩，立在一邊，只發顫顫縮縮，我沒法子，亦就回來。

下午，我往城外[9]要回來，在破城邊又逢著那孩子，靠住城壁，嚶嚶啜泣。他看著我，哭聲就大起來，我安慰他一番，他暫時亦就不哭，我把早上的事問他，他忍住淚，咽著聲說：

童：「先生回去了好一下，那大人正服[10]出來，佩上劍，

---

7 教：kah，指示、叫人做。

8 衙門：gê-mn̂g，警局、派出所。

9 城外：當時人以彰化縣城爲界，分爲城內、城外。彰化縣城，道光4年（1824）完工之磚石城，大正4年（1915）彰化市區改正計畫開始實施後陸續拆除。可參見賴和散文〈我們地方的故事〉。

10 正服：せいふく，tsiànn-hok，制服、正式服裝。

要出去，我再求他放我，他把我臉上再打一掌，就闊步出去，回頭說：『汝不要走，走，汝著……』」

我：「以後呢？」

童：「等到將過午刻，他回來了，帶有一點酒意，坐在案邊，就問我家裡、名字、歲數，我一一回答了，他把一本書翻翻看，就說可憐我年紀少，這回算饒我，免罰。我聽罷，就要回去，他說：『怎麼樣不給我叩頭？』我就給他叩個頭，說聲大人恩曲〔典〕！」

我笑了一笑。

我：「汝就回家裡去麼？」

童：「是。回到家裡，進門，我娘看那貨全都未賣，不問黑白，把我就打。」

我：「汝親生的母親麼？」

童：「不是，我爹再娶的。她說我不去做生意，只顧遊戲，一些貨都退了油，不能賣，本錢虧折[11]，要我賠他。我把被警察拉去告訴她，她說那有這樣殘酷的大人，是我撒謊，把我再打一番。」

我：「打完亦就好啦，汝逃出來要怎樣？」

他慘得不成聲，說：

童：「不，她說我遊戲，肚子自會飽，可不要吃飯，教我再去遊戲，不容我在家裡……」

說罷，對我流淚哭著。我很可憐牠，心裡打算幾番，總沒

11 虧折：khui-tsiat，虧耗、損失。

有法子可救牠一時，只立著聽牠的哭。一會，日頭要下去了，四下裡都黑起來了，北風饗饗響著，夜氣冷了，耐不住了，亦就顧不得牠，自己走了，只覺得牠的哭聲似長在耳邊。

版本說明｜本文共有二稿，此為稿本一。手稿3張，稿紙（賴賢湧用紙），軟筆字，直書，完稿，缺題，現存賴和紀念館。

不幸之賣油炸檜的（稿本二）

稿本　《賴和手稿集．新文學卷》，頁 49-54。
　　　《賴和手稿集．新文學卷》，頁 38-47。底本
刊本　無。

現在的一夜長得多了，本來我早上睡覺，通在六下鐘，總是紅日滿窗，市聲喧鬧，怎麼樣今早眼兒睜開，窗上還黑漆漆，四邊都很沉寂，連賣早點的，亦聲息沒有。但我已睡夠了，再睡不下，那就起來開門，站在街心，望望天色。在東北角上，北斗星尚熒熒地掛著，絲絲的曉風帶有些霜氣，吹在臉上，如受刺的一樣。嗳唷，耐不住了，我就關門進去，然已遠遠地聽著：

「——燒的油炸檜——燒的啦——」

那臭臭的音波之聲，將門縫裡透進來，那肚子裡的蟲，亦就作怪起來，不把些東西安慰牠，怕不答應了，乃再把門放開。一會兒那孩子，捧一筥籮熱騰騰的東西到了，站在門口，說：

孩：「先生今天怎麼特早起來？要麼？」

我：「不早啊！六下多鐘了。我亦等汝好一會啦。」

我們本來是舊交關主顧，要我未起來，牠就在門前叫我聲，等我沒回復〔覆〕，纔別處去。這回因肚子餓，我買多好些，看他尚穿單衣，乃問他：

我：「天氣冷了，何不多穿一件？」

牠紅著眼眶，鬥著齒牙，顫聲地回答我：

孩：「還不覺得什麼冷，先生不再要麼？」

我：「夠了。」

他提高嗓子喊著賣，向別處去了。我亦就進屋子來，想燒火煎茶，火還不著，他的賣聲忽半路卻停了，哀哀地哭起來了，怕惹了什麼事。我走出來看，唉！在派出所前被警察拉住。犯著什麼事呢？我獨自語著就走跟前去，聽著警察說：

警：「汝這該死小畜生，只顧大呼小叫，不管人家正在溫睡的時候，把人家攪醒[1]。」

啊啊！就為這樣事。我就替他求情說：

我：「大人饒他這次罷，小孩子原是不小心，不曉得大人正做好夢。」

警：「事情汝不曉的，這野奴才們，汝們土民，全不怕規紀，只有打啦、罰啦，還小怕著，恕他不得。」

我：「他小孩子做是不成生意，那曉得有這樣規則，且他不大著聲叫賣，人怎曉得？生意就做……」

警：「誰叫他做這樣生意？」

牠猛力地說，我嚇的一跳，卻聽著：

孩：「我母親教我，要不出來賣，就沒有飯吃；賣不去，回家亦沒有飯吃。若不高聲喚賣，生意就不能做。」

孩子似得到同情，欣慰似的訴說他的苦。

警：「那——做賊去好啦！」

1　攪醒：kiáu-tshénn，吵醒。

我：「唉！……」

警：「關汝這狗什麼事？走開！」遂向孩子說：「進來！」

那孩子頓停一下。

孩：「大人，我不敢了，我早飯還未吃。」

警：「不進來麼？」把他臉上一批，硬扭進衙去，說：「站住！不要走！」說罷，自進裡頭去。

那孩子臉上現著五條指痕，淚簌簌落，手捧笞籮，站在那邊，只是顫縮的望著我，我只嘆一個氣，亦就回來。

下午我從城外要回來，在破城邊又碰著那孩子，靠住城壁，嚶嚶啜泣，看著我，哭聲忽大起來，我近前去安慰他一番，他暫時亦就不哭，我乃把早上的事問他。

他忍住淚咽著聲，說：

孩：「先生回去了好一會，那大人正服出來，佩上劍，要出門去，我再求他放我，被他再打一掌，眼都生火，他出了門，回頭說：『汝不要走，走了就罪上加罪，汝須……』」

我：「以後呢？」

孩：「等到將過兩下鐘，他回來了，帶有點兒酒意，坐在案邊，就問我家裡、名字、歲數，我一一回答了他，他把一本小冊子翻翻看，就說可憐我年紀還少，這回算饒了我，免罰。我聽罷要出來，他大聲說：『怎麼樣不叩頭？』我嚇一跳，就給他叩個頭，並道一聲大人恩典。」

我笑了一笑，再問他：

我：「汝就回家裡去麼？」

孩：「是。回到家裡，纔進門去，我娘看貨全都未賣，不問什麼，把我就打。」

我：「是生身的麼？」

孩：「不，是我爹再娶的。她說我只貪遊戲，不顧生意，把些貨都弄壞，折了本錢，要我賠她。」

我：「汝不把……」

孩：「我把早上被警察拉去告她，她說沒有那樣殘酷的大人，是我撒謊，把我再打一頓。」

我：「打完亦就算了，汝為什麼逃出來？」

他咽聲。

孩：「不不——她這樣的那就好啦，奈她又說我遊戲的夠啦，肚子自會飽了，可不用吃飯啦，趕我去遊戲，不容在家裡。」

說罷，望著我哭。我很可憐他，想了幾番，亦沒有法子，可救他一刻，要把錢給他買一頓吃，自己身上亦沒有，乃問他：

我：「汝爹爹呢？」

孩：「爹爹亦怕她，看我被她打罵，亦只暗地裡陪我流淚。」

我默默地看她，只沒有法想。

唉！日頭是要下去了，四下裡漸黑起來，北風饕饕的響，夜氣冷了，薄薄的褲子是耐不來了，我就殷勤勤地勸他：

我：「小兄弟回去罷，這回包管不再打汝。晚了，冷了，回家去的好啊！」

他含兩眶淚，依依地沿城腳走了。我心裡迷惘了，看她去

的遠，終說一聲：「小兄弟

——祝汝幸福無窮——」

版本說明｜本文共有二稿，此爲稿本二。手稿6張（編頁22-31），稿紙（臺灣雜誌原稿用紙），軟筆字，直書，完稿，現存賴和紀念館。本文由他人批改，兼有部分賴和自筆修改。原稿與〈僧寮閒話〉同一稿本，推測爲1923年底作品。

一日裡的賢父母

稿本　《賴和手稿集．筆記卷》，頁 245-247。
刊本　無。

保長的家裡

「汝人來——來。」（內裡應聲　跟人出臺）

「保長什麼事？」

「警署公文到來，說今日父母大人要到我們莊上來，算我們大家很大的光輝，汝傳下去。」

「好，傳什麼事？」

「傳說區長、丁壯至八點鐘，要齊到莊口迎接，不能不去。」

「是是，曉得了，保長不識[1]爲什麼事來呢？」

「聽說要來打魚。」

「打魚嗎？好時命[2]啊！溪上現正減水[3]，討魚的方在喜歡說：『若再兩天這樣，就不愁今年過不得年了。』聽說正預備下溪去。」

1　不識：m̄-tsai，不知道。
2　時命：sî-miā，運氣。
3　減水：げんすい，kiám-tsuí，水量減少。

「什麼呀！汝須給他們說：不許他們下網。說警署裡有話吩咐。」

「他們專靠此衣食呢。」

「我亦管不得許多啊，亦沒有法子啊。」

「且現在田裡正要翻犁，怕人家多下田去了。」

「汝快去吩咐，若不在的須喚他回。過時[4]去候，怕要受罰。」

莊口迎接

丁壯、區長陸陸續續到了，只一、兩人由田裡回來的較遲一刻，和警署長同時共到列[5]，署長就有不快得〔的〕樣子，向眾人說：

警〔署〕：「我吩咐八點鐘要到齊，總要七點半聚集，是向來的規紀。汝們怎樣陸陸續續？」

田：「保長七下多鐘才傳下去，現在亦才七點四十五分，我們是向田裡回來的——」

署長行近說話人身邊，舉起刀柄打下去說：

「畜生，大人說話，汝敢辯論麼？」

「不敢，不敢，饒我這次罷。」

署：「父母大人是九下鐘要到此地，汝們不許欠申[6]，須

4　過時：kuè-sî，超過時間、遲到。

5　共到列：kāng-kàu-liȧt，一同進到隊伍裡。

6　欠申：khiàm-sin，無精打采、打哈欠。

要靜肅，不可喧嘩，曉得嗎？」回頭向保長：

「保長，汝拿一把椅子來。」

長：「是是、好好，汝到我……」指旁立一人說，不住俯首。

署：「我叫汝去，汝……」

長：「好好，我去、我去。」

椅子拿到，他就坐下去，手抱刀柄。

署：「啊，保正[7]，我忘了，溪邊討魚的人，汝喚一個來。」

長〔保長〕指隊裡一人說。

長：「有一人當丁壯，現在此處。汝出來，大人要吩咐。」

署：「汝先回去，不用等候。汝去吩咐溪上的人家，今天總不可到別處去，須恐等我要呼喚。先備好那討魚的傢伙，再到署裡拿幾把好椅子，放在張大[8]那隻新造的船上。快去辦，須辦得完全，不要忘記。」

漁：「好好，我去辦。」

再一刻，十幾把轎子到了，大家靜靜肅肅對轎子行個最敬禮。轎子抬向警署去了，眾人跟他到警署前，不敢散去，專等

7 保正：即保長，一保之長。1898年8月，臺灣總督府發布《保甲條例》暨施行規則，以十戶爲一甲、十甲爲一保。保設保正、甲設甲長，皆由選舉產生，但需經所轄辦務署長（警務署長）認可。保正受辦務署長、支署長指揮監督，以維持保內安寧。

8 張大：人名。

吩咐。

先一把出來就父母大人，腰肥肩闊，面圓目細，搖搖擺擺進了署裡。其餘或肥或瘦，或高或矮，一齊出轎，一陣皮靴聲進了警署去。

眾人跟至堦[9]，等他們坐了，一同在行敬禮，退下一邊。他們喝過茶，進上小點心，署長出來說：「父母官要說話，近前來。」

大眾就再近前去行禮。父母官開口說：

「今天有勞汝們大家，我曉得這莊東清溪裡魚鮮等好，現在又值水退盛漁[10]的時候。我要到溪上同汝們大家打魚，所謂與百姓同樂，就是此意。汝們各要盡力，若所獲較多的有賞。汝們先到溪上去，我們隨後就到，各要用力些。」

與民同樂

在溪邊，保長傳話說，署長今天有吩咐。

保長：「大家今天不許脫下衣褲，在父母官面前不好看，各要注意，不可失了神態，怕署長不甘休啊！」

不一時，父母官到了。上了漁船，坐在船頭，教大家移船向魚區去。先把香餌散下，隨後把上下各一里用大網圍住，不許他一尾逃得去，就命眾人入水。

9　堦：kai，階梯；警署前的階梯。
10 盛漁：せいりょうき（盛漁期），sīng-hî，漁貨盛產的時期。

眾人高興，遂亦忘了寒冷，且欲爭賞格[11]，連衫帶褲爭先躍下水去。

有人說：「這樣法子，怕此一回就清楚[12]了，後日[13]我們要怎樣爲〔維〕生？」

有人應他：「獃子，擺[14]起來的怕他全都帶去不成嗎？」

到近午，溪裡魚亦沒有了，所獲的堆積積不曉得有幾千斤。長官就傳話，不許各歸家，在此等待領賞。一面叫喚廚子來，選那肥鮮的把他打生[15]、做羹[16]、打丸[17]。隨教保長把酒來，就在此把魚當中飯罷。酒到半酣，興頭亦發，遂擊掌唱歌起來，一時擲盃傾盡，興會淋漓。

在丁壯、區長，人人身上都水淋漓，又不敢散去。下午風大起來，各人皆戰慄不住，有的走爐邊想借火烤烤衫褲[18]，署長不住把人趕，說：「那骯髒的身子不許近去。」

大家午飯還未吃，身子凍著，個個皆唇紫而白，有似寒凍獄裡鬼徒。

一會他們吃飽了，就把剩下的殘肴餘飯，要賞大家吃一口，教大家只管盡量不用送。又吩咐那魚大的、好的，全部送

---

11 賞格：siúnn-keh，賞給、賞金。

12 清楚：tshing-tshó，完結、傾盡；此指一次就把魚撈完。

13 後日：āu-jit，以後。

14 擺：pâi，將捕獲的魚堆疊、堆放起來。

15 打生：phah-tshenn，作爲生食來處理。

16 做羹：tsò-kenn，製成魚肉羹。

17 打丸：phah-uân，製成魚丸。

18 衫褲：sann-khòo，衣褲。

到縣裡去，他要分送與在上[19]衙門，剩下的賞給大家。他們要回去，隨各上轎，在轎裡再傳話說，年年要以此爲例，不要忘記。大家說：

「父母大人的慈愛是不能忘的。」

版本說明｜手稿3張，塵紙（空白紙），硬筆字，橫書，完稿，現存賴和紀念館。本文爲1923年底，賴和因「治警事件」遭羈押於臺北監獄時，以鉛筆寫在塵紙上之作品。

19 在上：tsāi-siōng，更高層級的。

盡堪回憶的癸的年

稿本　《賴和手稿集・新文學卷》，頁 57-65。
刊本　無。

我初進學堂在十歲的年頭，記得是癸卯[1]之春初。當二十歲癸丑的首夏由醫科畢業，到今年癸亥方始回家，從頭一數已二十年了。那時代的少年朋友，死的有，不長進的亦有，得意成功的有，依人作活的亦有，大都是生疏及的，不似那騎竹馬、鬥草兒的時代親熱了。因爲人人各有了事做，聚首的時很少，且少時的事，什麼人像我要再想起呢？

還有一件使我很傷感的，就是無識無憂時代那些老相好，那在中街之賣米糕，打小鑼子的，賣麥芽糕的，好說笑話的賣鹹酸甜[2]的潮州老，常在祖廟口的賣蔗翁，賣粉圓的擔子，這幾介〔個〕老人家大半死了，死的不曉得再轉生幾世了。只有那小鑼子腔腔的聲，還時響到耳邊來，粉圓亦再吃過好幾次。

一天，他兩人在祖廟口息下擔子，因沒有買賣，也就談天起來。剛剛我亦閒著跕[3]在那邊，看照牆上的告白，聽著他們說的高興，也就向階石上坐下，同他問答起來。

1　癸卯：即 1903 年。後文「癸丑」爲 1913 年；「癸亥」爲 1923 年。
2　鹹酸甜：kiâm-sng-tinn，蜜餞。
3　跕：liam，踮著腳。

（＊：我，○：飴，△：粉）

＊：「記得我很少[4]的時候，自我有了記憶，就看見你挑這擔子，打著小銅鑼，硿硿[5]地在街上賣。不知道今年有六十歲嗎？敢[6]沒有兒子可替你賣？」我問那賣麥芽糕的。

○：「六十二歲了，我自少年就做這樣不長進的生意，至今日有幾個年頭，也自記不清楚。兒子雖有兩個，但他們有他們的事，我還會勞動，也不要出來賺些來去添頭貼尾[7]。」賣麥芽糕的應。

「不享幾年福，何苦呢？」

「有福可享，誰不要享呢？就是享不來，纔出來受苦。」

「你！賣圓仔湯的！也有幾個兒子會賺錢了，而且你也帶著病，那[8]不休息休息？」

「囝仔[9]賺不成錢[10]，米柴官廳當當緊，不能不出來拖老命。」

＊：「現時[11]比永過[12]一定較好啊，以前一個錢的物，現在賣十幾個錢。」

○：「唉！汝還是囝子仔的見識，不懂世故。現在十幾個

4　少：sió，年紀小。

5　硿硿：khong-khong，狀聲詞。

6　敢：kám，難道。

7　添頭貼尾：thinn-thâu tah-bué，多少有點補貼。

8　那：ná，怎麼。

9　囝仔：gín-á，小孩。

10 賺不成錢：thàn-m̄-tsiânn-tsînn，賺不到錢。

11 現時：hiān-sî，現今。

12 永過：íng-kuè，以前。

錢，怎比得上先前的一個錢，講起來就傷心，我們已沒有性命再過得那樣的日子啦！」

「永過的時代是眞好，沒有現時這樣警官。」賣麥芽糕。

△：「現在的景況，一年不好過一年了。單就疾病來講，以前總沒有什麼流行症、傳染病，我們若受些風邪[13]，一服藥就好了。現在有的病，什麼不服西藥更不會好啦，像我帶這種病，每一發作，非注射[14]不行，這樣病全都是西醫帶來的？」

＊：「哈哈難怪！汝這樣想嗎？實在有好幾種病是有了西醫纔發見[15]的。汝們的孩子進過學校沒有？」

○：「進學校麼？講來使人好笑。」

＊：「什麼緣故呢？」

○：「我的大孩子很欣恙〔羨〕汝們做先生的賺錢多、做名好，小學畢了業就想考進上級去，因我們是窮人，不是資產家，是不能栽培子弟成人的，我就不答應……」

＊：「沒有這樣道理，後來呢？」

○：「他竟偷去報考，竟然考進，當時我實吃驚不少。」

△：「汝顚了？這很可恭喜的事呢？」

○：「汝不曉得啊，這一起[16]的學費，一月裡[17]要幾十塊，我這老骨頭怎擔得起這重擔子。要不使他去，怕校裡不答應，

13 風邪：かぜ，hong-siâ，感冒。
14 注射：ちゅうしゃ，tsù-siā，打針。
15 發見：はっけん，huat-kiàn，發現。
16 一起：tsit-khí，初起，起算、最少。
17 一月裡：tsit-gue̍h-jit（一月日），一個月。

後來他說是考在官費生裡，心纔放寬一點。」

＊：「雖說官費生，一月裡所用也要十來塊錢。」

○：「是啊，我亦這樣打算，到畢業至省亦要五、六百塊，若他在家裡幫做小生意，這四、五年間，亦可積下三、四百塊，那麼我們就是小富戶[18]啦。比到那先生們一月賺不上三十塊，日日兢兢戰戰，把大丈夫的勇氣壯心盡都忘掉，還可做個無憂無慮、特立獨行的男子，何等爽快。」

＊：「栽培子弟是不能和做生意一樣，打算拿出多少本錢，要多少利息。究竟後來怎麼樣？」

○：「他總不懂我的話，一定要去，沒有法子，我亦就艱難計較，克斂家裡的所費[19]，使他進學校去。」

＊：「那就難得啦。現在幾班生了？」

○：「啊！白虧了我兩百多塊錢，到第三年頭竟被革除了。」

＊：「爲著什麼緣故？」

○：「我欲詳細問，他只是呑呑吐吐說不明白，但我信他壞事是做不來的，和他同時亦有許多人被退學[20]，聽說全是純良學生，此中的原因很難解釋。」

---

18 富户：hù-hōo，富有之家、有錢人家。

19 所費：sóo-huì，費用、金額。

20 退學：臺北師範事件，1922 年 2 月 5 日。事因臺籍學生違反交通規則，與日籍警察發生衝突，臺北南警署長田野才太郎，帶隊到校搜捕學生，拔劍相向，或稱爲「拔劍事件」。事件中有 45 名學生被捕，旋即獲釋。事件後共有 15 名學生遭退學，35 名學生無期停學。參見〈臺北師範生暴行事件の顚末〉，《臺灣日日新報》，1922 年 2 月 22 日。

＊：「是是，我聽過的，現在怎樣？」

△：「他的孩子好啊，本來就是和順的。從學校回來更加和氣，日日在家裡替他老子……」

＊：「那嗎兩百塊錢，就不算白花了。」

○：「唉，汝沒有看過，他回來更同剦割[21]過的一樣，毫無丈夫膽氣，所以別人營三託四，再求進學校去，那樣的教養法，實在不能感心，我亦不願他再進去。」

△：「唉，汝這老頭子，那樣孩兒，汝還不足嗎？若像我隔鄰羊家那個東西，幸得他家裡還過得去，要使我們生著，怕只條老命就……」

△：「我隔壁楊家那個兒子，畢業過三、四年了，考幾次上級學校總不能及第，他的父親亦就斷念，說他不能上進，教他去店鋪裡學生理[22]，去過幾家，全被辭回來[23]，聽講[24]字目算[25]無有一件會，而且常常自己抬起畢業生身分，不願去做粗重的工課，只能在家裡和同他一樣的朋友講究穿喰嫖[26]，一天到晚就是算街上的石頭。」

○：「我早看透了一樣，所以我兩個囝仔，已教他退學了，六年間記得幾句用不著的日本話，也是好笑。」

「怎用不著呢？」

---

21 剦割：iam-kuah，閹割。

22 生理：sing-lí，生意。

23 被辭回來：hông sî-tńg--lâi，被解雇。

24 聽講：thiann-kóng，聽說。

25 字目算：jī-bák-sǹg，能夠寫字與算數。

26 穿喰嫖：tshīng、tsiáh、phiâu，穿衣、吃飯、狎妓。

「怎用得著呢？」

「在銀行、役場[27]、官廳，那一處不是不會講國語不行嗎？」

「那一種的人自然有路用[28]咯，不過像我們是用不著的，怎樣？」

「一個囝仔要去喰[29]日本頭路[30]，不是央三托四[31]，抬身抬勢，那容易？自然那是無我們的份額[32]。」

「在家裡，幾時用到？只有等巡查[33]來對戶口時，用牠一半句。」

「而且漢文一字也不知道。」

「恁[34]想了錯去了。」

△：「是啊！我問汝？國語汝是學過的，學校裡說的和外間有不同嗎？」

＊：「什麼緣故？」

△：「我的孩子五班生了，聽說校裡非國語不許說，先生教書亦是全用國語。那嗎，國語當該是聽的、說的全都懂的，什麼一天我和他在路上，聽兩人說的好些一下，我問他，牠倆

---

27 役場：やくば，ik-tiûnn，鄉、區公所等地方性的行政機關。
28 路用：lōo-iōng，作用、用處。
29 喰：tsia̍h，吃。
30 頭路：thâu-lōo，工作、職業。
31 央三托四：iang-sann thok-sì，多方請託。
32 份額：hūn-gia̍h，份、額度。
33 巡查：じゅんさ，sûn-tsa，基層的警察。
34 恁：lín，你們。

說什麼，他竟一句亦不懂，說和校裡的不一樣，可實……」

○：「巡查來了！」

＊：「不要緊啦，這邊沒有防〔妨〕礙交通。」

○：「他是不容人理會的，人家若不走避，他就以爲人不怕他，定把威風使起來，那就要吃虧。」

說還未了，挑起擔子走[35]了！

唉，他們把我當作什麼樣的先生呀？

版本說明｜手稿3張，稿紙（文英社），墨筆字、硬筆字，直書，完稿，現存賴和紀念館。稿本後接散文〈我這次回來〉。本文作於1923年（癸亥），後改寫爲小說〈歸家〉，發表於《南音》創刊號，1932年1月。

35 走：tsáu，跑。

鬪鬧熱（刊本）

稿本 《賴和手稿集．新文學卷》，頁 84-89。
《賴和手稿集．新文學卷》，頁 90-99。
《賴和手稿集．新文學卷》，頁 69-82。
刊本 《臺灣民報》86 號，1926 年 1 月 1 日。底本

拭過似的、萬里澄碧的天空，抹著一縷、兩縷白雲，覺得分外悠遠。一顆銀亮亮的月球，由深藍色的山頭，不聲不響地滾到了天半[1]，把牠清冷冷的光輝，包圍住這人世間。市街上罩著薄薄的寒煙，店鋪簷前的天燈，和電柱[2]上路燈，通溶化在月光裡，寒星似的一點點閃爍著。在冷靜的街尾，悠揚地幾聲洞簫，由著裊裊的晚風，傳播到廣大空間去，似報知人們，今夜是明月的良宵。這時候街上的男人們，似皆出門去了，只些婦女們，這邊門口幾人，那邊亭仔腳[3]幾人，團團地坐著，不知談論些什麼，各個兒指手畫腳，說得很高興似的。

有一陣[4]孩子們，哈哈笑笑，弄著一條香龍[5]，由隘巷中走出來，繞著亭仔腳柱，繞來穿去。

「厭人[6]，」一婦人說，「到大街上玩去罷，那邊比較鬧

1 天半：thinn-puànn，半空中。
2 電柱：tiān-thiāu，電線桿。
3 亭仔腳：tîng-á-kha，騎樓。
4 一陣：tsi̍t-tīn，一群。
5 香龍：hiunn-liông，草繩上插著香柱，作舞龍狀。
6 厭人：ià--lâng，討厭。

熱。」

孩子們得到指示，嬉嬉譁譁地跑去了。

「等一會，」一個較大的孩子說，「我去拿一面鑼來。」

「好，很好，快來，趕快。」孩子們雀躍地催促著說。

快！快！快！快！（鑼的響聲，不知有什麼適當的字）銅鑼響喨〔亮〕地敲起來。

「到城裡去啊！」有的孩子喊著。

「好啊！去啊！」「來來！」一陣吶喊的聲浪，把孩子們和一條香龍，捲下中街去。

過了些時，孩子們垂頭喪氣跑回來，草繩上插的香條，拔去了不少，已不成一條龍的樣子，鑼聲亦不響了，有的孩子不平地在罵著、叫喊著。

「鬧出什麼事來？」有些多事的人問。

「被牠們欺負了，牠媽的！」孩子們回答著，接著又說：「把我們龍頭割去！」

「汝們吵鬧過人家罷？」有人詰責似的問。

「沒有！我們是在空地上，」孩子們辯說，「又受了他們一頓罵！」

「那邊有些人，本來是橫逆不過的。」又一人說。

「蹧躂人！」又有人不平地說，「不可讓他占便宜。」

「孫〔孩〕子們的事，管他做甚？」有人又不相關的說。

一時議論沸騰起來，街上頓添一種活氣。有人說：「十五年前的熱鬧，怕大家都記不起了，再鬧一回亦好。」有人說：「要命，鬧起來怕就不容易息事。」

明月已漸漸斜向西去，籠罩著街上的煙，濛迷地濃結起來，燈大〔火〕星星地，在冷風中戰慄著，街上布滿著倦態和睡容，一綵綵霜痕，透過了衣衫，觸進人們的肌膚，在成堆的人們中，多有了袖著手、縮著頸、聳著肩、伸著腰、打呵欠的樣子。議論已失去了熱烈，因爲寒冷和睡眠的催促，雖未見到結論，人們也就三三五五的散去。

隔晚，那邊也有一陣孫〔孩〕子們的行列，鬧過別一邊去，居然宣佈了戰爭，接連鬪過兩、三晚，已經因「囝仔事惹起大人代[7]」（俗語）。

一晚上，一邊的行列，被另一邊阻撓著，因一邊還都屬孫〔孩〕子，擋不住大的拳頭，雖受過欺負，只有含恨地隱忍而已。——像這樣子鬧下去，保不定不鬧出事來，遂有人出來阻擋，鬧熱也就沒得結局了。

一邊就以爲得到了勝利——在優勝者的地位，本來有任意凌辱壓迫劣敗者權柄，所以牠們不敢把這沒出處的威權，輕輕放棄，也就忠實地行使起來。可不知道那就是培養反抗心的源泉，導發反抗力的火戰。一邊有些氣憤不過的人，就不能再忍住下去了，約同不平者的聲援，所謂雪恥的競爭，就再開始。——一邊是抱著滿腹的憤氣，一邊是「儉腸捏肚也要壓倒四福戶[8]」（諺語）的子孫，遺傳著有好勝的氣質，所以這一回，

---

7 囝仔事惹起大人代：gín-á-sū jiá-khí tuā-lâng-tāi，因孩子之間的爭吵而引起大人的糾紛。

8 儉腸捏肚也要壓倒四福户：khiām-tn̂g-neh-tōo iā-beh ah-tó sù-hok-hōo，意味在熱鬧時，縮衣節食也要贏過其他四個福户。彰化北門開基祖廟（主祀

就鬧得非同小（俗謂發狂）狗（以「可」字同讀，亦俗語）[9]了。但無錢本來是做不成事，就有人出來奔走勸募，雖亦有人反對，無奈群眾的心裡，熱血正在沸騰，一勺冰水，不是容易就能奏功，各要爭個體面，所有無謂的損失，已無暇計較。一夜的花費，將要千圓。又因接近街的繁榮日，一時看鬧熱的人，四方雲集，果然市況一天繁榮似一天。

在一處的客廳裡，有好些個等著看鬧熱的人，坐著閒談。

「唉！我記得還似昨天，」甲微喟的說，「怎麼就十五年了？」

「歲月眞容易過！」乙感嘆地說，「那時代的頭老[10]——醉舍[11]——已經財散人亡，現在想沒得再一個，天天花費三、兩百圓，不要緊的。」

「實在是無意義的競爭，」丙喝一喝茶，放下茶杯，慢慢地說，「在這時候，救死且沒有工夫，還有閒時間，來浪費有用的金錢，實在可憐可恨，究竟爭得是什麼體面？」

「樹要樹皮，人要面皮，」用〔甲〕興奮地說，「誰甘白受人家的欺負，不要爭一爭氣，甘失掉了面皮！」

「什麼是面皮？」丙論辯似的說，「還有被人家欺辱得不

土地公），其祭祀圈劃分爲五個角頭，稱爲「五福户」，分別爲北門口、竹篾街、中街仔、祖廟仔、市仔尾。

9 小狗：siáu-káu，即「痟狗」，瘋狗之意；賴和自謂借自「小可」（sió-khó）之白話諧音。非同小狗，即「非同小可」。

10 頭老：thâu-láu，地方上的長者、鄉紳。

11 舍：sià，對富人子弟或有地位者的尊稱。醉舍：人名，稿本作「醉仔舍」，另可參閱賴和漢詩〈醉人梓舍之哀詞〉。

堪的，卻自甘心著，連哼〔哼〕的一聲亦不敢，說什麼爭氣？孩子般的眼光，値得說什麼爭面皮！」

「現時可說比較好些，」一個有年紀的人阻斷爭論，經驗過似的鄭重說，「像日本未來的時[12]，四城門[13]的競爭，那纔利害啦！」

「什麼樣子，那時候？」一個年輕的希奇地問。

「唉！」老人感慨地說，「那時代，地方自治的權能，不像現時剝奪得淨盡，握著有很大權威，住在福戶內的人，不問是誰，福戶內的事，誰都有義務分擔，有什麼科派[14]捐募，是不容有異議，要是說一聲不肯，那就刻不能住這福戶內，所以窮的人典衫當被，也要來和人家爭這不關什麼的臉皮。」

「聽說有一樁可憐可笑的，」乙接著嘴說，「西門那賣點心的老人，五十塊的老本（終老喪費），和一圈豚[15]，連生意本，全數花掉，還再受過全街的嘲笑。」

「實在也就難怪，」甲吐出那飽吸過的香煙，在煙縷繚繞的中間，張開牠得意的大口，「前回不是因得到勝利（牠一人的批判），所以那邊的街市，就發達繁昌起來，某某和某等不是皆發了幾十萬，眞所謂狗屎埔變成狀元地[16]。」

---

12 未來的時：buē lâi ê sî，還沒有來的時候。

13 四城門：彰化縣城，道光4年（1824）完工。四個城門分別爲樂耕門（東）、宣平門（南）、慶豐門（西）、拱辰門（北）。

14 科派：kho-phài，責令民眾出資或攤派捐款。

15 豚：thûn，此指豬。

16 狗屎埔變成狀元地：káu-sái-poo piàn-sîng tsiōng-guân-tē，沒人要的、滿是狗屎的荒地，變成能出狀元的風水寶地。

「就說不關什麼，」一位像有學識的人說，「也是生活上一種餘興，像某人那樣出氣力的反對，本該挨罵。不曉得順這機會，正可養成競爭心，和鍛鍊團結力。」

「這回在奔走的人，」乙說，「不是有學士，有委員、中等學校卒業生[17]和保正，不是皆有學問、有地位的人士，牠偏說這是無知的人，所做的野蠻舉行，要賣弄牠自己的聰明。」

「牠說人們是在發狂，牠正在發瘋呢！」甲哈哈地笑著說。

「聽說市長和郡長，都很讚〔贊〕成，」乙說，「昨晚曾賜過觀覽，在市政廳前和郡衙前，放不少鞭炮，在表示著歡迎。」

「那末汝以爲就是無上光榮人〔了〕？」丙可憐似的說。

「能夠合官廳的意思，那就……」甲說，「牠媽的，看他有多大力量能夠反對！」

「聽說有人在講和，可能成功嗎？」老人懷疑地問。

「他媽的，」甲憤憤地罵，「花各人自己的錢，他不和人家分擔，不趕他出去，也就便宜，要硬來阻礙別人的興頭，他媽的！」

「明夜沒得再看啦！」纔進屋子來的一個人說。

「什麼？」丙驚疑地問，「聽說因了某某的奔走，已不成功了，怎麼樣就講和？」

「人們多不自量，」進來的人說，「他叩了不少下頭，說

---

17 卒業生：そつぎょうせい，tsut-giap-sing，畢業生。

了不少好話，總値不得市長一開口，他那麼盡力，不能成功，剛纔經市長一說，兩方就各答應了。」

「怎麼就這樣容易？」丙說，「實在想不到！」

「因爲不高興了。」那人道，「在做頭老的，他高興的時候，就一味地吶喊著，現在不高興了，就和解去。」

「下半天的談判，不是誰都很強硬嗎？」丙問。

「死鴨子的嘴吧，」那人說，「現在小戶已負擔不起，要用到他們頭老的錢了，還有不講和的？」

「早幾點鐘[18]解決，」乙說，「一邊就可省節六、七百塊，聽說路關[19]鐘鼓，已經準備下，這一筆錢就白花的啦！」

「我的意見，」丙說，「那些富家人，花去了幾千塊，是算不上什麼，他們在平時，要損他一文，也是不容易，再鬧下去，使勞動者們，多得一回賣力的機會，亦不算壞。」

「汝算不到，」老人說，「抵當[20]賓客的使費[21]，在貧家也就不容易，一塊錢現在不是糴[22]不到半斗米？」

「牠媽的，老不死的混蛋！」甲總不平地罵。

鬧熱到了，街上的孫〔孩〕子們在喊。這些談論的人，先先後後，亦都出去了，屋裡頭只留著茶杯、茶瓶、煙草、火柴在批評這一回事，街上看鬧熱的人，波湧似的，一層層堆聚起

---

18 幾點鐘：kuí-tiám-tsing，幾個小時。
19 路關：lōo-kuan，在道路上設置關隘。
20 抵當：tí-tǹg，以財物抵押。
21 使費：sú-huì，開銷。
22 糴：tia̍h，買進米穀。

來。

翌日，街上還是鬧熱，因爲市街的鬧熱日，就在明後兩天——人們的信仰，媽祖的靈應，是策略中必需的要件；神輿的繞境，旗鼓的行列，是繁榮上頂要的工具——眞的到那兩天，街上實在繁榮極了。第三天那些遠來的人們，不能隨即回家，所以街上還見得鬧熱，一到夜裡，在新月微光下的街市，只見道路上，映著剪伐過的疏疏樹影，還聽得到幾聲行人的咳嗽，和狺狺[23]的狗吠，很使人戀慕著前天的鬧熱。

版本說明｜本文發表於《臺灣民報》86號，1926年1月1日。頁18-19。完稿。發表時署名「懶雲」。本文手稿共有三稿，刊本與稿本三相近。本文以刊本爲底本，以稿本三參校。稿本三：手稿8張（編頁22-35），稿紙（文英社），硬筆字，直書，完稿，缺題，現存賴和紀念館。文末標注寫作時間爲「11.14」，應在1925年。

23 狺狺：gûn-gûn，狗叫聲。

〔鬪鬧熱〕（稿本一）

稿本　《賴和手稿集．新文學卷》，頁 84-89。底本
　　　《賴和手稿集．新文學卷》，頁 90-99。
　　　《賴和手稿集．新文學卷》，頁 69-82。
刊本　《臺灣民報》86 號，1926 年 1 月 1 日。

拭過似的、萬里澄碧的天空，抹著一縷、兩縷的白雲，一顆銀亮亮的月球，由那淺藍的八卦山頭，不聲不響滾到了天半。街上罩著薄薄的寒煙，店鋪的天燈和電柱上的路燈，通溶化在月光裡，寒星似的一點點閃爍著。在冷靜的街尾，悠悠地幾聲洞簫，由著裊裊晚風，傳播到無限的空間去，似報知人們，今夜是明月的良宵。

這時候，街上男人們，似皆出門去了，只些婦女們，這邊門口幾個，那邊亭仔腳幾個，團團坐著，不曉得是說些什麼，各個兒說得指手畫腳，很似高興。

有一陣孩子們，喧喧嚷嚷，哈哈笑笑，弄著一條香龍，由隘巷中走出來，繞著亭仔腳的柱仔，繞來穿去。

「厭人，到大街上去玩罷，那邊較熱鬧。」一高年的婦人說。

孩子們很得意的，歡歡喜喜跑向大街上去。

「等一等，我去拿一面銅鑼來。」大街上較大的一個孩子說。

「好！」「很好！」「快來！」「趕快來！」孩子們雀躍

地說。

「等著，我轉身就來。」那孩子跑去了。

「快！快！快！快！」鑼聲響起來了。

「到城裡去罷。」孩子們喊著。

「好好！」「去啊！」「來來！」「來去啊！」一陣吶喊聲中，孩子們把一條香龍高下弄著，跑下中街去。

過不多久，孩子們垂頭喪氣地跑轉來，草繩上的香零零星星，已不成一條龍的樣子，銅鑼亦沒有聲響，孩子們不平地罵著、喊著。

「怎麼樣？鬧出什麼事來？」好事的人問。

「到那邊街上被他們欺負了，把香龍弄到這樣地糟！」孩子們爭先回答說，「罵我們不要臉，把這成什麼樣的東西，敢到街上去弄。」

「別管他，以後沒再到那邊去。」有的人帶點教訓的氣味說。

「那太橫蠻了，不可讓他占便宜。」有的人憤怒不平地說。

一時議論沸騰起來，街上頓添了一種活氣。月兒由中天漸漸地斜向西去，煙霧也漸濃厚，燈火朦朧地在冷風中閃爍著，街上佈滿了疲倦和睡眠的容態，露氣霜痕透過了衣衫，觸進人們肌膚。議論雖未有終結，因爲睡眠和冷氣的催迫，閒人們也漸散了。

隔晚，那邊也就整齊陣頭，迎過這邊來，接連鬥過兩、三晚，已經是由「囝仔事」惹起「大人代」了，已經有了詩意鬧和蜈蚣節[1]。

在一晚上，一邊的行列，被還一邊的人所擾亂，在一邊的全是孩子們做頭，當不起大人們的拳頭，所以沒有鬧出事來。曉事的人，恐怕因此惹起爭鬥，遂籍〔藉〕這原因，把那些愛熱鬧、孩子氣的人們阻住下，鬧熱也就沒有結局的終結了。

一邊以爲是獲到勝利了。在優勝者的地位，本來有任意凌辱劣敗者的權利，所以他們不敢把這權利輕輕放棄，也就忠實地行使起來。可不曉得凌辱、壓迫，是培養反抗心、增大反抗力的源泉，有些不平的人，得到幾個同情者聲援，所謂復讎雪恥的鬥爭，就開始了。一邊抱著滿腔的義憤，一邊是「儉腸減肚也要壓倒四福戶」的子孫，這回就不是兒戲了。鬥過幾晚，已是非常熱鬧，但無錢本做不成事，也就有人出來奔走勸募，雖也有人反對，奈群眾的心裡，血液正在沸騰，一勺勺的冰水，不容易使她冷靜，各要爭個臉面，所有損失已無暇計較，一夜的花費總要千來塊錢。又因爲接近街的繁榮日，一時看熱鬧的人，四方雲集，果然市況一天繁榮一天。

在一家的客廳裡，有好些個等待看鬧熱的人，坐著閒談。

「唉！這個玩意兒已經十五年不再演了。」甲趣味地說。

「是，歲月眞容易過！」乙感慨似的說，「那時代的頭老醉仔舍已經財散人亡，現在想沒得有再一個，一天花掉兩、三百塊錢，不要緊的。」

---

1 詩意閣、蜈蚣節：詩意閣，遊行隊伍在藝閣台上裝扮各種戲劇人物。蜈蚣節，形狀如蜈蚣的曲長型的藝閣。參見吳瀛濤《臺灣民俗》，頁 56。

「實在爭得太無意義，」丙喝一喝茶，悠悠地放下茶杯說，「在這時代，浪費那麼多的金錢，太可憐，也是太可腦〔惱〕，究竟爭得什麼體面？」

「唉！樹要樹皮，人要臉皮，」甲說，「也因爲那邊欺辱的太不堪，誰甘掉臉皮！」

「什麼能值得說掉臉皮？」丙反駁著說，「還有被人欺辱得更甚的，卻不曉得爭氣，這樣孩子的眼光，值得說什麼爭臉皮！」

「現時還算好，」一個有年紀的人，阻斷她們的爭論，經驗過似

〔以下原稿闕頁〕

版本說明｜本文手稿共有三稿，此爲稿本一。手稿3張，稿紙（文英社），硬筆字，直書，殘稿（缺第4張以後手稿），缺題，現存賴和紀念館。

〔鬪鬧熱〕（稿本二）

稿本　《賴和手稿集．新文學卷》，頁 84-89。
　　　《賴和手稿集．新文學卷》，頁 90-99。底本
　　　《賴和手稿集．新文學卷》，頁 69-82。
刊本　《臺灣民報》86 號，1926 年 1 月 1 日。

拭過似的、萬里澄碧的天空，抹著一縷、兩縷白雲，一顆銀亮亮的月球，由那淺藍色的山頭，不聲不響滾到了天半，把清冷冷的光輝，包圍住世界。市街上，罩著薄薄的寒煙，店鋪的天燈和電柱上的路燈，通溶化在月光裡，寒星似的一點點閃爍著。在冷靜的街尾，悠揚地幾聲洞簫，由著裊裊晚風，傳播到廣大空間去，似報知人們，今夜是明月的良宵。

這時候，街上的男人們，似皆出門去了，只些婦女們，這邊門口幾人，那邊亭仔腳幾人，團團坐著，不知說些什麼，各個兒指手畫腳，說得很似高興。

有一陣孩子們，喧嚷哈笑的，弄著一條香龍，由隘巷中走出來，繞著亭仔腳的柱仔，穿來穿去。

「厭人，」一婦人說，「到大街上玩去罷，那邊比較鬧熱。」

孩子們得到指示，嬉笑地跑去。

「等一等，」一個較大的孩子說，「我去拿一面銅鑼來。」

「好！」「很好！」「快來！」「趕快啊！」孩子們雀躍地催促著說。

「快！快！快！快！」鑼聲響喨地敲起來。（快快是形容鑼的響聲。）

「到城裡去啊！」有的孩子喊著。

「很好！」「好好！」「去去！」「來！」「來啊！」一陣吶喊的聲浪，把孩子們和一條香龍，捲下中街去。

過有些一回，孩子們垂頭喪氣的跑回來，草繩上的香，拔

〔此處原稿闕頁〕

有一晚，一邊的行列，被還一邊阻撓著，因爲一邊還都屬孩子，當不起大的拳頭，雖受過欺負，只有含恨地隱忍著。這個樣子鬧下去，保不定不鬧出事來，遂有人出來阻擋，鬧熱也就沒有結局的結局了。

一邊就以爲得到了勝利——在優勝者的地位，本來有任意凌辱劣敗者的權利——所以牠們不敢把沒出處的威權，輕輕放棄，也就忠實地行使起來。可不識凌辱和壓迫，是培養反抗心的源泉，導發反抗力的火線。有些氣憤不過的人，約同不平者的聲援，所謂雪恥的競爭，就再開始。一邊多抱著滿腹的憤氣，一邊是「儉腸捏肚也要壓倒四福戶」（本處的諺語）的子孫，遺傳著有好勝的氣質，所以這一回，就非同小可了——但是無錢本來做不成事，就有人出來奔走勸募，雖也有人反對，無奈群眾的心裡，血液正在沸騰，一勺冰水，不是容易能就奏效，各要爭個面皮，所有無謂的損失，多無暇計較，一夜花費，不下千円[1]。——又因爲接近街的繁榮日，一時看鬧熱的人，四方

雲集，果然市況一天繁榮似一天。

在一家的客廳裡，有好些個等待看鬧熱的人，坐著閒談。

「唉！昨天似的，怎麼就是十五年啦？」甲的人說。

「唉！眞的？歲月眞是易過！」乙感慨無量似的說，「那時代的頭老醉舍已經是財散人亡，現在想沒得再有一個，天天花費三、兩百円，不要緊的。」

「實在是無意義的競爭，」丙喝一口茶，悠悠地接下去說，「在這時代，浪費那麼多的錢財，可憐也實可惱，究竟爭得是什麼體面？」

「樹要樹皮，人要面皮，」甲說明似的說，「誰甘白受人家的欺負，不要爭一爭氣，甘失掉了臉皮！」

「什麼能値得說掉面皮？」丙反駁著說，「還有被人家欺辱得不堪的，卻甘心著，連哼的一聲亦不敢，這樣事，說得上什麼爭氣！孩子般的眼光，値得說什麼爭臉皮！」

「現時算來還比較好些，」一個有年紀的人，阻斷甲、丙的爭論，富有經驗似的，鄭重地說，「像日本未來的時，東北西南[2]的競爭，那就利害了。」

「什麼一回事？」一個年輕的希奇地問。

「唉！」老人感嘆著說，「那時代，地方自治的權能，不像現時剝去得淨盡，握著有很大權威，住在福戶內的人家，不問什麼人，福戶內的事，誰都有義務分擔，有什麼科派捐題，

1　円：えん，înn，圓。
2　東西南北：彰化縣城的四個城門。

是不容有異議，要是不答應，福戶內就住不得，要被趕出去，所以窮的人典衫當被，也須來和人家爭個臉皮。」

「聽說還有一個可笑可憐的，」乙接嘴著說，「是那賣稀粥的老人，五十円的老本，和一圈豬母、豬仔，連生意的本錢，盡數花掉。」

「實在也是不能怪牠，」甲由坐位站起來，吸一吸煙，復把煙氣一縷縷吐出來，在煙霧繚繞的中間，張開牠得意的大口說，「前回不是因獲得勝利（是他個人的批判），所以那邊的街市，就漸漸發達繁昌起來，汝們看，那福戶內某某和某某，不是皆發了幾十萬，眞所謂狗矢〔屎〕埔變成狀元地。」

「就算不關係什麼，」一位像有學識的人說，「也是生活上一種餘興，像某人那樣出氣力的反對，實在太不曉事，乘這箇機會，正可以養成競爭心，和鍛鍊團結力。」

「這回在奔走的人，」乙說，「不是有學士，有委員，有中等學校的卒業生，有保正，皆屬有學問、地位的人士，牠偏說這是無知的人，所做的舉動，要賣弄牠自己的聰明。」

「牠說人們是在發狂，牠自己正在發瘋呢！」甲說著，哈哈地笑。

「聽說郡長和市長，」乙說，「亦都讚〔贊〕成，昨晚曾賜過觀覽，聽說在郡衙前，放不少鞭炮，表示著歡迎。」

「那麼汝以爲得到無上的光榮嗎？」丙可憐似的說。

「能合著官廳的意思，那有不好做的事情。」甲說。

「聽說有人在圖謀和解，不曉得怎麼樣？」老人又懷疑地問。

「牠媽的！花各人自己的錢，牠不和人家分擔，不趕牠出去，也就便宜，要硬來阻礙別人的興頭，她媽的！」甲奮奮地罵。

「和解了，汝們曉得嗎？」一個纔進來的人說。

「什麼？被牠勸下去嗎？」丙驚疑地問，「聽說牠的奔走，已經不成功了，怎麼樣就和解？」

「人們多不自量，」那進來的人說，「牠叩了不少的頭，說了不少好話，總值不得市長一開口，牠那麼奔走，不能成功，剛纔經市長一說，兩方就答應了。」

「下半天的談判，」丙說，「一方不是很強硬，怎麼就這容易？」

「大概是做頭老的不高興了。」那人說，「起先幾晚，用不到牠們的錢，所以一味地吶喊著，現在小戶已捐過兩、三回，再負擔不起了。聽說他的店裡，竟是『坐上客常滿』，鬧得生意亦做不成，興頭也就冷下去。」

「汝的意見呢？」丙問。

「我很不讚〔贊〕成，」那人說，「早兩、三點鐘也就罷，這時候已經準備了不少衣料、藝棚、洛鐘鼓等等，花去了六、七百塊，答應牠和解，那就白花去了這一筆。」

「我想，」丙說，「現在已捐不到貧戶的錢，那些富家人，花去了幾千塊錢，是算不上什麼，他們在平日，要損他一文，也是不容易——使勞動者們，多得一回賣力的機會，亦不算錯。」

「貧家雖說捐題不到，」老人說，「大概總有幾個來客，這一項賓客的費用，也就不容易。」

「牠媽的，老不死的東西！」甲總不平地罵。

鬧熱到了，孩子們在喊。街路上看鬧熱的人，波湧似的一層層堆聚起來，沿著路的兩邊，臨時築成了一道肉的牆壁，室內的人亦全數出去了，只留著茶杯、煙草、茶瓶、火柴在批評這一回事。

翌日，街上還是鬧熱，因爲市街的繁榮策，要在明後兩天實行——人們的信仰，媽祖的靈應，是策略中必需的要件；鑾輿的繞境，旗鼓的行列，是繁榮上頂要的工具——眞的到那兩天，街上實在是繁榮極了。第三天，那些遠來的人，不能隨即回家，街上所以還見得來往人多，一到夜裡，在新月光中的街市，只道路上，映著剪伐過的疏疏樹影，還聽得到行人的咳嗽，和室內小孩子的夢囈啼聲，遠遠的狗吠，使人回想到前幾天的鬧熱。

版本說明｜本文手稿共有三稿，此爲稿本二。手稿6張（編頁1、3-7），稿紙（文英社），硬筆字，直書，殘稿，缺題，現存賴和紀念館。《賴和手稿集．新文學卷》缺編頁1與編頁2共二張稿紙（在手稿集頁89-90之間），實存手稿缺編頁2共一張稿紙。編頁1稿紙參閱《新編賴和全集．資料索引卷》頁474。

一桿「稱仔」（刊本）

稿本　《賴和手稿集・筆記卷》，頁 208-217。
刊本　《臺灣民報》92、93 號，1926 年 2 月 14 日、21 日。底本

鎮南威麗村裡住的人家，大都是勤儉耐苦、平和順從的農民。村中除了包辦官業的幾家勢豪，從事公職的幾家下級官吏，其餘都是窮苦的占多數。

村中，秦得參的一家，猶〔尤〕其是窮困的慘痛，當他生下的時候，他父親早就死了。他在世，雖曾贌[1]得幾畝田地耕作，他死了後，只剩下可憐的妻兒。若能得到業主的恩恤，田地繼續贌給他們，雇用工人替她〔他〕們種作，猶可得稍少利頭[2]，以維持生計。但是富家人，誰肯讓他們的利益，給人家享。若然就不能成其富戶了。所以業主多得幾斗租穀，就轉贌給別人。他父親在世，汗血換來的錢，亦被他帶到地下去。他母子倆的生路，怕要絕望了。

鄰右看她〔他〕母子倆的孤苦，多為之傷心，有些上了年紀的人，就替他們設法，因為餓死已經不是小事了。結局因鄰

1　贌：pa̍k，承租。由荷蘭語「pacht」音譯而來。1640 年代中期，荷蘭東印度公司在臺灣開創贌社制度。參見吳聰敏〈荷蘭統治時期之贌社制度〉，《臺灣史研究》，2008 年 3 月。

2　利頭：lī-thâu，利潤。

人的做媒，他母親就招贅一個夫婿進來。本來做後父的人，很少能體恤前夫的兒子。她〔他〕後父，把她〔他〕母親亦只視作一種機器，所以得參不僅不能得到幸福，又多挨些打罵，她〔他〕母親因此，和後夫就不十分和睦。

幸他母親，耐勞苦，會打算，自己織草鞋，蓄雞鴨，養豚，辛辛苦苦，始能度那近於似人的生活。好容易，到得參九歲的那一年，他母親就遣他去替人家看牛，做長工。這時候，他後父已不大顧到家內，雖然他們母子倆，自己的勞力，經已可免凍餒的威脅。

得參十六歲的時候，她〔他〕母親教他辭去了長工，回家裡來，想贌幾畝田耕作，可是這時候，贌田就不容易了。因爲製糖會社，糖的利益大，雖農民們受過會社刻虧[3]、剝奪，不願意種蔗，會社就加上「租聲[4]」（方言），向業主爭贌，業主們若自己有利益，那管到農民的痛苦，田地就多被會社贌去了。有幾家說是有良心的業主，肯贌給農民，亦要同會社一樣的「租聲」，得參就贌不到田地。若做會社的勞工呢，有同牛馬一樣，他母親又不肯，只在家裡，等著做些散工[5]。因她〔他〕的氣力大，做事勤敏，就每天有人喚她〔他〕工作，比較他做長工的時候，勞力輕省，得錢又多。又得他母親的刻儉，漸積下些錢來。光陰似矢，容易地又過了三年。到得參十八歲的時候，她〔他〕母親唯一未了的心事，就是爲得參娶妻。經

3　刻虧：khik-khui，虧待。
4　租聲：tsoo-siann，租價。
5　散工：suànn-kang，臨時工。

她艱難勤苦積下的錢，已夠娶妻之用，就在村中，娶了一個種田的女兒。幸得過門以後，和得參還協力，到田裡工作，不讓一個男人。又值年成好，他一家的生計，暫不覺得困難。

得參的母親，在她〔他〕二十一歲那年，得了一個男孫子，以後臉上已見時現著笑容，可是亦已衰老了。她心裡的欣慰，使她責任心亦漸放下，因爲做母親的義務，經已克盡了。但二十年來的勞苦，使她有限的肉體，再不能支持。亦因責任念觀念〔觀念〕已弛，精神失了緊張，病魔隨乘虛侵入，病臥幾天，她面上現著十分滿足、快樂的樣子歸到天國去了。這時得參的後父，和她〔他〕只存了名義上的關係，況她〔他〕母已死，就各不相干了。

可憐的得參，她〔他〕的幸福，已和她〔他〕慈愛的母親，一併失去。

翌年，她〔他〕又生下一女孩子。家裡頭因失去了母親，須她〔他〕妻子自己照管，並且有了兒子的拖累，不能和他出外工作，進款就減少一半，所以得參自己，不能不加倍工作，這樣辛苦著，過有四年，她〔他〕的身體，就因過勞，伏下病根。

在早季收穫的時候，她〔他〕患著瘧疾，病了四、五天，纔診過一次西醫，花去兩塊多錢，雖則輕快些，腳手尚覺乏力，在這煩忙的時候，而又是勤勉的得參，就不敢閒著在家裡，亦即耐苦到田裡去。到晚上回家，就覺得有點不好過，睡到夜半，寒熱再發起來，翌天已不能離床，這回她〔他〕不敢再請西醫診治了。她〔他〕心裡想，三天的工作，還不夠吃一服藥，那得那麼些錢花？但亦不能放他病著，就煎些不用錢的青草，或不多花錢的漢藥服食。雖未全都無效，總隔兩、三天，發一回寒熱，經過有好幾個月，纔不再發作。但腹已很脹滿。有人說，她〔他〕是吃過多的青草致來的，有人說，那就叫脾腫，是吃過西藥所致。在得參總不介意，只礙不能工作，是他最煩惱的所在[6]。

當得參病的時候，他妻子不能不出門去工作，只有讓孩子們，在家裡啼哭，和得參呻吟聲相和著。一天或兩餐或一餐，雖不至餓死，一家人多陷入營養不良，猶〔尤〕其是孩子們，猶幸他妻子不再生育。……

一直到年末。得參自己，纔能做些輕的工作，看看「尾衙[7]」（方言）到了，尚找不到相應的工作，若一至新春，萬事停辦了，更沒有做工的機會，所以須積蓄些新春半個月的食糧，得參的心裡，因此就分外煩惱而恐惶了。

末了，聽說鎮上生菜的販路很好。她〔他〕就想做這項生意，無奈缺少本錢，又因心地坦白，不敢向人家告借，沒有法子，只得教他妻到外家[8]走一遭。

一個小農民的妻子，那有闊的外家，得不到多大幫助，本是應該情理中的事，總難得她嫂子，待她還好，把她唯一的裝飾品——一根金花——借給她，教她去當鋪裡，押幾塊錢，暫作資本。這法子，在她黨〔當〕得帶了幾分危險，其外又別無

6　所在：sóo-tsāi，處、地方。
7　尾衙：bué-gê，即「尾牙」，農曆 12 月 16 日。
8　外家：guā-ke，娘家。

法子，只得從權[9]了。

一天早上，得參買一擔生菜回來，想吃過早飯，就到鎮上去，這時候，他妻子纔覺到缺少一桿「稱仔[10]」（秤）。「怎麼好？」得參想。「要買一桿，可是官廳的專利品，不是便宜的東西，那兒來得錢。」她妻子趕快到隔鄰去借一桿回來。幸鄰家的好意，把一桿尙覺新新的借來。因爲巡警們，專在搜索小民的細故，來做他們的成績，犯罪的事件，發見得多，他們的高昇就快。所以無中生有的事故，含冤莫訴的人們，向來是不勝枚舉。什麼通行取締、道路規則、飮食物規則、行旅法規、度量衡規紀，舉凡日常生活中的一舉一動，通在法的干涉、取締範圍中。——她妻子爲慮萬一，就把新的「稱仔」借來。

這一天的生意，總算不壞，到市散，亦賺到一塊多錢。他就先糴些米，預備新春的糧食。過了幾天糧食足了，他就想：「今年家運太壞，明年家裡，總要換一換氣像纔好，第一廳上奉祀的觀音畫像，要買新的，同時門聯亦要換，不可缺的金銀紙、香燭，亦要買。」再過幾天，生意屢好，他又想炊一灶年糕，就把糖米買回來。他妻子就忍不住，勸他說：「剩下的錢積積下，待贖取那金花，不是更要緊嗎？」得參回答說：「是，我亦不是把這事忘卻，不過今天纔廿五，那筆錢不怕賺不來，就賺不來，本錢亦還在。當鋪裡遲早，總要一個月的利

9 從權：tsiông-kuân，採取權宜變通的方式。
10 稱仔：tshìn-á，秤。

息。」

一晚市散，要回家的時候，她〔他〕又想到孩子們。新年不能有件新衣裳給她〔他〕們，做父親的義務，有點不克盡的缺憾，雖不能使孩子們享到幸福，亦須給她〔他〕們一點喜歡。她〔他〕就剪了幾尺花布回去。把幾日來的利益，一總花掉。

這一天近午，一下級巡警，巡視到她〔他〕擔前，目光注視到他擔上的生菜，他就殷勤地問：

「大人，要什這〔麼〕不要？」

「汝的貨色比較新鮮。」巡警說。

得參接著又說：

「是，城市的人總比鄉下人享用，不是上等東西，是不合脾胃。」

「花菜賣多少錢？」巡警問。

「大人要的，不用問價，肯要我的東西，就算運氣好。」參說。他就擇幾莖好的，用稻草貫著，恭敬地獻給他。

「不，穪穪看！」巡警幾番推辭著說。誠實的參，亦就掛上「穪仔」稱一稱，說：

「大人，眞客氣啦！纔一斤十四兩。」本來，經過秤穪過，就算買賣，就是有錢的交關，不是白要，亦不能說是贈與。

「不錯罷？」巡警說。

「不錯，本有兩斤足，因是大人要的……」參說。這句話是平常買賣的口吻，不是贈送的表示。

「稱仔不好罷，兩斤就兩斤，何須打扣？」巡警變色地說。

「不，還新新呢！」參泰然點頭回答。

「拿過來！」巡警赫怒了。

「稱花[11]（度目）還很明瞭。」參從容地捧過去說。巡警接在手裡，約略考察一下說：

「不堪用了，拿到警署去！」

「什麼緣故？修理不可嗎？」參說。

「不去嗎？」巡警怒叱著。「不去？畜生！」撲的一聲，巡警把「稱仔」打斷擲棄，隨抽出胸前的小帳子，把參的名姓、住處記下，氣憤憤地回警署去。

參突遭這意外的羞辱，空抱著滿腹的憤恨，在擔邊失神地站著。等巡警去遠了，纔有幾個閑人，近她〔他〕身邊來。一個較有年紀的說：「該死的東西，到市上來，只這規紀亦就不懂？要做什麼生意？汝說幾斤幾兩，難道牠〔他〕的錢汝敢拿嗎？」

「難道我們的東西，該白送給他的嗎？」參不平地回答。

「唉！汝不曉得他的利害，汝還未嘗到他，青草膏的滋味（即謂拷打）。」那有年紀的嘲笑地說。

「什麼？做官的就可任意凌辱人民嗎？」參說。

「硬漢！」有人說。眾人議論一回，批評一回，亦就散

---

11 稱花：tshìn-hue，秤的刻目。

去。

得參回到家裡，夜飯前吃不下，只悶悶地一句話不說。經她〔他〕妻子殷勤的探問，才把白天所遭的事告訴給她。

「寬心罷！」妻子說。「這幾天的所得，買一桿新的還給人家，剩下的猶足贖取那金花回來。休息罷，明天亦不用出去，新春要的物件，大概準備下，但是，今年運氣太壞，怕運裡帶有官符[12]，經這一回事，明年快就出運，亦不一定。」

參休息過一天，看看沒有什麼動靜，況明天就是除夕日，只剩得一天的生意，他就安坐不來，絕早挑上菜擔，到鎮上去。此時天色還未大亮，在曉景朦朧中，市上人聲早就沸騰，使人愈感到「年華垂盡，人生頃刻」的悵惘。

到天亮後，各擔各色貨，多要完了，有的人已收起擔頭，要回去圍爐，過那團圓的除夕，償一償終年的勞苦，享受著家庭的快樂。當這時參又遇到那巡警。

「畜生，昨天跑那兒去？」巡警說。

「什麼？怎得隨便罵人？」參回說。

「畜生，到衙門去！」巡警說。

「去就去呢，什麼畜生？」參說。

巡警瞪他一眼便帶她〔他〕上衙門去。

「汝，秦得參嗎？」法官在座上問。

12 官符：kuann-hû，掌管流年運勢的「十二歲君」之一，犯之會有官司、牢獄之災。

「是，小人是。」參跪在地上回答說。

「汝曾犯過罪嗎？」法官。

「小人生來將三十歲了，曾未犯過一次法。」參。

「以前不管他，這回違犯著度量衡規則[13]。」法官。

「唉！冤枉啊！」參。

「什麼？沒有這樣事嗎？」法官。

「這事是在冤枉的啊！」參。

「但是，巡警的報告，總沒有錯啊。」法官。

「實在冤枉啊！」參。

「既然違犯了，總不能輕恕，只科罰汝三塊錢，就算是格外恩典。」官。

「可是，沒有錢。」參。

「沒有錢，就坐監三天，有沒有？」官。

「沒有錢！」參說。在他心裡的打算：新春的閒時節，監禁三天，是不關係什麼，這是三塊錢的用處大，所以他就甘心去受監禁。

參的妻子，本想洗完了衣裳，纔到當鋪裡去，贖取那根金花。還未曾出門，已聽到這凶消息，她想：在這時候，有誰可央托，有誰能爲她奔走？愈想愈沒有法子，愈覺傷心，只有哭的一法，可以少舒心裡的痛苦，所以，只守在家裡哭。後經鄰右的勸慰、教導，纔帶著金花的價錢，到衙門去，想探探消

---

13 度量衡規則：即《臺灣度量衡規則》，明治 39 年（1906）4 月公布施行。規定度（長短）、量（體積）、衡（重量）器具的標準。

息。

鄉下人，一見巡警的面，就怕到五分，況是進衙門裡去，又是不見世面的婦人，心裡的驚恐，就可想而知了。她剛跨進郡衙的門限，被一巡警的「要做什麼」的一聲呼喝，已嚇得倒退到門外去，幸有一十四來歲的小使，出來查問，她就哀求她〔他〕，替伊探查，難得那孩子，童心還在，不會倚勢欺人，誠懇地，替伊設法，教她拿出三塊錢，代繳進去。

「纔監禁下，什麼就釋出來？」參心裡，正在懷疑地自問。出來到衙前，看著她〔他〕妻子。

「爲什麼到這兒來？」參對著妻子問。

「聽……說被拉進去。」她微咽著聲回答。

「不犯到什麼事，不至殺頭怕什麼。」參快快地說。

她〔他〕們來到街上，市已經散了，處處聽到「辭年」的爆竹聲。

「金花取回未？」參問她妻子。

「還未曾出門，就聽到這消息，我趕緊到衙門去，在那兒繳去三塊，現在還不夠。」妻子回答她〔他〕說。

「唔！」參恍然地發出這一聲，就拿出早上賺到的三塊錢，給她〔他〕妻子說：

「我挑擔子回去，當鋪怕要關閉了，快一些去，取出就回來罷。」

「圍過爐[14]」孩子們因明早要絕早起來「開正[15]」各已睡下，在作她們幸福的夢。參尚在室內踱來踱[16]去。經他妻子幾次的催促，她〔他〕總沒有聽見似的，心裡只在想，總覺有一種，不明瞭的悲哀。只不住漏出幾聲的嘆息：「人不像個人，畜生，誰願意做。這是什麼世間。活著倒不若死了快樂。」他喃喃地獨語著，忽又回憶到她〔他〕母親死時，快樂的容貌。她〔他〕已懷抱著最後的覺悟。

元旦，參的家裡，忽譁然發生一陣叫喊、哀嗚、啼哭。隨後，又聽著說：「什麼都沒有嗎？」「只『銀紙』（冥鏹[17]）備辦在，別的什麼都沒有。」

同時，市上亦盛傳著，一個夜巡的警吏，被殺在道上。

> 這一幕悲劇，看過好久，每欲描寫出來，但一經回憶，總被悲哀填滿了腦袋，不能著筆。近日看到法朗士的〈克拉格比〉[18]，纔覺這樣事，不一定，在未開的國裡，凡強權行使的地上，總會發生，遂不顧文字的陋劣，就寫出和文家批判。

十二月四夜記

---

14 圍過爐：圍爐，uî-lôo，大年夜之辭年聚餐，桌下放置火爐，火爐的四周排列錢幣。參見吳瀛濤《臺灣民俗》，頁 34。

15 開正：khui-tsiann，新年的第一天。

16 蹀：tia̍p，踩踏。

17 冥鏹：bîng-kióng，銀紙、祭拜先人所焚燒的冥紙。

18 克拉格比：L'Affaire Crainquebille，法國作家法朗士（Anatole France, 1844-1924）於 1901 年出版的小說。在賴和寫作之前，有戲劇及小說兩種日文譯本。戲劇譯本：大関柊郎譯〈クレーンクビュ〉，《現代仏蘭西戲曲傑作叢書第一編》，東京：文泉堂書店，1922 年 5 月。小說譯本：山内義雄譯〈クレンクビイユ〉，《影の弥撒》，東京：新潮社，1924 年 5 月。

版本說明｜本文發表於《臺灣民報》92號，1926年2月14日。頁15-16。93號，2月21日。頁14-16。完稿。發表時署名「懶雲」。文末標注寫作時間爲「十二月四夜記」，若爲新曆是指1925年12月4日；若爲舊曆則指「乙丑年十二月四日」，即1926年1月17日。本文初刊在1926年2月14日，即丙寅年正月初二。

〔一桿「穪仔」〕（稿本）

稿本 《賴和手稿集．筆記卷》，頁 208-217。底本
刊本 《臺灣民報》92、93 號，1926 年 2 月 14 日、21 日。

鎮南威麗村[1]裡住的人家，大都是勤儉溫純的農民。村中除了包辦官業的幾家勢豪外，就是窮苦的占多。

村中一家姓秦名叫得參，亦就是一個窮苦的農人。當他十二、三歲的時候，父親早死了。牠〔他〕父親雖曾贌得幾畝的田地，業主人嫌他年紀還少不會耕作，便轉贌過別人，她〔他〕一家的生路，那就要斷絕了。虧他父親點滴的血汗換來的錢，尚剩一點點，又幸他母親耐勤苦，會打算，自己織草鞋，養雞畜豚，又教她〔他〕去爲人家看牛，做長工，所以不僅免掉了凍餒，年年尚能餘剩多少的錢。

到她〔他〕十八歲，她〔他〕母就喚他回來，爲她〔他〕討一個媳婦，她〔他〕就不去做長工，只在家裡等做些散工，得錢較多，工作又較輕易。他的女人又能和他協力，到田裡工作，不讓一個男子。家運又値順境，衣食漸可不用憂愁，亦就算過得幸福的日子了。

當他二十歲，他母親病死了，卻添了幾個孩子，生活就費

1 威麗村：稿本原作「常若耶村」。

〔費就〕要多一點，且他的女人須要照顧裡頭，不能再和他出外工作，進款就減少一半，生計就不能如意了。

他今年三十歲，她〔他〕的長女十七歲〔十歲〕了，能做些輕易的工作，賺幾分錢來幫助家用。她〔他〕所謂幸福就（若將她招了一個丈夫協力工作，生活就可暫得餘裕）在眼前了，不識得命運的神已宣告她〔他〕的末日了。

她〔他〕在六月收穫的時候得了瘧疾，請過一次西醫，花去二塊多錢，病雖暫好，但過沒好久就再發病，她〔他〕此回不再請醫生了，她〔他〕說：「一次的藥資須要七、八天的工作纔換得來，一回的吃藥那能就根〔退〕全癀，那來得多花錢？」他就找那不用錢青草，或不多花錢漢藥來醫治，但總是幾天就再發一回，直到年要終，熱纔沒有再發。但她〔他〕的腹子漸脹滿起來，她〔他〕聽人家說，這是叫脾腫，因爲吃過西藥會這樣，她〔他〕也就不介意，只礙不能十分耐得工作，少些勞動，方覺的〔得〕氣力不加，氣喘心跳，不能做久粗重的。

看看尾衙過了，過年的費用不能不預備，且新正[2]裡也要閒著幾日，也須積下些糧食，她〔他〕就不敢閒坐家中了。聽說市上蔬菜的販路還好，就同她女人相量[3]，想要去賺些過年新正的費用，只是欠了本錢，要他女人設法。她〔他〕一家全都是誠實的人，總不敢向人家告借，想她只有到她外家去走一

2　新正：sin-tsiann，初一至初五日。
3　相量：siong-liông，商量。

遭看，別都想不出法子。

在一小農的妻子，那有富裕的外家，所以得不到多大的幫助，這是情理中應該的事，可是難得她嫂子對牠〔她〕情誼還好，借給她她的唯一妝飾品，那金插髻[4]，使她拿去當鋪押幾塊錢做資本，等賺到錢，贖回來還她。她雖幾次推辭，總是別亦沒有法子，雖不願意，亦不得不從權了。

隔一天早上，得參就到蔬田裡去買到一擔生菜，挑回家來，想吃過飯到市上去，她〔他〕妻子這時纔覺到沒有（秤子）稱仔，就不能零賣，要來新買一桿，可是官廳的專利品，不是便宜的東西，再那兒來得錢？忽想到隔壁韓家現在已不做零星生意，她〔他〕家總有用不到的，就向隔壁借一桿來。難得她〔他〕好意，把一桿用不多久的借給她，因為巡查們，專在搜剔小民的細故，來做她〔他〕的成績，稱仔若舊稍一點，不管稱得準不準，總把那度量衡規則，來科罰做小生意的人們，所以要予防這一點。

這一天生意卻不壞，到市散，算算卻有一塊多錢的利益，她〔他〕就想到那枝〔支〕金插髻，但期限還長，早晚總要一個月的利息，她〔他〕就先糴一塊錢米歸去，予備積下新春半個月的糧食。

幾日後，糧食足夠了，她〔他〕就想今年家運太壞，明年家裡總要更新一番，第一廳頭[5]奉祀的觀音像舊了，換換新的

4　金插髻：kim-tshah-kuè，結婚時用的髮髻裝飾品。

5　廳頭：thiann-thâu，客廳正面排放奉祀神像、祖先牌位的地方。

纔好，就把賺到的錢，買一副歸去。後天她〔他〕又把祀神不可缺的香燭、金銀紙買歸，又想到門聯，就買門聯。屢近除夕生意屢好，她〔他〕就想炊一灶年羹〔糕〕，又把朮米[6]、糖買歸。又想到孩子，新年不能做幾件新衣給她，心裡總說艱難了，就買成雙新鞋子，也少盡作父親的責壬〔任〕，也可使孩子們歡喜，她〔他〕就買小鞋子。在她〔他〕的打算，像這樣生意到除夕還有三天，贖取金插髻的錢，不怕賺不來，所以把幾日來利益的錢，總因爲予備著新年要用的東西，一總花去。

廿七那一天，將近過年的時候，一位本地人的巡查大人，來到她〔他〕擔前，慢慢地行著，目光注視到她〔他〕擔上的生菜，她〔他〕就獻殷勤地問：

「大人，要什麼不要？」

牠〔他〕就站住腳，回答她〔他〕說：「汝的貨比較新鮮些。」

「是啊！大人的眼色好高，這是選擇過呢！城市的人總比鄉下人講究，不是上等的東西，是不合脾胃。」參說。

「花菜一斤賣多少？」巡查問。

「大人要的，那用問價，肯要我的東西，那就是我的好運氣啦！」參說罷，就選幾叢上的花菜，用稻草貫連起來，恭敬地獻給她〔他〕。

「稱稱看纔好！」巡查推辭著說。

誠實的參，也就把秤子拿起，稱著說。本來若經秤稱過，

---

6 朮米：tsu̍t-bí，即糯米。

就是有錢的交關，不是贈送的。她〔他〕說：「不用稱！大人眞會客氣，纔斤十四呢！」

「不錯罷？」巡查。

「本是有兩斤足，因爲是大人要的……」參。（這話就是平常賣買的口吻。）

「汝的秤有不對啊！」查。「兩斤就兩斤，怎麼說斤拾四？」

「不，還是新的，用不多久。」參。

「拿來看！」巡查已現出赫怒的顏色，把那桿秤搶過去，稱一稱看就說：「這秤已不堪用了，拿到驚〔警〕署去。」巡查命令著說。（巡查本來可任意沒收人民的東西。）

「大人恩典罷，我拿去修理就是。」參哀求著說。

「不去嗎？」巡查振怒地說。參逡巡一下，巡查更怒了，撲的一聲，把秤折斷，隨將參的姓名、住處問明記下，志揚揚地、氣憤憤地回驚〔警〕署去。

參突遭著這意外的驚懼，不知要怎麼樣好，方在那兒失神地站著。等巡查去遠了，就有幾人到她〔他〕身邊來，有一個較有年紀的人說：

「汝這該死的東西，要到市上來做生意，只這一點就不曉得，汝準該死，她〔他〕教汝稱，汝稱過就趕緊送給牠〔他〕，汝說有幾斤幾兩要怎麼樣？難道她〔他〕拿出錢來，汝敢收起來嗎？該死的東西！」

「全在我不曉得這樣的規紀，現在要怎麼好？」參流淚說。

「保不定還要罰呢！」還有一個人說。

「汝快到保正處去，央她〔他〕替汝求求情看。」又一個人教導她〔他〕說。

她〔他〕就收起擔頭，暫托人家看管著，向保正家中去。

猶幸保正還同情著這些苦命的人，隨同她〔他〕出頭到驚〔警〕署去。

「保正，汝來替伊辯護嗎？」巡查說。

「休要說笑，要來給大人叩頭呢！」保正說。

「當不起，本來就要作罷，已經勞動保正一遭，不報告到上司去是不行，只得任司法官去判斷罷。」

「唉！希望大人手抬高些兒罷。」參求。

「畜生！沒有嘗到青草膏的慈〔滋〕味，不滿足嗎？」巡查怒叱著說。

保正看樣子，自覺著鬚髯已被剃去，不好意思再說下，就挽著參出警署來，對她〔他〕說：「不相干，只管放下心罷，若是到衙內去，我可替汝做干證，這是冤枉的。」

參把剩的貨貶價販給人家，回到家裡竟失去精神似的，愁悶悶一句話亦不說，夜飯亦吃不下。經她〔他〕妻子再四詢問，纔說起她〔他〕所遭的事。

她〔他〕妻說：「寬心罷！這幾天所賺的錢，還夠買一桿新秤，剩下的贖取那金插髻還夠。——不過今年一年運氣太壞，怕運裡帶有官符，犯出些事情來，怕明年快就出運亦不一定。休息罷！明天亦休息罷，不用再出去，度年的物件大部份〔分〕予備足了。」

參休息了一天，看昨天的事情，別沒有什麼動靜，她〔他〕就安坐不來，況今日便是除夕，一早她〔他〕便挑一擔生菜，到市上來。此時天色還未大亮，在曉色矇矓中，市上人聲早就沸騰，愈見得過年的氣象。

到天大亮的時候，各擔各色貨物，大都賣去了大半，猶〔尤〕其是參的生菜，將要賣完了。

當這時候，參的對頭親家[7]，那個巡警大人，又來到她〔他〕的擔前。

「汝，到郡衙去，快走！」巡說。

「大人恩典罷！積些陰德罷！」參求。

「畜生！教汝去，不去嗎？多說什麼話！」巡叱罵。

「汝，秦得參是嗎？」法官在座上問。

「是，大人。」參跪在地下答。

「某巡警的報，汝違犯度量衡規則，要處罰金三塊錢。」法官說。

「大人，冤枉！實在沒有這樣事，那某保正可作證。」參辦〔辯〕。

「什麼保正？難道巡驚〔警〕會比保正靠不住嗎？」

「實在冤枉啊！」

「別多說，巡查報告的總沒有錯。若沒有錢可繳納，要作勞役三天。」

7　對頭親家：tuì-thâu tshin-ke，冤家。

參心裡打算著，明天就是新正，終究亦沒有事做，被監禁三天，亦沒有什麼要緊，她〔他〕就說：「我沒有錢。」所以就即被監禁起來了。

參的妻子，本想洗過衣裳，纔要到當鋪裡，贖取那金插髻。還未出門，已聽到她丈夫的消息，不曉得鬧出什麼大事，一面驚恐，一面憂愁，終究沒有法子，只有和她不曉事小孩子啼哭做一堆。經過鄰家解勸教導，纔帶她家全財產——金插髻的價錢——五塊錢，到郡衙前去，要打聽消息。

鄉下人，一見著警官的面，就怕到五分，況且是到衙門裡去。剛踏進衙門的門限，被一個巡查「要做什麼」的一聲呼喝，她已嚇得倒退到門外去。幸遇著一個十三、四歲的衙裡的小使，她哀求她〔他〕，替查查看，難得孩子們童心還在，不會藉勢欺人，那小使查著了，一一告訴她，她就把五塊錢攤出三塊，央牠〔他〕繳近〔進〕去。

「什麼亦到這兒來？」參看見妻子懷疑著問。

「聽說被拉到裡頭去。」妻拭拭淚說。

「不犯到什麼事，終究會被釋放。」參尚不曉得她〔他〕妻子代繳過錢。

她〔他〕倆走出衙門，回到她〔他〕的擔邊，時候已經過午，市要散了，已經聽到辭年的暴〔爆〕竹聲。參問她〔他〕妻子說：

「金插髻取回未？」

「我還未出門，就到這兕消息，趕緊到衙門去，在那兒代繳去三塊錢，現在不夠贖取。」

「唔！」參恍然地說：「我亦正奇怪，不過繳去就罷，錢就今年早賣的亦近三塊，我打算被牠〔他〕監禁三、兩天，在新正的閑時候，沒有什麼相干，不願意白拿錢給牠〔他〕們。」參把錢交她〔他〕妻子說：「當鋪怕要關閉了，汝趕快去，我就要回家，汝贖取出來，也就回來罷。」

除夕圍過爐，孩子們明天一早就要起來「開正」，各已睡下。參尚在庭前踱來蹀去，胸裡塡滿一種不明暸的悲哀，只不住漏出幾聲嘆息。經她〔他〕妻子幾次催促：「夜遲了，還不睡嗎？」她〔他〕總沒有聽見似的，心裡在想：「說是人，又不像是個人，畜生呢，又不甘心做。這是什麼世間，活著到不如死快樂！」嘴喃喃地獨自說著，她〔他〕已覺悟到最後。

明早，參的家裡譁然發出一陣哀慘的叫喊哭聲。

隨後聽著有人說：

「什麼都沒有麼？」

「只有銀紙、冥紙備辦在，別的都沒有。」

版本說明｜手稿9頁，筆記本（横條），硬筆字，横書，完稿，缺題，現存賴和紀念館。

補大人

稿本 無。
刊本 《新生》第 1 集，1927 年 7 月。頁 83-87。

「開門！開門！門口掃掃！」

還是箇早上，家家戶戶都遠把門閉著，多數人尚捨不掉甜美的夢境，留戀著溫暖的被窩，在沉醉於夜的恩惠裡。大概只有廚婦們，起來準備著早飯而已，由那從屋脊上昇騰到冷寂的曉空中去的縷縷炊煙，可以說推想是不會錯的。

一個補大人[1]，在這時候，就在督責人家掃除街道。想因爲昨晚喝到半夜的酒，現在方在興奮中，不然就是和他大人奶[2]吵過嘴，不許他睡到床上，才會這麼的早，就從宿舍出來，攪得家家睡夢不寧。

他行到自己的門外，看見比較別人家分外骯髒，也就仿著初學說土話的口吻，手打著門環，喊著說：

「開門！開門！門口掃掃！」

---

1 補大人：本島人警察之代稱，即「巡查補」。1899 年 8 月 1 日起實行，臺灣總督府訓令第 204 號：「爲補助巡查的職務之推行，在警察費預算範圍內，得以巡查補的名稱，使用本島人志願者擔任雇員。」至 1920 年 8 月 31 日廢止，巡查補一律晉陞爲巡查。

2 大人奶：tāi-jîn-nái，巡查補的太太。

本來法律是要百姓們尊〔遵〕守的東西，做官者原有例外，家族同時也就得到特別的庇蔭。他母親原不曾受到這樣的督責，所以不疑惑那幾聲，「開門開門」就是在喊伊自己，使打門的補大人，連喊了幾次總沒有應過一聲。想是補大人喊得嘴酸，打得手懶[3]了，就帶駕〔罵〕帶嚷的踢門。似有些生氣了。他母親諒被踢門的聲響，所驚嚇了，慌張張開出門來，看見是自己的兒子，伊的臉色忽安寧了許多，同時又顯出和悅的神情，說了。

「死囝仔！就是你，我以爲是誰呢？」

方補大人在踢門的時候，街上的行人，以爲發生了什麼事故？大概都停著步，在等待要看，霎時間竟推聚了一大群，聽著伊說這幾句話，一齊拍手喝彩起來，使得大人面皮紅到耳根去。他也就有點氣憤地，說。

「掃地！掃地！」

「死囝仔！掃地？箒就放在門邊，你不會掃嗎？」

伊也有些不自在的應他一句，傍邊的人又一齊拍手喝彩，有的還在喝好，補大人這時候覺得很失臉了，要保住威嚴已不能夠，打算要趕緊離開，就匆匆地，說。

「掃掃門口！不聽見嗎？」

「死囝仔！替你娘掃一掃，就不當[4]嗎？」

傍邊的人又喝起彩來，他實在難堪了，又不好發作他的大

3　懶：lán，厭倦、沒力氣了。

4　不當：bē-tàng，不行。

人威風，只得忍耐著一百分的九十九，留將一分發洩出來說。

「悾悾[5]！你啊！」

「死囝仔栽！你講些什麼？」伊也已生氣了。

唉！補大人失了神惘惘地站著，不曉得要怎麼樣才好，看他的臉色，比較被奪去了生命，竟似加倍痛苦。傍人又全不體諒他心中正在難過，皆哄哄地大笑，拍掌喝彩。還有人似不曉得他倆是母子，或者是故意，在一邊義憤不平地——又有些滑稽嘲笑似地說。

「侵犯做官的尊嚴，打嘴吧，打！該打！」

他竟受到催眠術似的，服從那個人的號令，「拍」的一聲，一掌打到他母親的臉上去。

「夭壽死囝仔！你敢無天無地！」伊氣憤極了，話也有點振顫，嚷著說：「大家！看！看他在打母親啦！」伊又一手把他前襟擒著，「和我來去講給你的官長聽。」扭著就走。

頂該死的，是這班傍邊看熱鬧的人，不替伊們排解也就算了，偏又在喝彩助興，使伊們欲罷不能。但官吏的行動，本來沒有所謂不當，原也不容許百姓們來干涉。且公務執行妨害的罪名，是不容易擔得起，也難怪傍觀者袖手了。

「去！就去！難道我怕嗎？」他全箇意識，已被職權尊嚴占領去，似忘卻是他的母親，也就扭在一塊，往警察衙[6]去。看熱鬧的人，碰著這麼一幕的好戲，大家高興極了，不看到團

5 悾悾：gōng-gōng，傻傻的。

6 警察衙：kíng-tshat-gê，警察局。

圓，是不願散去，還跟在後邊，一路行去，參加的人數，便也增加起來。

到了衙門口，「無用之者不準〔准〕進入」，所以這一班人只能在牆圍外，窺探消息，一、兩人自以為不怕，之闖進內去，也只在「玄關」前徘徊，聽不到什麼。衙門是做官的所在，眾人在此圍著，也似曉得有冒瀆著他的尊嚴，且巡警大人是百姓們所頂怕的，看見有從裡頭出來的，大眾也不待驅逐，兀自散開，等他進去，又復聚攏回來，還是不願散歸，很期望的在等待。做早點的人，忘了他的生意，掃地的人，猶把箒握在手中，也跟到這裡，有些想是方在飯的人，竟忘記放下了箸，許多還未吃早飯的人，併也不見有感到飢餓的樣子，人們的精神，完全注到這件事來了。

過有好些一會，補大人的母親，纔從衙裡出來，眾人波湧似的圍上去。伊不待人們垂問，就如社會運動家，在路邊演說一般，含辛帶楚，向眾人訴說伊的不平。

「大家！請聽看咧，世間竟有這樣道理？說在家裡纔是我的兒子，到衙門做一箇什麼狗官來，就是什麼……就可用什麼職權來打母親了。你們聽見過沒有？世間竟有這樣道理！什麼官吏的威嚴要緊，打母親算不得什麼，噫！衙門竟會這樣無天無地……」

伊一路回去，只是反復著這幾句話。

——完——

版本說明｜本文發表於《新生》第1集，1927年7月。頁83-87。完稿。發表時署名「懶雲」。《新生》爲漢、日文合刊，其「標榜是在於研究臺灣特殊的文化」，是「純然的學術雜誌」。發行兼編輯人：楊雲萍，東京：新生發行所，1927年7月22日出版。共一期。賴和另有漢詩〈補大人〉二首，收於甲子年（1924）稿本，內容與本文相近，參閱《新編賴和全集．漢詩卷》，頁611。

不如意的過年

稿本　無。
刊本　《臺灣民報》189 號，1928 年 1 月 1 日。

查大人[1]這幾日來總有些憤慨。因為今年的歲暮，照例的御歲暮[2]乃意外減少，而且又是意外輕薄。在查大人這些原不介意，他的心裡，以為這是管轄內的人民不怕他，看不起他的結果。真的如此就有重大的意義了。實在，做官而使人民不怕，已經是了不得，那堪又被看不起？簡直做不成官了！也難怪查大人所以慨〔憤〕慨。所謂什麼民本主義啦，民眾化啦，那只是口頭上的話，實際所不能有。官之所以為官，只在保持他的威嚴。

查大人憤憤之餘，似覺有恢復他的威嚴的必要，這是就這幾日來對於「行商人取締的峻嚴，一動手就是人倒擔頭翻[3]；或是民家門口，早上慢一點掃除，就被告發罰金；又以度量衡規矩的保障，折斷幾家店鋪的『稱仔』。」由這些行為，可以歸納出來。

1　查大人：tsa-tāi-jîn，巡查大人。
2　御歲暮：おせいぼ，oo-sé-boo，年關將至時，向照顧過自己的人送禮，或者所贈的禮物。
3　人倒擔頭翻：lâng tó tànn-thâu píng，人被打倒在地，攤子也被打翻。

查大人一面在努力於威嚴的恢復，一面又在考研人民心理變遷的原因。本來是綿羊一般地柔馴的，他用了一番思索之後，究竟具有聰明腦力的查大人，也就明白，完全的明白了。不錯！這完全由那班自稱社會運動家，不，實在是不良分子所煽動的。他們在講臺上說什麼「官尊民卑，乃封建時代的思想，在了〔法〕憲政治下的現社會，容不得它存留」，又講什麼「官吏和農、工、商賈，是社會的分業，職務上沒有貴賤之差，農民的耕種、工人的製作、商賈的交易，比較巡警的捕捉賭，督勵掃除，不見得就沒有功勞及於社會」、「法律是營〔管〕社會生活的人，勿論誰都要遵守，不以爲做官，就可除外，像巡警的亂暴[4]打人，也該受法的制裁」。有了這樣的煽惑所以〔刪除所以〕，所以人民的膽子就大起來，致使今年御歲暮，才有這樣結果。於是乎查大人遷怒了，對著這班人，就特別地憎惡，應該的那是不良分子。

究竟查大人的推理，幾日後自己覺到也有些不對了。人們受到他嚴酷的取締，也如從前一樣，很溫馴地服從，不敢有些怨言，絕不能捉到反抗的表示。這足以使查大人失望！他有時候故意，在他所憎惡的，就是社會運動家，所看得到眼睜睜的跟前，把羊一般馴良的人民，凶橫地蹂躪給他們看。他們也不敢拿出在講演會上所說的，公理人道正義，來抗議一聲。這也使查大人心裡，感到大大的不滿足，因爲不能羅〔羅〕置他們在公務執行防〔妨〕害的罪名之下，可以儆戒

4　亂暴：らんぼう，luān-pok，粗魯、粗野。

一下他們的愚蠢。

憤憤不平的查大人，幾日來的努力，又使他感到不備。他心頭的蘊怒，恰似著大〔火〕的乾茅，再潑上揮發油一樣，蓬勃地燃燒起來，幸喜有馴良的人民，可以消費他由怒火所發生的熱力，不至把查大人自己烘成木乃伊。這可以說是社會的幸福，始得留著這樣勤敏能幹的行政官。

一天公務之暇，查大人猶自坐在辦公室裡，沒有別事可以勞他腦筋，自然他的思想裡，就浮出御歲暮的影像來，這和人民本來有聯〔連〕帶的責任，自然而然查大人又憎恨到人民的身上去。他想：「這些狗，不，不如，是豬，一群蠢豬，怎地一點點聰明亦沒有？經過我一番示威，還不明白！官長不能無些進獻，竟要自己花錢嗎？怪事，銀行貯金[5]，預計和這次所得，就可湊上五千，現在似已不可能了。哼！可殺，這豬！」他唾一空口沫，無目的地把新聞[6]扯到眼前，忽地覺有特別刺眼的字：「剛〔綱〕紀肅正[7]」，他不高興極了。「拍」的一聲打著棹子，敏捷地站起，憤憤之極，不覺漏出咒罵來：「豬！該死的豬，眞的被狗吠一樣的新聞嚇昏了嗎？」

「不景氣，我現在纔感覺到，」查大人想：「但只我們中間，你們這一群豬，有什麼景氣不景氣？家家的煙筒[8]，不

5　貯金：ちょきん，thú-kim，儲蓄。

6　新聞：しんぶん，sin-bûn，報紙。

7　綱紀肅正：kong-kì-siok-tsìng，匡正國家的秩序和紀律，檢肅政治家與官吏的施政方式及態度。約在 1920 年代，是日本政壇討論的重點議題。可參見〈上不正則下歪〉，《臺灣民報》，1925 年 5 月 1 日。

8　煙筒：ian-tâng，煙囪。

是日在吐煙，搬進來的蕃薯，僅由衙前經過，一天總有幾十戴〔載〕，甘蔗一萬斤也可以賣四十圓外[9]。且現時米粟是等〔頂〕便宜的時候，自然生活不會艱難，讓一步使不景氣風，眞也吹到你們中間？可是道路上還未見有餓死凍殭〔僵〕的人，生活不是還有〔刪除有〕有餘裕嗎？是！我明白了。你們重視金錢過於生命，如此下去就能保得不死嗎？豬！」查大人不斷地在心裡咒詛，因爲貯金湊不上五千。

衙門的大玄關，自昨夜裡就交叉著插上國旗了，朝來在曉日的熙光中，懶倦地飄揚展捲，漾著微風的旗葉，似在告人今天是歡喜的元旦。

同化政策[10]，經過一番批評以後，人爲的同化，生活形式的括一，以前雖曾假借官威，來獎勵干涉過，現在已經馳〔遲〕緩了，不復有先前的熱烈。所以雖是元旦，市上做生意的人，還保持舊慣，不隨著做過年，依然熙來攘往，沒有休息的勞動。有的人家併插也隨忘記，一點也嘗不到新年氣味。只有幾處眞誠向化的人家，尙在結草繩、樹門松[11]，和那些以賭爲生的人，利用奉行正朔的名義，已經在十字街路開場設賭，用以裝飾些

9 外：guā，多、餘。

10 同化政策：1914年12月20日，板垣退助在臺北創立「臺灣同化會」，欲使「土著之島民與官吏及內地人民互忘其形骸而舉渾然同化之實」。該會會員共3,178人，但內地人僅44人，餘皆本島人，而其中總督府醫學校學生參加者有170餘人。但適時賴和已經離校，在嘉義醫院任職。1915年2月26日，臺灣總督府以「妨害公安」爲由命令解散同化會。參見葉榮鐘《日據下臺灣政治社會運動史（上）》，頁36-56。

11 門松：かどまつ，mn̂g-tshîng，正月在家門口插立裝飾的青松枝。

舊曆化的新年氣分〔氛〕而已。

說到新年，既生爲漢民族以上，勿論誰，最先想到就是賭錢。可以說嗜賭的習性，在我們這樣下賤的人種，已經成爲構造性格的重要部份〔分〕。暇時的消遣，第一要算賭錢，閒暇的新正年頭，自然被一般公認爲賭錢季節，雖表面上有法律的嚴禁，也不會阻遏它的繁盛。且法律也是在人的手裡，運用上有運用者自己的便宜都合[12]，實際上它的效力，對於社會的壞的補救，墜〔墮〕落的防遏，似不能十分完成它的使命，反轉對於社會的進展向上，有著大的壓縮阻礙成〔威〕力。因爲法本來的作用，就是在維持社會於特定的範圍中。「壞」、「墜〔墮〕落」，猶是在範圍裡「向上」、「進展」，便要超越範圍以外。所以社會運動者比較賭博人、強盜，其攪亂安寧秩序的危險更多。尤要借仗查大人用心監視，也就難怪十字路頭賭場公開，兼顧不來，原屬當然的事。

新年的查大人，也隨和日月的更新，改變了舊來的查大人，想爲心裡頭有點怒火在不斷燃燒，所以發生有特種勢力。本該休息的時候，平常總是萬事不管，雖使有人民死掉，若不是在辦公時間內，要他書一個字以便埋葬，那是不可能的。縱放任到腐爛生蛆，他也不顧。今天可就特別了。對於所謂安寧秩序，猶在關心。

他由官長那兒，拜過了新年，回到自己衙門去的路上，看

---

12 都合：つごう，too-hȧp，狀況、情況。

見民家插旗雜亂不整，人民們一點也沒有歡祝的表示，心中很不爽快。人民心理的變遷，確已證實了。這又使他重新憶起御歲暮的憤慨，便捉住一個行路人命令他說：

「喂！你仔[13]，喚保正來。」

聽見「喂」的一喝，在十字街路開賭的人，覺有些不對了。雖說本來默許的賭錢季節，也自不能安心，一哄地走散。查大人聽到人們騷動的聲，已明白近處有犯法的事故。可是待他趕到現場人已走空，只剩幾個兒童欣羨似的立在那邊，注視著來不及收，遺下的銅貨銀鈸[14]和賭具。查大人捉不到犯人，隨便拉一個兒童，玩笑似的問：

「喂！囝仔，什麼人賭錢的？」查大人的威聲，本可喝止夜啼的孩子，那個兒童不明白地被他拉住，當然吃不少驚。吃驚的兒童，總有他一定的表現方式，這是誰都曉得。啼哭，便只啼哭而已。不幸這個兒童，竟遇到這厭惡哭聲的查大人。他嘗說：「啼哭是弱者的呼喊，無用者的祈求，頂卑劣的舉動，有汙辱人的資格，尤其是一等國民的面子。」所以他就用教訓的意義，輕輕地打他一掌說：「緘點著！不許哭，賭錢的什麼人？」很有效力，這一下子打，那兒童立刻止住哭聲，偷偷地用手來摩擦著印有指痕紅腫的嘴巴。

這眞是意外，世間的男子女人，不曾打過孩子的，怕一個也沒有，打的意義雖有不同，打過總是實在。孩子原是弱者，

---

13 你仔：lí--á，即「你」，加上「仔」帶著輕蔑的意味。
14 銅貨銀鈸：tâng-huè gîn-puat，銅板、小銀幣。

誰都可以任意打他，他是不能抵抗的。在被打的兒童，使他自己感著是在挨打，也沒有不啼哭，這也是誰都經驗過的事實。現在這兒童大約不感覺著是挨過打，在他的神經末梢，一定感到一種愛的撫摩。所以對著查大人，只微微漏出感恩的抽咽，忘卻回答他的所問。

「不說嗎？到衙門去！」查大人下他最後的命令。

「人皆有惻隱之心」雖是句考古的話，原也是普遍的眞理，傍人不少在替那兒童抱屈。因爲查大人很難說話，不敢就爲求情，到這時候再不說，那就完啦，遂有一位似較有膽量的人，走向前去：

「大人！賭錢，他不……」

「豬！誰要你插嘴？」

唉！本來可以無事的那個兒童，被人們的同情心，拖累得更不幸了。在查大人的思想，官事一點也不容許人民過問，他本無爲難這兒童的意志。但到現在就不能隨便了事，怕被世間誤解，以爲受到抗議才釋放他。這很有關礙[15]做官的尊嚴。

查大人自己，也覺對這兒童有些冤屈，雖是冤屈，做官是〔刪除是〕還是官的威嚴要緊，冤屈只好讓他怨恨他自己的命運。

做官的不會錯，現在已經成爲定理。所以就不讓錯事發生在做官的身上。那個兒童總須有些事實，以表明他罪有應得，要他借〔供〕出事實來，就須拉進衙門取調（審問）。這是法

15 關礙：kuan-gāi，阻礙。

律所給的職權。

查大人爲公心切，不惜犧牲幾分鐘快樂。因那兒童在路中一些耽擱，待歸到衙門，早嗅著醺人的酒氣。又聽見後面適意的歡呼，辦公的心志也被麻醉了。事實的取調，管他什麼？那得工夫和這不知六七的兒童周旋，還是喝酒來得有意義。今天本是休假的日子，但是釋放他嗎？可有些不便當。噯！先教他跪一刻再講，就喝令他跪在一邊，自己到後頭去。一時後面的歡聲忽地增高起來。

時間不知道過有多久，覺歡聲已經靜寂下去。查大人酒喝到可以的程度，夢騰騰地在自得樂趣的時候，復微微聽見兒童的綴〔啜〕泣。忽又把眼睜開，似要翻身起來，無奈力量已消耗在快樂的時間中，手腳不接受腦的命令，只聽見由他喉裡漏出憤恨的咒罵：

「畜生！攪亂乃翁的興頭。」隨後就被夜之神所捕虜，呼呼地鼾在睡牢中，電光映在臉上，分明寫出一個典型的優勝者得意的面容。

一九二七，一二，一四。

版本說明｜本文發表於《臺灣民報》189號，1928年1月1日。頁10。完稿。發表時署名「懶雲」。文末標注寫作時間爲「1927.12.14」。

未來的希望

稿本　《賴和手稿集．新文學卷》，頁 220-238。
刊本　無。

阮大舍是三十八歲的壯年人，不知是因爲著那一層[1]原因，看起來卻像五、六十歲人，眞有表現出點老態。大舍現在雖講是姓阮，但是有的人竟說他是黃氏的子孫，因爲他生下地來的日晨〔辰〕不好，八字眞歹[2]，克〔剋〕父母、礙兄弟，所以被他家裡的人抱去棄在山腳，要給野狗去喫一頓飽，還幸他有點福氣，被這正在缺乏子嗣的阮大老爺所拾得，繼承這一宗的大財產。但是又有一說，講他原是韓家的兒子，和他的娘被阮大老爺搶來，後來阮大老爺養大他，也就認伊做父親。劫奪婦人子女這樣事，在前些時代，不過四十餘年前，是被認爲強者正當的權利，雖光天化日之下，也公然打家劫舍，無人敢說這樣一聲橫逆。故事實，在現在的人只有當作故〔故事〕聽聽而已，無一個相信這既往的事實。

阮大舍名義上擁有很大的財產，但不知是否宗支[3]中曉得

1　那一層：tó-tsit-tsân，哪一個、哪一件。
2　眞歹：tsin bái，很差。
3　宗支：tsong-tsi，宗親旁支。

他不是阮姓的眞血脈，當然要歸他承繼的田畑[4]、厝宅、苑圃、山林，多在說不清的理由之下，給人保管著，收不到實益，大舍只能支取足以維持生活的費用，沒有支配他財產收益的權限。這大概也可以算做大舍早老的一個原因。

大舍生性過於懦弱，這是先天的他的父母遺傳給他呢？或是環境的壓迫使他這樣？這點有些不明白，只好留待生理或心理學者去鑑定判斷，若是有著要[5]知道他的究竟的必要時。大舍因爲懦弱，對於人們的要求恫嚇，自然沒有說聲「不」，或反對的勇氣，雖明知是不應該，也須裝著歡喜的樣子承諾去，所以他名義下的財產，現在多變爲別人的主權。這點也可算爲他早老的一個原因。

大舍曾否受過教育，也不明白。大舍有無有事務的才能，也是不明白。因爲他的家政世務，一切歸他的使用人[6]辦理，大舍也沒有命令他們的威嚴，而使用人們也各自主地在辦他的事務，這點算不算是大舍早老的原因？是不能明言。

大舍有很多的田畑、山野，產生出不少可吃可用的物品。這些物品皆爲人類所必需，是應該給人們去享用。住在較遠隔的人，大舍總要賠出運費，運去供應他們需用，所以他名義上的財產，也漸把名義失去。這點一定不會成爲大舍早老的原因，因爲這是大舍自願的。

4　畑：はたけ，hn̂g，田地、旱田。

5　著要：tio̍h-ài，得要。

6　使用人：sú-iōng-lâng，傭人、僕人。

大舍這一支，人丁很不興旺，自前幾代就是單丁過代[7]，所以在他老太爺的時代，當大舍纔成丁的那一年，就給大舍建置了家室，希望能早些生孫，可繁衍他的宗族，這樣事情是有年歲的人，纔會關心的。大舍有了妻子，只是耽於夫婦的歡愛，對於生子一事，絕不在意，遂使他老太爺抱著失望的悲哀離去這世間。但是近年以來，我們的阮大舍常有寂寞的嘆息了。戀戀於夫婦恩愛的青年時期，已經是屬於過去的事蹟。進出於生的道途，幹些人的事業，雖然正是時候，無奈他已早老，壯志已消失盡了，而且耗去了體力，對於人生，大舍自己也覺得已無希望。雖然他原是懦弱的人，雖知道生存下去的是無用的生命，卻沒有斷然捨棄這生的意念，但一面又耐不得這生的寂寞，在這時候自然會希望著未來，期待著後的一代。所以到這時期大舍纔感到無有兒子的缺感〔憾〕。有一個會呱呱地啼哭、哈哈地嘻笑的孩子，寂寞的人生，定會得到很大安慰。大舍有了這樣期望，同時便怪伢[8]到自己的妻怎不會生。怪伢的結果，便想請教醫生去，這一希望竟鼓舞起他未曾發現過的勇氣，即時去求得替他管理家政的人諒解，就去問問醫生。

問過醫生之後，大舍很覺悲觀，據醫生的所述，是大舍這樣體力，現在已經消去生育的機能，生育的事是夫婦的共同責任，須併他夫人診視之後，方得確實診斷。使大舍不至絕望

7　單丁過代：tan-ting kuè-tāi，世代單傳。
8　怪伢：kuài-gê，感到奇怪、討厭。

者，是他的夫人還不定有一半責任。所以他抱著最後希望，便夫婦同伴去問另外的醫生，因爲第一個醫生，把全責任歸他擔負，已使他厭惡不信。

第二個醫生診視的結果，據說是大舍青年時代，夫婦的愛情過於濃厚，纔使他的夫人患著子宮後屈症，遂至不妊。這一個證明，使大舍感到像跌下深淵，喝夠了水，將要失神的時候，忽被救起一樣的快慰。架在他雙肩上的全責任，由第二個醫生把他卸下來，所以大舍便非常信任那個醫生。因爲還留著會生育的一點希望，故關於大舍奶[9]子宮整復手術，因爲信任之故，就一切委任這第二個醫生。

從未有失敗過的這後屈子宮的手術，不知何故，在阮大舍奶竟取著不幸的歸結。這一突變[10]，在阮大舍只是感到含有欣喜味的悲哀，因爲在失望之下，反得到很大的希望，妻子如衣服，再換一個，較會生育也不一定。但是在他族中，轉掀起了大大的波紋，有野心的，甚望大舍沒有兒子，可以把自己的所生去繼承禋祀，便可接受那麼很大的財產。管理大舍的財產的人，又恐過繼來的人有點能幹，會損害著他們的利益，很希望大舍生個像他自己的繼承人，好一代一代讓他們自由處分。兩方的暗鬥，終歸執著實際權限的人勝利。大舍便續娶了一房正妻，和幾房側室，正妻又賠嫁[11]來一個俏俊的有宜男

9 大舍奶：tuā-sià-nái，大舍的夫人。
10 突變：tu̍t-piàn，突如其來的變故。
11 賠嫁：puê-kè，女子出嫁時陪帶的妝奩或隨從。

相[12]的婢女。不思議[13]的就是幾年後，還不聽到阮大舍生兒的喜信。大舍又自信他生殖能力還很強，這責任便又歸到他的妻妾去承擔。女人家的疑難事，只有求神托佛了，無奈神佛無靈，單會消耗一般善男子、善女人的財帛，享受他們的禮酒，一些些也無有感應。問西醫去呢？曉得有失敗的既往，還是各人的生命要緊，再無人敢去嘗試。但是生兒的希望，很支配著她們的心理。在廣告上寫著其效如神，二百年來秘傳的眞方種子丹，便爲她們所注意。本來賣藥的效驗，也只驗[14]在廣告上而已。只有不感到危害，會使她們安心，而且對於別種秘藥，也就敢於嘗試。大舍的妻妾，在不自覺之中，遂成爲一般走方醫的試驗動物。既被掛上試驗的號牌，當然免不掉犧牲，大舍的繼室，就在試藥之下失去了生命。大舍悲觀極了，他所抱唯一的希望，覺得前途很是黑暗，這時候他纔體會出人生別一種的悲哀，他覺到這一支阮氏的血脈，將由他而斬，俄羅斯的滅亡，德意志的覆沒，我想還沒有大舍這時候心裡所藏的慘痛。大舍完全頹唐了，這一打擊的確又使大舍早老了幾年。

在大舍悲慟失望之中，賠嫁來的那個婢女，被人認出腹部已較膨大了。這想不到的發現，眞像積滿白雪的荒郊，萬物都失去生意，在枝幹杈枒的寒林裡，帶雪的枯枝上，開著三、兩朵梅花，在報道已有絲絲春意一樣，在大舍死一樣的心裡，

12 有宜男相：有「宜男」之相，有生男、多子的面相。

13 不思議：ふしぎ，put-su-gī，令人不解。

14 驗：giām，應驗、靈驗。

注入希望的生的活力素。大舍隨時[15]請來他信任的醫生，就知道是妊娠四個月。哈哈！大舍歡喜到流下淚來，發出不曾聽見過，向來所未有的笑聲。分娩時日，由醫生的計算，推定在明年四月中。大舍今年三十七了，到三十八歲纔要做第一次的爸爸，這樣歡喜，我想是無人會替他想像出來。大舍是抱著這無人想得到的歡喜的心，在等待兒子誕世。

避去一切刺戟[16]的食物，預防著氣候的突變，保持著適當的運動，遮斷驚恐哀傷的襲來，給與滋養強壯的飲食，珍重細心。費盡所有看護的手續，托天保庇，已到了分娩時期。腹自幾日前就開始有微微的痛，產婆來過幾次，總說胎兒沒有異狀，母體也屬健全，沒有危險。但是自昨晚腹痛已漸劇烈，已經到了分娩開始的時候，產婆守候了一夜，經過她預測的分娩時刻，胎兒不見有些少進出，這使產婆也失去自信。便由她的推薦，請一個積有產科經驗的醫生，聽說是產婆的姨丈，來相幫處置。經這醫生診視的結果，是認爲產婦骨盤有點狹小，而且子宮的收縮力也不充分，分娩時間遂致延長。「注射後二點鐘，便要使胎兒出世。」醫生下了有確信的斷定。注射後子宮的收縮確實增強了許多，因爲產婦漸有忍不住疼痛的呻吟。一點、二點、三點鐘過後，胎兒還不出世。這使大舍生起恐慌來，第一便去請來，只有享受答謝的雞酒麻油飯，而不負責任的注生娘，香煙繚繞地供奉在大廳，要求著保庇。其次便議論紛紛

15 隨時：suî-sî，立刻、馬上。
16 刺戟：tshì-kik，刺激。

了，有人提議再請醫生，有人提議須動起法事。先來的醫生，似因為他的診斷不確，有些不好意思，便又推薦一個是他舅子的醫生。對這推薦，大舍似有躊躇，同時族人也有了閒話，「這樣事情豈是可以包行的嗎？放棄聞名的產科專門醫生不請，牽來他的婣親誼戚，幹嗎？」被產婦的呻吟聲嚇昏了的大舍，聽到族人的話，頓覺清醒了許多，即時請到專科的醫生來。

「產婦的骨盤正常，產道也已充分開大，子宮的收縮少強，胎兒的頭腦有著水腫，這是分娩遲緩的原因，須適用鉗子手術。」專科醫生診視後，就發表他的意見。「胎兒得安全嗎？母體可無有危險？」這大舍的關心，被醫生的「不相干，我這隻手已救活無量數的小孩子」的自家廣告所克服，手術便準備著要開始。

狂噭慘哭，繼續有一點鐘之後，胎兒已被鐵的鉗子抱了出來，但是是否為英物[17]，竟無由辯〔辨〕別，因為胎兒已經窒息，聽不到啼聲。這是難產的時，胎兒所必有的現像〔象〕。由醫生施以發啼術，胎兒便漸漸恢復了生機，呱呱地呼吸起來。雖然是個男孩，無如啼聲比貓叫還要細小，這最初的生的努力，就這樣不活潑，使大舍希望的心，完全粉碎去。待醫生收拾好器械，便問及這孩子會不會長成的事來。「養，是養得大，」醫生的回答是很有決然的樣子，「因為這腦水腫，還是中等程度，使不再增大，腦實質[18]不受到更大的壓迫，是會長

---

17 英物：ing-bu̍t，傑出優秀的人才。

18 腦實質：のうじっしつ，náu-sit-tsit，指由腦膜包覆之大腦、小腦、腦幹等部分。

大的，也不至成爲白癡。但是要使這水腫不再進行，須用什麼方法，是一個重大問題，施行穿顱術將頭腔內的液體，吸取起來，然後施以壓迫綳帶，使頭蓋裡面，再沒有瀦留[19]液體的空隙，這是可以阻住水腫的進行，但影響於腦實質的壓迫依然一樣，會不會阻礙知能的發達，是很難預斷。不過這是神經學的範圍，待少長大，再爲考慮也尚未遲。」我們的阮大舍，聽到醫生這些說明，對於第一次做爸爸的歡喜，已完全失去。雖然他還不至絕望，「既會生育，當然有再生第二個的可能。」他心裡又懷抱著這未來的希冀。所可慮者，在這樣早老的阮大舍，會不會見到第二個孩子的出世，也是問題。

版本說明｜手稿19張（編頁1-19），稿紙（株式會社臺灣大眾時報社原稿用紙），硬筆字，直書，完稿，現存賴和紀念館。稿本署名「灰」。大眾時報社於1928年3月成立，賴和擔任監事，同年7月停刊。推測本文寫作時間在1928年。

---

19 瀦留：ちょりゅう，tsu-liû，醫學用語，指液體的聚積。

蛇先生

稿本　無。
刊本　《臺灣民報》293、295、296號，1929年12月29日、1930年1月11日、18日。

蛇先生在這幾百里路內外是眞[1]有名聲的人。他的職業是拿水雞[2]，這雖是一種不用本錢的頭路，卻也不是隨便什麼人都做得來的事，有時也有生命上的危險。

在黑暗的夜裡，獨自一個人站在曠漠野澤中，雖現時受過新教育的人，尚且忘不掉對於鬼的恐懼，何況在迷信保育下長大的人。但在蛇先生，他是有所靠而不懼，他所以大膽就是仗著火斗[3]，他說火神的權威，在黑暗中是非常偉大，在祂光明所照到的地方，能使一切魔鬼潛形，所以他若有火斗在手，任何黑暗的世界，也可獨行無懼。可是這黑暗中無形的恐懼，雖借光明之威可以排除，還有生命上的大敵，實在的危險，不容許你不時刻關心，這就是對於蛇的戒備。

講起水雞，便不能把蛇忘掉，「蜈蚣、蛤仔[4]、蛇」稱爲

1　眞：tsin，很、非常。
2　水雞：tsuí-ke，青蛙。
3　火斗：hué-táu，斗形的提燈。用光線震懾青蛙，方便捕獲。
4　蛤仔：kap-á，青蛙，或稱「田蛤仔」。

世間三不服。蛇的大敵就是蜈蚣，蜈蚣又怕水雞，水雞又是蛇的點心。所以蛇要戒備蜈蚣的侵襲，常使在牠支配下的水雞去做緩衝地帶，守護蛇洞的穴口。因爲有這樣關係，拿水雞的人，對蛇自然有著戒備和研究，捕蛇的技倆，蛇傷的醫治，多有一種秘傳，蛇先生就是因此出名。

蛇先生的拿水雞，總愛在暗黑的別人不敢出門的夜裡，獨自提著火斗，攜著水雞插[5]，帶著竹筌[6]，往那人不敢去的野僻的所在。憑著幾尺火斗火射出來的光明，覓取他日常生活計。

黑雲低壓，野風蕭颼，曠漠的野澤中，三更半夜，只有怪樹的黑影，恍似鬼的現形；一聲兩聲的暗鷺，眞像幽靈的嘆息。在這時候常看到一點明滅不定的星火，青冷冷地閃爍著，每令人疑是鬼火，這就是蛇先生的火斗。他每蹲在火斗傍邊，靜聽那閣閣的水雞聲，由這聲音，他能辨別出水雞的公母，他便模仿著水雞公勇敢的高鳴，時又效著水雞母求愛吟聲，引著附近的水雞，爭跳入他的竹筌中去。他有時又能敏感到被蛇所厄[7]水雞的哀鳴，他被惻懚〔隱〕之心所驅使，便走去把水雞救出，水雞就安穩地閃[8]到蛇先生的竹筌中，雖然結果也免不了廚人一刀，可是目前確實由蛇的毒牙下，救出生命來。蛇先生雖不自詡，自然有收入慈善家列傳的資格。且在水雞自己，

5 水雞插：tsuí-ke-tshah，捕捉青蛙的獵具。

6 竹筌：tik-tshuan，抓青蛙的竹簍子。

7 厄：eh，圍困。

8 閃：siám，躲避。

犧牲一身去做蛇的糧食，和犧牲給蛇先生去換錢，其間不是也有價值上的爭差[9]嗎？

蛇先生因爲有他特別的技倆，每日的生活，就不用憂愁了。雖是他一夜的所獲，僅足豪奢的人一兩餐之用，換來的錢，供他一家人的衣食，卻綽有餘裕了，所以他的形相便不像普通拿水雞那樣野陋，這是他能夠被稱爲先生的一件要素。

蛇先生所以被尊爲先生，而且能夠出名，還有一段故事，這要講是他的好運？也是[10]他的歹運？實在不易判斷，但是他確實是由這一件事出名。

在他隔壁庄，曾有一個蛇傷的農民，受過西醫的醫治，不見有藥到病除那樣應驗，便由鄰人好意的指示，找蛇先生去，經他的手，傷處也就漸漸地紅褪腫消了。

在蛇先生的所想，這種事情一定不會被人非難。被蛇咬著[11]的人，雖無的確[12]會死，疼痛總是不能免，使他疼痛減輕些，確屬可能，縱算不上行善，也一定不是作惡，那知卻犯著了神聖的法律。

法律！啊！這是一句眞可珍重的話，不知在什麼時候？是誰個人創造出來？實在是很有益的發明，所以直到現在還保有專賣的特權。世間總算有了它，人們才不敢非爲，有錢人始免被盜的危險，貧窮的人也才能安分地忍著餓待死。因

---

9 爭差：tsing-tsha，差異。
10 也是：iáh-sī，或是、還是。
11 咬著：kā-tio̍h，咬到。
12 無的確：bô-tik-khak，不一定。

爲法律是不可侵犯，凡它所規定的條例，它權威的所及，一切人類皆要遵守奉行，不然就是犯法，應受相當的刑罰，輕者監禁，重則死刑，這是保持法的尊嚴所必須的手段，恐法律一旦失去權威，它的特權所有者——就是靠它吃飯的人，準會餓死，所以從不曾放鬆過。像這樣法律對於它的特權所有者，是很有利益，若讓一般人民於法律之外有自由，或者對法律本身有疑問，於他們的利益上便覺有不十分完全，所以把人類的一切行爲，甚至不可見的思想，也用神聖的法律來干涉取締，人類的日常生活、飲食起居，也須在法律容許中，纔保無事。

疾病也是人生旅路一段行程，所以也有法律的取締，醫生從別一方面看起來，他是毀人的生命來賺錢，罪惡比強盜差不多，所以也有特別法律的干涉。

那個醫治蛇傷的西醫，受法律所命令，就報告到法律的專賣所去。憑著這報告，他們就發見蛇先生的犯罪來，因爲他不是法律認定的醫生。

他們平日吃飽了豐美的飯食，若是無事可做，於衛生上有些不宜，生活上也有些乏味，所以不是把有用的生產能力，消耕〔耗〕於游戲運動之裡，便是去找尋——可以說去製造一般人類的犯罪事實，這樣便可以消遣無聊的歲月，併且可以做盡忠於職務的證據。

蛇先生的善行，在他們的認識裡，已成爲罪惡。沒有醫生的資格而妄爲人治病，這是有關人命的事，非同小可，他們不敢怠慢，即時行使職權，蛇先生便被請到留置間仔[13]去。

他們也曾聽見民間有許多治蛇傷的秘藥，總不肯傳授別人，有這次的證明，愈使他們相信，但法律卻不能因為救了一人生命便對他失其效力。蛇先生的犯罪已經是事實。所以受醫治的人也不忍坐視，和先生家裡的人，多方替為奔走，幸得錢神有靈，在他之前××〔法律〕也就保持不住其尊嚴了，但是一旦認為犯法被捕的人，未受過應得的刑罰，便放出去，恐被造謠的人所毀謗，有影響於法的運用，他們想教蛇先生講出秘方，就不妨把法寃枉一下，即使有人攻擊，也有所辯護。雖〔誰〕知蛇先生竟咒死賭活，堅說沒有秘方。蛇先生過於老實，使他們為難而至生氣了，他們本想借此口實開脫蛇先生的罪名，為錢神留下一點情面，蛇先生碰著這網仔隙[14]，不會鑽出去，也是合該[15]受苦。

他們終未有信過任何人類所講的話。

「在他們面前，」他們說，「未有人講著實在話。」所謂實在話，就是他們用科學方法所推理出來的結果應該如此，他們所追究的人的回答，也應該如此，即是實在。蛇先生之所回答不能照他們所推理的結果，便是白賊[16]亂講了，這樣不誠實的人，總著[17]儆戒，儆戒！除去拷打別有什麼方法呢？拷打在

---

13 留置間仔：liû-tì-king-á，拘留室，拘留嫌犯的小房間。

14 網仔隙：bāng-á-khiah，漏洞。

15 合該：ha̍p-kai，當然、應當。

16 白賊：pe̍h-tsha̍t，說謊。

17 著：tio̍h，得要、一定要。

這二十世紀是比任何一種科學方法，更有效的手段，是現代文明所不能夢想到的發明。蛇先生雖是吃虧，誰教他不誠實，他們行使法所賦與的職權，誰敢說不是！但是蛇先生的名聲，從此便傳遍這幾百里內外了。

蛇先生既出了名，求他醫治的人，每日常有幾個，但是他因吃過一回苦，尙有些驚心，起初總是推推辭辭不敢答應，無奈人們總爲著自己的生命要緊，那管到別人的爲難，且因爲蛇先生的推辭，屢信他秘方靈驗，屢是交纏不休，蛇先生沒法，在先[18]只得偷偷地秘密與那些人敷衍，合該是他時氣透[19]了，眞所謂著手成春，求醫的人便就不絕，使他無暇可去賣水雞，雖然他的生活比以前更覺豐裕快活，聽說他卻又沒有受人謝禮。

蛇先生愈是時行[20]，他愈覺不安，因爲他的醫生事業是偷做的，前回已經嘗過法律的滋味，所以時常提心吊膽，可是事實上竟被默認了，不曉得是他的秘方靈驗有以致之，也是還有別的因由，那是無從推測。但有一事共須注意，法律的營業者們，所以忠實於職務者，也因爲法律於他們有實益，蛇先生的偷做醫生，在他們的實益上是絲毫無損，無定著[21]還有餘潤可沾，本可付之不問，設使有被他秘方所誤，死的也是

---

18 在先：tsāi-sing，一開始。
19 時氣透：sî-khuì thàu，走運、好運。
20 時行：sî-kiânn，流行、受到歡迎。
21 無定著：bô-tiānn-tio̍h，說不定、或許。

別人的生命。

× × ×

在一個下午，雨濛濛下著，方是吃過午飯的時候，蛇先生在庄口的店仔頭[22]坐著。

這間店仔面著大路，路的那一邊有一口魚池，池岸上雜生著菅草[23]、林投[24]，大路這一邊有一株大黃樣[25]，樹葉有些扶疏，樹枝直伸到對岸去，樹下搭著一排瓜架，垂熟的菜瓜[26]長得將浸到水面，池的那邊盡是漠漠水田。店仔左側靠著竹圍，右邊是曝粟[27]的大庭[28]，近店仔這邊有幾株榕樹，樹陰下幾塊石頭，是當椅坐著，面上磨得很光滑，農人們閒著的時候，總來圍坐在這店仔口，談天說地消耗他們的閒光陰，這店仔也可說是庄中唯一的俱樂部。

雨濛濛下著，蛇先生對著這陣雨在出神，似有些陶醉於自然的美，他看見青蒼的稻葉，金黃的粟穗，掩映在細雨中，覺得這冬[29]的收成已是不壞，不由得臉上獨自浮出了微笑，把

22 店仔頭：tiàm-á-thâu，店鋪。
23 菅草：kuann-tsháu，芒草。
24 林投：nâ-tâu，林投樹。
25 黃樣：n̂g-suāinn，芒果、芒果樹。
26 菜瓜：tshài-kue，絲瓜。
27 曝粟：pha̍k-tshik，曬穀。
28 大庭：tuā-tiânn，大片的空地。
29 這冬：tsit-tang，這一期的稻作。

手中煙管往地上一撲，撲去不知何時熄去的煙灰，重新裝上煙，擦著火柴，大大地吸了一口，徐徐把煙吐出，這煙在他眼前繞了一大圈，緩緩地由門斗穿上簷端。蛇先生似追隨著煙縷神遊到天上去，他的眼睛已瞌了一大半，只露著一線下邊的白仁[30]，身軀靠著櫃臺，左手抱著交叉的膝頭，右手把住煙管，口微開著，一縷口涎由口角垂下，將絕不斷地掛著，煙管已溜出在唇外。一隻醃〔閹〕雞想是起得大早，縮上了一隻腳，頭轉向背上，把嘴尖插入翼下，翻著白眼，瞌睡在蛇先生足傍。榕樹下臥著一匹耕牛，似醒似睡地在翻著肚，下巴不住磨著，有時又伸長舌尖去舐牠鼻孔，且厭倦似地動著尾巴，去撲集在身上的蒼蠅。馴養似的白鷺絲，立在牛的頷上，伸長了頸在啄著粘在牛口上的餘沫。池裡的魚因這一陣新鮮的雨，似添了不少活力，潑剌一聲，時向水面躍出。兒童們尚被關在學校，不聽到一聲吵鬧。農人們尚各有工作，店仔口來得沒有多少人，讓蛇先生獨自一個坐著「督龜[31]」，是一個很閒靜的午後，雨濛濛下著。

× × ×

泠泠泠，忽地一陣鈴聲，嚮〔響〕破了沉濕空氣，在這閒靜的空間攪起一團騷動，趕走了蛇先生的愛睏神[32]。他打一個

30 白仁：pe̍h-jîn，眼白。
31 督龜：tok-ku，打瞌睡。
32 愛睏神：ài-khùn-sîn，睡意。

呵欠，睜開眼睛，看見一乘人力車走進庄來，登時面上添了不少精神，在他心裡想是主顧到了。及至車到了店仔口停下，車上的人下來，蛇先生的臉上又登時現出三分不高興，因爲不是被蛇咬著的人。雖然蛇先生也格外殷勤，忙站起來，險些踏著那隻醃〔閹〕雞，對著那個人擲頭[33]行禮，招呼請坐。這個人是在這地方少有名聲的西醫。

「店仔內誰患著病？」蛇先生問。

「不是要來看病，」西醫坐到椅上去說，「我是專工[34]來拜訪你，湊巧在此相遇。」

「豈敢豈敢，」蛇先生很意外地有些慌張說，「有什麼貴事？」

「不是什麼要緊事。聽講你有秘方的蛇藥，可以傳授給我嗎？對這事你可有什麼要求？」

「哈哈！」蛇先生笑了，「秘方！我千嘴萬舌，世人總不相信，有什麼秘方!?」

「在此有些不便商量，到你府上去怎樣？」西醫說。

「無要緊[35]，這也不是什麼大事件。你是高明的人，我也老了，講話你的確相信。」蛇先生說。

「是！蛇先生本不是和『王樂仔[36]』一樣，是實在人。」蹲在一邊的車夫插嘴說。

---

33 擲頭：tìm-thâu，點頭。

34 專工：tsuan-kang，專程、特地。

35 無要緊：bô-iàu-kín，沒關係。

36 王樂仔：ông-lo̍k-á，四處遊走，招搖撞騙以賣藥爲生者。

這時候雨也晴了，西斜的日露出溫和的面孔，池面上因為尚有一點兩點的餘雨，時時漾起一圈兩圈的波紋。庄裡的人看見西醫和蛇先生在一起講，以為一定有什麼意外事情，不少人圍來在店仔口，要想探聽。有人便順了車夫嘴尾[37]說：

「前次也有人來請先生把秘方傳給他，明講先生禮兩百四，又且在先生活著的時，不敢和他相爭賺食[38]。」

「二百四！還有添到六百銀的，先生也是不肯。」另外一個人又接著講。

「你們不可亂講，」蛇先生制止傍人的發言，又說：「世問〔間〕人總以不知道的事為奇異，不曉得的物為珍貴，習見的便不稀罕，易得的就是下賤。講來有些失禮，對人不大計較，便有講你是薄利多賣主義的人；對人輕快些，便講你設拜簟[39]在等待病人。」

「哈哈！」那西醫不覺笑起來，說：「講只管讓他們去講，做人那能使每個人都說好話。」

「所以對這班人，著須弄一點江湖手法，」蛇先生得意似的說，「明明是極平常的事，偏要使它稀奇一點，不教他們明白；明明是極普通的物，偏要使它高貴一些，不給他們認識。到這時候他們便只有驚嘆讚美，以外沒有可說了。」

「哈哈！你這些話我也只有讚嘆感服而已。可是事實終是事實，你的秘方靈驗，是誰都不敢否認。」西醫說。

---

37 順嘴尾：sūn tshuì-bué，順著語意來接話。

38 相爭賺食：sio-tsenn thàn-tsia̍h，搶生意。

39 拜簟：pài-tiām/tiam，指祭拜時的跪墊或塌塌米上的坐墊。

「蛇不是逐尾[40]有毒，雖然卻是逐尾都會咬人，我所遇到的一百人中眞被毒蛇所傷也不過十分之一外，試問你！醫治一百個病人，設使被他死去了十幾人，總無人敢嫌你咸慢[41]，所以我的秘方便眞有靈驗了。」蛇先生很誠懇地說。

「這也有情理，」西醫點頭說：「不過……」

「那有這樣隨便！」不待西醫說完，傍邊又有人插嘴了。「那一年他被官廳拿去[42]那樣刑罰，險險仔[43]無生命，他尙不肯傳出來，只講幾句話他就肯傳!?好笑！」

「哈哈！」西醫笑了。

「哈哈！」蛇先生似覺傍人講了有些不好意思，也笑著攔住他們說：「大家不去做各人的工，在此圍著做甚!?」便又向著西醫說：「來去厝裡[44]飲一杯茶！」

「那好去攪擾你。」西醫也覺在此講話不便，就站起來。

「茶泡好了，請飲一杯！」開店仔[45]也表示著好意。

「不成[46]所在，座也無一位[47]可坐。」蛇先生拭著椅條[48]，客氣地請坐。

---

40 逐尾：tak-bué，每一隻。
41 咸慢：hân-bān，沒有能力、駑鈍。
42 拿去：liah--khì，捉去。
43 險險仔：hiám-hiám-á，差一點。
44 厝裡：tshù--lí，家裡。
45 開店仔：khui-tiàm--ê，開店的，店家老闆。
46 不成：m̄-tsiânn，不符合身分、不禮貌。
47 位：uī，處、地方。
48 椅條：í-liâu，長板凳。

「建築得眞清爽，這間大廳也眞向陽。」西醫隨著也有一番客套。

飲過了茶，兩方都覺得無有客氣的話可再講，各自緘默了些時，那西醫有些吞吐地說：

「蛇先生！勿論如何，你的秘方總不想傳授人嗎？」

「咳！你也是內行的人，我也是已經要死的了，斷不敢說謊，希望你信我，實在無什麼秘方。」蛇先生說。

「是啦！同是內行的人，可以不須客氣，現時不像從前的時代，你把秘方傳出來，的確不用煩惱利益被人奪去，法律對發明者是有保護的規定，可以申請特許權，像六〇六[49]的發明者，他是費了不少心血和金錢，雖然把製造法傳出世間，因爲它有專賣權，就無人敢仿照，便可以酬報發明研究的苦心了，你的秘方也可以申請專賣，你打算怎樣？」西醫說。

「我已經講過了，我到這樣年紀，再活有幾年，我講的話不是白賊。這地方的毒蛇有幾種你也明白，被這種毒蛇咬著，能有幾點鐘生命，也是你所曉得，毒強的蛇多是陰癀，咬傷的所在是無多大疼痛，毒是全灌入腹內去，有的過不多久，併齒痕也認不出來，這樣的毒是眞利害，待到發作起來，已是無有多久的生命，但因爲咬著時，無甚痛苦，大多看做無要緊，待

49 六〇六：サルバルサン（salvarsan; arsphenamine），砷素化合物製劑606號，治療梅毒的特效藥，今稱爲「砷凡納明」。1909年由德國學者Alfred Bertheim研發，日本學者秦佐八郎進行實驗確認療效，1910年上市。可參見〈黴毒患者の福音　サルバルサン注射新法〉，《臺灣日日新報》，1914年1月7日。

毒發作起來，始要找醫生，已是來不及，有了這個緣故，到我手裡多是被那毒不大利害的蛇所咬傷，這是所謂陽癀的蛇，毒只限在咬傷的所在，這是隨咬隨發作，也不過是皮肉紅腫腐爛疼痛，要醫治這何須什麼秘方？」蛇先生很懇切地說。

「是！我明白了，」西醫有所感悟似地應著：「不過你的醫治眞有仙方一樣的靈驗，莫怪世人這樣傳說。」

「世間人本來只會『罕叱[50]』，明白事理的是眞少。」蛇先生說。

「也是你的秘方，太神秘的緣故。」西醫的話已帶有說笑的成分。

「不是這樣，人總不信它有此奇效，太隨便了，會使人失去信仰。」蛇先生也開始講笑了。

在這時候有人來找蛇先生講話，西醫便要辭去，話講得久了，蛇先生也不再攀留，便去由石臼裡取出不少搗碎了的青草，用芋葉包好送與西醫，說：「難得你專工來啦，這一包可帶回去化驗看，我可有騙你沒有!?」

× × ×

那西醫得了蛇先生的秘製藥草，想利用近代科學，化驗它的構成，實驗它的性狀，以檢定秘藥的效驗，估定治療上的價值，恰有一位朋友正從事於藥物的研究，苦於無有材料，便寄

---

50 罕叱：hán-huah，起閧、誇大。

給他去。

歲月對於忙迫於事業的人們，乃特別地短促，所豫計的事務做不到半份，豫定的歲月已經過去盡了。

秘藥的研究尚未明白，蛇先生已不復是此世間的人，曉得他的，不僅僅是這壹里路內外，多在嘆氣可惜，嘆惜那不傳的靈藥，被蛇先生帶到別一世界去，有些年紀的人，且感慨無量似的說：

「古來有些秘方，多被秘死失傳，世間所以日壞！像騰雲駕霧那不是古早[51]就有的嗎？比到今日的飛行機、飛行船多少利便[52]，可惜被秘死失傳去！而今蛇先生也死了！此後被蛇咬的人不知要多死幾個!?」

「聽講這樣秘方秘法，一經道破便不應驗，是眞嗎？」傍邊較年輕的人，發出了疑問，有年紀的人，也只是搖頭嘆氣。

恰在這時候，是世人在痛惜追念蛇先生的時候，那西醫的朋友，化驗那秘藥的藥物學者[53]，寄到了一封信給那西醫，信中有這一段：

「…………該藥研究的成績，另付論文一冊乞即詳覽，此後要選擇材料，希望你慎重一些，此次的研究，費去了物質上的損失可以不計，虛耗了一年十個月的光陰，是不可再得啊！

---

51 古早：kóo-tsá，從前、古時候。

52 利便：lī-piān，便利。

53 藥物學者：此人物原型爲杜聰明，時人即稱爲藥物學者。杜聰明獲醫學博士返臺後，即開始研究臺灣民間藥物。參見杜聰明〈臺灣の民間薬興味深き醫學上の研究〉，《臺灣日日新報》，1923 年 6 月 11 日。〈杜聰明博士言漢藥之研究〉，《臺灣日日新報》，1925 年 2 月 2 日。

此次的結果，只有既知巴豆[54]，以外一些也沒有別的有效力的成分…………」

版本說明｜本文發表於《臺灣民報》293號，1929年12月29日。頁17。295、296號，1930年1月11日、18日。頁9。完稿。發表時署名「懶雲」。

54 巴豆：pa-tāu，大戟科巴豆屬，有毒植物，通常用作瀉藥，治療腹痛。

〔阿四〕

稿本　《賴和手稿集．新文學卷》，頁 302-326。
刊本　無。

在一個車裡，阿四很快意地倚在車窗眺望。

阿四是一個熱情的青年，他抱有遠大的心志，無窮的希望，很奮勵地向著那可以實現他的志望的道上，用著他所有生的能力前進著。

他初由醫學畢業，由學校的介紹，現在是要到一個地方醫院[1]去就職，這是他由理想的世界中轉向實際社會的第一步，和複雜的人類接觸的起始，也是他要實現他志望的實際工作的第一程。

他還保有兒童時代的天眞，併且改未掉[2]學生生活的浪漫。他打開車窗，向車外瞭望，他看見田疇中青青的禾稻，竹圍裡翻翻的芭蕉，蒼翠的山光，漣漪的水色，什麼都覺得生意飽滿，生機活潑，也便感到他自己的生活也很豐富，前途很受祝福，不覺滿意地獨自浮出微笑來。

1　地方醫院：嘉義醫院。賴和 1914 年 4 月由醫學校畢業後，到嘉義醫院擔任雇員，任職時間約在 1914 年 5 月至 1916 年 5 月。參見《臺灣總督府職員錄》，1914-1915 年。

2　改未掉：kái-buē-tiāu，無法改掉、沒辦法改掉。

他傍邊坐著一個日本人，不曉得是看著他自喜的態度可笑，也是看出他尚有兒童的純眞可愛，竟和他攀談起來。

伊問他學校裡可有日本人。他說先生是內地人，學生多是本島人。伊似曉他的意思是在說一切同是日本人，所以伊就說伊所說日本人就是指內地人，可是臺灣人也可以說是日本人，還是說日本臣民較切當。似在暗笑他不曉得有所謂種族的分別。

這句尖利的話在阿四無機的心上，劃下第一道傷痕的刃傷。他覺得人們的實在[3]，竟不似他意想中那樣，究竟那樣竟也說不出來，已經被那句話破滅去了。

阿四暫時也覺有一種無謂的悵惘。但是他還憧憬於前途的光明，一時悵惘，不能便使光明變成黑暗。

阿四到醫院受命那天，他覺得他在學校中所描劃的理想事業，將有破滅的危險，他便把神經特別地緊張著，想和這惡環境鬥爭一下看。

他的俸給使他吃驚地少，不及同時拜命[4]的日本人一半，又且事務長向他說：「宿舍因內地人醫員增員，你們沒處可住了，你自己去租，宿舍料[5]規定本十五円，因爲是臺灣人，六割[6]九円，獨身又再七割六円三角，可在這範圍內，自己去尋

---

3 實在：sit-tsāi，現實。
4 拜命：はいめい，pài-bīng，接受任命。
5 宿舍料：しゅくしゃりょう，sok-siā-liāu，住宿費。
6 割：わり，kuah。一割爲一成，六割即六成，意爲打六折。

一間。因爲是臺灣人就可住較便宜的家屋。」這有什麼理由？他拜命初初，也不敢質問，只有忍受著。

翌日院長又向同時任命的臺灣人說：「你們一兩年後是要去開業的，到醫院來說給醫院服務，毋寧說醫院供你們實習較實在，我也認定你們是來實習，所以各科都任你們自由去見學[7]，醫院給你們特別的便宜，希望你們對醫院不可有無理的要望[8]。」

阿四的自尊心，給這番訓話破壞到無餘了，醫院簡直不承認我們是一個完全的醫生，唉！這樣的侮辱，阿四想，就要厭憎嗎？不能向他抗議一聲嗎？結果不能，別人皆表示著十分的滿足。

阿四傷心了，還希望執到實務以後，能有改善的機會。一月等過一月，將過了一年，他所執的事務，依然是筆生[9]和通譯[10]的範圍，他不能忍受了，翌年捉到了機會，便向院長提出希望，對主任陳述要求。結果非僅不能見容，併且生出意見的衝突，傷了互相間的情誼。他所受的待遇，就更加冷酷了。兩年後他便決心把研究慾拋掉，把希望縮少，也曉得他所理想的事業，是不易實現了，就把醫院的職務辭去。

他回到家裡，周圍的人都勸他開業，說做醫生一年間至

7　見學：けんがく，kiàn-hak，觀摩學習。
8　要望：ようぼう，iàu-bōng，要求、希望。
9　筆生：ふでゆい，pit-sing，抄寫員。
10 通譯：つうやく，thong-ik，口譯員。

小[11]也有幾千円賺，他本想要求家裡，再供給他幾年學費，看這樣子一定是不可能了，便也順從家人的勸說，在自己的鄉里開起業來，他想自己替自己服務，一定比給人服務自由得多。誰想開業以後，不自由反覺更多，什麼醫師法[12]、藥品取締規則[13]、傳染病法規[14]、阿片取締規則[15]、度量衡規則，處處都有法律的干涉，時時要和警吏周旋，他覺得他的身邊不時有法律的眼睛在注視他，有法律的繩索要捕獲他。他不平極了，什麼人們的自由？竟被這無有意義的文字所剝奪呢？但是他空曉得不平，只想不出解脫的方法來。

時代進行著，不斷地向著善的美的途上，時世的潮流，用它崩山捲海的勢力，掀動了世界，人類解放的思想，隨著空氣流動，潛入人人的腦中。

臺灣雖被隔絕在太平洋的一角，思想的波流，卻不能被海洋所隔斷，大部份〔分〕的青年，也被時潮所激動，由沉昏的夢裡覺醒起來。

又且有海外的留學生，臺灣解放運動的先覺，輸進來世界的思潮，恰應付著社會的需求，迄今平靜沉悶的臺灣海上，便翻動著第一次風波。

---

11 至小：tsì-tsió，至少。

12 醫師法：明治 39 年（1906）5 月公布施行。

13 藥品取締規則：即《臺灣藥品取締規則》，明治 33 年（1900）9 月公布施行。

14 傳染病法規：即《傳染病豫防法》，明治 30 年（1897）4 月公布施行。

15 阿片取締規則：大正 11 年（1922）11 月公布施行。阿片：あへん，a-phiàn，鴉片。

阿四的朋友，也不少留學生，尤其不是那掛名算額[16]留學生，多是熱情的、有思想的、進取的、抱有犧牲精神的少年，有的專意[17]來拜訪他，並下遊說，說臺灣議會請願[18]的經過，期成同盟會[19]設立的主旨，阿四到此纔恍然於他前此所不平的原因就在此。因爲全民眾所須遵守的法律，任一部分人去製定，纔生出這種缺憾來，他以前不曉得這也是有補救的方法。他的朋友又說：「這是屬於政治一方面的運動，單事政治運動，不能算是完善的方法，因爲多數的民眾若不會共鳴是不能成功的。所以一方面須從事民眾的啓蒙運動，臺灣民眾所受政治上的壓迫痛苦也已夠了，所受官權的欺凌將到不能再忍了。吾們少[20]向大眾宣傳他們所受痛苦的原因，向他們表示同情，教他們須求自救，他們一定波湧似的傾向到吾們這邊來。所以文化協會[21]能當此時機設立，適應著社會的需要。」阿四本是

16 算額：sǹg-giàh，江戶時代傳統的日本算數家編寫的數學問題與解答，以繪馬（匾額）的形式奉納於神舍、寺院。在此指掛名其中、濫竽充數的留學生。

17 專意：tsuan-ì，專門、特地。

18 臺灣議會請願：臺灣議會設置請願運動，由東京新民會發起，向日本帝國議會提出請願設置臺灣議會，第一回於 1921 年 1 月 30 日由林獻堂領銜提出，至 1934 年 9 月決議停止，共提出 15 次請願。

19 期成同盟會：臺灣議會期成同盟會，爲推行臺灣議會設置請願運動，由石煥長、蔣渭水等人發起，原預定於 1923 年 2 月 4 日在臺北成立，但遭到禁止。賴和於禁止當時即爲同盟會會員。2 月 21 日，蔣渭水、蔡培火等人於東京「再建」臺灣議會期成同盟會，賴和仍爲會員。同年 12 月 16 日遂有「治警事件」，賴和亦在拘提名單之列。

20 少：sió，稍微、略微。

21 文化協會：臺灣文化協會，1921 年 10 月 17 日成立於臺北靜修女學校禮堂。以林獻堂爲總理，楊吉臣爲協理，蔣渭水爲專務理事。賴和獲得總理指

文協會員，他記起發起者蔣氏[22]推薦他當理事的時，他曾寫這樣一張信：

「古人云有死天下之心，纔能成天下之事。足下所創事業，是爲吾臺三百餘萬蒼生利益打算，僕亦臺人一份〔分〕子，豈敢自外，但在此時尚非可死之日，願乞把理事取消。」

辭去理事，當時未免有過卑怯，今日聽到朋友的啓示，他的歡喜有似科侖布的發美洲[23]，也似溺在深淵，將失去自浮力的時候，忽遇到救命艇。因爲以前他所抱的不平，所經驗的痛苦，所鬱積的憤恨，一旦曉得其所以然，心胸頓覺寬闊了許多。

阿四此後便成爲一個熱心的社會運動者，文化講演會，也常看見他在講壇上比手劃腳，也曾得到民眾熱烈拍手的歡迎。阿四這時候纔覺得他前所意想的事業盡屬虛幻，只有爲大眾服務，纔是正當的事業、光榮的事業。

當一個暑暇，東京的留學生組織一團講演隊[24]，想爲臺灣民眾的文化向上盡一點微力，但是支配階級一方面，被久來的

名擔任理事。

22 蔣氏：蔣渭水，1891-1931，宜蘭人，1915年總督府醫學校畢業，低於賴和一屆。1921年參與組織成立臺灣文化協會，擔任專務理事。1927年文協左、右分裂，另組臺灣民眾黨，1931年爲總督府勒令解散。

23 科侖布的發美洲：1492年哥倫布（Cristóbal Colón）發現美洲新大陸。

24 講演隊：東京臺灣青年會文化講演團，1923年7月15日成立，團員有吳三連、呂靈石、黃周、謝春木等人。7月20日歸臺後四處受阻，7月24日始在彰化舉辦第一次演講。參見〈文化講演日記〉，《臺灣》，1923年8月20日。

傳統思想所支配，以爲民眾是冥蒙無知，較易統治，若使他們曉得有所謂民權，有所謂正當的要求，曉得官民原屬平等，便於他們的統治上有所不便，因爲支配階級們揚威慣了，蹂躪百姓們慣了，所以對於這一團講演隊便多方阻礙，務使他們不能向民眾開口，可是支配階級當這時候尙些顧慮著法的尊嚴，不敢無理由地把講演團解散，只能恐嚇一般無知的百姓，或示意那些御用紳士，凡有可以講演的場所，一切不可借給講演隊，所以講演隊歸到臺北，就到處碰壁，後來探聽著這消息，便向支配者提出抗議，支配者乃毫無勇氣，竟否認他非法的干涉，所以講演隊只滯留在臺北，暫時想不出方法來。

這時候阿四地方的青年會[25]方纔改組過，以大穗氏爲中心正在活動，阿四也是委員，他們聞知講演隊在北受到阻礙，便不顧支配者的威嚇，決然把青年會所常利用的場所，提供講演隊，併爲計劃一切便宜，使講演隊得向大眾們發出第一聲的呼喊，這幾聲音波動漾到世間去，激動著平靜的空氣，臺灣中頓時颼起風颱[26]。

事後當地的支配者們以爲這幾個應援[27]講演隊的人，有冒瀆著他的威嚴，但在法的範圍裡又不能平白地加以罪名，得任他處置，便欲教本地的紳士，講演場所的管理人們，提出家屋無斷[28]使用的告訴，幸喜這幾位紳士尙知顧全大體，不應支

25 青年會：彰化同志青年會，1914年8月16日成立。賴和在1921年起參與青年會活動，1922年擔任該會委員。

26 風颱：hong-thai，颱風。

27 應援：おうえん，ìng-uān，聲援、支持。

配者的所求。他們沒有法子，只能行使窮餘的下策，把阿四外三人的開業醫[29]，用什麼阿片取締細則告發，因爲藥品中有阿片末的緣故。還幸此時司法猶尚公正，也曉得地方官吏，是要阿四們曉得他是有權力可以自由行使，是干犯不得的，目的就達了，故正式裁判的結果具得無罪[30]。

阿四併不因此有所畏縮，還是熱心於啓蒙運動，他到處講演，覺得許多同志中，原是舊時同學，他忽覺有一道光明，閃耀眼前，他憶起他校長的話了，「將來的臺灣會成爲醫學校卒業生的臺灣」，這不是指此而言嗎？學校長[31]的預言，添上了阿四不少的勇氣。

一九二三年的十二月十六日[32]，太陽猶在地平線之下，大地尚在黑暗之中，阿四醫館的門前忽來一隊警官，把前後門守住，始敲門進去，沒有提示檢察的搜索令狀，也不管阿四

---

28 無斷：むだん，bû-tuān，未經許可。

29 開業醫：かいぎょうい，khai-gia̍p-i，個人經營醫院或病院，進行診療的醫師。此處四人爲林篤勳、李中慶、楊木、賴和。參見〈某事件是甚麼〉，《臺灣民報》，1923年9月1日。

30 裁判無罪：1923年賴和以違犯《阿片令施行規則》遭到起訴，臺中地方法院於同年8月27日以超過公訴權時效爲由，宣判其無罪。參閱《新編賴和全集·資料索引卷》，頁537。

31 學校長：がっこうちょう，ha̍k-hāu-tiúnn，校長。此處指臺灣總督府醫學校校長高木友枝。

32 1923年12月16日：即治警事件，臺北地方法院檢查局以違反《治安警察法》爲由，檢舉「臺灣議會期成同盟會」所展開的全臺大搜查，共拘留39人，其中18人遭起訴。賴和亦遭拘留，後以不起訴處分，於1924年1月7日獲釋。

承諾不承諾，便把家宅搜索起來。搜到近午，搜出二張賀年信片[33]，三張議會請願的趣意書，認爲重要書類，和同阿四一起，被帶到郡衙[34]去。阿四的家族，不知是犯著什麼罪過，一時慌張起來，同時屋裡也堆滿了慰問的人，暫時之後由人們的傳說，纔曉得同時被搜查的有四處，同是熱心於社會運動的人，始少寬心，已明白不是爲自己個人的事。一到下午，併知不是限於一地方，是亙乎臺灣全土，一時被檢舉，共有三十餘人。

議會請願繼續到第三回，因宣傳的效果，參加署名之人，更超出千名以上。支配者們就起了恐慌了，怕讚〔贊〕成者愈多，會影響到他們的支配慾，便想藉他們的權力，來遏阻他的進展，遂將參加者之中，直接在他們支配下的人，一切罷免，藉以示威。雖知其結果正相反對，在一般人的心中，已知支配者已在內怯，對於議會請願更加注意，讚〔贊〕成者愈加增多，所以就有一九二三年十二月的騷動。這次因爲範圍廣闊，實替議會請願作有力的宣〔宣傳〕，且人民們的心理，皆以爲支配者所忌的事情，一定於人民有利益，便也認定議會的設置，是臺灣解放上，唯一的方法，自然而然對於這次被檢舉的人，也就生出無限的崇仰。

事後阿四被認爲罪狀較輕，和其外十數人，只受到三週間[35]的拘留，即被放免，其餘的人拘留六個月後，纔付於公判。

---

33 賀年信片：hō-nî sìn-phìnn，賀年卡片。

34 郡衙：kūn-gê，郡的衙門，此處指彰化郡役所。

35 三週間：さんしゅうかん，sann-tsiu-kan，三個星期。賴和於 1923 年 12

這次的裁判，司法當局受到權力的左右，已不能保持法的尊嚴了。

阿四受到這次壓迫，對於支配者便非常憎惡，把關聯於他們的事務，一律辭掉，決意不和他們協作。他也覺得此後的壓迫一定加倍橫虐，前途阻礙更多。但他併不因此灰心退縮，還是向著唯一光明之路前進。

一日應 To 地[36]同志的邀請，到那邊去講演，當時恰值竹林事件[37]發生的起頭，幾萬人的關係者，生路將被斷絕，正在走頭無路，叫天不應，憂傷、恐懼、怨憤，交併一心，苦於無法自救，但是他們尚有一線的希望，繫於文化會。他們曉得文化會是要替大眾謀幸福，所以抱著絕大的期待，想望能爲他們盡一點力，使生活不受威脅，得有一點保障。這回聽說有文〔協〕講演，他們雖住在較內山的人，也不怕幾十里路的跋涉，齊來聽講，希望得些慰安[38]，併且於生的長途上，能付給他們

月 16 日被捕，1924 年 1 月 7 日獲釋，共約三個星期。

36 To 地：即「斗六」。賴和在 1925 年間曾應邀往斗六演講，共有兩次。第一次演講在 5 月 7 日，題目爲〈長生術〉，第二次演講在 11 月 7 日，屬「農村演講會」，題目不明。報載「自遠方來聽者甚多，如自龍眼林地方趨至聽講者，足見其熱心」。龍眼林即今南投中寮，與本文所述相近。參見〈各地文化演講之盛況〉，《臺灣民報》，1925 年 6 月 1 日。

37 竹林事件：1912 年臺灣總督府以造模範林爲由，強徵竹山郡、斗六郡、嘉義郡下竹林約七千餘甲，交由三菱會社承租，激起民變，世稱「林杞埔事件」。至 1925 年，三菱會社借地年期將盡，各地庄民遂發起請願運動，要求歸還竹林權益，當時稱爲「竹林事件」。參見黃呈聰〈對於林杞埔竹林事件的管見〉，《臺灣民報》，1925 年 1 月 1 日。

38 慰安：ui-an，安慰，慰勞安撫。

些微光明的前導。他們到了 To 市，一起擁到講演者的面前去，想瞻仰講演者——這是他們想像中的救世主的丰采，在這一行的面前，他們一人一嘴，訴不盡他們所受的痛苦，在他們意識裡以爲一定能替他們分憂，各個人怕得不到訴苦的機會似的，爭先開嘴[39]陳訴。

阿四看這種狀況，心裡眞不能自安，他想大眾這樣崇仰著、信賴著、期待著，要是不能使他們實際上得點幸福，只使曉得痛苦的由來，增長不平的憤恨，而又不給與他們解決的方法，準會使他們失望，結果只有加添他們的悲哀，這不是轉成罪過？所以他這晚立在講臺上，靜肅的會場，只看見萬頭仰向，個個的眼裡皆射出熱烈希望的視線，集注在他的臉上，使他心裡燃起火一樣的同情，想盡他舌的能力，講些他們所要聽的話，使各個人得些眼前的慰安，留著未來的希望，把歡喜的心情，給他們做歸遺家人的贈品。

版本說明｜手稿25張（編頁1-25），稿紙（臺灣民報原稿用紙），硬筆字，直書，完稿，現存賴和紀念館。本文結尾提及賴和在斗六的演講（1925年6月及11月），並且寫於《臺灣民報》稿紙上（1930年3月26日起改名稱爲《臺灣新民報》），推測其寫作時間約在1930年初。

39 開嘴：khui-tshuì，講話、訴說。

彫古董

稿本 《賴和手稿集．新文學卷》，頁 120-133。
刊本 《臺灣新民報》312-314 號，1930 年 5 月 10 日、17 日、24 日。底本

懶先生[1]當他自家有點事，方在煩忙的時候，接到了一封意外的信，懶先生很覺得奇怪，也就偷了一刻工夫，把信拆開來看，還未讀下去，便覺有點不高興了，因爲在信箋的尾端粘著一張三點郵票，這是要他必須回答的命令。在他的意思：答復人家一張信，那三點錢[2]的郵票，原不是問題，所要緊的是那寫信的時間和在那時間裡所消耗的腦力，這兩項價値，在現代的數學知識裡，是不易計算得來，僅僅三點錢的郵票，在懶先生已是受到侮辱似地憤然了，雖然他卻沒有把信撕碎擲掉的勇氣。「這是爲著什麼呢？」他對那封信發出了疑問，也就迅速地翻讀下去，隨讀他口邊也隨之露出了微笑，是褒獎呢？是勉勵呢？是毀罵呢？是警告呢？勿論如何，總是信中有投合他的脾氣的所在，他纔歡喜，這是由他得意的樣子可以推究出來。

懶先生是什麼樣的一個人呢？

1 懶先生：此小說人物原型爲賴和，其字「懶雲」。
2 三點錢：sann-tiám-tsînn，即「三錢」，三毛錢。

懶先生是一個醫生，是由學校出來的西醫，當然不是漢醫，所以也好講是現代人，不是過去時代的人物。他的醫道高明也庸劣，似不大聽見人家講及。可是他的時氣透，醫生時行，結局就是大賺錢，還有聽見被欣羨的時候。

懶先生是西醫，是現代人，不知是什麼緣故，大概是遺傳性的作祟〔祟〕罷！也有點遺老的氣質，對漢學曾很用心過，提起漢學自然會使人聯想到中國的精神文明。懶先生雖不似衛道家們時常悲世嘆人，也似有傾向到精神文明去的所在，對現代人的物質生活，卻不敢十分讚〔贊〕同，所以被人上了「聖人」一個尊號（假性）。幾年前曾在所謂騷壇之上，露過面目，對於做詩也受過老前輩的稱許，但在別的一時候卻很受到道學家們的非難，謂他侮辱聖賢[3]，這又不知是什麼緣故，眞性迸發呢？假面揭穿呢？或者是受到惡思想的淘化呢？竟沒有人對他心理下過分柝〔析〕的工夫，他也不是什麼了不起的人物，還值得因他空費時間？只有讓他自己去變相[4]。

懶先生變了相，奇怪的依然是品方行正，沒有什麼可誅的事跡——裡面的生活是不易看得出，筆者不敢保障——只是不再見他大做其詩，反而有時見其發表一篇、兩篇的白話小說。又且他無事時聊當消遣的《玉梨魂[5]》、《雪鴻淚史[6]》、《定

3 侮辱聖賢：1921 年 10 月 29 日，彰化青年會舉辦「修辭會」，賴和發言主張結婚自由、孔廟宜毀，因此招來非議。參見〈謗毀聖人〉，《臺灣日日新報》，1921 年 11 月 2 日；賴和〈來稿訂誤取消〉，《臺灣日日新報》，1921 年 11 月 10 日。

4 變相：pìnn-siùnn，性格、嗜好等全然改變。

5 玉梨魂：駢體言情小說（文言），徐枕亞（1889-1987）著，共 30 章，

夷筆記[7]》，已由案頭消失，重新排上的卻是《灰色馬[8]》、《工人綏惠洛〔略〕夫[9]》、《噫？無情[10]》、《處女地[11]》等類的小說。

變了相的懶先生，也還沒有拋棄他費人生命來賺錢的醫生而不做的勇氣，因爲這是在現時社會上一種很穩當的生活手段，可以說懶先生是醫生而愛弄些不三四〔似〕兩[12]的文墨的一類人。

懶先生也是人（雖曾受過聖人的尊稱，那是可以捉弄的

1912年發表於《民權報》，上海民權出版社1914年發行。鴛鴦蝴蝶派小說的代表作。

6 雪鴻淚史：日記體言情小說（文言），徐枕亞著，共14章，1914年發表於《小說叢報》，上海小說叢報社1915年發行。本書乃《玉梨魂》之改寫。

7 定夷筆記：疑爲《定夷說集》，李定夷（1890-1963）著，分爲2篇，收錄小說、雜文、詩詞等，上海國華書局1919年發行。李定夷與徐枕亞同爲鴛鴦蝴蝶派小說家。

8 灰色馬：俄文小說，路卜洵（Ropshin, 本名 Бори́с Са́винков, 1879-1925）著，鄭振鐸譯，1922年發表於《小說月報》，上海商務印書館1924年發行。賴和藏書留存有上海商務1924年版。

9 工人綏惠洛〔略〕夫：俄文小說，阿爾志跋綏夫（Михаи́л Арцыба́шев, 1878-1927）著，魯迅譯，書名爲「工人綏惠略夫」，上海商務印書館1922年發行，後改由上海北新書局1927年出版。賴和藏書留存有上海商務1924年版。

10 噫無情：ああむじょう，法文小說，雨果（Victor Hugo, 1802-1885）著，黑岩淚香譯，東京扶桑社1906年發行。今譯爲「悲慘世界」。1924年1月1日，賴和因「治警事件」被羈押於臺北監獄時，曾提出申請閱讀書籍《噫無情》與《紅淚影》。參見《賴和影像集》，頁50。

11 處女地：しょじょち，俄文小說，屠格涅夫（Ива́н Турге́нев, 1818-1883）著。當時可見有兩個譯本。相馬御風譯，東京博文館1914年發行；田中純譯，東京新潮社1920年發行。

12 不三四〔似〕兩：put-sam-sū-lióng，不完全的、不完整的。

恁直人的諡號），也還有名譽心，也愛人「荷老[13]」。關於醫業上的「荷老」，人家總是欣羡他的賺錢，他似不高興承受，而且有點厭膩[14]。只有關於他所弄文字的「荷老」，會使他高興，因爲這些人多小有點文藝知識，可以互相切磋，不似那些人只因爲要「荷老」而「荷老」。聽著還不至起「雞母皮[15]」。

照這款[16]性質推究起來，那封意外的信，一定是來「荷老」他發表過的小說，他不是受到譏笑辱罵，反能歡喜的一類人。

懶先生讀完那封信，得意中又似有不思議的神色，片刻沉思之後，遂將信收在屜仔底[17]，又忙著去做家裡的事。

不知過了有幾日，大約是家裡的事清楚了，懶先生又想起那封信，便抽開屜仔，把信檢出來重讀。

懶先生：

請你原諒，恕我唐突地寄給你這麼一封信。我本不認識先生，……

我是一個半工半商的青年，沒有受過甚麼教育，……對文

13 荷老：o-ló，誇獎。
14 厭膩：ià-siān，厭煩、厭倦。
15 雞母皮：ke-bú-phuê，雞皮疙瘩。
16 這款：tsit-khuán，這種、這樣。
17 屜仔底：thuah-á-té，抽屜裡。

學不用說是門外漢，……工作的餘暇，卻也不甘自棄地看了些雜誌，因此漸漸引起我讀書的意識……尤其對於白話文，我自己覺得特別感到興味——這也許是我沒有受過教育，而白話文比較地易於了解的緣故吧？……

我在極平常的生活中，居然也碰到了一樁很値得使人紀念的事，我不忍把他輕輕忘卻去，便把牠記在一本冊子，後來把冊子仔細再看時，覺得很有一點可供做小說的材料，因此我便將牠略加修改，……每想就正於高明，……不知先生肯爲指導嗎？……

懶先生讀了信，歪一歪頭，想：「這是一個好學的肯向上的青年，由字跡語意推察起來，當然不是來和我開玩笑的，不過署名有點可疑，爲什麼他不寫眞名字呢？怕被我置之不理，被人所笑嗎？不敢信賴我，爲什麼又寫這封信來呢？」懶先生眞有點迷惑，暫時考慮之後，決定回信給他去。懶先生的意思，以爲這是人與人之間一種當然的義務，況且又付來三點錢郵票，若說誘掖[18]後進，懶先生的確沒有絲毫這樣僭越的居心。

懶先生專心致意在寫著回信，忽聽見背後有人將牠朗讀起來：

「○○先生！我雖這樣稱呼，總覺得這名字不像眞的。」

懶先生著了一驚，忙回頭過去，把筆擱下，說：

---

18 誘掖：iú-ik，幫助、提攜。

「唉！你幾時來，我乃沒有覺到，你眞有做賊的工夫。」

來的原是他的朋友，特地來邀他去赴宴會，那當兒懶先生的精神方集注於寫回信，遂被他偷讀去。

「寫好末〔未〕？」

「就好啦，坐一坐待我寫完。」

「那寫好的一張先給我看，這信似有些蹺蹊〔蹊蹺〕[19]。」

「不許朗讀！」

那朋友偏大聲讀下去：

「對你這封來信，我實在著驚不小，我所寫的文字，竟也有人留意，……」

「無應這款啦！」

「我自己對於文藝，本來就是門外漢，我沒學習過文藝，不曉得文藝是什麼一種東西，對人生有什麼意義影響，我的愛好文藝，不，只是愛讀小說，原爲消遣自己無聊的光陰，因爲沒有像別人以婦人美酒爲消遣的才能。」

「這是爲著什麼事情？另一張還寫未好嗎？」

「寫不來了！被你這樣吵鬧。」

「寫不來嗎？我替你寫！」便伸手去把那一張寫未完的也拿來。

「自己雖然有時也寫些東西，也是無聊的結果，自己排遣的方法，不是被什麼創作衝動所驅使，設使所寫的，有點足使

19 蹺蹊〔蹊蹺〕：khi-khiau，怪異而違背常情。

人留意，這也是自然的材料，所構成的事跡，不是我的腦力產生出來。」

「太客氣了，你也學到會謙遜了嗎？」

「……所以我對文藝，是沒有批評的知識和賞鑑的能力，只有消遣的興趣。倘若你的創作不嫌被我所辱沒，請即寄下，我目下也正在無聊，在這無聊的生活裡，能得有幾分生的興趣，全是你的賜貽[20]。」

那個朋友讀到此就在「貽」字下寫下一字「了」字，說：

「你思想的源泉枯渴了，我替你寫好，可以教人寄出去。來信呢？我看！」

「看！」懶先生把來信給他。但是這一句「看」說得很有力，話中像含有我是這樣被人尊宗〔崇〕著的自負的意味在。那朋友笑一笑伸出手去。這一笑也笑得有些特別，分柝〔析〕起來，當能檢出否定兩字的成分。那朋友還是笑著將另一手由衣袋裡抽出一張紙給懶先生，也講一聲：「看！」懶先生便把紙展開來。

「『兒子原來是要愚。』著[21]！眞著！會出主意的總不是孝順的兒子。喂！所以我講，像吳某那樣做兒子，他老子常誇獎他怎麼規矩，我還是覺得被人稱作敗家子弟的楊家弟兄來得可愛些，因爲他們還有一面的固〔個〕性，卵核[22]還未有被醃割去。」

---

20 賜貽：sù-î，賜與。

21 著：tio̍h，對。

22 卵核：lān-hu̍t，睪丸。

「是啊！你原是叛逆者的黨徒，不是嗎？」

哈哈哈！！這是兩人的笑聲。

「『而今太息親權墜，要殺偏教不可能。』好好好！這眞足以氣死那班父權論者，那頑固老頭兒氣得嘴鬚[23]濆的濆的[24]的模樣，被你活畫出來。」

鐺…………時鐘打了七下。

「時間到了，要去不？宴會。」

「去，有酒喝怎麼不去。」

「那封信!?」

懶先生遂在信封上寫了住所氏名，貼上那張三點的郵票，便一齊出門。

過有兩天，在過午懶先生方吃飽了飯，坐在診察桌前，摩挲著他那被食物所漲滿的便腹，而病人又不來，正苦於無可消遣這閒時光，遂使他想起那個青年的創作，「大概今天會寄來罷？」他心中方在推測。

「郵便[25]！」隨著撲的一聲，一封信件投擲在應接室[26]的桌上。

「是了！」懶先生心中無限地歡喜，自信他的無聊將有所消遣了，便自己走去把信拿起。

---

23 嘴鬚：tshuì-tshiu，鬍鬚。
24 濆的濆的：būn-ê būn-ê，因爲生氣而鬍鬚直跳起來。
25 郵便：ゆうびん，iû-piān，郵件。
26 應接室：おうせつしつ，ìng-tsiap-sik，會客室。

「哈哈！彫古董[27]。」他突然這樣叫喊出來，原來是他的回信退了回來，信面粘著一張受信人不明的付箋[28]，他不自禁地重複著說：

「哈哈！彫古董。」同時他又想起他那朋友的一笑。

一九三〇，四，三〇

版本說明｜本文發表於《臺灣新民報》312-314號，1930年5月10日、17日、24日。頁9。發表時署名「甫三」，文末標注寫作時間爲「1930.4.30」。手稿7張，稿紙（文英社），硬筆字，直書，完稿，現存賴和紀念館。

27 彫古董：tiau kóo-tóng，刻意捉弄、刁難。
28 付箋：ふせん，hù-tshiam，寫有疑問或注意事項的小紙片。

棋盤邊

稿本　無。
刊本　《現代生活》創刊號，1930 年 10 月。
　　　《臺灣小說選》，1940 年 1 月，頁 7-25。底本

這是一間精緻的客廳，靠壁安放一張坑床，兩邊一副廣東製荔枝柴的交椅[1]，廳中央放著一隻圓棹[2]，圍著圓棹有五六隻洋式藤椅，還有一隻逍遙椅[3]放在透[4]內室的通路上。中央粉壁上掛四幅在他死後纔被世人珍重的魯古先[5]的墨竹，傍邊一對聯是老魯古寫的，書法像是學懷素[6]，寫得眞是蒼勁魯古，聯文有些奇怪。

第一等人烏龜[7]老鴇
唯兩件事打雀燒鴉

本來是忠臣孝子，卻偏寫做烏龜老鴇，本來是讀書耕田，

1　交椅：kau-í，有扶手及靠背的椅子。
2　棹：toh，桌子。
3　逍遙椅：siau-iâu-í，可搖動的躺椅。
4　透：thàu，通往。
5　魯古先：人名。先，sin，先生、老師，表示尊敬的稱謂。
6　懷素：唐代僧人（725-785），生於湖南零陵。書法家，擅長狂草。
7　烏龜：oo-ku，妓女户的男性老闆。

卻偏寫做打雀燒鴉，這就使人難解了。又把牠掛在眾目所視的地方，竟惹了不少人的疑惑。

主人不見得是特別好客，但是這客廳裡，卻時有四五人在座。卜水煙[8]，哈燒茶[9]，講那十三天外[10]的話，到了晚上，人們應當休息的時候，就更鬧熱了，可見這些人是不感到有休息的必要。

這一間客廳，因主人的大量，在不知不覺間，遂成爲這一群人的消遣處。所以備有消遣工具的棋盤，文武皆備，人到了便各隨所好開始戰爭。畢竟是漢族的遺民，重文輕武，已成天性，每夜都是文的比較盛況，武的多不被顧及。

還有一件事，須特別記載，那是被現代人所歡迎的麻雀[11]，竟飛不進這間客廳，也可見這些人至小是比這時代慢有一世紀的人物。

時候還是暗頭[12]，人們方在吃飯，所以這客廳竟有些冷清清，只有煎滾水[13]的酒精爐上那只銅茶古[14]，在「恰恰」地吐出白煙，衝破這瞬間的沉寂。

「戛戛」，一個人拖著淺拖[15]行入客廳來，這人有些襤爛

---

8 卜水煙：pok tsuí-hun，抽水煙。
9 哈燒茶：ha sio-tê，大口喝熱茶。
10 十三天外：佛教宇宙觀指「三十三天」（忉利天），爲六欲天之一。此處謂天馬行空、子虛烏有的談話。
11 麻雀：muâ-tshiok，麻將。
12 暗頭：àm-thâu，傍晚。
13 煎滾水：tsuann kún-tsuí，燒開水。
14 茶古：tê-kóo，茶壺。
15 淺拖：tshián-thua，拖鞋。

相[16]，衫仔鈕[17]頂頭[18]二粒皆開放著，露出一部胸胴，衫褲滿是皺痕，想見他起臥都是這身軀[19]，可以推定他是阿片吸食者，這人是老許。他看見廳裡無人，滾水又在沸騰著，他便自己動手，泡一泡茶，然後由衣袋裡取出敷島[20]，點上一枝徐徐吸著。待茶出味了，乃倒一甌[21]哈著啜著，好久尚沒有人來，便倒在逍遙椅上，把煙嘴擲到檳榔汁桶，兩手抱住頭殼，雙腳向地一搐[22]，身軀椅仔便一齊搖盪起來。

停有斗久仔[23]，復有兩人互相說著笑，走進這客廳。看見老許睡著，話忽停住，兩人便用舉動來表示意見，一個人便在煙筒裡拈出一撮條絲，散放在老許張開的嘴裡[24]。睡酣的老許方在吸一下深深的氣，忽然要窒息似的喉頭咯嚕咯嚕，氣透不過來，禁不住苦悶，一慌忙坐起，隨著「哈嗆」便聯珠似的一疊打出來。

「看見鬼！」一個人在咒罵。

「哈哈哈！」一個人在笑。

老許打完了「哈嗆」，喀盡了煙絲，復走去倒了一甌茶漱

---

16 濫爛相：lám-nuā siùnn，骯髒的樣子。
17 衫仔鈕：sann-á-liú，衣服的鈕扣。
18 頂頭：tíng-thâu，上面。
19 身軀：sin-khu，身體，這樣的穿著打扮。
20 敷島：しきしま，hu-tó，敷島牌香煙。
21 一甌：tsi̍t-au，一小杯。
22 搐：thiok，抽動。
23 斗久仔：táu-kú-á，一下子、片刻。
24 〔編按〕此處《現代生活》刊本，賴和有注釋：「這兩人因爲識別上的必要，暫時粘上甲乙兩個符號。」

淨了嘴：

「好好！著給我記得！」老許有些恨恨，猶頻拭著嘴。

「什麼？誰促弄[25]你？著要認清！」

「再有誰！記得著好！」

「什麼事？」

「恰好？請保正判斷罷。」主人出來，保正也恰來了。

「偌大漢啦[26]，還要時時取鬧；巧乖咧[27]！」保正，眞正是保正，有些威嚴。

「後車路[28]的便所[29]溢出來了，保正敢[30]吃飽囉？」甲便回報他一句。

「老許今天這場試驗[31]，你去赴考無？」乙無端發出這樣質問。

---

25 促弄：tsak-lōng，作弄。

26 偌大漢啦：luā tuā-hàn--lah，這麼大了。

27 巧乖咧：khah kuai--leh，乖一點、規矩一點。

28 後車路：āu-tsihia-lōo，今鹿港鎭後車巷。北自益源埕起，南至車埕止。舊時往來客商出入頻繁，爲當地鴉片館、妓院及賭場聚集處。現仍留有道光10年所建隘門題曰「門迎後車」

29 便所：べんじょ，piān-sóo，廁所。

30 敢：kám，是否。

31 試驗：しけん，考試，即後文的「試驗忼頭」。1930年官方推行「阿片吸食新特許」制度，並對鴉片吸食申請者的成癮程度進行裁斷。當時公布的審查結果，吸食特許申請人（出願者）共有25,527人，其中重癮者7,117人，輕癮者12,156人，無癮者6,201人。當局公告無癮者禁止吸食，輕癮者預定在三年之間全部矯正，重癮者則需再經一次檢診，以決定是否給與吸食特許。參見〈阿片吸食出願者數　二萬五千五百餘〉，《臺灣日日新報》，1930年4月22日。賴和小說中稱申請人有「三萬幾千人」，與官方公布的出願者人數並不相符。

「秀才[32]拿到過手了，去考童生做甚？」甲替老許答復〔覆〕著。

「啊！ ××× 眞要幸福了。」老許讚嘆著。

「難道 ××× 現在是不幸嗎？」乙又有了反問。

「你講幸福著[33]幸福！」老許似厭著辯論。

「爲什麼眞要？」乙又緊迫一句。

「你無目瞯[34]也有耳仔，政治已在順從民意了，難道你尚在甕底？」老許有點仔奮然。

「哼！你在眠夢[35]是麼？」

「唉！你不聽見 ××〔阿片〕要再 ××〔特許〕，今日不是在戲園試驗『忨頭[36]』？」

「試驗『忨頭』是怎樣？」

「這是民本[37]政治的一種表現，就是尊重民意，這是始政以來第一件的善政。」

「哼！你講 ××〔阿片〕是幸福？」

「是！我講 ×××〔吃阿片〕的無一個無幸福。當他過

---

32 秀才：通過地方科舉考試而進入縣學讀書的生員。童生，即尚未通過地方科舉考試（還沒考取秀才）的應考者。此處「秀才」代指已經通過兩次測驗而獲得阿片吸食特許資格者，「童生」則指要參與阿片成癮程度試驗的申請人。

33 著：tio̍h，就是。

34 目瞯：ba̍k-tsiu，眼睛。

35 眠夢：bîn-bāng，做夢。

36 忨頭：giàn-thâu，原爲傻瓜之意，此爲雙關語，音同「癮頭」。即鴉片癮，鴉片中毒引起的病狀。

37 民本：bîn-pún，，即 Democracy，民主主義。

足了『忨頭』的時候，他們都覺得他的幸福是世上無比。」

「×××〔吃阿片〕是民意？」

「爲什麼不是民意？你曉得出願者[38]有多少人？免著驚[39]！三萬幾千人。那文化會的人年年所做的把戲，什麼請願運動，蓋印署名的也不過是千餘人，就講是民意，難道三萬多人的願望，就不成民意嗎？」

「是老許講去眞著[40]，這是現代最文明的政治，你看澳門、布哇[41]那些泰西[42]先進諸文明國，不僅××〔阿片〕公許，就是賭場也是公開，政府還多一種稅收，可惜這一層[43]還不見計及。」忽由甲表出十分的同感和不足。

「呵！這一層在不遠的××××××。」老許似很有自信。

「唉！保正！你利用現在的地位，緊[44]去××〔請賣〕，若得××××〔營業特許〕，不須半年就成富戶了，『當官』是穩做的。」

「哈哈！著！運動[45]去！」

---

38 出願者：しゅつがんしゃ，tshut-guān-tsiá，申請人，此指申請阿片吸食特許者。

39 免著驚：bián-tio̍h-kiann，不要嚇到了。

40 眞著：tsin-tio̍h，眞對。

41 布哇：ハワイ，即 Hawaii，夏威夷。

42 泰西：西方諸國。

43 這一層：tsit-tsit-tsân，這個層面。

44 緊：kín，快點。

45 運動：うんどう，ūn-tōng，指私下運作。

「運動什麼？有什麼好空[46]的？」這時忽又進來幾個人。

「閒話無應講囉！」主人制止著大家的議論，把棋盤上塵埃拭去，把白子推給保正。

「來！對局[47]！」一時大家便又圍到圓棹邊去。

兩方的戰鬥正在激烈的時候，忽又走進一個人來；眾人的注意皆集在黑白子之間，對於這個人的進來，併未覺察及。他便向老許的肩上一拍：

「你也沒曉得[48]，和人看什麼？」

「哦！阿憃[49]舍！恭喜！你一定高中呵。」老許看是阿憃舍，便和他拜候。

「××會去壹百，××所去五拾，不用考亦××××〔吸食者特許〕。」有個人替他答應著，但是微有不誠敬。

「講無空的，試驗官是×〔府〕裡派來，不是『忨頭』十足，那會入選。」阿憃舍頗有些自負。

「到底是怎樣考？講些來聽！」

「講來眞是好笑，四五百人聚在一起，當大家『忨頭』發作的時候，眞是怪態百出，可惜忘記請寫眞師[50]，撮一個紀念影[51]，眞可惜！」阿戇〔憃〕舍竟答不對題。

「你看那一種人多？」

---

46 好空：hó-khang，好處。

47 對局：tuì-kio̍k，此指以棋決鬥。

48 沒曉得：buē-hiáu-tit，不會，不懂得。

49 阿憃：a-gōng，傻瓜。

50 寫眞師：しゃしんし，siá-tsin-su，照相人員、攝影師。

51 撮一個紀念影：さつえい，liap-iánn，拍照之意。此處即指拍一張紀念照片。

「我看閒的人，有錢的人，和流氓一樣的居多，手面趁食[52]的就眞少啦。」

「我想這次新 ××〔鑑札〕發出來，那一批失業的人，要怎死呢？」有人把話的方向移轉。

「官廳那會和百姓相爭賺吃？那有生出失業者的道理？」有人有些不相信地反問。

「不會有失業者？那 ×××〔阿片密〕輸入的人，又且舊 ××〔鑑札〕者中很多自己不吃，把自己公然所能買到的，賣與密吸[53]者那樣人，我想雖不上萬，也當有幾千人。」

「那一批嗎？ ×× 會給他們補償金和安穩的衣食住。」

「什麼？你對[54]那方面聽來？」

「難道 ×× 就會較輸善養所[55]嗎！」

「聽見『忨』死一個，有無有？」

「我也只聽見人講，講是城隍廟口的人，我沒有親眼見過，但是我卻親見一個『忨』倒的婦人。」

「什麼會『忨』倒！誰？」

「講是賭博乞仔的牽手[56]，她太老實，她入場的時候，受到巡查的注意，便把帶來的解『忨』頭的藥丸全部繳出去。她

---

52 手面趁食：tshiú-bīn thàn-tsiàh，指靠微薄收入糊口。

53 密吸：みつきゅう，bit-khip，未經許可而吸食鴉片。

54 對：tuì，從哪裡。

55 善養所：在彰化南門武廟旁，道光 12 年（1832）由當地仕紳捐立，收養孤苦病民。1921 年經吳啓材醫師整頓管理，收容行旅病人。參見〈義學可舉人〉，《臺灣日日新報》，1921 年 11 月 9 日。

56 牽手：khan-tshiú，妻子。

的身體看來本有些較軟弱，禁不起大『忨』頭便倒下去了。」

「哈！後來怎樣？」

「後來經醫生注射，無賴久[57]也就精神[58]起來。」

「哈哈！發榜時第一名一定是她了。」

「靜！靜！顧[59]聽你的講話，害我這一子應錯。」保正有些著急而且怨恨。

「眞好！眞好！大家總要你輸。」

「請茶！」茶捧出來了，大家爭先。保正只顧著下子，他的份額被別人呑去。

「我沒有嗎？」保正覺到要茶的時。

「每人各有一甌，你再要嗎？請等斗久啊，水就滾啦！」

「拍拍拍」，棋子不斷地敲著棋盤。戰爭又依然激烈地接續下去。

一九三〇，一〇

版本說明｜本文發表於《現代生活》創刊號，1930 年 10 月。頁 18-19。完稿。發表時署名「灰」。後收錄於《臺灣小説選》，1940 年 1 月。頁 7-25。完稿。收錄時署名「懶雲」，文末標注寫作時間爲「1930.10」。

57 無賴久：bô-luā-kú，沒多久。
58 精神：tsing-sîn，清醒。
59 顧：kòo，專注於。

讓步

稿本　無。
刊本　《現代生活》第 2 號，1930 年 11 月 1 日。

在偵探局裡服務的汀大人，因爲公事煩忙，身體有些疲倦。洗澡後懶洋洋地倒在藤椅，看他大人娘[1]忙於爲他準備著晚膳。

「喂！」汀大人吞下一嘴酒，不覺眉頭蹙了起來，遂發出這一聲喊。

「酒是倒位[2]買的？」又問。

「怎樣？」大人娘的回聲。

「酸了啦。」他復捧起酒杯，試斟一下。

「這是人送的。」

「誰送的？」

「沒有一一做記號，曉得誰？」

「還有多少？」

「沒有算清楚，怕有二三打。」

1　大人娘：tāi-jîn-niû，對警察大人的太太之敬稱。
2　倒位：tó-uī，哪裡。

「教[3]提去[4]籤仔店[5]換！講，我白鹿喝厭了，要換月桂冠。」

「不是講酸了嗎？誰肯換。」

「講是我要換的，誰敢不肯。」

「叫伊去倒一間？」

「倒一間都好，較近的快。講是我要換的，快！」

「也著把塵埃拭清去[6]咧。」

汀大人推開酒杯，大人娘便送上飯去。

汀大人吃飽了飯，又自倒到藤椅上去，左手挾著一支双砲臺[7]，口裡徐徐地噴出白烟。他目睭注視著繚繞烟團，心裡在別作打算。

「中人[8]虎仔來報西門口洋的田，二升、三甲百二石，共要六千圓。他一定不敢要我的中人錢，代書雖然也可以鹿角[9]，登記稅是不能免了。而且現在的粟價[10]三十六七圓，除去應納稅金，一千圓年不過五十餘圓的利，不合算，還是放到商店裡去生利好，日步[11]八點，一年就有二百六十八圓利息，而且可以不被徵稅。雖講現時景氣不好，有被倒的危險，但是應

---

3 教：kà，把它、將它。
4 提去：thėh-khì，拿去。
5 籤仔店：kám-á-tiàm，雜貨店。
6 拭清去：tshit tshing-khì，擦乾淨。
7 双砲臺：siang-phàu-tâi，香煙名。
8 中人：tiong-lâng，仲介者。
9 鹿角：lȯk-kak，像鹿角那樣可以拔除，此處指「免費」之意。
10 粟價：tshik-kè，穀價。
11 日步：ひぶ，jit-pōo，按日算的利息。

不敢倒到我的錢，設使實在危險，我也另有取回方法。」

汀大人經過這一番計算，覺得自己的主張眞著，便向方在吃飯的大人娘講：

「前日中人虎仔有來報，買田雖講較有底置[12]，我想還是放利好。」

「現實不是較便宜？」大人娘似有些希望。

「田便宜粟也便宜，不是一樣，放利好？恐驚[13]無昭熅[14]。前日我把人送的，併領出貯金，湊足五百圓，親自提到老鱉店裡去。伊講景氣眞壞，有做有了[15]，想要縮少起來，現在暫不缺用。又且不知對倒位去聽來，講咱要買田，前日的欵項[16]，若欠用便要送回來。」

「哼！」大人聽了有些不高興。

「好！有錢敢驚無人借？」他把煙送到嘴裡去，狠狠地吸了三四嘴，便突出了嘴唇，用力把烟噴出。烟縷噴射有二尺多遠，便被空氣擋住了，漫漫地瀰散，汀大人心裡又想到別的事件去。

「賭博常習[17]的恷仔[18]，四拾圓，差不多，密輸入[19]者阿

---

12 底置：té-tì，根本、基礎。
13 恐驚：khióng-kiann，恐怕。
14 昭熅：tsiâu-ûn，順利、順暢、平均。
15 有做有了：ū tsò ū liáu，有做就會賠錢。
16 欵項：khuán-hāng，款項、金錢。
17 常習：siông-sî，平時、平常。
18 恷仔：gōng-á，傻瓜。
19 密輸入：みつゆにゅう，bit-su-jip，走私。

番，六拾圓，未免吝嗇些，他做那樣厚利的生理。密吸者老牛，十二圓，就太小覷我了。一次罰金非要三四十圓不可，而且又要艱苦幾日。那起傷害事件，被告已托人來拜托。這是富戶，被害者也央了親戚來講[20]，不過送到兩隻雞，值多少，使[21]倒翻[22]起來，二三百圓的酬謝是走不去[23]的，是！正當防衛。」

汀大人想了不禁獨自點頭微笑，把挾在指上的煙一視，看見著一段烟灰，便蹺動[24]示指[25]打落下去，然後啣上了嘴。

「下脯[26]姚仙仔來過，留下一張名片，講要請你明日去吃酒。」

大人娘忽然記起似的，回過頭張開那尚含有飯粒的嘴，向著汀大人問。

「請吃酒？」

「是！」

「請一頓酒，就算了嗎？他的密醫，他的藥牌，是靠誰？請一頓酒著要算額[27]？」

「你也太過分咯[28]，咱倒一次請他有紅色〔包〕，而且前

---

20 講：kóng，此指關說。
21 使：sú，倘若。
22 倒翻：tò-huan，反過來、反悔，此指眞的計較起來。
23 走不去：tsáu-bē-khì，跑不掉。
24 蹺動：khiau-tōng，彎曲手指，彈落煙灰
25 示指：じし，sī-tsí，食指。
26 下脯：ē-poo，下午。
27 算額：sǹg-giàh，計算出錢的額度。
28 咯：looh，語尾助詞，了。

次不是也送到一疋鐵枝緞[29]。」

「這有多少所費？他每年的利益，是瞞不過我，不把牠鼻孔通一下，他是不會精神。」

「大人！」查某嫺[30]在恐惶地傳話。「京東新報支局長，由太平春講電話來，要請你去吃酒。」

「電話？」

「切斷去了。」

汀大人把指上挾著的殘煙擲去，同時的發出了命令：

「拿手杖，來！外衣。」

「你講底[31]碰壁[32]，那有錢來請人客[33]呢？」

「雖是碰壁，卻無碰到一頓請。」

「敢是[34]抦[35]著什麼好空的甚？」

「好空——那有這容易抦，不過傍[36]你的勢頭[37]，鹿角酒樓一半攤[38]，打算[39]不敢哭喉[40]。」

---

29 鐵枝緞：thih-ki-tuān，暗色花紋的布料。
30 查某嫺：tsa-bóo-kán，婢女、丫鬟。
31 底：teh，正在、正處於。
32 碰壁：pōng-piah，艱困之時。
33 請人客：tshiánn-lâng-kheh，請客。
34 敢是：kám-sī，會不會是。
35 抦：píng，翻找。
36 傍：pn̄g，憑藉。
37 勢頭：sì-thâu，威勢。
38 一半攤：tsit-puànn-thuann，一兩次飯局。
39 打算：phah-sǹg，應該、大概。
40 哭喉：khàu-âu，吵鬧。

「安呢[41]，反是我請恁了。」

「你咱[42]也著[43]計較？」

「媠媒[44]呢？」

「她們敢要你的錢嗎？是不是？小寶！」主人把面轉向酌婦。

「去，無錢遊興是要去做弄仔內[45]喲。有我們的汀大人怕什麼？」

....

「只有這幾人嗎？」汀大人又問。

「不熱鬧嗎？多喚幾個媠媒來。」

「也好。再講電話去神農藥房喚姚仙仔來，若是出去了，吩咐他回來一定對他講我要請他。即刻來！」

「你要捉替身嗎？」

「拔鹿角[46]，媠媒不可憐嗎？」

「你也會發慈悲心？」

---

41 安呢：án-ni，這樣。

42 你咱：lí-lán，你和我，我們。

43 也著：iā tio̍h，也要、哪裡需要。

44 媠媒：tsa-bóo，女人，此指酒家女。

45 做弄仔內：tsò lâng-á-lāi，此指入獄成爲階下囚。

46 拔鹿角：puih-lo̍k-kak，即「無錢遊興」，縱情酒色場所，卻硬是不付帳。

「汀大人！啊！楊様[47]！林様！啊失禮，我有點事出去了，累恁等待，失禮失禮。」

「豈敢豈敢，近來較無閒手[48]？」

……………………………………………………………………

「今夜這幾位硬要我請，三四人太寂寞，所以請你來作伴。」

「太好[49]花費你的錢，算做我請罷。小寶！去給掌櫃講，全記我的帳。」

「呆細[50]，不好。」

「不相干[51]。」

「五魁、快來、總開、六璉、四好[52]。」猜拳的喊聲。「那好安尼[53]，不愛[54]啦，噯喲。」女人的撒嬌悟叫。「哈哈哈，乳、唇，軟膩膩的，哈哈哈。」男人的叫喊，和胡弓弦索的顫動，酒杯的相碰，這幾種聲浪，混作一片，奏出歡樂的行進曲，行

---

47 様：さん，sàng，接於姓或名後的敬稱用語。
48 較無閒手：khah bô îng-tshiú，較忙碌之意。
49 太好：thài-hó，怎麼可以。
50 呆細：pháinn-sè，不好意思。
51 不相干：bô-siong-kan，沒關係。
52 五魁、快來、總開、六璉、四好：皆爲划酒拳的喊聲語詞。
53 那好安尼：ná-hó án-ni，這樣怎麼好意思。
54 不愛：bô-ài，不喜歡、不要這樣。

向滅亡的途中。

「…………那個子弟，會熇[55]的。伊的兄哥在日[56]還善交際，和一些勢力家少有交誼，對官廳也有還結[57]。伊自己只會開[58]會罔[59]，有錢無膽，允當[60]。」

「實際怎樣？」

「侵佔墳墓。」

「誰的？」

「我的祖墳。其實是廢墓，改葬久了，不過還把墓的外形保留著。」

「不要緊，有方法。毀壞到怎樣？」

「無有多大毀損，只是柵籬圍到墓頭去。」

「只要去衙門，用口頭講一聲。」

「允當？」

「包管你好空，至少也有三百圓。」

「若有一百圓我也滿足，再多就大家來天〔添〕個暢快。」

「不過著小[61]造空氣[62]。在地的新聞記者你識得？」

55 熇：hánn，恐嚇。
56 在日：tsāi-jit，活著的時候。
57 還結：huân-kat，勾結。
58 開：khai，花錢。
59 罔：bòng，無心成事、胡亂揮霍。
60 允當：ún-tàng，一定沒問題。
61 小：sió，稍微。
62 造空氣：tsō khong-khì，營造氣氛、布局。

「識得，時常做一夥[63]。」

「拜托他替你宣傳，新聞政策是不可忽視的戰略。再喚寫眞師去把現場的狀況照幾張來，包管你……」

新聞登出來了，汪二有些恐慌。翌日被官廳吊〔叫〕喚去，問了幾句話即被留置[64]，汪家就亂抄抄[65]了。央三托四，求親尋戚，皆得不到援助，也不曉得有何方法。

「怎樣好！」汪家無奈何的悲嘆。

「這是要熟識衙門的人。」

「拜托總理，還拜托……」

實在！衙門須另有跑衙門這一種人。果然！汪二放出來了。

「汪二！官廳有什麼說話？」

「講這是關係京東支局長的事，若是他要作罷，官廳也就不再追究，以外無有什麼話。」

「所以向他說說看，若肯作罷，看破些不要緊。」

「還是拜托諸位。」

「吃咱恷[66]，那是一基廢墳，錢乎[67]伊無要緊，惹人笑。」

「笑，有什麼相干，無事清淨。」

---

63 做一夥：tsò-tsit-hué，混在一起。

64 留置：りゅうち，liû-tì，拘留。

65 亂抄抄：luān-tshau-tshau，一片混亂。

66 吃咱恷：tsiȧh lán gōng，吃定我們愚笨、好欺負。

67 乎：hōo，給予。

「這一擺[68]，被他吃宋去[69]。後來人會看款[70]，有多大家伙[71]，供這班人索取敲詐？」

「後次斟酌[72]就是，他有官廳做主。」

「吃飯、放屎、睏，都有法律，對倒位去斟酌起？」

「省事好咯，錢算少可[73]。」

講來講去，和平解決論占優勢。便再勞動著總理去周旋，結局提供壹百五拾圓以息事。

手形[74]，不要；領收證[75]，不寫。

「這是他家的公費，帳簿要清楚。」

一概不管。

壹百五拾圓現金，無條件被收入皮包去，還賠了不少不是。

夜的酒樓又鬧熱起來，歡樂的行進曲又在演奏。在這快樂的一室中，汀大人以嘲笑的口吻問著一人：

「不中用的東西，唱價[76]、唱對折。」

「哈哈！對折，這次算發伢〔靭〕之始，不妨讓一步，得

---

68 這一擺：tsit-tsit-pái，這一次。
69 吃宋去：tsiàh-sòng-khì，此指被敲詐騙財。
70 看款：khuànn-khuán，看情況，衡量情勢的發展。
71 家伙：ke-hué，家產、財產。
72 斟酌：tsim-tsiok，仔細考量、小心謹慎。
73 少可：sió-khuá，一些、小事。
74 手形：てがた，tshiú-hîng，本票。
75 領收證：りょうしゅうしょう，líng-siu-tsìng，收據。
76 唱價：tshiàng-kè，喊價。

便宜處且便宜。」

「讓步？不中用的東西，讓步。」

……………………………………………………………………………………………

一〇、二〇

版本說明｜本文發表於《現代生活》2 號，1930 年 11 月 1 日。頁 20-21。完稿。發表時署名「灰」。手稿不存。刊本可參閱《新編賴和全集・資料索引卷》，頁 481。

赴會（刊本）

稿本　《賴和手稿集．新文學卷》，頁 102-117。
刊本　《現代生活》第 3 號，1930 年 11 月 17 日。底本

「時間慢了，怕赴不著[1]車。」我心中這樣想，腳步也自然加緊速力〔度〕，走進停車場[2]。還幸有五分鐘，室裡塞滿了一堆人。好容易擠到了出札口，車票買到了，改札口[3]卻還未開放。一大堆搭車的乘客，被一個驛夫[4]挽來推去，在排著列，等待鉸單[5]。我自負是個有教養的人，不願意受這特別親切的款待，只立在傍邊等待著。因爲爭不到坐位，在我是不成問題。我恃有這雙健足，可以站立三幾點鐘。所以從容不迫，得有觀察這一大堆人的機會。

在形形色色一大堆人的中間，特別是燒金客[6]惹目[7]，而且眾多。他們背上各背了一個「斗簡[8]」，「斗簡」中滿盛著金紙、

1 赴不著：hù-bē-tio̍h，趕不上。
2 停車場：火車站。
3 改札口：かいさつぐち，kái-tsat-kháu，剪票口。
4 驛夫：えきふ，ia̍h-hu，火車站的站員。
5 鉸單：ka-tuann，剪票。
6 燒金客：sio-kim-kheh，參與迎神進香繞境活動的人。
7 惹目：jiá-ba̍k，引人注目。
8 斗簡：táu-kán，像米斗造型的竹簍。

線香，還插有幾桿小旗，每面旗各繫有幾個小鈴，行路時璫璫地發出了神的福音，似能使他們忘卻跋涉的勞苦。

這些燒金客，在我的觀察是勞動者和種做的人[9]占絕對多數，他們被風日所鍛煉成的鉛褐色的皮膚，一見便能認出。牠雖缺少脂肪分的光澤，卻見得異常強韌而富抵抗性。這是爲人類服務的忠誠奴隸，支持社會的強固基礎。他們嘗盡實生活的苦痛，乃不得不向無知的木偶，去祈求不可知的幸福，取得空虛的慰安，社會只有加重他們生活苦的擔負，使他們失望於現實。這樣想來，我對於社會生出極度厭惡、痛恨、咒咀〔詛〕的心情，同時加強了我這次赴會的勇氣。

我心裡被這現像〔象〕所刺戟，心裡有些興奮，不覺用著使傍人吃驚的力量，攀住欄杆，跳進車裡去。車裡坐位還空著多處，因爲多數的燒金客，皆搭南下的車要轉赴北港，所以上北[10]的車還不甚擁擠。

我靠近車窗坐下，把眼光放開去，無目的地眺望沿途風景，心裡卻想到適纔所見的事實。「這須向此次的會議提出」，我默默地打算著，「要選用那一方面做題目」，我又自問著，「迷信的破除？」這是屬於過去的標語。啊！過去！過去不是議決許多提案，究其實在，有那一種現之事實？只就迷信來講，非僅不見得有些破除，反轉有興盛的趨勢。啊！這過去使我不敢回憶。而且迷信破除也覺得不切實際，使迷信眞被

9　種做的人：tsìng-tsoh ê lâng，種田的人、農人。

10 上北：tsiūnn-pak，北上。

破除，將提供什麼？給一般信仰的民眾，像這些燒金客，可以賜與他們心靈上的慰安。這樣想來我不覺忙〔茫〕然地自失，漠然地感到了悲哀。

節衣節食，積蓄些生命錢，到北港去進香，這些進香客，想得到些什麼？我這次的赴會，不也同他們進香一樣？啊！這時的心境。

「喂！看！ ××× 會在 ××× 開理事會。」一個紳士風的日本人，把新聞指給一個紳士風的臺灣人。

「哈！在 ×××，×〔蔡〕某這人眞是個演說家。」臺灣人無意識地講這一句。

「到底這個會是在做什麼事？」

「我也不大明白，他們標榜著要求人的正當權利。」

「××〔臺灣〕人？」

「沒有限定 ××〔臺灣〕人的條文，所以若感到做人的權利有 ×××〔被剝奪〕的人，我想不論誰都可以參加。」

我在漠然無著的心情之下，突聽到這談話，又把我的精神緊張起來，很注意地把耳朵傾向這一邊。

「那麼 ××〔臺灣〕人應該有多數的參加者才是，我想知識階級必定全部加入。」那日本人又問。

「事實卻和你的想像相反，很有人以爲是無事取鬧，在厭惡他們，回避他們。」這是臺灣人的回答。

「我就不信？」日本人似有些失望。

「這是別有牠的原因，那些人是絕對信賴政府，他們確信在一個不可知的將來，政府一定會把 ××〔臺灣〕人改進到完善的地位，不用去請願要求，這反有阻礙著改善的行程。實在這些人，也有他們爲難的所在。要想參加恐失去政府的歡喜，併失了現在所得的利益名譽。若不參加，明白地表示自己不是和一般民眾站在同一立點上，嗎[11]，可以講會被指做背叛民眾，這是他們所難堪，也莫怪他們咒咀〔詛〕怨恨。」

「中小市民和農工大眾怎樣？」

「這方面似得到些歡迎，因爲他們在生活上所受到的痛苦、所感到的不平，蘊蓄的很久了，沒有訴說的機會，一旦被他們所道出，覺得已受到他們多大的同情，自然會信賴他們，走到他們旗下去，想得到點慰安。」

「這樣，他們的運動一定很熱烈，有著這大眾的背景。」

「卻也不見得什麼熱烈，那些中心分子，多是日本留學生，大半屬於有產階級，不過是被時代的潮流所激盪起來的。而且也只感到不平，沒有嘗到實生活上的苦痛，自然沒有十分覺悟，哪能積極地鬪爭。」

「民眾不失望嗎？」

「在不遠的將來一定會失望，現時對他們正抱有很大的期待呢！」

「期待愈大，失望愈深，此後的運動就愈不易。沒有被民眾所懷疑的團體，運動會得成功。」

「所以政府也似不甚介意，統治上斷不會受到影響。」

「影響多少是不能免，不過是談不到改善。」

---

11 嗎：まあ，發語詞，啊、這樣的話。

那兩人的談話猶未完結，車已駛進驛裡，同時傳來一片喧鬧的聲浪，車裡的談話便被掩沒。我一下車混到人潮中去，遂即被湧出了出口。

開往 ××× 的小火車，時間也到了。我走進小驛裡，碰到一位同志。他是一等客，我是買三等票，幾句寒暄便就分手。三等車裡，在這小火車竟滿是勞動大眾，沒一人有似智識階級，心裡覺得失望，想再無有前次那樣談話可以聽到，無聊地靠著車窗，懶倦到欲睡，眼皮便自然垂了下來，矇朧中聽見有些刺耳的聲響，眼皮便又自扯開。

「××〔橫逆〕多無塊[12]去講，駛伊娘[13]！」（伊讀「因」音）
「你有幾甲？ ×× 給伊的。」
「壹甲四分外，開墾三四年，到今年稻仔纔播[14]得起。」
「去問了怎樣？那所在另有什麼方法無？」

---

12 無塊：bô-tè，無處。
13 駛伊娘：sái-in-niâ，罵人用語，時為發語詞。
14 播：pòo，播種。

「猶還是無法度[15]！已經××〔拂下[16]〕給伊阿，那容易就要取消。」

「不是講，還抗底作？」

「那駛伊娘惡爬爬[17]，不時來趕，也是艱苦。」

「怎樣？不能請求些開墾費？」

「講多容易！伊還要催討前幾年的小作料[18]。」

「有的不是鬧到法院，後來安怎？」

「××〔法院〕是有路用!?×〔法〕是伊創[19]的。」

「咱是應該做豬狗，只一些些，要不是被××〔剝奪〕的精光伊是不能安心。」

「無可吃，大家即會[20]拍拚[21]。」

「開山的痛還未止，開荒的又在哀荷[22]。」

「眞正無法度！」

「有問那講文化的看無？」

「唉！」

我睡意夢騰中，聽到文化二字，心下突然一跳，便有些清

---

15 無法度：bô-huat-tōo，沒辦法。

16 拂下：はらいさげ，hut-hā，政府將土地或公物，售與或放領給一般民眾。此指1925年退職官吏土地拂下的爭議，可參見〈退職官吏的土地拂下問題〉，《臺灣民報》，1925年8月9日。

17 惡爬爬：ok-pê-pê，凶狠、殘暴。

18 小作料：こさくりょう，sió-tsoh-liāu，田租、地租。

19 創：tshòng，弄的、創出來的。

20 即會：tsiah ē，才會。

21 拍拚：phah-piànn，賣力、努力工作。

22 哀荷：ai-hô，哀號。

醒，精神就集注到他們許多人的談話。

「講文化的？若是搶到他們，就會拍拚也無定著。」

「他們不是講要替咱謀幸福嗎？」

「講好聽？無應講到大家，他們的××〔家伙〕，××〔阿罩霧〕那些富戶，只要對他們佃戶，勿再那樣橫逆，也就功德無量了。」

「阿彌陀佛！一甲六十石，好歹冬[23]不管，早○〔零〕五晚對百[24]，欠一石少一斤，免講[25]。播日本種要你日本種，多施肥多用工，他總不管。」

「這時數不會占人搶人，是不會成富戶！」

「古早安呢，現在也是一款[26]。」

這些談話，只有增加我的悵惘，覺得眞是無聊，也覺坐的好久爲什麼還未到。便自探頭窗外，被野風一吹，精神分外清爽，驛頭也已看見了。在遠遠的綠樹之中，一片蒼蒼的甘蔗葉之上。

這地方我是初到，一切多是生疎。幸有那位一等車的同志做伴，不至沿途問人，他是熟客。

被案內[27]到室裡，會議似已進行的很久。因爲我們二人的遲到，又空費了些好的時間來互相問訊，議事的進行也受些阻

---

23 好歹冬：hó-pháinn-tang，好的或壞的收成，即不管收成的好壞。

24 早○〔零〕五晚對百：tsá-khòng-ngóo ún-tuì-pah，早冬收租百分之五，晚冬收租百分之五十。

25 免講：bián-kóng，不用再說、不容商量。

26 一款：tsit-khuán，一樣。

27 案內：あんない，àn-nāi，引導。

礙。

會議繼續了兩日，才告終結。我覺得有一抹暗雲，遮蔽在此間，替這會懷抱著杞人的憂慮。

啊！階級、民族，這不祥的字眼，這作祟的意識。

會散後，尚有半日清閒，便走去聞名好久的花園[28]裡，瞻仰一回，流連一晌，即景隨興，得詩三首。

十載聞名未一來，此來恰好看紅梅。
溪山豈有歡迎意，特叫梅花爲我開。

道義人心兩已乖，聖言早被世疑猜。
娛親自有人間事，戲彩還當笑老萊。

詩人劫後易悲哀，合抱殘篇沒草萊。
題碑儘有成名者，樗櫟誰云是棄材。

（一九二四年作，一九三〇年十一月改寫）

---

28 花園：霧峰林家「萊園」，園名用老萊子娛親之典故，始建於 1893 年，是林文欽爲侍奉其母所建。1905 年，林獻堂重修五桂樓，作爲「櫟社」、文協「夏季學校」以及「一新會」的主要活動地點。1999 年毀於九二一地震，後再重建，位於今臺中市明台高中校內。

版本說明｜本文發表於《現代生活》3號，1930年11月17日，頁16-17。完稿。發表時署名「灰」。刊本文末標注寫作時間爲1924年，後於1930年11月改寫。刊本可參閱《新編賴和全集・資料索引卷》，頁484。賴和另有漢詩〈菜園〉兩首，參閱《新編賴和全集・漢詩卷》，頁584。

赴會（稿本）

稿本　《賴和手稿集．新文學卷》，頁 102-117。底本
刊本　《現代生活》第 3 號，1930 年 11 月 17 日。

「時間慢了，怕赴不著車。」我心中這樣想，腳步也自然加緊速度。走進停車場，還有五分鐘，室裡塞滿了一堆人，好容易擠到了賣票處。車票買到了，改札口卻還未開放，一大堆搭車的人，被一個驛夫挽來推去，在排整隊伍，等待鉸單，我自負是個有教育的人，不願意受這特別親切的款待，只立在傍邊等待著，因為爭不到坐位，在我是不成問題。我恃著這雙健足，可以站立三幾點鐘，所以很從容，得有觀察這一大堆人的機會，在形形色色的人們中，特別是燒金客惹目，而且眾多，他們背上各背了一個「斗簡」，「斗簡」中滿盛著金紙線香，還插有幾桿小旗，每面旗各繫有幾個小鈴，行路時璫璫地發出了神的福音，似能使他們忘卻了跋涉的勞苦。

這些燒金客，在我的觀察是勞動者和種做的人占絕對多數，他們被風日所鍛煉成的鉛褐色的皮膚，雖缺少脂肪分的光澤，卻見得異常強韌而富有抵抗性，這是為人類服務的忠誠奴隸，支持社會的強固基礎。他們嘗盡實生活的苦痛，乃不得向無知的木偶祈求不可知的幸福，取得空虛的慰安，社會只有加重他們生活苦的擔負，使他們失望於現實。這樣想來，我對社

會生了極度厭惡、痛恨、咒詛的心情，同時加強了我這次赴會的勇氣。

我心裡被這現像〔象〕所刺戟，心裡有些興奮，不覺用著使傍人吃驚的力量攀住欄杆，跳進車裡去。車箱裡坐位卻還空著多處，因爲多數的燒金客皆搭南下的車要轉赴北港。我是坐上北的車，所以還不甚擁擠。

我靠近車窗坐下，把眼光放開去，無目的地瞻望沿途風景，心裡卻在想適纔所見的事實。會議時將用何種題目提出？迷信的破除碼〔嗎〕？這是屬於過去的標語。啊過去！過去不是議決有許多種的提案標語，究其實在有那一種現之事實？只就迷信來講，不僅不見得有些破除，反轉有興盛的趨勢。啊！這過去使我不敢回憶。而且，迷信破除也覺得不切實際，使迷信眞已破除了，將提供那一種慰安，給一般信仰的民眾，像這些燒金客呢？這樣想來，我不覺汒然地自失，漠然地感到了悲哀。又回想我這赴會的心境，也同燒金客赴北港進香一樣嗎？

「喂！看！○○協會在○○開理事會。」一個紳士風的日本人，把新聞指給一個紳士風的臺灣人。

「哈，在○○，蔡某[1]這個人眞是個會演說家，本善於吹法螺[2]。」

---

1 蔡某：蔡培火，1889-1982，北港人。東京高等師範學校畢業。在東京參與啓發會、新民會，《臺灣青年》創刊時爲發行人兼編輯。1923年10月接任文協專務理事，並擔任臺灣議會期成同盟會理事、臺灣議會請願委員、臺灣民眾黨顧問、臺灣地方自治聯盟顧問、臺灣新民報社取締役等職。

2 吹法螺：tshue huat-lê，吹牛、說大話；源自日語「法螺を吹く」。

「到底這個會的本體怎樣？」

「我也不大明白，聽說是在要求做人的正當權利。」

「臺灣人？」

「沒有只限定在臺灣人的條文，所以若感覺到做人的權利有被剝奪的人，不論誰，一定是可以參加的。」

我在漠然無著的心情之下，突聽到了這一番的談話，又把我的精神緊張起來，很注意地把耳朵傾向這一邊去。

「那麼臺灣人應該有多數的參加者，我想知識階級必定全部加入。」那日本人又問。

「卻也不見得是這樣，有些人還以為是無事取鬧，在厭惡他們，迴避他們。」這是臺灣人的回答。

「我可不信！」那日本人似有些失望。

「這是別有他的原因，那些人是絕對信賴官廳，以為到不可知的將來，官廳一定會把臺灣人的地位改到完善美好，不用去請願要求，阻撓著改善的進行，而且這些人若想要參加，恐怕失去了官廳的歡喜，會失現在所得的利益名譽。若不參加，明白地表示自己不是和一般民眾站在同一立點上嗎？可以講是背叛民眾，這樣使那些人有點為難，也莫怪他們咒詛。」

「中小市民和農工大眾怎樣？」

「這方面似有些得到歡迎，因為這些民眾，在生活上所受到的不平苦痛，蘊蓄的很久了，被他們替為吐露一點，自然是會信仰他們、傾向他們，以為他們會爭來幸福，賜給一般大眾。不過，大眾的知識還很低，不曉得政治是什麼。他們所要望的只是生活較自由點，對這點不須多大施與，官廳可以不用多大的價値，便能得到很大的效果。這只要把對日常生活上的干涉取締放寬一點，大眾便滿足了。」

「這樣，他們一定熱烈地幹下去，有這大眾為他們做背景。」

「卻也不見得，那些中心分子，多是日本留學生，有產的知識階級，不過是被時代的潮流所激盪起來的，不見得有十分覺悟，自然不能積極地鬥爭，只見三不五時開一個講演會……。」

悲悲——悲！那兩個人的對話尚未完結，車已駛進驛裡，同時傳來一片喧鬧的聲音，我下了車後，被其他的乘客擠出了出口。

要赴目的地須再換乘小火車，我走進小驛裡碰到一位同志，他是一等客，我買的是三等票，只是幾句寒暄便就分手。三等車裡，眼見得滿座多是勞動大眾，沒一個有似智識階級者。我覺得有些失望，心想再沒有像那日本人和臺人灣〔臺灣人〕，一樣的談話可以聽到，注意力一少渙散，便有些瞌睡的樣子，憑住車窗，眼皮不覺自己垂了下來，朦朧中聽見有些刺耳的談話，眼皮又自扯開。

「橫逆多無塊去講，駛伊娘！」

「你的有幾甲？」

「壹甲四分外，開墾三年外，到今年稻仔纔播得起。」

「你去問了怎樣？那所在的人另有什麼方法無？聽講農組的人出來在奔走怎樣？」

「猶還是無法度，已經拂下給他們了，那容易就要取消！」

「不是講還打下底作？」

「那駛伊娘惡爬爬，不時來趕來迫，也不是害？」

「不能向他們請求些開墾的費用？」

「講多容易！他們還要催討前幾年的小作料。」

「有的不是鬧到法院去，後來安怎？」

「法院是有路用!?法是伊創的。」

「咱是應該做豬做狗，連一些可吃的，要不是被剝奪的精光，打算伊是不甘願的。」

「開山的痛都還未止，開荒的又在哀荷。」

「眞正著無法度!?」

「有問那講文化的看？」

我睡覺矇矓裡聽著好多人雜然的談話，只厭恨他們擾亂我睡眠！忽聽到文化二字，突然清醒起來，也就把精神集注他們的談話到。

「講文化的？若是搶到他們，大概就會拍拼[3]也無定著。」

「他們不是講要替臺灣人謀幸福嗎？」

「講好聽？」

「今日聽講在霧峰開理事會。」

「阿罩霧？不是霸咱搶咱，傢伙那會這樣大。」

「不要講全臺灣的幸福，若只對他們的佃戶，勿再那樣橫

---

3 拍拼：phah-piànn，努力、勤奮工作。

逆，也就好了。」

「阿彌陀佛，一甲六拾餘石，好歹冬不管，早冬五，晚冬計百，欠一石少一斤，免講。」

那些談話，有的我聽不懂他的意思，有聽得懂的，也只有增添我的慚愧，我覺得很是無聊，也覺坐得好久，爲什麼還未到，遂把頭伸出窗外，被野風一吹，精神分外清醒起來，驛頭已看見了。

我被案內到室中，會議已進行很久了，現在所討論的是民眾教育問題，對於讀書會、研究會的開設，意見紛紛，我也曾擔當過設置責任，自信有些經驗，實行上打算可供人做些參考，便向議長[4]請到發言權，立了起來。

「對於我們的運動，一方面無所不施其干涉壓迫，本來的法律不足供他們利用，便再施行那新法來拘束我們的行動。由我的觀察，這種事業不在他們指導下，至少這國語普及的一條款，是不能沒有。要得他們允準〔准〕容認，而且我們要切實走向民眾中間，去做些實際工作，外面是不能不少示讓步，在一種妥協形式之下，來遂行我們的計劃。」

「議長！」一個人爭到了發言，立了起來。「像這樣的提議，吾人絕對不能讚〔贊〕成，吾人不應這樣卑怯，至少亦應主張；須讓吾人有普及漢文教育的自由，這是吾人所當做的義

4　議長：林獻堂，1881-1956，霧峰人。1919年新民會在東京成立，擔任會長。1921年臺灣文化協會在臺北成立，擔任總理。文協分裂後，曾任臺灣民眾黨顧問，再另組臺灣地方自治聯盟。

務。」

拍拍拍，拍手之聲四起，這提議得到多數的讚〔贊〕成，遂成爲一案，同時選出了實行委員。其次是羅馬字的普及，也成爲一案，也選出了實行委員，這一日的會議乃告終結。

次日的會議，顯然現出了二派的爭熱〔執〕，似有不能相妥協的形勢。一派以社會科學做基礎，主張階級利益爲前提，一派以民族意識做根據，力圖團結全民眾爲目的。議案不能成立，一日便也了結。

會議宣告了終結，尙得有半日清閒，便走向仰慕好久的名園去瞻仰一回，即景隨興，得了詩三首：

十載聞名未一來，此來恰好看紅梅。
溪山豈有歡迎意，特叫梅花爲我開。

道義人心兩已乖，聖言早被世疑猜。
娛親自有人間事，戲彩還當笑老萊。

詩人劫後易悲哀，合抱殘篇□草萊。
題碑儘有成名者，樗櫟誰云是棄材。

版本說明｜手稿8張，稿紙（東京創作用紙），硬筆字，直書，完稿，現存賴和紀念館。第7張與第8張稿紙背面有〈隨筆〉殘稿（中國的藝術、重陽）。本文作於

1924年，稿本結尾有大段刪改，與刊本差異顯著。林瑞明〈賴和與臺灣新文學運動〉（1985），曾描述本文手稿狀態：「賴和寫於東京創作用紙的原稿上，題目前，標記1924。」但目前可見〈赴會〉稿本，並無此標記。

辱?!

稿本　無。
刊本　《臺灣新民報》345號，1931年1月1日。
　　　《臺灣小說選》，1940年1月。頁17-24。底本

是註生娘媽生[1]的第二日了，連太陽公生，戲已經連做三日[2]。

日戲[3]煞鼓[4]了，日頭也漸漸落到海裡去。賣豆干的拖長他的尾聲，由巷仔內賣出來，擔上已剩無幾塊；賣豆腐的也由市仔尾倒返來[5]，擔上也排無幾角[6]。電火局[7]也已送了電，街燈亮了，可是在餘霞滿天的暮空之下，也放不出多大光明。

戲臺上尚未整火[8]，兩平街路邊的點心擔[9]，還未上市，賣點心的各蹲在擔腳吃晚飯。

1　生：senn，生日、誕辰。
2　連做三日：太陽公生是農曆3月19日，註生娘媽生是農曆3月20日，因此本文故事開始是在農曆3月21日。
3　日戲：jit-hì，白天上演的戲劇。
4　煞鼓：suah-kóo，停止鑼鼓，散戲。
5　倒返來：tò-tńg--lâi，回來。
6　角：kak，豆腐的量詞，此指豆腐已經大部分賣完。
7　電火局：tiān-hué-kio̍k，電力公司。
8　整火：tsíng-hué，裝置、準備燈火。
9　點心擔：tiám-sim-tànn，賣小吃、宵夜的攤子。

戲離起鼓[10]的時候雖然還早，但戲棚前一直接到廟仔口，已經排滿了占位置的椅條、椅頭仔[11]。一些較早的囝仔，有據在他們先占的位置上，喫甘蔗，吃冰枝，講笑相罵的；有用甘蔗粕[12]相擲的，有因爭位置揪著胸仔相打[13]的，有查蒲囝仔[14]在挑弄查某囝仔[15]的，比做戲更鬧熱更有趣。

一個賣魯麵的吃飽飯，立在擔邊，用番仔火枝[16]托[17]著嘴齒[18]，對著併排的賣圓仔湯的講：

「駛伊娘！那班文化會，都無伊法，講去乎人幹[19]！今仔日[20]又出來亂拿[21]，叫去罰五十外人[22]。」

賣圓仔湯的手不斷地搓著圓仔，擲入滾湯中去，嘴也答應著：

「講乎人幹，都也有人愛去聽。三句半就中止[23]，加講一

10 起鼓：khí-kóo，表演前敲鼓開場。
11 椅頭仔：í-thâu-á，圓凳子。
12 甘蔗粕：kam-tsià-phoh，甘蔗壓汁後剩餘的殘渣。
13 相打：sio-phah，打架。
14 查蒲囝仔：tsa-poo gín-á，男孩子。
15 查某囝仔：tsa-bóo gín-á，女孩子。
16 番仔火枝：huan-á-hué-ki，火柴棒。
17 托：thuh，剔牙。
18 嘴齒：tshuì-khí，牙齒。
19 講去乎人幹：kóng-khì hōo-lâng kàn，講也沒用，隨便他們去。
20 今仔日：kin-á-jit，今天。
21 亂拿：luān-liàh，任意捉拿。
22 五十外人：gōo-tsáp-guā-lâng，五十多人。
23 中止：ちゅうし，tiong-tsí，演講被禁止、中斷。

聲，就扭下去，躂，拍[24]，多不驚死[25]。」

一個吃圓仔湯的勞動者風[26]的青年，嘴裡還含著不易吞下去的燒圓仔，有些含糊地：

「這號[27]，只好從講臺頂，一個一個，扭落來搥個半死纔好，害大家。」

「著！伊正要大家自己去相殘。」忽然立在麵擔邊一個拿著烏竹仔煙吹[28]掌櫃風的人，聽了不知怎樣，突發出這驚人聲響的有些疑問的讚意。

「實在做小生理的眞是有苦無塊講，隨在伊[29]，要旅費就拿去罰。」

「是誰講的？罰做旅費。」

「總是內裡的人，誰曉得這消息？伊講每回講演會，因爲取締上都要召集多數警察，這項費用就是由罰金支出，所以每次講演了[30]的翌日，就出來大拿[31]。」

「伊是慣講虛辭，伊要咱大家自己去相殘，所以故意這樣宣傳。」

「駛伊娘咧，只會處治咱這做小生理的，只好像那……」

---

24 躂，拍：that，phah，又踢又打。
25 驚死：kiann-sí，怕死。
26 風：ふう，hong，風格、模樣。
27 這號：tsit-hō，像這種人。
28 烏竹仔煙吹：oo-tik-á hun-tshue，以臺灣烏竹製造的煙斗。
29 隨在伊：suî-tsāi i，任由他。
30 了：liáu，完結、結束。
31 大拿：tuā-liàh，大逮捕。

「激著[32]也就有人敢配伊[33]。免講啥，前日新聞刊著有一個小販，一日被告發七次，也就忍不住了。內山[34]有一個賣魚的，一日被罰三次，到第三次無錢可繳了，便悉[35]著他的某囝[36]要去關。他說：『無錢可繳只好去關，關我一人便餓著一家，攏總[37]去關還有便飯可喰。』到這時候，警察不知是眞正可憐他也[38]怎樣？反勸他悉返去；若敢死敢去關，我看伊也是無法度。」

「敢死敢關！講容易？ ×× 人現在只會打算利害，只有圖利的心，都無一點仔勇氣；併一些血性也都消失盡，×，關，講容易。」這是一個看見他們在議論圍近來的像是境遇較好的中年人的反駁。

「這也是實在。」卻也有同感的人：「像這款○○，少有血性的人是忍他不住；你看大家只曉得嘆氣，以外的人因爲不是自己的事，多漠不關心，那些紳士像黃議員竟講是應該的，拿不驚。」

「這駛伊娘！官廳的屎，伊也講是香的。」

「文化的也有去抗議。」

---

32 激著：kik-tio̍h，被刺激到。
33 配伊：phuè--i，不惜與對方同歸於盡、力爭到底。
34 內山：lāi-suann，深山裡面。
35 悉：tshuā，帶、領。
36 某囝：bóo-kiánn，妻兒子女。
37 攏總：lóng-tsóng，全部。
38 也：ia̍h，還是。

「抗議了多倒害[39]，這幾日不是更大展威風。」

「文化的也是一款，他們的講演被中止，或者被他們拿去，也不敢○○一下看。」

「伊是有法律做靠山。」

「講就好笑，敢不是因爲有這不合理的法，纔起來運動講演？」

「無！駛伊娘，咱都未曾看見有人這樣兇死[40]，揲[41]著大家都叫不敢。」有人把話拖到傍邊去。

「這幹伊娘！實在眞兇死，連文化也有人怕他，縮腳[42]起來。」

「哈呀！正當防衛，對這時候不知有適用無？像這樣打死也無的確。」

「打死做你給鬼討無命，法是要百姓去奉行的，若是做官的也要受到拘束，就不敢創這多款出來了啊。」

快快快！！鑼聲響了。

這幾人的講話，便被這聲浪淹沒下去。戲棚上已經整火，現在已開始鬧臺[43]；棚下人也已堆滿，街路有些狹仄起來。

戲是做俠義英雄傳，全本戲，日夜連臺，看的人破例地眾多。我想是因爲在這時代，每個人都感覺著：一種講不出的悲

---

39 倒害：tò-hāi，反而更糟。

40 兇死：hiong-sí，殘忍、凶惡。

41 揲：tia̍p，鞭打。

42 縮腳：kiu-kha，把腳縮回來，即畏縮。

43 鬧臺：nāu-tâi，戲劇開演前的鑼鼓表演，做爲開場。

哀，被壓縮似的苦痛，不明瞭的不平，沒有對像〔象〕的怨恨，空漠的憎惡；不斷地在希望著這悲哀會消釋，苦痛會解除，不平會平復，怨恨會報復，憎惡會滅亡。但是每個人都覺得自己沒有這樣力量，只茫然地在期待奇蹟的顯現，就是在期望超人的出世，來替他們做那所願望而做不到的事情。這在每個人也都曉得是事所必無，可是也禁不絕心裡不這樣想。所以看到這種戲，就眞像強橫的兇惡的被鋤滅，而善良的弱小的得到了最後的勝利似的，心中就覺有無上的輕快。有著這種理由，看的人就難怪他，特別眾多，不過弄尫仔的[44]做去好[45]，也是一個不可忽視的理由。

戲正做得熱鬧，棚前幾百個頭殼，動也不動地仰對著棚頂；連賣點心的也不少忘去他的生理，擡著頭看到入神。忽然一陣驚慌的叫喊，一陣奔走的聲浪，由車路口洶湧地撼到；雜著「拿點心擔！拿點心擔！」的喊聲。賣點心的大家慌張起來，擔頭輕可[46]的挑起就走，有的愴惶地搬到民家的廳裡去；賣油湯的把滾湯潑到滿手，燙傷也不覺得痛。甘蔗節落到滿地，賣冰枝的因爲車子笨重，尙擱在路邊，便被拿去三四個；另外還叫去許多人，隨後戲也被擋煞[47]。

經這一場騷亂，怕事的看客走了一大半，有的抆[48]不著頭

44 弄尫仔的：lāng-ang-á--ê，演出布袋戲的人。
45 做去好：tsò-khì-hó，做得好。
46 輕可：khin-khó，輕便；輕鬆。
47 擋煞：tòng-suah，阻擋、中止。
48 抆：bún，以手摸物。抆不著頭腦，指弄不清楚狀況、想不明白。

腦，不甘散去，想要探聽什麼因由；有的也在議論，不過講話中歎氣的聲聽見比較地多，有的人卻在稱讚做官的認眞，這時候也出來整理交通。

擋煞了戲，那一行拿人的人，增大了許多威風似的，雄雄糾糾，擺擺搖搖，衝進一處醫生館[49]去。那醫生本也是文化的一派，也曾在演臺上講過自由平等、正義人道；現時不常見他再上講臺，想是縮腳中的一個。未走散的民眾，看見他們走進醫生館，有的在替那醫生擔憂，因爲醫生和他們是對頭[50]。有的想看看什麼究竟，也就圍到門口來。不見他們出來追趕，愈圍也就愈多，人多噪雜叫，醫生和他們在講什麼聽不清楚，有人只聽到以下幾句對話：

「眞勞苦，這樣暗也出來，較忙罷？」

「哈哈！不平嗎？抗議去！課長無路用[51]，找局長去！」

「那，好？叫我去報告你的功勞，貼多少旅費？」

「嗎嗎[52]！明白對你講，我是覺悟著，覺悟在您[53]地方被刣[54]的。」

「我敢給你保險[55]。」

「不是講野蠻的手段，還有文明的方法。」

---

49 醫生館：i-sing-kuán，診所、醫院。
50 對頭：tuì-thâu，冤家，意見不和、立場相反的兩方。
51 無路用：bô-lōo-iōng，沒有用、無益。
52 嗎嗎：まあまあ，mah-mah，發語詞，算了吧、得了吧。
53 您：lín，你們。
54 刣：thâi，殺。
55 保險：pó-hiám，幫你保險，擔保你不會在這個地方出事。

「我敢確保你指日高昇。」

「哈哈哈！」

他們出去了後，有些人爭向那醫生探問事情，那醫生竟講不出話來，只有苦笑，是含有無限苦痛似的苦笑。

在街上卻又有這樣的評論，由人堆裡生出來。

「濫肆權威之後，到講正義人道的面前去顯一顯威風，眞是稱心的事情，痛快無比。」

「眞光榮？他們也去拜訪他。」

「侮辱，這是很大的侮辱，橫暴只管是橫暴，看講正義的人，有法度無[56]？」

一九三〇，一〇，五

版本說明｜本文發表於《臺灣新民報》345號，1931年1月1日。頁20。完稿。發表時署名「甫三」。後收錄於《臺灣小說選》，1940年1月。頁17-24。完稿。收錄時署名「懶雲」，文末標注寫作時間爲「1930.10.5」。

---

56 有法度無：ū-huat-tōo--bô，有沒有辦法。

浪漫外紀（刊本）

稿本　《賴和手稿集．新文學卷》，頁 136-161。
　　　《賴和手稿集．新文學卷》，頁 162-164。
刊本　《臺灣新民報》354-356 號，1931 年 3 月 7 日、14 日、21 日。底本

「來啦，一大陣[1]！」眾人正賭得興熱，忽聽著「看頭[2]」的警報，大家匆惶起來，有人收拾自己的現錢[3]，有人毀棄賭博的證據、賭具。

「對那方面[4]？」

「有多少人？」

眾人雜亂地問。

「約有十外人，由大路。」

「快！散開！各到溪邊去聚集，設使有人被捉，著受得起打躂[5]，一句話也不許講！不然，看伊有雙條生命？」這是一個像是這一夥中的首領發出的命令。眾人便四散地由畑裡、由小徑僻路走開，向菅草雜樹中去。

1　一大陣：tsit-tuā-tīn，一大群。
2　看頭：khuànn-thâu，把風。
3　現錢：hiān-tsînn，現金。
4　對那方面：tuì tó hong-bīn，從哪個方向來。
5　打躂：phah、that，打、踢。

這一夥賭徒，預先戒備著警察的檢舉，聚在這偏僻的野外較輸贏，是在一片壙漠[6]的烟圃[7]，處處有砂崙[8]，砂崙上生滿林投菅草，而且處處還有亂草雜樹，叢簇成林，是容易藏匿逃走的一個所在。二條大溪環流北方，過溪去是另一行政區域，溪面雖闊，水卻不甚深，雖有渡人的竹排[9]，爲著節省幾個錢的起見，往往看見有行人徒涉。

警署受到密告，緊急編集了一隊，分成幾方面，包圍到所指示的所在，已不見一人，只認取些散亂足跡，獲得曾有許多人聚集過的證據而已。

這一夥是出名的鱸鰻[10]，警察、法律，一些也不在他們眼中，高興做什麼便做，一些也不願受別人干涉拘束，在安分守己的人看來，雖有擾亂所謂安寧秩序，但快男兒不拘拘於死文字，也是一種快舉。而且他們也頗重情誼，講這樣便這樣，然諾有信，勇敢好鬥，不怕死而輕視金錢，這幾點殊不像是臺灣人定型的性格。但是也有些缺點，不然就是古之俠客了。他們容易感恩，受到人家一些好意，便念念不忘，報必過其所受，所以容易籠絡，他們的判斷力也似較弱些，以致趨於被那守分的人所厭惡的方面較多。

警察隊在砂崙下調查了一遍，便又分作幾隊再去搜索。

---

6 壙漠：khòng-bo̍k，曠闊，廣大、寬闊。
7 烟圃：hn̂g-phóo，種植蔬菜瓜果的旱地。
8 砂崙：sua-lūn，沙丘。
9 竹排：tik-pâi，竹筏。
10 鱸鰻：lôo-muâ，流氓。

是日頭要暗的時候，有兩個囝仔趕一陣牛，在林投巷裡和兩個和〔私〕服[11]的警察相遇。

「喂！有看見一陣人，走向何處去無？」

兩個囝仔，突聽見這帶有日本仔腔的臺灣話，一時惶惑，也有些懼怕，答不出話來。

「囝仔！有看見麼？」這一句聲音有些柔和。

「溪邊有二人在等待著竹排。」囝仔回過頭指著他來的路。

「二人？」

囝仔點一點頭便自趕著牛去了。

「是你！哈哈！」

「不認得嗎？」

「認得咯。」

「認得就好。」

「跟我們來，免再費……」

「要相請嗎？」

「是咯，白鹿酒。」

那兩個人，坐在溪邊石頭上的兩個人，看見私服警察把手插進衣袋裡，便立了起來，看他把警笛啣上口中，急把牠搶下擲向溪裡去，同時四個人便開始格鬥，由菅草中復跳出幾個人，加入這格鬥中，不多時便有兩人被擊倒在地上。

「綑起來！」有人這樣喊。

---

11 私服：しふく，su-hók，便衣。

「擲入溪裡去飼魚[12]。」有人這樣喊。

「擡到菅草中去，把腳露現出來，給人較容易發見，快！」有人又這樣指揮吩咐，隨後這一夥便匆匆地潦[13]過溪去。

兩個被難的警察，被發見的時候，大地已被黑暗所占領、所統治了。

那一夥鱸鰻，是警察、偵探的對頭冤家，是監獄的顧客，也是一般民眾的講古[14]資料——英雄好漢。警察隊搜不出一人，還受到侮弄，即時布下非常線[15]，警戒，搜索，檢查，到翌日只拿幾個無辜的行人，去拷打一番，稍稍出氣而已。

「先生！眞對不住，這樣暗來吵你。」

「無要緊，我本來都是暗睏[16]。」

「我是×××。」提出名刺[17]。

「你就是×××！」接受名刺，那先生突然著一大驚，雖極力裝做鎮靜的樣子，不安的情狀，已不能掩飾。

「哈哈！久仰久仰。」

「突然來驚擾著你。」

「不，無相干。」

---

12 飼魚：tshī-hî，餵魚。

13 潦：liâu，涉水。

14 講古：kóng-kóo，說書、講故事。

15 非常線：ひじょうせん，hui-siông-suànn，災害、犯案現場設置的警戒線。

16 暗睏：uànn-khùn，晚睡。

17 名刺：めいし，meh-sih，名片。

「先生不是刻薄的人，這是大家所知，不是我當面奉承。實在是不敢來擾亂著你，因爲有些緊急事，又想不出別的方法，曉得先生是否認一切，道德、法律一概不信賴牠，對我們的行爲一定不去報給官廳，假借有權者的力，來和我們爲難，是你所不爲，所以敢來和你相量。」

「是缺錢用不是？」

「是，要借多少來去用。哈！對先生講借有些不應該，要講『嘮暄〔喧〕[18]』似較實在。」

「豈敢，我身上本不常帶錢，我扯開衣袋給你看，櫃裡不知存有多少，你和我來！我開鎖給你看。」

「不用這樣咯！」

「我去。」

「………………」

「哈！有，要多少？」

「看有多少？」

「○○圓足嗎？」

「若是只有那數目，也是可以。」

「以外還有零星[19]的。」

「就○○圓可以了。」

「………………」

「驚擾著你，眞對不起，又蒙你不拒絕，眞多謝，錢入手

---

18 嘮暄〔喧〕：lo-so，嘮叨、喧擾。

19 零星：lân-san，零錢。

我就要去了，後日不一定能奉還。」

「不相干，朋友。」

「恁幾人先去避幾日，這些錢做旅費也還有餘，機會是在人的本領，恁往來的中間，這案件大概解決了。」

「恁二人是被認識的，有舊案底[20]，現在也是恰好去休息的時候，不寒不熱，蚊蟲也較少。——這些錢去做本，看恁的字運[21]，去邀那班不知恥的無賴——要作惡又不敢負責任的那些人，去痛痛快快賭一回，著要被檢舉去，咱的目的纔會達，那時候須要善轉變，有了共犯者前案自然抹消，這一層是恁要做的著細心斟酌[22]！關係是不小。」

「餘者還都是良善的人，不用另外費心神，各人去賺錢好！不過賺有喰[23]，須各提供多少出來！」

「我還有別項事，各人可以散去了。」

「前夜的事情，怎樣叫那個人去，禁不起拷打，現在不是把委托咱的人，也講講出來[24]，後日咱的事要怎樣幹，再有人敢來委托咱嗎？」

「不相干，一樣錢一樣貨，我和伊們是當面議價過的，伊

20 舊案底：kū àn-té，前科。
21 字運：jī-ūn，八字、機運。
22 斟酌：tsim-tsiok，謹愼。
23 賺有喰：thàn ū tsiàh，能賺到錢有飯吃。
24 講講出來：kóng-kóng--tshut-lâi，全部供出來。

出不起大價數[25]，無法度，而且那樣人，也不値得替他出死力，爲的也是私人間的利益關係而已。」

「但是，刣也刣無死。」

「這個人也無做到什麼壞事，他們兩人原是一樣。我們只因錢的使命，教他喰虧[26]，已有些過意不去，若不是現在眞缺錢用，像這樣事，是不該承受。」

「現在有消息無？」

「不相干，還不至打壞，下手人的罪比教唆者會輕一些嗎？」

「講啥？我們只做我們的事，管他什麼罪，法由他們定，罪也是由他去罰。」

「錢呢？」

「彼所應得的，已經給他家裡去，一部分還要還人，你缺用不是？」

「我用得牠嗎？」

「我自己有一些可以用。」

「那末喝一杯酒去！」

「有什麼不爽快？」

「心內不曉得怎樣，只是煩悶。」

「因爲太閒了，須找一點事做。——去，到何處？」

「醉太平[27]去。」

---

25 價數：kè-siàu，數目、金額。

26 喰虧：tsiàh-khui，吃虧。

27 醉太平：tsuì-thài-pîng，沉醉於歌舞昇平、花天酒地去享樂。

「恁看這一首好詩！」

「自君一去兩年餘，田裡雜草全無除，接信若不返鄉里，明年賤人種蕃薯。」

一人由壁上念下來，許多人的視線都集注到題有那首詩的壁上去。

「好！是一首眞的詩。」

「啊！抄來寄給張先生，這在他的《噴飯集[28]》裡，還占得重要的位置。」

這些風雅人，方在談笑忘我的中間，突聽見：

「喉！你是怎樣？」這是妓女被欺負的不平。

「怎樣？拍[29]一下有什麼相干，不願？去叫警察！」

「拍。」又是一聲肉的聲響。

「喉喲！斬頭[30]……」

「痛是麼？」

「朋友！請坐啦，大家請坐，是怎樣得罪著恁？」

「怎樣？你道可惡不可惡呢？我們叫伊陪酒，伊竟不肯，反走來陪伴恁。」

「啊！這是冤枉，伊自早[31]就在此陪酒。」

28 噴飯集：意即「笑話集」。1930年1月1日《臺灣民報》刊有樸魁〈噴飯漫錄〉，內容多在評點漢詩，與本文相近。

29 拍：phah，打。

30 斬頭：tsám-thâu，殺頭，早死、短命，女性咒罵男性的用語。

31 自早：tsū-tsá，從很久以前。

「放屁，我們起來的時候，伊還請我們的煙，敢是你們的錢較大？」

「請不用生氣！可緩緩來講，伊肯請恁的煙咯，要錢給伊賺，那會不肯，是因爲我們叫伊在先，這點請勿誤會。」

「恁要庇護伊不是？要替伊出力不是？」

「實在是這樣，我們替伊剖明[32]，敢有相干？」

「有相干。」

「伊的局是我們先叫的，論情理原不該……」

「情理，幹嗎？」

「朋友！何用著這樣猛？」

「猛，你們不曾看過嗎？」

「朋友！你是欺我們不會相拍[33]嗎？」

「相拍，好，就來！」

乒乓、水[34]、施洒，椅桌跌倒聲，碗碟破碎聲，骨頭皮肉的擊撞聲，混著女性驚駭痛楚的悲鳴，奏成一曲交響樂，和著酒神的跳舞。

「有聽見嗎？未免太兇一點。」這是隔壁室人客[35]的評論。

「鬧得太無理由，怕其中還有別的原因。」這又是另一個人客的推想。

---

32 剖明：phuà-bîng，講清楚、說明白。

33 相拍：sio-phah，打架。

34 水：phîn-phông，喧騰吵鬧。

35 人客：lâng-kheh，客人。

「欺負這些不會撕打的人，實在卑怯。」

「你聽！電鈴不是在響？警察怕就要來了。」

「樓主打電話去？不怕他們鬧得更兇嗎？」

「不會，狗見著主人，總會搖尾的。」

「警察來，這些斯文人怕更不方便，他們和警察不是常在衝突。」

「等待看！看怎樣對付。」

「警察！」走桌的[36]起來向擾鬧著人們通報。

「警察，怕什麼？」那幾個惡兇兇的人便退出室外，「好！要輸贏後日再來。」留下一句威嚇，由別一邊樓梯走下樓去。

「什麼人在此擾亂？」警察大人在尋問著。

「………………」

「喂！怎樣不答，啥人[37]？」

「問頭家[38]去！曉得啥人？」

「拿買意氣[39]，你啊！」

「講什麼？」

「幾點鐘啦，你曉得麼？」

---

36 走桌的：tsáu-toh--ê，跑堂的、在料理店中送菜的人。

37 啥人：siánn-lâng，是誰。

38 頭家：thâu-ke，老闆。

39 拿買意氣：なまいき（生意気），眞傲慢、狂妄。

「幾點鐘是怎樣？」

「時間外不許再大聲擾鬧，不知規矩嗎？」

「什麼人擾鬧？」

「拿買意氣哪，你……」

「大人！鱸鰻走了，請樓下喰茶[40]。」主人很殷勤地招待警官到樓下去。

「這一幕戲演得不甚當行出色。」隔壁室的人客又在評論。

「還有呢，次一幕當更熱鬧、更好看。」

「怎樣？」

「你探頭到窗外瞧一瞧！啊！那一夥還在那邊，是嗎，警察出去未？」

「剛出去，和那一夥打招呼呢，啊！再進來……」

「嗚！恁也著[41]靠警察，恁不是常在攻擊官廳，講他怎樣橫暴，這時候恁也著求伊來橫暴一下，哈哈！恁這雞規先[42]。」

「………………」

「恁有情理好再講無？」

「雞規先！恁平日笑人無膽識，怕警察像後叔公，恁怎不敢和他們抵抗一下看，只教人去死。」

---

40 喰茶：tsiah-tê，喝茶。

41 也著：iā tioh，也要、還得要。

42 雞規先：ke-kui-sian，吹牛、說大話的人。

「你看伊在演壇上講得口涎亂噴，一聲中止，就乖乖爬落來，這樣頂有膽。」

「恁這一班，不知害了多少不認分的人去受虧。」

「也著去求警察，好嘴叫一聲不敢，我們也是饒恁，拍恁這樣人，穢手。」

「奢盤[43]做什麼？拍死好。」

你一句，我一聲，那一班較斯文的人，被侮辱得無可辯解，也不能辯解。

「橫逆也須有程度！」突由隔壁室走出一人，向那一夥惡兇兇的人，發出一聲警告，不意的襲擊，那一班人也有些驚愕，暫時對視之後，便又開始鬥口。

「橫逆？幹娘的！橫逆干你什麼事？」

「聽來會打折我的耳孔毛，所以教恁溫馴些。」

「娘的！你要替伊出力？曉得你爸的拳頭正無著處，皮癢你就來！」

「目瞯毛[44]須扯開些！」

「哼！」

「痛不是？」

「到樓下去！」

「死鱸鰻！認得人嗎？」隔壁室又出來一人。

「呼！是你，你道較大尾[45]，人就怕你不成。」

---

43 奢盤：tshia-puânn，互相爭論、爭辯。

44 目瞯毛：ba̍k-tsiu-mn̂g，眼睫毛，此處指眼睛要睜大一點。

45 大尾：tuā-bué，大隻的鱸鰻，形容大牌流氓，或橫行霸道者。

「死鱸鰻！恁只會欺負這良善的、懦弱的，這狗根性總是拔不去。」

「要輸贏，到樓下去！」

「須不要走纔算好漢。」

「走，就是狗養的。」

這時候那一班惡兇兇的人，不知什麼緣故，有的己先自走下樓去，還在門口的也漸漸退到梯頭。

「緊回去！省得丟臉。」

一陣梯聲過後，樓上頓覺沉寂，樓主料想無有事了，也就上樓來，那班被侮辱的人也走出室來，那兩個人尙立在步廊剝瓜子，若無其事似地談笑著。

「難得恁二位，若無[46]，不知要鬧到怎樣。」這是樓主滿含謝意的言辭。

「實在眞無理。」那斯文人中的一個，像要取得同情似地也向他們申訴。

「現在的世界，那有理好講。」一人吹出了瓜子殼，須〔順〕嘴應著他，又轉向樓主問道：「你怎要去喚警察？不曉得這夥多是他們的爪牙，有什麼用處？」

「本來一看到警察，他們也就散去，不知這次怎會更加橫逆？」

「因爲這幾位常攻擊官廳，打算法是不能保護到他們，所

46 若無：nā-bô，若是沒有。

以纔敢如此。」

「我料定有人教使，不然這幾人斷下敢這樣兇暴。」

「就是○○，你不曉得？他被○樣[47]在報上攻擊過，就放聲放影[48]要和○樣輸贏，恁入門的時候，恰被他看見，就打電話去招集他的手下。」

「怎樣不通知一聲？」

「我被絆住，不能離身。」

「好！這駛伊娘。」

「還是煞去[49]好，相拍恁是不會，要用暴力行為告他嗎？試問——指著樓主——他敢給你做證？一定不能起訴，且要罰一場無趣。」

「眞橫逆！」

「現今是這樣世界呀！」

版本說明｜本文發表於《臺灣新民報》354-356號，1931年3月7日、14日、21日。頁10。完稿。發表時署名「甫三」。

---

47 樣：さん，sàng，先生。

48 放聲放影：pàng-siann pàng-iánn，揚言。

49 煞去：suah--khì，算了。

〔浪漫外紀〕（稿本一）

稿本　《賴和手稿集．新文學卷》，頁 136-161。底本
《賴和手稿集．新文學卷》，頁 162-164。
刊本　《臺灣新民報》354-356 號，1931 年 3 月 7 日、14 日、21 日。

「警察來啦！」，眾人正在賭得興熱，忽聽著看頭的警報，大家匆惶起來，有的收拾自己的現錢，有的毀棄賭博的證據、賭具。

「對倒位來？」

「有多少個？」

兩人同時對那看頭的人問。

「一陣有十外人，由大路。」

「快！散開走！各到溪邊聚集，設使有一人被拿去，著受得韃拍，一句話也不許講！不然，後日看伊有雙條生命？」

這是一個像是此中的權威者發出的命令。一夥便四散地由田裡、由小徑僻路走開，向芒草雜樹中去。

這一團賭徒，預先警戒著警察的捉拿，聚在輕偏僻的野外輸贏，是一片壙漠的畑圃，處處有沙崙，沙崙上是生遍林投，又處處有芒草雜樹，簇生成林，有遮蔽而且可藏匿，是容易逃走的一個所在。一條大溪流在北方，溪面雖闊，水卻不大深，可涉而過，過溪去是另一行政區域。

警察受到密告，緊急編集一隊，分四方面，包圍到所指示

的沙崙下，已不見一人，只認取些雜亂的足跡，獲得有許多人在此聚集過的證據而已。

這一團是著名的鱸鰻，警察、法律，原不在他們眼中，他們高興做什麼便做，什麼都不怕，雖有擾亂所謂安寧秩序，但他們互相間的情誼，卻也有足荷老的所在，而且重然諾，勇敢輕死，有一句話不中聽，便以生命相拼，有些古之俠客的遺風，可惜判斷力較弱，容易籠絡，所以趨於被社會一般人士所厭惡的方面似較多。

警察隊在沙崙下調查了一遍，便又分作幾隊再去搜索。

是日頭要暗時候，有兩個囝仔趕了一陣牛，要回家去，到林投巷裡，和兩個私服警察相遇。

「喂！有看見一陣人，走對倒位去無？」

兩個囝仔，突聽見這帶有番仔腔的臺灣話，一時惶惑，答不出話來。

「囝仔！有看見無？」

「溪邊有二人在等待竹排。」囝仔回頭指著來路報他。

「二人？」

囝仔點一點頭，便自去了。

「是你！哈！」

「要怎樣？」

「勿再作怪，跟我們來！」

「啥代？」

那坐在渡頭石頭上的兩個人，看見私服警察在搜他衣袋，忙立了起來，看他把警笛啣上口裡，急把牠〔它〕搶下擲向溪底去，同時四個人便開始格鬥，由芒草林中復跳出幾個人，加入格鬥中，不多時兩個警察，便被按倒在地上。

「綑起來！」有人這樣講。

「擲入溪裡去飼魚！」

「不可！抬到芒草中去，要把一部露了出來，使他們容易發見，快！」一個人指揮著，把警察處置後，過溪去，潦，又發出了命令。

兩個被難的警察，被發見的時候，大地已被黑暗所占領統治了。

那一團是著名的鱸鰻，是警察的對頭冤家，是監獄的顧客，也是一般民眾講古的資料——英雄好漢——。警察即時布下非常線，警戒，搜索，到翌日，只拿幾個無辜的行人，去拷打一番而已。

「先生！對不住，眞暗來吵你。」

「不要緊咯，我本來多暗睏。」

「我是……」提出名片。

「你是……」接受名片。突然著一大驚，雖尚極力妝做鎭靜的款式[1]，那不安的情狀，已不能掩飾了。

「你是……哈！久仰。」

「突然來驚擾著你。」

---

1 款式：khuán-sik，樣子、狀況。

「講啥咯。」

「先生不只慷慨，不是刻薄的人，這是大家都知，實在是不敢來擾亂著你，因為有些緊急的代志，不能再過遷延。我們曉得你是否認現行的法律，一定不去報告廳官，所以敢來。」

「是欠用錢不是？」

「要借多少來去用。」

「我身軀本不常帶錢，我扯開衫仔袋給你看，櫃裡不知存有多少，你同我來，我把鎖開給你看。」

「不免咯。」

「我去看。」

「………………」

「哈！有，要多少！」

「看有多少！」

「參拾円足用嗎？」

「若是只有那數目，也可以。」

「還有銀角，七、八元。」

「就參拾円著好。」

「………………」

「擾亂著你，多謝，我要來去了，後日不一定能還你。」

「不相干，朋友。」

「恁幾人先走去閃避幾日，這一些錢，做旅費還也有春，機會是在人的本領，恁來往的中間，大概這層[2]事解決了，恁……」

「你和你，是被認識的，有舊案底，現在也是恰好去休息的時候，不寒不熱，蚊蟲也較少。這些錢去做本，看恁的字運，去邀那班只會作惡而又無有膽的一班，去痛痛快快賭一回，他日被拿去，便有共犯者了，曉得嗎？」

「恁幾人還是善良的百姓，可去安心過日，做各人的代志。」

「前夜的事，怎樣叫那個人去，禁不起拷打，現在不是把委托咱的人，也講講出來，後日看人那敢再來委咱呢？」

「不相干，我和伊們是當面議價過，伊出不起大價數，無法度，而且那樣人，也不値得替他出死力。」

「但是，刣也刣無死。」

「事情也要看，他們的中間只爲一些私情，這人也無做到什麼壞事，我們只因錢的使命，叫他喰虧，已是過意不去，若不是現在眞欠用錢，像這樣事，是不該承受。」

「罪，這樣會較輕無？」

「講啥？我們做事，也計較罪的重輕？也顧慮法的威嚴？那可就無事做了，法是由他去定，罪也是由他們去罰。」

「錢呢？」

「伊所應得的，已經給伊某去了，一部分還要還人，你要用不是？」

2　這層：tsit tsân，這件。

「我現在還沒有用牠的權利，可是眞想喰一杯酒。」

「有什麼不爽快？」

「心內不曉得怎樣，只是煩悶。」

「我有些自己的錢，去！去喝一杯。」

「做夥[3]來去？」

「㖠！你是安怎？」這是妓女被欺負的不平。

「安怎？拍一下有什麼相干，不願？去叫警察。」

「拍。」又是一聲肉的聲響。

「㖠喲！」

「痛是麼？」

「朋友！請坐！大家請坐，是因爲安怎？坐啦。」

「安怎？阮叫伊賠酒，伊著不，走來伴恁，這有可惡無？」

「啊！這冤枉，伊自早就是在這邊囉。」

「阮起來的時候，伊還請阮的煙呢，敢是阮的錢較小。」

「是啦，都請恁的煙啦，要錢乎伊趁，伊那會不？是阮大先叫伊了，這點請勿誤會。」

「這明明是恁保護伊，要替伊『出水[4]』是不是？」

「那是安呢講，不過情理多是這款，恁勿受氣！」

「受氣？有恁的代[5]？」

「不過阮在此喰酒，伊又是阮先叫的，情理不是安呢？」

3　做夥：tsò-hué，一起。

4　出水：tshut-tsuí，出氣。

5　代：tāi，代誌、事情。

「情理，無情理要怎樣？」

「朋友！你是講阮不會相拍不是。」

「相拍！就來！」

乒乓、ㄉ丨ㄤ，椅桌跌倒聲，碗碟破碎聲，混在一起，又雜有妓女尖銳的悲鳴。

在這混亂搔擾的二號室的隔壁，有兩人在喝著悶酒，聽見這搔鬧，一人便開口。

「橫虐，這是那一班，打不平去。」

「無用，你不聽見電鈴聲，樓主打電話去，警察就要來啦。」

「警察來，這些人不是更要吃虧，這些人不是社會運動家，那班吹雞歸[6]的。」

「等待看，看他們怎樣對付。」

「警察！」走桌的起來報。

「警察，驚伊？」這幾人便退出室外，「要相拍，好，後日再來。」留下一句威嚇，由別一邊的樓梯走下樓去。

「相拍不是？喂！恁那不應，啥人？」

「不相識嗎？」

6 吹雞歸：pûn-ke-kui，吹牛、說大話。

「極屎[7]，你仔？幾點鐘你知麼？」

「幾鐘點怎樣？」

「時間外賣駛大聲擾鬧，知不？」

「啥人擾鬧？」

「極屎，衙門去好咧。」

「衙門啥代？」

「大人！鰻鱸走了啦，請來去喰茶。」主人殷殷勤勤。

〔此處原稿闕頁〕

「這班社會運動家，恁對警察的時候，情理那不再排出來，恁都是噴雞歸會啦。」

「………………」

「哈哈！看恁再有啥情理好講，官廳要咱田畑，大家都乖乖，恁那不去給伊講情理，要咱金錢，大家也都乖乖去獻納，恁敢講聲不？敢去問伊的情理？哼！噴雞歸，叫人去死，講大家無膽識，恁自己怎樣？這款人，拍死好。」

你一句，我一聲，那一夥較斯文的人客，被侮辱得無可辯解。

「那也著呆甲安呢[8]？」由三號室走出來一個人，突向那班惡狼狼的鱸鰻，發出警告，不意的襲擊。那一班人也有些驚

---

7 極屎：kik-sái，擺架子、裝腔作勢。

8 那也著呆甲安呢：ná iā tióh pháinn kah án-ne，哪裡需要凶成這樣。

愕，暫時沉靜之後，又復鬥口起來。

「呆，是幹代？」

「呆，呆都好啊，警察來就不當走。」

「你是要替伊出水麼？」

「替伊出水是安怎？目睭毛著挲乎開[9]。」

「哼！」

「哼！安怎？」

「到樓下來去！」

「去！驚你是麼？」

「死鱸鰻！識得人麼？」由三號室後走出一人來。

「呼！是你，大尾就要嚇驚人嗎？」

「死狗，恁只會欺負那些良善的、懦弱的，這狗根性總是脫不去，好膽到樓下等著。」

「哼！走就是狗生的。」

這一班走下樓去，過有些時，貳號室中的人客，也就出來，樓主也恰由樓下起來，那兩個打不平的，正倚在窗仔邊剝瓜子。

「難得恁二位，若無不知要鬧到安怎。」這是樓主誠懇的、滿含著謝意的言辭。

「實在眞無情理。」那斯文人客中的一個，像要取得同情似的向他們申訴。

---

9 目睭毛著挲乎開：ba̍k-tsiu-moo tio̍h so hōo khui，眼睫毛要撐開，意味眼睛睜大一點，識相一些。

「現在的世界，那有所在好講情理。」一人方吹出瓜子殼，便接嘴應著他，「恁的講演三句半被中止，恁就降下演壇，恁是承認那中止是有情理的嗎？」

「伊一班已經出去了。」樓主起來報告。

「不敢再來囉。」那人客告□□了一句，順嘴問：「恁是有講伊安怎？」

「不是，」樓主替他們辦〔辨〕明說：「因爲在報紙上曾攻擊過某的非爲，他異常憤恨，今夜碰見恁在此，隨時打電話去招集來的黨徒。」

「好，要計較都好。」

「恁是無伊法，伊不是因爲警察是伊的靠山，纔敢這樣亂來，武力恁是打不贏伊，到法庭去，我想也是白罰一場，討無趣，還是作煞去好。」

「眞橫逆！」

「現今是這樣的世界呀！」

版本說明｜本文手稿共有二稿，此爲稿本一。手稿27張（有編頁，次序錯誤），稿紙（臺灣新民報原稿用紙），硬筆字，直書，殘稿，現存賴和紀念館。手稿缺頁1張稿紙，在《賴和手稿集·新文學卷》頁155-156之間，。

浪漫外記（稿本二）

稿本 《賴和手稿集．新文學卷》，頁 136-161。
《賴和手稿集．新文學卷》，頁 162-164。底本
刊本 《臺灣新民報》354-356 號，1931 年 3 月 7 日、14 日、21 日。

「警察來啦！」眾人正賭得興熱，忽聽著看頭的警報，大家匆惶起來，有的收拾自己的現錢，有的毀棄賭博的證據、賭具等。

「對那方面來？」

「有多少人？」

眾人雜亂地問。

「約有十外人，由大路。」

「快！散開！各到溪邊再聚集，設使有人被捉，著愛[1]受得打踐，一句話也不可講！不然，看伊有雙條生命？」這是一個像是這一群中的首領發出的命令。一夥便四散地由畑裡、由小徑僻路走開，向菅草雜樹中去。

這一夥賭徒，預先戒備著警察的檢舉，聚在這偏僻的野外較輸贏，是在一片壙漠的畑圃，處處有砂崙，沙崙上生遍林投菅草，處處有亂草雜樹，叢簇成林，有遮蔽而且可藏匿，是容易逃走的一個所在。一條大溪環流北方，過溪去是另一行政區

1 著愛：tio̍h-ài，得要。

域，溪面雖闊，水卻不甚深，雖有渡人的竹排，爲節省幾個錢的起見，往往看見有行人徒涉。

警察受到蜜〔密〕告，緊急編集一隊，作成包圍的計劃，趕到所指示的地方，已不見一人，只認取些散亂足跡，獲得曾有許多人在此聚集過的證據而已。

〔以下原稿闕頁〕

版本說明｜本文手稿共有二稿，此爲稿本二。手稿3張（編頁1-3），稿紙（臺灣新民報原稿用紙），硬筆字，直書，殘稿，現存賴和紀念館。稿本署名「甫三」。

可憐她死了

稿本　無。
刊本　《臺灣新民報》363-367 號，1931 年 5 月 9 日、16 日、23 日、30 日、6 月 6 日。

一間矮窄的房子裡，點著一箇五燭的闇淡的電燈，兩個約莫四十歲前後的夫妻坐在室的左旁的床上，夫婦的中間睡著一個約十一、二歲的女孩兒，由他們的身上推想起來，可以知道是一個貧窮的勞動者的家庭，暫時靜默之後，那垂著頭的男人，才慢慢地擡起他的頭向那病後才回復起來的他的妻兒說道：

「阿琴！昨日由保正那裡分來的那張紅單，是這期的戶稅麼？我記得幾日前曾納了什麼稅，怎麼這回又要再納，唉！像咱這樣的貧困，怎樣擔得起呢？你去拿來看看，這期是多少錢呢？」

阿琴也就移著她病後的孱弱的身，轉入房內拿出來遞與她的丈夫。他見了便噓一口氣歎道：

〔此處刊本空白 23 行〕

默默地在想什麼似的阿琴忽又再開口說道：

「唉！這都是我的罪過，都是我病中將所有粒積[1]些的金錢開銷所致，要不然定不會弄到如此窮困的地步！在我的意思不如將阿金來賣。」

他正在沉思默想之間，忽然聽了阿琴這樣說，不覺兩行淚珠滴滴地滾將下來，過了許久，才揩著他的眼淚道：

「賣！將阿金來賣！唉！賣子原是貧人的事，但是咱也只有阿金一個，而且這樣大了，雖則我們捨得賣，恐阿金也未必肯去，縱使這一期戶稅不納，也不是就要拿去刣頭[2]，何至著要賣子。」

「啊！若是刣頭就快活啦！『一死萬事休』，像阿德哥那樣弄得落花流水，是你所親見的，又像戇九嫂，不是因爲戇九兄什麼科料金[3]不能繳被拿去關，趁喰人[4]無趁無得喰，不忍聽著大細[5]的啼飢叫餓，她纔去乞食[6]，在戇九嫂那有料想到現在要做乞食也要官廳應準〔准〕，求乞沒有幾日就碰著警官，被打到那樣你也是曉得，不是因此傷心不過纔去上吊，你若是被拿去關，我餓死是不相干，阿金要怎樣？囝[7]是我生的，我豈會比你更忍心？」阿琴講到此，也自抽咽起來。

「賣了以後若會受人家憐惜，倒也沒有什麼壞處，萬一遭

1　粒積：liȧp-tsik，儲蓄、積存。
2　刣頭：thâi-thâu，砍頭。
3　科料金：kho-liāu-kim，罰款。
4　趁喰人：thàn-tsiȧh-lâng，靠辛苦賺錢維持家計的人，通常指下層階級的勞動者。
5　大細：tuā-sè，指大人和小孩。
6　乞食：khit-tsiȧh，行乞、乞丐。
7　囝：kiánn，孩子。

了凶惡人家，受到虐待，那時卻待怎樣？……」言畢也自唏噓得欲哭。

「這是在咱的留心，我昨兒聽著隔壁阿狗嫂說上街阿跨仔官[8]，有一個兒子已經十四、五歲，還沒有頭對[9]，她想在這時候份[10]一個十一、二歲的女兒，一來可以幫些家事，二來將來也好做自己的兒子的媳婦，所以自二、三箇月前就往各處探聽，但是至今還沒有當意的人，在我的心意，是趁此機會將阿金來賣她，或者將來於阿金的身上有點幸福也未可料，阿跨仔官你也識的，她的丈夫還良善，她的兒子也還清秀，你想想看。」

他們夫妻倆商量了的結果，因阿跨仔官是個慈祥的婦人，家裡也過得去，就決定要將阿金賣給她。但是嬌小可愛的阿金那裡會知道她的雙親不久就要與她分離呢！唉！這個小孩子的命運是多麼可憐啊！

今日是阿金要離開她的雙親的日子，她的母親自早就忙得甚麼似的，走來踱去，腳亂手忙，可是她的臉上帶著一種憂苦的神情，她雖不表現於言語，但誰都會顯然地看得出來。一方面阿金，那命薄的阿金，仍是活潑地，跳來舞去，絲毫不感覺著要與慈愛的兩親[11]生離。

是午前[12]十點多鐘的時候，阿跨仔官照約帶著自己的兒

8 官：kuann，對人的尊稱。
9 頭對：thâu-tuì，配偶、夫婦。
10 份：hūn，出資認領。
11 兩親：りょうしん，lióng-tshin，雙親、父母親。
12 午前：ごぜん，ngóo-tsiân，上午。

子，滿面春風進入室內，阿琴也是笑迷迷[13]的歡迎著，各道了些客氣話，隨後便搬出午餐來，此時阿金仍舊在她的母親的面前撒痴撒嬌地現出爛漫的天眞來，阿跨仔官看見阿金如此可愛，也很得意，她想美惡可勿論，只這溫馴的樣子也就值得人憐惜了。爲此也就不惜金錢，一五一十算交阿琴了。

當阿金要離別她的兩親的那一天，她的母親阿琴用盡安慰的言辭對自己的女兒說道：

「阿金！我的乖乖的阿金！你好好的與這位阿姆[14]去吧，我們答應了她，把你雇給她家了，你乖乖地去幫做些事，可以換三頓喰，省得在家裡餓，若是不慣，再二、三日我就會來接你回來，阿姆那裡不論穿的、吃的，都很好呢！去吧，我的乖乖……」

阿金起初仍是不肯，以爲被賣了，死也不肯去，後來拗不過她母親的勸解，也就漸漸不再執拗，也因爲聽說是去就傭，她的小小的心，是容易瞞騙的，於是她才拭著眼淚隨著阿跨仔官去了。

阿金是被人帶去了，她的母親還惘惘然悵立門外，望著自己可愛的女兒，不再歸來的背影。

〔此處刊本空白 10 行〕

---

13 笑迷迷：tshiò-bi-bi，笑瞇瞇。

14 阿姆：a-ḿ，伯母，或對年長婦人的敬稱。

阿金初到阿跨仔官家去，很是悲傷而又恐懼，離開慈愛的父母，要去伺候別人，不知要受到怎樣待遇。她是懷著很大的不安，但是她不敢怨恨父母，她曉得父母的艱難，她還以爲是被傭來的，是來幫她父母多掙幾個錢，以準備納稅，她原諒她的父母，她小小的心也還靈敏，她想：要賺人家的錢，總要聽人呼喚驅使，要從順勤勞，因爲她抱著這樣存心去做事，所以還得到阿跨仔官一家人的憐惜。況阿跨仔官，又是個慈祥的婦人，家境又過得去，現在的阿金實比在她父母的膝下較幸福，可是阿金還是念著她的父母，有時到街上買東西的時候，常偷空走回家去看看。阿金的父母，想是不忍再見這和自己絕緣了的可愛的女兒，不久以後便哄著阿金托故搬向別地方謀生去，這使阿金傷心到身體消瘦，不知背著人流了多少眼淚。

過後到阿金發見著自己是被賣做媳婦仔[15]的時候，阿金已和環境習慣了，年歲也少長了，看見將做自己的夫婿那個人，強壯活潑，也自歡喜。

光陰迅速，不覺過了五、六年，現在阿金已是十七歲了，阿跨仔官正要擇個好日將阿金與自己的愛兒配合[16]，想早享些暮年的快樂，弄孫過日子，可是好事多磨，天是不肯容易便從人願，日還擇未就，她的丈夫所從事的工場，發生了罷工的風潮，她丈夫因爲被工人舉做委員的關係，在占領工場的鬥爭那日，被官廳捉去，她的兒子也同在這工場做工，看見父親被

---

15 媳婦仔：sin-pū-á，童養媳。

16 配合：phuè-ha̍p，匹配、結婚。

捉，要去奪回，也被警察們打傷，回到家裡便不能起床，發熱嘔血，不幾日便死去。工人們雖怎樣興奮怒號奔走，死已經死去了，有什麼法子，好容易等到她丈夫釋放出來，但是受盡打踢監禁，傷殘了的身心，曉得兒子受傷致死，如何禁得起這悲哀怨憤？出獄不到幾日，也便纏綿床褥間了。在先還有熱心的工人來慰問，不覺到十分寂寞，及至罷工完全失敗了後，大多數無志氣的工人皆無條件上工去，一些不認份的工人，不願上工，也不耐得餓，皆散到四方，去別求生活了，阿跨官仔的丈夫，好久不再接著探問的人，纔曉得這消息，這慘痛的消息，使他的病益加沉重，他不願再活了，其實也是不能活了，不久便結束了他苦鬥的生活。本來他所有粒積的金錢，因病因死，開銷欲盡，已不是昔日之比，生活落到困難的境地了，阿跨仔官也因爲煩惱過度，身體也就漸漸衰弱下去，常帶有笑意的面容，平添了無數皺紋，眉頭常是顰蹙著，終日如坐愁城。

有一天先前替阿金做媒的阿狗嫂，突然來找尋阿跨仔官，她自丈夫死後，覺得已被所有相知的人忘記了似地，好久沒有人來訪過她，今日接著阿狗嫂眞是意外，見面之後，免不了一些客套，接下去阿跨仔官便訴說她好久無可告訴的苦衷，阿狗嫂覺得她說話的機會到了，用那含有同情的口吻問道：

「哦，那末日常的所費呢？」

「啊！幸虧阿金受債[17]，編草笠、洗衣服，賺些來相添，雖然也常趁不著三頓。」

---

17 受債：siū-tsè，聽從父母之言，認眞勤奮。

「難得阿金這孩子，我當給她留意一個好的少年，招贅入來，也好養活你老人家半世。」

「唉！那有好子弟肯給人招，我們這樣苦人，誰肯？」

「這也實在，招的多無有好結果。」阿狗嫂碰到好的轉接，講話語氣便一變：

「我想賤給人，像阿金這樣子，一定有較好的利益，不過須要阿金肯。」

「阿金肯不肯尚撇一邊，我現在是不忍和她離開，沒有她我寧……」說到此阿跨仔官有些悲悽，話便講不下去。

「總是你再想想看，守在一處受苦，也不是了局[18]。」阿狗嫂再添加這一句，覺無有別的話可說，也就辭了回去。

遭了這層層的變故，阿金已是失望了，她以爲自己的命運生來就呆[19]，併累及她的夫婿，她很傷心，只是傷心，不曉得要怎樣，纔能跳出這困苦的包圍。又且看見阿跨仔官那愁苦的臉兒，她連嘆一聲氣也不忍，怕又增加她的傷心。阿狗嫂來訪這一日，阿金原在裡面，她兩人所講的話，雖只聽到一、二，意思她已推想得到了。這使阿金又添了不少悲苦和不安。以後阿狗嫂又再來了幾次。「現在雖不忍把自己賣去，保不住幾時要被說動。」這樣想來，阿金又不知流了多少眼淚。

容易又過了一年，阿金覺得生活更不如前了，似只靠著她自己勞力的所得，來買柴糴米，是不夠用的，兼之阿跨仔官的

---

18 了局：liáu-kio̍k，結果、最後的辦法。

19 呆：pháinn，不好。

粒積已經是一無所有了。阿金每想，像自己這樣勞力，要養活她，啊！這不敢自信，然則有別的法子嗎？想來也只有傷心而已。

有一日當阿狗嫂來過之後，阿跨仔官便對著在編草笠的阿金說，話有些悽咽而振顫。

「阿金！要和你相量一層事[20]……」說未完淚已先滴下來。

阿金早已有了覺悟，她是失望了，她已曉得她的淪落是不能幸免，她只怕再被賣掉，她聽見阿跨仔官的話，以爲末日將到了，也自嗚咽起來，說：

「阿母！只求你勿把我賣……」

「賣！不，就是我會去做乞婆，也不忍賣你。」

阿金還是嗚咽。

「方才阿狗嫂來講，阿力哥要再娶一個小的，她把你說給他，他也還當意，又說我若離不開你，也可以包養在咱們家裡，現在做小的算不是什麼不體面，又況是在自己家裡，你想想看！阿力哥你也識的，就是本街的富戶。」

「………………」

「你細細想看！你若是不願意，我也好回復〔覆〕阿狗嫂，他明日要再來。」

「………………」

「現在雖艱苦，靠著你還不至去做乞食，只是我累了你去

20 一層事：tsit-tsân-sū，一件事。

『拖磨[21]』，本想給你招贅一個，但是少年多靠不住，教你去學那樣生意，我寧願自己去做乞婆。像阿狗嫂所講這樣，還不使你困苦，你想想看！」

阿金雖只是十八歲的妙齡的女兒，但她是聽明的，她明白了她母親阿跨仔官的言語，不是假好聽的，她自己想，自己勞力的所得是不能使她的母親享福，可是除了一個肉體之外，別無生財的方法，不忍使她老人受苦，只有犧牲她自己一身了。但在此萬惡極了的社會，尤其是資本主義達到了極點的現在，阿金終是脫不出黃金的魔力，這是不待贅言的。

阿金雖覺悟要犧牲自己一身，但一方因爲羞恥，一方也因爲缺少勇氣，還沒有明白回復〔覆〕她的母親，阿狗嫂大概是煩忙罷，也還未來催討回答。

有一天，大約是阿力哥等得不耐再等了，自己走來和阿跨仔官相量。當阿金洗完了衣服，悄悄地回到家裡的當兒，忽見廳上有一個約略四十餘歲的中年人，胖胖的具有一身肉，頭髮微禿，面團團兩臉兒的肉肥到幾欲墜下，眼睛很小，笑的時候只剩得一縫，正與她的母親在說著什麼似的，咿咿唔唔地一問一答。阿金見此情狀，雖不知詳細，也略知其存意[22]了，他正是阿力哥。她裝著毫不知道的態度從容地跑入去，正要進入後面，忽聽著她的母親喊道：「阿金！你去倒茶來！」的聲音。阿金此時雖是不願意，但是也不敢拗，也就不好意思地捧了兩

---

21 拖磨：thua-buâ，拖延折磨、忍受艱苦。
22 存意：tshûn-ì，本意。

杯的開水出來。當阿金捧茶出來的當兒，那來客眼不轉睛地注視著阿金，使阿金不得不害臊起來，於是一翻身跑入房內去了。不一霎時她的母親送那來客出門，隨步踏入阿金的臥房對阿金說道：

「阿金！剛才你見過的那個人，就是阿力哥，他常由門前經過，你當然也曾看見識的，他有的是錢、勢力，我前日向你說過，你曾想看看無？他說咱家裡的費用，他都要全那〔部〕負責呢！我要問一問你的意見，所以約明日回他的消息，阿金！你想怎樣，今晚想想看吧，你若不願意，明日也可以回答他。」

阿金早就決意，要犧牲了自己一身，但是到了這個時候，心意竟有些紛亂起來，她母親教她想想看，她不曉得要怎樣想法，一時，那過去的回憶，未來的想像，同時都由她的腦裡生了出來。她想起不知消息的生身父母，她想起某家姨太的得意，又想起受到本妻[23]虐待的某姨太的悽慘，這一條路是連到自由幸福呢？是墜入火坑呢？她不能判斷，她恨阿狗嫂，同時也恨金錢，這樣閑思雜想使阿金此夜不能安眠，時鐘打了二點，阿金還是眼睜睜地在沉思，這些過去的未來的殘像幻想，使她頭痛不安，恐懼傷心，最後便只有流淚了，流出了眼淚，心頭便覺有些輕鬆，腦袋也有些輕快，便自沉沉地睡去。

次日阿金仍舊一早就起床，但是不像往日活潑，臉上帶著一種憂愁的神情，昨夜的幻想使她心緒不安，煮好了早飯，

---

23 本妻：ほんさい，pún-tshe，正室、原配。

正坐在房中，呆呆地發獃，她的母親飄然進入房來，開口就問道：

「阿金！你怎樣呢？還不梳頭，時候也不早了，昨日講的話，你可想過無？大概十點鐘，他會再來，要怎樣回復〔覆〕他？」

阿金這時候，喉嚨好像給些甚麼塞住，總是說不出話來，過有些時，纔以帶著悲悽的聲調說道：

「咦！阿母！總是你的主意就是。」說完似含著無限的哀愁，險些兒就哭出聲來。

她的母親看到這樣也自不忍，她想：阿金應不是不願意做人的小的，大約是阿力哥的人物，太不當人意罷，便說：

「不願意？我去托阿狗嫂，教他不用來，在我看阿力哥也有些老。」

阿金本有了決心，得到阿跨仔官這樣體貼，反使她不安，當阿跨仔官轉身要出房的時，便喚住她說：

「阿母！不，不用去。」阿跨仔官看著這種情形，竟也滴下淚來。

十點多鐘，那老不知羞的阿力哥果眞來了，得到阿跨仔官的回復〔覆〕，歡喜的滿面春風，很得意地露出笑來，他想：自己現雖有兩個小的，都是少年時討的，現在有些老了，不稱意，阿金很年青很嬌媚，而且困苦慣了，當然不會怎樣奢華，所費一定省，比較玩妓女便宜到十倍。他越想越得意，便取出幾張紙幣給阿跨仔官，笑著說：「可先把厝裡整頓整頓，我過幾日再來。」約好了期日便自去了。

光陰迅速，阿金和阿力哥同居，倏瞬已過了五、六箇月，近來阿力哥竟常發皮〔脾〕氣，阿金不能如前使他歡喜了。不僅不能使他歡喜，甚至使他有些厭惡。在先阿力哥豈眞正愛著阿金嗎？不，他所以要包養阿金，是因他家裡的妻和妾，不能滿足他性的快樂。有錢人所要求的姓〔性〕的快樂，尤其是在那三妻四妾的人們，不僅僅是接觸著異性，使「內在的性勢力的緊張」，弛緩一些便能滿足，在那些人們性的勢力，因爲過於放縱，多完全失去了緊張，只和異性接觸，一些兒也不能得到快感，他們所需要的是「能格外滿足獸慾的一種性的技能」，阿力哥當然也是在這樣需要之下，始肯包養阿金。

阿金呢？她是窮苦的女兒，在樸實的勞動者家庭裡長大的，她只能供獻所具有的女性的肉體，任阿力哥去蹂躪，她沒有那消魂蕩魄的手段，蠱惑狐媚的才思，她不能使阿力哥得到比較以上的快樂，所以過不多久，處女所具有的好處消失，便被厭棄了。這事情，阿跨仔官也略感覺到，她只覺到阿力哥不似前一樣歡喜阿金，但一方面觀察阿金，仍是和往日一樣溫柔靜淑，外觀上不見有能使他不歡喜的所在，這教阿跨仔官奇怪而且煩惱，況且這幾月來阿金的腹部漸見漲大起來，照醫生的診察，說已經妊娠了有五箇月，這使阿力哥又加一層不歡喜，在他原不缺乏子嗣，他不料阿金會這樣快就妊娠，他有些懊惱，遂不常到阿跨仔官家裡去。

阿金不過是十七歲的少女，童心還未盡除，那曉得有做母親的責任，不過在生理上覺得有些異樣而已。

她看見阿力哥近來對於自己，漸漸疏遠起來，有時竟不來，她反有些自得，因爲可以暫時由他獸性蹂躪之下解放。

阿力哥不常到阿跨仔官家去，自有他的計較，他想：趁這孩子還未出產，若不與她分開，一旦生出世來，所費加多些雖不相干，只有以後的事是很難爲的。孩子不能不承認，承認了他，自然他有取得財產的權利，我已這樣年紀了，阿金還那麼年青，後來怕不我出錢給她賠嫁，做個死烏龜[24]。他愈想愈不安心，自然就不常到阿跨仔官家去，有時候去，也使性使癖[25]，教阿金難堪，阿跨仔官所仰他供給的生活費，也故意延緩不給，在先還托阿狗嫂去向他要，一、二次之後，阿狗嫂也不再替她奔走了。阿力哥的家，阿跨仔官又不敢去，那末生活費呢？阿金雖要再勞動，一時也尋不到托洗衣服的人家；放笠仔草的人也以爲阿金現在快活了，不再賺這樣錢，多不過問，而且阿金已有了身孕，也不能怎樣勞動，所以生活比以前更艱難了。以前原是困苦慣的，過了這半年來較快活些的生活之後，那困苦轉覺難耐得多，自然免不了怨嘆，這嘆聲竟傳到阿力哥耳孔內去。

一日阿金正在庭裡[26]披曝[27]衫褲，忽見好久不來的阿力哥帶著怒氣走進門來，便向阿金問道：「阿跨仔官在家嗎？」

---

24 烏龜：oo-kui，此指讓妻女賣淫，而自己坐收其利者。

25 使性使癖：sái-sìng-sái-phiah，發脾氣、鬧彆扭。

26 庭裡：tiânn--lí，門口的空地。

27 披曝：phi-pha̍k，晾曬。

阿跨仔官方在灶下[28]，聽見阿力哥的聲音，很歡喜地走出來：「啊！阿力哥怎樣好久不……」

「阿跨仔官！」阿力哥截斷她的話，說：「我對你講，我不是像恁終日坐在家裡等等飯喰，事情是很多，身軀也很忙，偶有幾日不來，便講東講西，錢，有時慢幾日給恁，敢眞正就會餓死？便央三托四，實在一些也不顧著我的體面……。」

「阿力哥！這是怎樣講？冤……」不許她說完，阿力哥便又接下去：

「結局，這樣實在是無好結果，而且這身孕我也有些可疑，明白講我是厭了，這壹百圓再給恁，以後我不管了，自己打算好！」

「唉！阿力哥！……」不等她說，阿力哥竟自走出門去。

這時候阿跨仔官不知是歡喜，是悲傷，是怨恨？眼睜睜地望著阿力哥的去影，一句話也講不出來。披完了衫褲的阿金，也已來立在阿跨仔官背後，聽見阿力哥的話，也自惘然，阿跨仔官一回頭看見阿金，不覺哭出聲來。

「阿母！不用傷心！」阿金只在勸著她的母親，但阿跨仔官仍是唏嘘地哭著。後來有人教她向法院提起訴訟請求慰藉料[29]，但是辯護士[30]要錢，法院印紙[31]要錢，她沒有這麼多的

28 灶下：tsàu-kha，廚房。
29 慰藉料：いしゃりょう，uì-tsià-liāu，對於造成精神上的苦痛之賠償金。
30 辯護士：べんごし，piān-hōo-sū，律師。

錢，且法律會保護到她們嗎？她不敢信任，也只有自己怨嘆而已。

阿金遭受了厭棄，同時受到世人的鄙視，但是在她自己反更泰然，一些兒也不悲惻，因爲阿力哥所給與她的原不是幸福，只有些不堪回憶的苦痛煩悶，一但〔旦〕解除了，自然是快樂的。所以阿跨仔官常在悲傷咒詛，她總是勸慰她，她不愁此後的生活，她是困苦慣了，她自信還能夠勞動，還能養活阿跨仔官。可是腹部已經很大了，似將要分娩的時候，胎兒時時在顫動著、掙扎著，像忍不住這拘禁，要破開肚皮跳出似的。這胎動給與阿金很大的不安。她想：「一旦有了孩子，自己負著撫育的責任。到那時候還有時間去勞動嗎？不更拖累了她老人？」阿金不能不別想方法，她覺得有了孩子，是使她老人家愈走到不幸去。

是一個月明幽靜的夜裡，阿金因爲早上腹部有些痛，衣服不曾洗，晚來少覺輕快，要去把牠洗完，便自己一個人從後門出去，走向荒僻的河岸來，不一刻已看見前面有一條小河，河水潺潺作響，被風吹動，織成許多縐紋，明月照落水面，閃閃成光，空氣很是清新，沒有街上塵埃的氣息，胸中覺得輕爽許多，便蹲下去把往常洗衣時坐的石頭拭乾淨，移好了砧石[32]，把衣服浸入水裡，洗不多久腹裡忽一陣劇痛，痛得忍不住，想回家去，立了起來，不覺一陣眩暈，身體一顫竟跌下河去，受

31 印紙：いんし，ìn-tsuá，印花，官方出售作爲課稅用的有價稅票。
32 砧石：tiam-tsio̍h，洗衣時用來搥打衣服的石塊。

到水的冷氣，阿金意識有些恢復，但是近岸的水雖不甚深，阿金帶了一個大腹，分外累墜[33]，要爬竟爬不起來，愈爬愈墜入深處去，好容易把頭伸出，想開口喊救，口纔開便被水衝了進去，氣喘不出，喊亦不成聲，被波一湧，又再沉下去了，那個瞬間阿金已曉得自己是會被淹死的，很記掛著她的阿母，記掛著將要出世的孩子。此時天上皎皎的明月一切於吾無關似的仍是展著她的笑臉，放出她的萬道金光，照遍沉沉無聲的大地，只有河邊的秋蟲在唧唧地悲鳴著，好像爲她唱著輓歌。

有一日阿力哥又再托阿狗嫂替他物色一個可以供他蹂躪的小女的時，阿狗嫂有些傷感似的向他說：「唉！阿力哥！你可曉得嗎？可憐阿金死了。」

版本說明｜本文發表於《臺灣新民報》363-367號，1931年5月9日、16日、23日、30日、6月6日。頁10。發表時署名「安都生」。本文刊登時，遭新聞檢查人員刪除部分內容，報上留下兩大塊空白。

33 累墜：luí-thuī，累贅、拖累。

豐作

稿本　《賴和手稿集．新文學卷》，頁 166-187。
刊本　《臺灣新民報》396、397 號，1932 年 1 月 1 日、9 日。底本

「發育這樣好，無二十五萬，二十萬準有。」添福兄心裡私自揣測著。「農會技手也來看過，也獎賞我栽培去好，會社也來計算過，講無定著一等賞[1]會被我得來。」想到一等賞，添福兄的嘴角，就禁不住要露出歡喜的微笑來。他一面私自笑，一面還在繼續著想，「粟現在雖然較起[2]，也即四十圓左右，甘蔗一等五十四，二等五十二，甲當[3]準[4]二等算，十八萬，十八萬五十二圓，這就有九百三十六圓，粟一甲六十五石，四十二圓，也即二百七十二圓，除去頭家的租金，還有六百六十四圓，豆粕[5]八十塊，燐酸十二包，共要一百五十多圓，蔗種三萬五，會社雖未發表，一種準五厘算，共一百七十五圓，踏種自己的工[6]可以勿算，除草三次，除去

1　一等賞：いっとうしょう，it-tíng-siúnn，首獎、第一名。
2　較起：khah khí，漲價一些。
3　甲當：kah-tong，計量土地面積的單位，一甲當約一公頃。
4　準：tsún，算作、當做。
5　豆粕：tāu-phoh，豆類榨油或榨豆漿後剩下來的殘渣，可用作飼料或肥料之用。
6　工：kang，工作、工資。

自己以外，尚要五十工，一工五角，共二十五圓，防風的設準[7]，竹、鉛線，啊！這一項竟開去三十二圓外，自己二人還做去二十四工，水租八圓半，採伐的時候，另要割蔗根的工錢，一萬大約二圓，一甲就要三十六圓，這樣算起來一甲還有三百圓長，我做這一筆二甲零，任他怎樣去扣除，至少也有五百圓賺，年終要給兒子娶媳婦的錢都便便[8]了。」想到這裡，添福兄的心內眞是得意到無可形容。

「哈哈！徼倖[9]！今年的蔗價，在年頭就發表，用舊年[10]的粟價做標準，所以定得較好，以前逐年都被會社贏去，做田人總了錢[11]。哼！今年，今年會社準輸，糖現在講又落價，哼！」添福兄猶自一個人坐在店仔頭，嘴咬著煙管，想到他的甘蔗好，價格也好，準賺錢，眞像報復了深仇一樣的暢快，嘴角不時笑到流下口沫來。

看看甘蔗的採伐期到了，蔗農們忽然大家都不安、都騷動起來，因爲會社發表了新的採伐規則，在這規則裡最要緊的是：

凡甘蔗有臭心[12]的皆要削掉。

凡要納入的甘蔗，蔗葉、蔗根併附著的塗[13]，須要十分掃除。

---

7 設準：siat-tsún，設備、建設。
8 便便：piān-piān，已經備妥。
9 徼倖：hiau-hīng，非常幸運、很意外免去災禍。
10 舊年：kū-nî，去年。
11 了錢：liáu-tsînn，賠錢。
12 臭心：tshàu-sim，內部有腐爛的。
13 塗：thôo，土。

凡被會社認爲掃除不十分的甘蔗，應扣去相當斤量，其應扣的重量，由會社認定。

蔗農們議論紛紛，總講[14]他們的結論，都是一樣地在講會社起拗蠻[15]。因爲今年的粟價較有些低落，蔗價在年頭定了有較好些，看見農民得有些利益，會社便變出臉[16]來。蔗農們大家都不願，不願雖然在不願，卻不知道要怎樣，纔能爭回他們的利益，這時候專門擾亂社會安寧的不良份〔分〕子，獻身於農民運動的人，便乘著這難得的機會，出來活躍掮動，一些較不安份的農民，平時對會社就抱著不滿，與及前年因爲被強制插蔗，虧去了做息本，希望著今年要掙回些少本錢的農民，聽講有法度[17]好計較，大家都走到他的指導下去。

會社也飼不少爪牙，關於這起事，早就在注視蔗農們有什麼舉動，這規則會引起他們的不平反對，會社在先就有覺悟，所以也準備好對付的方法在等待著。

忽一早起[18]，會社方在開始辦事的時間，有一大群蔗農擁到事務室去，會社雖然自早就在注意，但是這一舉竟爲爪牙嗅不到，出乎他們意料外，所以也就狼狽起來，有幾個像是被推舉的代表，進事務室去，要求工場長會面，這時候他尚未出勤，事務員便有所藉口，暫時讓代表們在應接室等待，便趕緊

14 總講：tsóng-kóng，總之。
15 拗蠻：áu-bân，蠻橫不講理。
16 變出臉：pìnn-tshut-bīn，翻臉。
17 有法度：ū-huat-tōo，有辦法。
18 早起：tsá-khí，清晨、早上。

去告急，在惶急的時候，雖只一些時間，在他們已有重大的效用。

添福兄聽著會社新定的採伐規則，也真不平，但是他卻還自信他的蔗種去好，農會的技手、會社的技師，都講他會得到獎勵金，設使被會社怎樣去扣除，當然不會扣至十八萬以下，所以在添福兄自己，併不怎樣失望，大家要去包圍會社的時，他也不敢去參加，他恐驚因這層事，叛逆會社，得獎勵金的資格會被取消去，他辛辛苦苦，用比別人加三、四倍的工夫，去栽培去照顧，這勞力豈不是便成水泡，所以他總在觀望，在等待消息，他的心理也在祝禱這次交涉，能得有好結果。

等到過午，纔看見一大群人返來，問起結果怎樣，大家也不知道，他們是被解散被驅逐，像羊群一般被幾個大人押返來的。

「啊！竟勞動到官廳起來。」添福兄看見這款式，不禁在心裡駭叫著，身軀也有些顫戰，他本能地回想起二林事件[19]的恐懼。

「代表們怎無返來。是被檢束[20]去不是？」

「怎樣便會被檢束？」這句應答，帶有鄙笑意。

---

19 二林事件：1924年間，林本源製糖株式會社因甘蔗收購價格偏低，與採收區域內的蔗農屢有爭議。1925年6月28日，蔗農四百餘人組成「二林蔗農組合」，推舉文協理事李應章爲總理，代表蔗農向會社爭取權利。10月22日，會社強行採收甘蔗，警方與農民爆發衝突。23日，大規模檢舉拘押93人，稱爲「二林事件」。參閱《臺灣總督府警察沿革志·中卷》第六章第二節。

20 檢束：けんそく，kiám-sok，拘捕、限制行動。

「無？怎無看見？」

「還在和工場長交涉。」這句話纔使添福兄驚懼的心，小可[21]鎮定。

「以前是在獎勵期中，會社不要[22]怎計較，所以量約[23]，但是這幾年來，會社眞虧本——是虧到配當[24]去，每年配當總有二十成——所以就較認眞一點，這是極當然的，譬論恁大家去買物，要買好的也要買壞的？削去臭心，扣除夾雜物，不是極應該的嗎？不過凡事可以商量，恁大家若講這法度不好，也可講究別的方法，照恁永過的慣例，大家來分糖也好，看恁怎樣？」

這是在公正的官廳立會[25]之下，被認爲最合理的回答，也是代表們帶返來給大家的，這次交涉的結果。

「分糖？這樣糖價的時候，會社纔講分糖，分來要去賣給誰？不敢和他們辯論一、兩句？當代表幹什麼呢！」因爲交涉是失敗了，便有人罵起代表的無能來。

「幹麼！替恁去當西虜，在會社個個都惡爬爬，不認恙[26]要加講幾句，哼！你就曉得，恁較能幹，何不做頭前，閃在後面講涼腔話。」這也難怪做代表們的憤慨不平。

21 小可：sió-khuá，稍微。
22 不要：buē-ē，不會。
23 量約：liōng-iok，大概、約略。
24 配當：はいとう，phuè-tong，盈餘、利潤。
25 立會：たちあい，li̍p-huē，見證、確認。
26 不認恙：m̄-jīn-gōng，不承認自己的愚昧。

「幹！攏是[27]那些人的變鬼[28]，叫人去死，自己一點也不敢露出頭面。」又有對指導者發出攻擊的毒矢。

「講起來攏是組合[29]的人不好，都無奔〔奈〕人何，偏要出來弄鬼。險惹出事來，像二林那一年，不知害著多少人。」欠訓練的民眾，尤其是無理解的農民，講話卻似乎真有情理。

添福兄總是不失他的傍觀態度，也不發表他個人的意見，他深信他會得到獎勵金，自然他不願去和會社分糖，他是承認了新定的採伐規則。結局這規則不僅添福兄一人承認，到後來也不見有一個人講要去和會社分糖。

這一場小騷動，算會社善於措置，只一些時便平靜下去，過不幾日會社便動起工來，新聞紙[30]上也看見這樣記事。

××製糖××工場，自×月×日開廍，C區、T區現在已經採收完了，其成績去推定不遠[31]，產糖的步留[32]亦佳，舉以前未有的成績，增加約有二成半。

但和這記事發表同時，C區和T區的農民，又很不平地呼

27 攏是：lóng-sī，都是。

28 變鬼：pìnn-kuí，搞鬼。

29 組合：稿本原作「農組」，即「臺灣農民組合」，1926年6月28日由簡吉、趙港召集各地方農民組合幹部在鳳山成立。1927-1928年之間，農組指導全臺各地農民抗爭活動達420餘件，並逐漸受臺灣共產黨影響。1929年2月12日，殖民政府對農組進行大規模檢舉逮捕。1931年6月，農組被迫停止活動。參閱《臺灣總督府警察沿革志．中卷》第六章第三節。

30 新聞紙：しんぶんし，sin-bûn-tsuá，報紙。

31 去推定不遠：khì tshui-tīng bô hn̄g，離所預想的不遠。

32 步留：ぶどまり，pōo-liû，生產製作過程中，原料供給量與製成品之間的比率。

喊起來，因爲採收所得的結果，蔗作的成績，和推定產額差去很遠，約減有五分之二。平素是替會社奔走的甘蔗委員，這時也懷疑起來，「雖怎樣去折扣，減去百分之五，已經是大大的影響了，何況減要對半[33]，豈有此理，削去臭心也不會削去那麼多，這的確是磅庭在作祟，秤量不公道。」他們不惜工夫，將另外一臺甘蔗詳細量過，暗做記號，和別的一齊給運搬機關車牽走去。經過磅庭，領出甘蔗單，這一意外，使兩個甘蔗委員，也驚到吐出舌來，差他們量過的約四千斤，那個種蔗的人看到這款式，不待委員的指示，便去請警官來立會，要求重再磅看。再磅的結果和單上所記的斤量，依然一致，立會的警官面便變起來，那個種蔗的人卻驚得面色死白，兩個委員著實也不可思議，便去講給那警官聽：

「這一臺我們預先秤量過，確差有四千斤。」

「馬鹿[34]，你無看見，再磅的不是同樣？」

「所以奇怪，我們是眞詳細量過，你看！這樣一臺向來總是在一萬斤以上。」

「今年的甘蔗大概是較無糖分，所以較輕。」

「不是，到今日的成績，步留講增加有二成以上，糖分那會較少，而且臭的通通削掉。」

「敢是這秤量器有故障？」

「不一定，我們來試試看。」

---

33 減要對半：kiám beh tuì-puànn，減了將近一半。

34 馬鹿：ばか，pah-kah，傻瓜、笨蛋。

兩個甘蔗委員，和一個警察大人，便同時立到磅臺上去，警察大人看到所量的結果，自己也好笑起來，三個人共得二十七斤。這時候他的先見已經證實，隨時去和會社商量，這磅庭便臨時停止使用，所有未磅過的一概移向別的磅庭，別的蔗農不知爲什麼緣故，要多費這一番手腳，多在埋怨，來到會社的農民，他們所最注意的，是蔗單和食券，磅過甘蔗的，各個人都在爭先領取，食過中午[35]，要趕緊返去做下半晡[36]的工作。在麵店仔食中午的時候，各個蔗農所談論的一樣是關於今年的甘蔗，怎會這樣無重量的問題，講各人雖然都曉得講，卻無一個人要去根究牠無重聲〔量〕的原因。

添福兄的甘蔗已經全部採收了，他是極信著會社，領到蔗單，他自己不識字，卻也不去請教別人看，待到要發錢的時候，始提到事務室去換手形，他接到手形和一張計算書[37]，忽然好膽起來，很恭敬地對著那事務員問：

「獎勵金有在內麼？」

「獎勵金是另外授與的，你的單我看！」看過單，那事務員便又對添福兄講，「你的蔗，甲當尚不上十八萬，那會有獎勵金？」

「啥貨[38]？不上十八萬？在品評的時，農會和會社的技手，都講我的蔗種去眞好，推定生產量當有二十五萬，一等無

---

35 食過中午：tsiah̍ kuè tiong-ngóo，吃過中餐。
36 下半晡：ē-puànn-poo，下午。
37 計算書：けいさんしょ，kè-sǹg-su，收支結算表。
38 啥貨：siánn-huè，什麼。

的確，二等是允有[39]，怎樣甲當不上十八萬？」

「哦！這我就不知道，你返去問恁區委員。」那事務員笑著回答他，這笑使添福兄惶惑起來，不知道是笑他戇想，也是笑他什麼，他已失去再問的勇氣，面紅紅走出事務室，併那張手形是記有多少錢也沒問明白。

「前借金七百四十圓。」添福兄去拜托人給伊看計算書時，聽見念著這一條，便一面想一面應答。

「這一條，有有。」

「肥料代[40]二百七十六圓。」

「這一條，也有。」

「種苗代二百五十圓。」

「啊！橫逆一種正實算五厘。」

「利息共七十五圓六角六。」

「怎麼算？利息竟會那麼多！」

「不知道！這單上所記的就是這款。」

「總共千三百四十一圓六角六，甘蔗三十六萬二千四百斤，價格千八百八十四圓四角八，你領多少出來？」

「五百四十二圓八角二。」

「著[41]啦，無差錯。」

添福兄帶著錢要去算還頭家晚冬[42]的租金和米店的賬，雜

---

39 允有：ún-ū，穩有、肯定有。

40 代：だい，tāi，費用。

41 著：tio̍h，對、正確。

42 晚冬：ún-tang/buán-tang，第二期稻作。

穀店的豆粕錢，一路上私自計算著，三七尾廿二石，一車廿二圓算，須要一百七十六圓四角六，豆粕說還要九十多圓。「啊！」他這時候纔覺得自己是被騙了，他想起委員來勸誘他加入競作時講的話，「肥要加下些，會社配出來的不夠，要二十萬以上的生產，要加下些」。加下？現在不是加了工，竟加了錢？但是也覺得這時反悔已經無用，也就不去想牠，復算起他的賬來，米店雖只二十外圓，三條總共已經二百八十餘，扣除起來，只剩有二百六十零圓，後冬二甲餘地的肥料粟種、掘蔗頭、犁、駛手耙、刈耙，自己的工可以免算，播稻、除草，尚有到收成時，這五箇月的春糧所費呢？替兒子娶媳婦？啊！伊娘咧！添福兄想到這所在，摸摸帶著的錢，就不忍便去算給別人，翻著頭向他自己家裡返去。

「添福兄！好空啦！領有一千多圓無？」保正伯兼甘蔗委員曉得他領錢回來，便來收取自動車[43]的寄附[44]金。

「看見鬼！一千？也無五百。」

「怎樣無？你的蔗敢不是有五十多萬？」

「是咧！大家都講有，怎樣採收起來只有三十外萬[45]？」

「嘿！著奇怪喀，是什麼緣故？」

「都不知咧，伊娘咧！會社搶人！」

「現在我也不管怎樣，那一條寄附金，你講領了蔗金就要繳，也著來完喀。」

43 自動車：じどうしゃ，tsū-tōng-tshia，汽車。

44 寄附：きふ，kià-hù，捐款。

45 三十外萬：sann-tsa̍p-guā-bān，三十多萬。

「那一條？自動車的寄附金是麼？你自己記落去的，我不知道，我自早就同你講沒有錢。」

「不好這款，僅僅十圓，你的甘蔗那樣無〔豐〕收，只提你獎勵金的十分一。」

「看見鬼，那有獎勵金？」

「怎樣？無？」

「獎勵金？給你害到要去做乞食，獎勵金？」

版本說明｜本文發表於《臺灣新民報》396號，1932年1月1日。頁17。397號，1月9日。頁10。發表時署名「甫三」。手稿11張（編頁1-11），稿紙（東京創作用紙），硬筆字，直書，完稿，現存賴和紀念館。楊逵曾將本文譯成日文，刊載於東京出版的《文學案內》2卷1號，1936年1月。譯文可見《楊逵全集・第三卷・翻譯卷》，頁3-115。

歸家

稿本　無。
刊本　《南音》創刊號，1932年1月1日。

一件商品，在工場裡設使不合格，還可以改裝再製，一旦搬到市場上，若是不能合用，不稱顧客的意思，就只有永遠被遺棄了。當我在學校畢業是懷抱著怕這被遺棄的心情，很不自安地回到故鄉去。

回家以後有好幾日，不敢出去外面，因爲逢到親戚朋友聽到他們：「恭喜！你畢業了」的祝辭，每次都會引起我那被遺棄的恐懼。在先幾日，久別的家庭，有所謂天倫的樂趣，還不覺有怎樣寂寞，後來過慣了，而且家裡的人也各有事做，弟妹們，較大的也各去學校讀書，逗小孩子玩，雖然快樂，但是要我去照管起他們，就有點爲難了，當那哄不止地啼哭的時，眞不曉得要怎樣好，就不敢對孩子負著責任來，逗他玩又常把他弄哭，這又要受到照管孩子的責任者埋怨，所以守在家裡，已漸漸感到無聊。

十幾年的學生生活，竟使我和故鄉很生疏起來，到外面去，到處都似作客一樣，人們對著我眞是客氣，這使我很抱不安，是不是和市場上對一種新出製品不信任一樣嗎？又使我增強了被遺棄的恐懼。

我雖然到外鄉去讀書，每年暑暇[1]都曾回來一兩箇月，什麼竟會這樣？啊！我想著了，暑暇所有學生盡都回來，在鄉里的社會中，另外形成一個團體，娛樂遊戲，儘有伴侶，自然和社會一般人疏隔起來，這次和我同時畢業共有五人，但已不是學生時代無責任的自由身了，不能常常做堆，共作娛樂，而且又是踏進社會的第一步，世人的宗〔崇〕尚嗜好，完全是另一方面，便愈覺社會和自己的中間，隔有一條溝在，愈不敢到外面去，也就愈覺無聊。

在無聊得無可排遣的時候，我想起少時的朋友來，啊朋友！那些擲干樂[2]、放風箏、捉蟋蟀、拾田螺的遊伴，現在都怎樣了？聽講有的已經死去，死？怎便論到我們少年身上，但是死卻不會引起我什麼感傷，這是無人能夠本〔幸〕免的，有的在做苦力小販，這些人在公學[3]時代，曾有受過獎賞的，使我羨慕的人，有時在路上相逢，我怕他們內羞難過——在我的思想裡，以為他們是不長進的，纔去做那下賤的工作——每故意迴避，不料他們反很親密地招呼我，一些也無羞慚的款式，這真使我自愧我的心地狹小。還有幾個人不知得著什麼機會，竟掙到大大的財產，做起富戶來，有的很上進，竟躋到紳士班裡去，這些人在公學時代，原不是會讀書的，是被看輕過的，但是他們能獲到現在的社會地位的努力，是值得尊敬，所以在路中相逢，我曾去招呼他們過，很想寒暄一下，他們反冷淡

1　暑暇：sú-hā，夏季休暇、暑假。
2　擲干樂：tìm kan-lo̍k，拋陀螺。
3　公學：kong-ha̍k，公學校之簡稱。

地，似不屑輕費寶貴的時間，也似怕被汙損了尊嚴，總是匆匆過去，這樣被誤解又使我自笑我的趨媚來。以外還有好些人不曾看見過，善泅水[4]的阿波的英雄氣慨，善糊風箏的阿用的滑稽相，尤其是那「父親叫阿爸」的，阿獃的態態，尚在我的回想裡活現著。

在學生時代，每次放假回家，都怕假期易過，不能玩得暢快，時光都在娛樂裡消耗去，世間怎樣是無暇去觀察，這次歸來已不是那樣心情，就覺得這世間，和少時的世間，很是兩樣了，頂變款的就是街上不常所〔聽〕見小銅鑼的聲音，這使我想起那賣豆花的來，同時也想起排個攤子在路邊賣雙膏潤[5]的，愛和孩子們說笑的賣鹹酸甜的潮州老，常是排在祖廟口的甘蔗平，夜間那叫賣的聲音，直聽到里外路去的肉粽秋，這幾人料想都死去了，總沒有再看到，只有賣麥芽羹和賣圓仔湯的，猶還是那十幾年前的人。

又有使我不思議的，就是在路上，不看見有較大的兒童，像我們時代，在成群結黨地戰鬧著，調查起它的原因，是達到學齡的兒童，都上公學校去，啊！教育竟這麼普及了？記得我們的時候官廳任怎樣獎勵，百姓們還不願意，大家都講讀日本書是無路用，爲我們所當讀，而且不能不學的，便只有漢文，不意十年來，百姓們的思想竟有了一大變換。

我歸來了這幾日，被我發見著一個使我自己寬心的事

---

4 泅水：siû-tsuí，游泳。

5 雙膏潤：siang-ko-jūn，傳統甜糕點。

實——雖然使家裡的人失望——就是這故鄉，還沒有用我的機會，合用不合用便不成問題，懷抱著那被遺棄的恐懼，也自然消釋，所以也就有到外面的勇氣。

市街已經改正，在不景氣的叫苦中，有這樣建設，也是難得，新築的高大的洋房，和停頓下的破陋家屋，很顯然地象徵著廿世紀的階級對立，市面依然是鬧熱，不斷地有人來來往往，但是以前的大生理，現在都改做零賣的文市，一種聖化這惡俗的街市的人物，表演著眞實的世相的乞食，似少去了許多，幾幾乎似曉天的星宿，講古場上，有幾處都坐滿了無事做的閑人。

這箇地方的信仰中心，虔誠的進香客的聖域，那間媽祖廟，被拆得七零八落，「啊！進步了！怎樣故鄉的人，幾時這樣勇敢起來？」我不自禁地漏出了讚嘆聲，我打算這是破除迷信的第一著手，問起來纔知道要重新改築，完全出我料想之外。又聽講拆起來已經好久了，至今還是荒荒度度〔廢廢〕，這地方的頭兄[6]們，眞有建設能力嗎？我又不憚煩地抱著懷疑，這一條路上，平常總有不少乞食，在等待燒金還願的善男子善女人施捨，這一日在這路上，我看見一個專事驅逐乞食的人，這個人講是喰官廳的頭路，難道做乞食也要受許可纔行嗎!?

聖廟[7]較以前荒度〔廢〕多了，以前曾充做公學的假校舍，

6　頭兄：thâu-hiann，士紳、意見領袖。
7　聖廟：sìng-biō，孔廟。

時有修理，現在單只奉祀聖人，就只有任它去荒癈〔廢〕，又是在尊宗〔崇〕聖道的呼喊裡，這現象不教人感到滑稽？但是一方面不重費後人轟癈〔廢〕的勞力，這地方頭兄們的先見，也値得稱許!?

是回家後十數日了，剛好那賣圓仔湯的和賣麥芽羹的，同時把擔子息在祖廟口，我也正在那邊看牆壁上的廣告，他兩人因爲沒買賣，也就閒談起來。講起生理的微末難做，同時也吐一些被拿去罰金的不平。我聽了一時高興，便坐到廟庭的階石上去，加入他們談話的中間。

「記得我尚細漢[8]的時候，自我有了記憶，就看你挑這擔子，打著那小銅鑼，胒胒〔胆胆〕[9]地在街上賣，不知今年有六十歲無？敢無兒子可替你出來賣？」我乘他們講話間歇時，向賣麥芽羹的問。

「六十二歲了，像你囝仔已成大人，我那會不老，兒子雖有兩個，他們有他們的事，我還會勞動，也不能不出來賺些來添頭貼尾。」賣麥芽羹的捫一捫鬚，這樣回答我。

「你！」我轉向賣圓仔湯的，「也有幾個兒子會賺錢了，自己也致著[10]病，不享福幾年何苦呢？」因爲他是同住在這條街上，所以我識他較詳一點。

「享福？有福誰不要享，像你太老[11]纔可以享福呢，我這

8 尚細漢：iáu sè-hàn，年紀還小。
9 胒胒〔胆胆〕：tánn-tánn，銅鑼聲。
10 致著：tì-tio̍h，患了。
11 太老：thài-lāu，令尊。

樣人只合受苦！」賣圓仔湯的答著，又接講下去，「囝仔賺不成錢，做的零星生理，米柴官廳又當當緊，拖著老命尚且開勿值，享福!?」

「現時比起永過一定較好啦，以前一個錢的物，現在賣十幾箇錢。」

「啊！你講囝仔話，現在十幾箇錢，怎比得先前的一箇錢，永過是眞好！講起就要傷心，我們已無生命，可再過著那樣的日子了！」

「永過實在是眞好，沒有現時這樣警察……」

「現在的景況，一年艱苦過一年，單就疾病來講，以前總沒有什麼流行病、傳染病，我們受著風寒一貼〔帖〕藥就好，現在有的病，什麼不是喰西藥竟不會好，像我帶這種病，一發作總著注射纔會快活，這樣病全都是西醫帶來的。」賣圓仔湯的竟有這樣懷疑。

「哈！也難怪你這樣想，實有好幾種病，是有了西醫纔發見的。你們孩子可曾進過學校無？」

「進學校？講來使人好笑！」賣麥芽羹的講。

「怎樣？」

「我隔壁姓楊的兒子，是學校的畢業生，去幾處店舖學生理，都被辭回來，聽講字墨算無一項會，而且常常自己抬起身份〔分〕，不願去做粗重的工作，現在每日只在數街路石。」

「我早就看透，所以我的囝仔總不教他去進學校，六年間記幾句用不著的日本話？」賣圓仔湯的補足著講。

「就是進學校，也無實在要教給我們會。」

「怎樣講用不著？」

「怎樣用得著？」

「在銀行、役場、官廳，那一處不是無講國語勿用得[12]嗎？」

「那一種人自然是有路用咯，像你，也是有路用，你有才情，會到頂頭去，不過像我們總是用不著。」

「怎樣？」

「一個囝仔要去喰日本頭路，不是央三託四抬身抬勢，那容易？自然是無有我們這樣人的份額。」

「在家裡幾時用著日本話，只有等待巡查來對戶口的時候，用它一半句[13]。」

「你想錯去了，」我想要詳細說明給他聽，「不但如此，六年學校臺灣字一字不識，要寫信就著去央別人。」賣麥芽羹的又搶著去證明進學校的無路用。

「學校不是單單學講話、識字，也要涵養國民性，……」

「巡查！」不知由什麼人發出這一聲警告，他兩人把擔子挑起就走，談話也自然終結。

12 勿用得：buē-iōng-tit，不能、不行。

13 一半句：tsit-puànn-kù，一句半句、隻言片語。

版本說明｜本文發表於《南音》創刊號，1932年1月1日。頁24-28。完稿。發表時署名「懶雲」。本文改寫自〈盡堪回憶的癸的年〉。

惹事（刊本一）

稿本　《賴和手稿集．新文學卷》，頁 190-210。
刊本　《南音》1 卷 2 號、6 號、9-10 合刊號，1932 年 1 月 17 日、4 月 2 日、7 月 25 日。底本
《臺灣小說選》，1940 年，頁 25-42。

一個二十左右的青年，雖使他有一個由戀愛結合的妻，無事給他去做，要他安安守在家裡，我想一定是不可能，況且又是未有娶妻的人。在這年紀上那些較活潑的青年，多會愛慕風流，去求取性的歡樂。但是我所受的道德教訓，所得的性格薰陶，早把我這性的自然要求，壓抑到不能發現，不僅僅是因爲怕被笑做墜〔墮〕落青年。

不用講不能去做那有益人生的事業，只是利益自己的事，也無可做。處在這樣環境裡，要消遣這無聊的時光，只有趁著有閒階級尋求娛樂，打球、麻雀是最時行，要去〔和〕他們一較輸嬴，卻自缺少勇氣。市街廟院、村庄郊野，多已行過，別無值得賞玩的去處。那末幫做家裡的工作？這卻又非所能，曾試挑過小時常挑的水桶水，腰竟不能立直，便不敢再去試試較粗重的；小弟妹常被我弄哭，多不親近我。尋朋友去閒談，談得來的朋友，有誰像我閒著？看小說，尚在學校的時代，被課程所迫，每恨沒有時間，常藏在衣袋裡，帶進教室去，等先生注意不到，便即偷讀，現在時間餘裕得過多，小說也看著到起厭[1]。唉！眞是無可消遣？——啊！打獵、釣魚，是，這不用

去招夥伴，眞是自由的消遣法，不過擁護人類權益的銃器，我已失去所持的自由，而且平時沒有習過，也使用牠不來，只有釣魚於我較合適。

啊！是，釣魚去。

準備好釣竿靠架，便自己動手去炒香糠，釣的器具算備齊了，攜著也就出門，卻無帶著魚筐，這有點醉翁之意不在乎酒的做作。出了門不知到什麼所在去好，一下躊躕便行向愚村方面去。在街的末端流著一條圳溝，這所在是東面諸村庄入街的咽喉，市聲步履，囂然雜踏。脫出這擾攘的包圍，便看見竹圍田圃，在竹圍裡一口池塘貯滿著水，微風過處池水鄰鄰〔粼粼〕盪漾，反射著西斜日光，似呈著笑臉在歡迎我。這魚池的主人，我與〔他〕有面識[2]，也就不怕嫌疑，走向池岸上，在竹陰中尋一個較好下釣的所在，移來幾粒石頭，鋪好一個坐位，安好靠竿的架子，撒下香糠，釣上香餌，就把釣絲垂下去，坐等魚來上釣。正是炎暑的夏天，風來水面時涼，比食[3]冰西瓜更快意，雖釣不到魚，也足借以避暑。

「喂！這魚池不許釣。」

「………………」

「喂！臭耳人[4]甚[5]？這魚池不許釣！」

---

1 起厭：khì-siān，生厭。

2 面識：めんしき，bīn-sik，見過面、認識。

3 食：tsiah，吃。

4 臭耳人：tshàu-hīnn-lâng，耳聾的人。

5 甚：sīm，是不是；「是、毋」的連音。

「怎樣？不能釣？」

「不許釣就不能釣，怎樣？」

「囝阿兄[6]！那用惡到這樣？你的主人啊？」

「主人幹嗎！我就是主人，要怎樣？這魚池已經贌給我們養魚。」

「你無有禁釣的告示，誰都好[7]釣。」

「講笑話，我就不準〔准〕你釣。」

「你沒有告示，我已撒下香糠，不許釣？你不是騙人來給你飼魚？」

「講恷話[8]？誰叫你撒？」

「我要釣魚啊。」

「我不許釣！」

「我偏要釣。」

「我就敢給你戽水[9]。」

「試試看！你不怕到池裡去喝水？」

「放屁！」

「試看咧！」

泊泊泊，開始有潑水的飛濺聲。

「好！你眞要。」繼之有憤怒的叫聲。

「唉！啊！」驚喊聲。

---

6 囝阿兄：gín-á-hiann，對小朋友的敬稱。

7 好：hó，可以。

8 講恷話：kóng gōng-uē，說傻話。

9 戽水：hòo-tsuí，潑水。

撲通，重物的墜水聲。

「娘的，好，看你敢淹死我。」是復讎的狂喊聲。

拍拍拍，肉的搏擊聲。

撲通，再一次的墜水聲。

「啊啊！娘的，死鱸鰻！著不要走！」這是弱者被侮辱時，無可奈何，聊以洩憤，帶著悲鳴的威嚇。

「哈哈！好漢，怎也會哭？」嘲笑之後又有「喂！不要哭！拿幾點錢去買餅喰！」的輕蔑。

「死鱸鰻。」

當這喜劇要開幕時，因爲也有吵嘴的鬧擡〔臺〕鑼鼓，所以圍來不少觀客，看看要動起眞刀眞鎗的時候，有的觀客便來勸阻，有的卻興高彩烈在拍手歡迎，武劇終於扮演下去，等到閉幕，觀客還不散去，隨後便有評戲的議論，有的講那囝仔演得不錯，這就是在譏誚我演了有些不應該，有的卻直接在講我的横逆，這也難怪，人的心本來是對於弱者、劣敗者表示同情，對於強勝者懷抱嫉妒和憎惡，對於理的曲直是無暇去考察，可是在這「力即是理」的天下，我眞是受了不少冤枉。有幾個認識我的，便在我難於下場的時，帶著不可思議的面容，來勸我回去，我也就很掃興地把釣具收起。

是將近黃昏的時候，我家裡忽然來了一個訪客，這訪客像是帶來很重大的事情，所以同時跟來不少好事的人，把門口圍繞著，在等待看有什麼值得他們開心的事發生。

「請問咧！這裡不是有一個叫做豐的？」

「有什麼貴事？那就是小犬。」父親不曉得什麼事由，看見這款式，很有驚疑不安的臉色，雖然卻也很從容地應答著。

「我也聽講是你的公子，所以專工來訴給你聽，這事情不知道他有什麼道理好講？」這訪客具有強健的身軀，沒有被袖管遮去的兩臂，露出很有氣力的筋肉，講話時兩個拳頭握得要流出汁來。

「哦！去得罪著你嗎？我完全不知道，他是回來不久，罕到外面去……」

「他去釣我們的魚，我那個十三歲的囝仔去阻止，他竟把伊推落池裡去。」

「嗄！眞有這樣事？你怎這樣亂來？」父親帶著微怒而又不相信似的聲音轉向我。

「他就是你的孩子嗎？」我看見事情不是小可[10]便抱定覺悟，面對著那訪客，反問起他。

「你怎把他推落池裡？」這句話很充分地含有問罪的口氣。

「他潑我一身軀[11]泥水，你自己沒有問問看？」我也反問起他的責任。

「難道你以爲打得過他，就把他推下去嗎？」

「我替你教示[12]，你不喜歡嗎？他那款亂來，沒有教示，若是碰到別人，一定要受著大大的喫虧。」

聽著這句話，父親似著了一驚，但是我卻看見他在抑制著

---

10 小可：sió-khuá，簡單、平常。

11 一身軀：tsi̍t sin-khu，全身。

12 教示：kà-sī，教訓。

口角的微笑，一方那訪客竟握緊著拳頭立了起來。

「多謝你的教示，兩次落到水裡去，喝了一腹肚水，你還以爲不是喫虧嗎？」

看到形勢這樣緊張，圍在門口的閒人中，忽鑽出了幾個人，竟自踏進我的廳裡來，這幾人是和我家較有交陪[13]的，萬一相打起來，很可助我一臂的健者，我的膽也就壯了許多。

「還不至淹死，有什麼相干？」

「呸！亂來，給我進去！」父親也再不能放任，也再不能沒有一些教訓的表示了。

「你不是讀書人，你以爲打得來就算數？」

「你的兒子無禮，你總不講。」

「你不來告訴我。」

「你沒有預先告示，我怎會識得他是你的兒子。」

「給我進去！」父親又有了責任上的訓話。

「你實在有些橫逆，若碰到和你一樣的人呢？」那訪客的氣勢，到這時候似有些衰落，話的力量已較軟和。

「若會[14]把我推下水去，也只有自認晦氣。」

「不許開嘴！給我進去。」父親眞有點生氣了。

「看我的薄面，不用理他，對令郎我總要賠個不是。」

「是咯，這樣就可以了，恭叔也在責罵他。」幾個閑人，便也插下嘴，給我們和解。

---

13 交陪：kau-puê，往來、交際。

14 若會：nā-ē，如果能夠。

「他還以爲我是可以欺負的。」

「少年人不識世故，休去理他。」

「恭叔自己要教責就好了。」又是閒人的勸解。

「既然是相痛疼，總看我的薄面。」

「是咯！算了罷！」不管那訪客怎樣，幾個閒人便硬把訪客挽[15]了出去。

「不過我不能不來講一聲。」那訪客留了這最後的一言。

「勞煩大家，眞多謝。」父親也向著了人們表表謝意。

這一次累到他老人家賠了不少不是，而我也受到教母親去代承受的叱責，我曉得免不了有一番教訓，就早便閃到外面去，所以父親只有向著我的母親去發話。

「喲—號—喲，咬—咬—。」種菜的人拍手擲腳[16]在喊雞。

「娘的，畜生也會傍著勢頭來躪蹥人。」喝喊既嚇牠不走，隨著便是咒罵。

一群雞母、雞仔在菜畑裡覓食，腳抓嘴啄，把蔬菜毀壞去不少。這時候像是聽到「咬」的喊聲，有些驚恐的樣子。「嘓嘓嘓。」雞母昂起頭來叫兩、三聲，似是在警告雞仔，但是過了一少時，看見沒有危險發生，便又嘓嘓嘓地招呼雞仔去覓食。

---

15 挽：bán，拉。

16 拍手擲腳：phah-tshiú tìng-kha，拍手踩腳，發出聲音。

「畜生！也眞欺負人！」種菜的看用嘴嚇不走，便又無可奈何地咒罵起來，憤憤地放下工作，向雞群走去，卻不敢用土塊擲牠，只想借腳步聲要把雞嚇走。雞母正啄著半條蚯蚓，展開翅膀嘓嘓地在招呼雞仔，聽到腳步聲，似覺到危險將要發生，放下蚯蚓，走向前去，用牠翅膀遮蔽著雞仔，嘓嘓地要去啄種菜的腳。

「畜生！比演武亭鳥仔[17]更大膽。」種菜的一面罵，一面隨手拾起一支竹莿，輕輕向雞母的翅膀上一擊，這一擊纔挫下牠的雌威，便見牠向生滿菅草的籬下走入去，穿出籬外又嘓嘓地在呼喚雞仔，雞仔也吱吱叫叫地跟著走。

「咬—。」種菜的又發一聲洩不了的餘憤。

這一群雞走出菜畑，一路吱吱叫叫，像是受著很大的侮辱，抱著憤憤的不平，要去訴訟主人一樣。

大家要知道，這群雞是維持這一部落的安寧秩序，保護這區域裡的人民幸福，那衙門裡的大人所飼的，「拍狗也須看著主人」，因爲有這樣關係，這群雞也特別受到人家的畏敬。衙門就在這一條街上，街後便是菜畑，透菜畑內的路，就在衙門邊。路邊，和衙門的牆圍相對，有一間破草厝，住著一家貧苦的人，一個中年寡婦和一對幼小的男女，寡婦是給人洗衣及做針黹，來養活她這被幸福的神所擯棄的子女。

這群雞母、雞仔走到草厝口，不知是否被飯的香氣所引

17 演武亭鳥仔：俗語有「演武亭的粟鳥仔毋驚銃」，麻雀因爲習慣練武場的槍聲而變得大膽。比喻司空見慣。吳瀛濤《臺灣諺語》，頁744。

誘，竟把憤憤的不平忘掉，走入草厝內去，把放在掉〔棹〕下預備飼豬的飯，抓到滿地上。雞母嘓嘓地招呼雞仔，像是講著：「這是好食的，快快！」但是雞母又尚不滿足，竟跳上棹頂[18]，再要找些更好的來給牠可愛的雞仔喰。棹的邊椽〔緣〕上放著一腳空籃，盛有幾片破布，雞母在棹頂找不到什麼，便又跳上籃去，纔踏著籃邊，籃便翻落到地面去，雞仔正在這底下啄飯，湊巧有一隻走不及，被罩在籃內，這一下驚恐，比種菜的空口喝喊，有加倍效力，雞母由棹頂跌下來，拖著翅膀，嘓嘓地招呼著雞〔仔〕，像是在講：「快走快走！禍事到了。」忽忽徨徨走出草厝去。

大人正在庭裡渥花[19]，看見雞母、雞仔這樣驚慌走返來[20]，就曉得一定是有事故，趕緊把雞仔算算看。「怎樣？減去一隻？」他便抬起頭看看天空，看不著有挾雞仔的飛鳶。「那就奇[21]，不是被種菜的撲死了嗎？」大人心裡便這樣懷疑起來，因爲這一群雞常去毀壞蔬菜，他是自前就知道的，而且也曾親眼看過。一面他又相信伊所飼的雞，一定無人敢偷拿去，所以只有種菜的可疑了。「哼，大膽至極，敢撲死我的雞。」大人赫然生氣了，放下水漏，去出衙門，向菜畑去。

「喂！你仔，你怎樣撲死我的雞仔？」

「大人，無，我無。」受著這意外的責問，而且問的又是

18 棹頂：toh-tíng，桌面上。

19 渥花：ak-hue，用水澆花。

20 走返來：tsáu--tńg-lâi，跑回來。

21 奇：kî，奇怪。

大人，種菜的很是驚恐。

「無？無我的雞仔怎減去一隻？」

「這！這我就不知。」

「不知？方纔那一群雞，不是有來過此處？」

「有…有，我只用嘴喊走牠，因爲蔬菜被毀壞得太多，大人你看！所以……」

「你無去撲牠或擲牠？」

「實在無，大人。」

「好！你著仔細，若被我尋到死雞仔。」大人像是只因爲一隻雞仔，不大介意，所以種菜的能得著寬大的訊問，雖然不介意，也似有些不甘心，還是四處找尋，糞窖、水堀、竹莿內、籬爸〔笆〕腳，總尋不見雞仔的死體[22]。

「老實講！棄在何處？」大人不禁有些憒憒。

「大人！無啦，實在無撲死牠。」

「無？好。」既然尋不到證據，「哼！撲死更滅屍」，大人只氣憤在腹裡。

大人離開菜畑，沿路還是斟酌，到那寡婦門口，被他聽見雞仔的喊救聲，「嗄，這就奇。」大人心裡很是怪訝，雞仔聲竟由草厝裡出來，「出來時專想[23]要去責問種菜的，所以不聽見嗎？」大人自己省悟著，他遂走進草厝內。厝內[24]空空[25]，

---

22 死體：したい，sí-thé，屍體。

23 專想：tsuan-siūnn，光是想著。

24 厝內：tshù-lāi，家裡。

25 空空：khang-khang，空無一人。

併無人在，雞仔在籃底叫喊，這一發見，使他很是歡喜，他心裡想：「這寡婦就是小偷，可見世人的話全不可信，怎講她是刻苦的人，自己一支手骨在維持一家，保正甚至要替她申請表彰，就眞好笑了。」他又想到有一晚，自己提出幾塊錢要給她，竟被拒絕，險至弄出事來，那未消的餘憤，一時又湧上心頭。「哈，這樣人乃會[26]裝做，好，尚有幾處被盜，還未搜查出犯人，一切可以推在她身上。」大人主意一決，不就去放出雞仔，便先搜起家宅，搜查後不發見有什麼可以證明她犯案的物件[27]。「大概還有窩家，這附近講她好話的人，一定和她串通。」大人心裡又添上一點懷疑。「不相干，現在已有確實的物證，這一隻雞仔便充足了。」他心裡還不失望，就去掀開倒罩的空籃，認一認所罩是不是他的雞仔。認得確實無錯，纔去厝邊[28]問那寡婦的去處，既曉得是去圳溝洗衣，同時也就命令她厝邊去召喚。

那寡婦呢？她每日早起就有工課，料理給八歲的兒子去上學校，料理給九歲的女兒去燭仔店做工，兩個兒女出了門，她纔捧著一大桶衫褲去圳溝洗，到衫褲洗完已是將近中午，這時候她纔有工夫喰早飯，她每日只喰兩頓，儉省些起來飼豬，因爲飼豬是她唯一賺錢的手段，飼大豬是她最大的願望。

今早她照向來的習慣，門也不關就到圳溝邊去，她厝裡本沒有值錢的物，而且她的艱苦也值得做賊仔人同情，所以她每

---

26 乃會：ná-ē，就是會。
27 物件：mih-kiānn，東西、物品。
28 厝邊：tshù-pinn，鄰居。

要出去，總沒有感覺到有關門的必要。當厝邊來喚她時，衫褲還未洗完，又聽講是大人的呼喚，她的心裡很徨惑起來。

「啥事？在何處？」她想向厝邊問明究竟。

「不知，在你厝裡。」厝邊也只能照實回答。

「不知—是啥事呢？」她不思議地獨語著。

「像是搜查過你的厝內。」厝邊已報盡他的所知。

「搜查？啊？有什麼事情呢？」她的心禁不住搏跳起來，很不安地跟厝邊返去，還未跨入門內，看見大人帶有怒氣的尊嚴面孔，已先自戰慄著，趨向大人的面前，不知要怎樣講。

「你，偷拿雞有幾擺[29]？」受到這意外的問話，她一時竟應答不出。

「喂！有幾擺？老實講！」

「無！無，無這樣事。」

「無？你再講虛詞[30]。」

「無，實在無。」

「證據在此，你還強辯。」拍，便是一下嘴吧的肉響。「籃掀起來看！」這又是大人的命令。寡婦到這時候纔看見籃翻落在地上，籃裡似有雞仔聲，這使她分外恐慌起來，她覺到被疑爲偷拿雞的有理由了，她亦要看牠究竟是什麼，趕緊去把籃掀起。

「啊！徼倖[31]喲！這是那一個作孽，這樣害人。」她看見

29 幾擺：kuí-pái，幾次。

30 虛詞：hau-siâu，亂講、說不實之語。

31 徼倖：hiau-hīng，表示可憐、惋惜或遺憾。

罩在裡面是大人的雞仔，禁不住這樣驚喊起來。

「免講！雞仔拿來，衙門去！」

「大人這寃枉，我……」寡婦話講未了，「拍」，又使她嘴吧多受一下虧。

「加講話，拿來去！」大人又氣憤地叱著。她絕望了，她看見他奸猾的得意的面容，同時回想起他有一晚上的嬉皮笑臉，她痛恨之極，憤怒之極，她不想活了，她要和他拼命，纔舉起手，已被他覺察到，「拍」，這一下更加兇猛，她覺得天空頓時暗黑去，眼前卻迸出大〔火〕花，地面也自動搖起來，使她立腳不住。

「要怎樣？不去？著要縛[32]不是？」她聽到這怒叱，纔覺得自己的嘴吧有些熱烘烘，不似痛，反有似乎痲木，她這時候纔覺到自己是無能力者，不能反抗他，她的眼眶開始著悲哀的露珠。

「看！看！偷拿雞的。」兒童驚奇地在街上呼喊著、噪著，我也被這呼聲喚出門外。

「奇怪？怎這婦人會偷拿雞？」我很不相信，但是事像竟明白地現在眼前，她手裡抱著一隻小雞，被巡查押著走，想是要送過司法。我腦裡充滿了懷疑，「不是做著幻夢嗎？」一面想把事實否定，一面又無意識地走向她的厝去。她的兒女還未回家，只有幾位厝邊各現著不思議的面容，立在門前談論這突

32 著要縛：tio̍h-ài pa̍k，就要用綁的。

然的怪事。

「是怎樣呢？」我問著在門前談論的厝邊問。

「講她把雞仔偷拿去罩起來。」有人回答我。

「是怎樣罩著？」

「講是用那個籃罩在廳裡。」

「奇怪？若是偷拿的，怎罩在這容易看見所在，那會有這樣道理？」

「就是奇怪，我也不信她會偷拿雞。」

「這必有什麼緣故，雞仔當不是自己走進籃去。」

我因爲覺得奇怪，就走進廳裡看看是什麼樣，廳裡那個籃還放著，地上散著幾片破布碎，地面也散有不少飯粒，藍〔籃〕裡也還有布屑，桌面上印著分明的雞腳跡，由這情形，我約略推想出雞仔被罩住的原因，我便講給她的厝邊聽，大家都承認有道理，而且我們談論的中間，有一個種菜的走來講他的意見。他講：

「這樣事，實在太冤枉了。」

「怎知道她是冤枉？」我返問種菜的。

「這群雞先是在我的菜園覓食，蔬菜被踏死得很多，所以我把牠趕過去。」

「你看見雞走進她厝裡？」

「雞走了我就不再去注意，但是大人失去了雞仔，疑是我撲死牠，曾來責問我。」

「你報給他雞走進這厝裡來嗎？」

「沒有，這是他自己看到的，但是那寡婦去洗衣是在先，雞仔被我趕過去尚在後。」

「你確實知道嗎？」

「她去洗衣是我親見過的。」

由這證明，愈堅強我所推想的情形，是近乎事實的信念。

「對於事情不詳細考察，隨便指人做賊。」我一面替那寡婦不平悲哀，一面就對那大人抱著反感，同時我所知道這幾月中間他的劣跡，便又在我腦裡再現出來：「捻滅路燈，偷開門戶，對一電話姬[33]強姦未遂的喜劇，毒打向他討錢的小販的悲劇，和乞食撕打的滑稽劇」。這些回想，愈增添我的憎惡。「排斥去，這種東西讓他在此得意橫行，百姓不知要怎受殃。」我一時不知何故，竟生起和自己力量不相應的俠義心來。

「排斥！怎會排斥他去？」我一時想無好的方法。「向監察他的上司，提出告訴」，這能有效力嗎？他是保持法的尊嚴的實行者，而且會有人可以做證嗎？現時的人若得自己平安就好，誰要管閑事？況兼這又是帶有點危險，誣告詭證這個罪名，還容易擔得麼？投書？這未免卑怯，想來總想不出好方法。

已經是隔日了，我們的保正奉了大人的命令，來吊〔調〕集甲長會議。「啊！這不是可以利用一下看？」我心裡有了主意，便對著保正試試我的說辭。

「保正伯！那寡婦的事情，你想敢是眞的！」

33 電話姬：tiān-uē-ki，電話接線生（交換手），當時限制需由未婚女性擔任。

「證據明明[34]，敢會是冤枉？」保正是極端信賴官府，以爲他們的行爲，就是神的意志，絕無錯誤，但是由這句話的語氣，我已覺到保正對這件，也有點懷疑。

「在我想，雞仔不上半斤，刣來也不能喰，賣來也不值錢，她偷拿去有什路用，而且大家都曉得是大人飼的雞仔，她那會有這樣大膽。」

「你講得都也有點理氣，但是……」

「這不單是推想的，還有確實的證據，昨早我曾去她厝內，看是怎樣情形，看了後，我就曉得藍〔籃〕是放在掉〔棹〕頂，被雞母跳翻落來，下面的雞仔走不及，被罩住的。」

「事情怎會有這樣湊巧？」

「菜畑的種菜的可以做證。」

「現在已經無法度啦，講有什麼用？」

「講雖然無用，但是這種人讓他在，後來不知誰要再受虧呢？我自己也眞寒心。」

「是碰到他，算是命裡注定的……」

「不好來把他趕走嗎？」

「趕走他？」

「是！」

「要怎樣去趕走他？——他很得到上司的信任，因爲他告發的罰金成績佔第一位。」

「我自己一個人自然是沒有力量，你們若要讚〔贊〕成，

34 明明：bîng-bîng，明顯、無誤。

便有方法。」

「什麼方法，不相干？」

「不相干！只要這次的會議，給他開不成，允當就可以趕走他。」

「上司若有話說的時候呢？」

「這可以推在我的身上。」

「不會惹出是非來？」

「是非？那是我的責成。」

「要怎樣才開不成？」

「就用這理由，講給各人呀〔聽〕，教他不用出席，你……」

「別人不知怎樣呢？」

「我去試看怎樣，若是大家讚〔贊〕成，就照所講的來實行。」

「這裡很有幾個要討他好的人，若被漏洩，怕就費事。」

「自然，形勢怎樣，我總會見機。」

這次活動的結果，得到出乎預期的成績，大家都講這是公憤，誰敢不讚〔贊〕成？而且對於我的奔走，也有褒獎的言辭，這很使我欣慰，我也就再費了一日的工夫，再去調查他，我所不知的劣跡，準備要在他上司的面前，把一切暴露出來。

一晚——這是預定開會的一晚，日間我因為有事出外去，到事辦完，就趕緊回來，要看大家的態度如何。跨下火車，驛[35]裡掛鐘的短針正指在「八」字，我不覺放開大步，走向歸家的路上。行到公眾聚會所前，看見裡面坐滿了人，我覺得有些意外，近前去再看詳細，我突然感著一種不可名狀的悲哀，失望羞恥，有如墮落深淵，水正沒過了頭部，只存有朦朧知覺，又如趕不上隊商，迷失在沙漠裡的孤客似地徬徨，也覺得像正在懷春的時候，被人發見了秘密的處女一樣，腆靦，現在是我己被眾人所遺棄，被眾人所不信，被眾人所嘲弄，我感覺著面上的血管一時漲大起來，遍身的血液全到〔倒〕聚頭上來，我再沒有在此立腳的勇氣，翻轉身要走，這候〔時候〕忽被那保正伯看見了，他便招呼我：

「進來！進來坐吧，你有什麼意見？」他們正通過了給大人修理浴室及總鋪[36]的費用，各保的負擔分配，尚未妥當，這保正伯是首先和我表同意的，我聽見他的招呼，覺得了很大的侮辱，一時興奮起來，便不管前後，走到聚會所的門口，立在門限上講起我的意見來。我滿腹怒氣正無可發洩，便把這大人的劣跡橫暴一一曝露出來，連及這一些人的不近人情、卑怯騙人也一併罵到，話講完我也不等待他們有無反駁，跨下門限，走回家裡，晚飯雖不曾喰過，這時候也把飢餓忘卻去，鑽進自己的床中亂想了一夜。

翌早我還未喰飯，就聽見父親喚聲（因爲昨夜失眠，早上起來較晏），走廳裡一看，那保正伯正在和父親對談，看見我便笑著問：

「你昨晚飲過酒麼？」

---

35 驛：えき，iàh，車站。

36 總鋪：tsóng-phoo，大頂眠床、較大的睡床。

「無，無有酒。」由這句問話我已曉得保正的來意了。

「你講過的話，尚還記得？」

「自己講的話，那便會忘記。」

「大人很生氣，我替你婉轉，恐怕你是酒醉。」

「我怕他！」

「你想想看，大人講你犯著三、四條罪，公務執行妨害、侮辱官吏、煽動、毀損名譽。」

「由他去講，我不怕！」

「少年人，攏[37]無想前顧後，話要講就講。」父親憤憤地責罵起來，以為我又惹了禍。

「你返來以後，我們大家和大人講了不少話替你講情，大人纔……不過你須去向他陪〔賠〕一下不是。」保正伯竟然不怕被我想為恐嚇，殷殷地勸說著。

「我不能，由他要怎樣。」

「你不給我去，保正伯和你一同。」父親又發話了，似有一些不安的樣子。

「…………。」

「少年人，不可因了一時之氣。」保正伯又是殷勤勸導。

「總不知死活，生命在人手頭。」父親又是罵。

我覺得這款式，對於我很不利，恰好關於就職問題，學校有了通知，我想暫時走向島都，遂入裡面去向母親要些旅費，不帶行裝，就要出門，來到廳裡，父親和保正伯尚在商量，看

---

37 攏：lóng，全都、總。

見我要出門，父親便喝：

「要到何處去！」

我一聲也不應，走出門來，直向驛頭，所有後事，讓父親和保正伯去安排。

版本說明｜本文以〈惹事（上）〉發表於《南音》1卷2號，1932年1月17日。頁40-43。以〈惹事（中之上）〉發表於《南音》1卷6號，4月2日。頁33-36。以〈惹事（續）〉發表於《南音》1卷9、10合刊號，7月25日。頁41-45。完稿。發表時署名「懶雲」。手稿分爲上、下兩篇。上篇手稿7張（編頁1-7），稿紙（東京創作原稿用紙），硬筆字，直書，完稿，現存賴和紀念館。標題「惹事」，未署名。下篇手稿4張（編頁1-4），稿紙（不明），硬筆字，直書，未完稿，現存賴和紀念館。標題「惹事（下）」，稿本署名「懶雲」。《南音》刊本發表時，〈編輯後話〉云：「懶雲先生的〈惹事〉敘篇，因氏爲都合上[38]，已聲明第四期登載！」但實際續刊已在第6號。

38 都合上：つごうじょう，爲了方便。

惹事（刊本二）

稿本　《賴和手稿集．新文學卷》，頁 190-210。
刊本　《南音》1 卷 2 號、6 號、9-10 合刊號，1932 年 1 月 17 日、4 月 2 日、7 月 25 日。
《臺灣小說選》，1940 年，頁 25-42。底本

一

「喲—號—喲，咬—咬—。」種菜的人拍手頓腳在喊雞。

「娘的，畜生也會傍著勢頭來蹧躂人。」喝喊既嚇牠不走，隨著便是咒罵。

一群雞母、雞仔在菜園裡覓食，腳抓嘴啄，把蔬菜毀壞去不少。這時候像是聽到「咬」的喊聲，有些驚恐的樣子，「嘓嘓嘓，」雞母昂起頭來叫兩、三聲，似是在警告雞仔。但是過了一少時，看見沒有危險發生，便又嘓嘓嘓地招呼雞仔去覓食。

「畜生，也眞欺負人！」種菜的看用嘴嚇不走，便又無可奈何地咒罵起來；憤憤地放下工作，向雞群走去，卻不敢用土塊擲牠，只想借腳步聲要把雞嚇走。雞母正啄著半條蚯蚓，展開翅膀嘓嘓地在招呼雞仔，聽到腳步聲，似覺到危險將要發生，放下蚯蚓，走向前去，用牠翅膀遮蔽著雞仔，嘓嘓地要去啄種菜的腳。

「畜生！比演武亭鳥仔更大膽。」種菜的一面罵，一面隨手拾起一支竹莿，輕輕向雞母的翅膀上一擊，這一擊纔挫下牠的雌威，便見牠向生滿菅草的籬下走入去，穿出籬外又嘓嘓地在呼喚雞仔，雞仔也吱吱叫叫地跟著走。

「咬—」種菜的又發一聲洩不了的餘憤。

這一群雞走出菜畑，一路吱吱叫叫，像是受著很大的侮辱，抱著憤憤的不平，要去告訴主人一樣。

大家要知道，這群雞是維持這一部落的安寧秩序，保護這區域裡的人民幸福，那衙門裡的大人所飼的。「拍狗也須看著主人」，因爲有這樣關係，這群雞也特別受到人家的畏敬。衙門就在這一條街上，街後便是菜園，透菜園內的路，就在衙門邊。路邊，和衙門的牆圍相對，有一間破草厝，住著一家貧苦的人，一個中年寡婦和一對幼小的男女。寡婦是給人洗衣及做針黹，來養活她這被幸福的神所擯棄的子女。

這群雞母、雞仔走到草厝口，不知是否被飯的香氣所引誘，竟把憤憤的不平忘掉，走入草厝內去，把放在棹下預備飼豬的飯，抓到滿地上。雞母嘓嘓地招呼雞仔，像是講著：「這是好食的，快快！」但是雞母又尚不滿足，竟跳上棹頂，再要找些更好的來給牠可愛的雞仔喰。棹的邊椽上放著一腳空籃，盛有幾片破布，雞母在棹頂找不到什麼，便又跳上籃去，纔踏著籃邊，籃便翻落到地面去。雞仔正在這底下啄飯，湊巧有一隻走不及，被罩在籃內。這一下驚恐，比種菜的空口喝喊，有加倍效力。雞母由棹頂跳下來，拖著翅膀，嘓嘓地招呼著雞，像是在講：「快走快走！禍事到了。」匆匆徨徨走出草厝去。

大人正在庭裡渥花，看見雞母、雞仔這樣驚慌走返來，就曉得一定是有事故。趕緊把雞仔算算看：

「怎樣？減去一隻？」他便擡起頭看看天空，看不見有挾雞仔的飛鳶：「那就奇，不是被種菜的撲死了嗎？」

大人心裡便這樣懷疑起來，因爲這一群雞常去毀壞蔬菜，他是自前就知道的，而且也曾親眼看過。一面他又相信伊所飼的雞，一定無人敢偷拿去，所以只有種菜的可疑了。

「哼，大膽至極，敢撲死我的雞！」大人赫然生氣了。放下水漏，去出衙門，向菜園去。

「喂！你仔，你怎樣撲死我的雞仔？」

「大人，無，我無——」受著這意外的責問，而且問的又是大人，種菜的很是驚恐。

「無？無，我的雞仔怎減去一隻？」

「這！這我就不知。」

「不知？方纔那一群雞，不是有來過此處？」

「有……有，我只用嘴喊走牠，因爲蔬菜被毀壞得太多，大人你看！所以……」

「你無去撲牠或擲牠？」

「實在無，大人——」

「好！你著仔細，若被我尋到死雞仔——。」大人像是只因爲一隻雞仔，不大介意，所以種菜的能得著寬大的訊問。雖然不介意，也似有些不甘心，還是四處找尋；糞窖、水堀、竹莿內、籬笆腳，總尋不見雞仔的死體。

「老實講！棄在何處？」大人不禁有些憤憤。

「大人！無啦，實在無撲死牠。」

「無？好！」既然尋不到證據，「哼！撲死更滅屍。」大人只氣憤在腹裡。

大人離開菜園，沿路還是斟酌，到那寡婦門口，被他聽見雞仔的喊救聲：「嗄，這就奇」，大人心裡很是怪訝，雞仔聲竟由草厝裡出來。「出來時專想要去責問種菜的，所以不聽見嗎」？大人自己省悟著，他遂走進草厝內。厝內空空，並無人在，雞仔在籃底叫喊，這一發見，使他很是歡喜，他心裡想：「這寡婦就是小偷，可見世人的話全不可信，怎講她是刻苦的人，自己一支手骨在維持一家，保正甚至要替她申請表彰，就眞好笑了。」他又想到有一晚，自己提出幾塊錢要給她，竟被拒絕，險至弄出事來，那未消的餘憤，一時又湧上心頭，「哈，這樣人乃會裝做，好，尙有幾處被盜，還未搜查出犯人，一切可以推在她身上……」大人主意一決，不就去放出雞仔便先搜起家宅。搜查後不發見有什麼可以證明她犯案的物件，「大概還有窩家，這附近講她好話的人，一定和她串通」，大人心裡又添上一點懷疑。「不相干，現在已有確實的物證，這一隻雞仔便充足了。」他心裡還不失望，就去掀開倒罩的空籃，認一認所罩是不是他的雞仔。認得確實無錯，纔去厝邊問那寡婦的去處，既曉得是去圳溝洗衣，同時也就命令她厝邊去召喚。

那寡婦呢？她每日早起就有工課，料理給八歲的兒子去上學校，料理給九歲的女兒去燭仔店做工；兩個兒女出了門，她纔捧著一大桶衫褲去圳溝洗，到衫褲洗完已是將近中午，這時候她纔有工夫喰早飯。她每日只喰兩頓，儉省些起來飼豬，因為飼豬是她唯一賺錢的手段，飼大豬是她最大的願望。

今早她照向來的習慣，門也不關就到圳溝邊去。她厝裡本沒有值錢的物，而且她的艱苦也值得做賊仔人同情，所以她每要出去，總沒有感覺到有關門的必要。當厝邊來喚她時，衫褲還未洗完，又聽講是大人的呼喚，她的心裡很徨惑起來。

「啥事？在何處？」她想向厝邊問明究竟。

「不知，在你厝裡。」厝邊也只能照實回答。

「不知—是啥事呢？」她不思議地獨語著。

「像是搜查過你的厝內。」厝邊已報盡他的所知。

「搜查？咦，有什麼事情呢？」她的心禁不住搏跳起來，很不安地跟厝邊返去。還未跨入門內，看見大人帶有怒氣的尊嚴面孔，已先自戰慄著，趨向大人的面前，不知要怎樣講。

「你，偷拿雞有幾擺？」

受到這意外的問話，她一時竟應答不出。

「喂！有幾擺？老實講！」

「無！無，無這樣事。」

「無？你再講虛詞。」

「無，實在無。」

「證據在此，你還強辯。」「拍！」便是一下嘴吧的肉響：「籃掀起來看」！

這又是大人的命令。寡婦到這時候纔看見籃翻落在地上，籃裡似有雞仔聲，這使她分外恐慌起來，她覺到被疑為偷拿雞的有理由了，她亦要看牠究竟是什麼，趕緊去把籃掀起。

「啊！徼倖喲！這是那一個作孽，這樣害人。」她看見罩在裡面是大人的雞仔，禁不住這樣驚喊起來。

「免講！雞仔拿來，衙門去！」

「大人這冤枉。我……」寡婦話講未了，「拍！」，又使她嘴吧多受一下虧。

「加講話，拿來去！」大人又氣憤地叱著。她絕望了，她看見他奸猾的得意的面容，同時回想起他有一晚上的嬉皮笑臉，她痛恨之極，憤怒之極，她不想活了。她要和他拼命，纔舉起手，已被他覺察到。「拍！」，這一下更加兇猛。她覺得天空頓時暗黑去，眼前卻迸出火花，地面也自動搖起來，使她立腳不住。

「要怎樣？不去？著要縛不是？」她聽到這怒叱，纔覺得自己的嘴吧有些熱烘烘，不似痛，反有似乎痲木，她這時候纔覺到自己是無能力者，不能反抗他，她的眼眶開始綴著悲哀的露珠。

二

「看！看！偷拿雞的。」兒童驚奇地在街上呼喊著、噪著，阿根也被這呼聲喚出門外。

「奇怪？怎這婦人會偷拿雞？」阿根很不相信，但是事像竟明白地現在眼前，她手裡抱著一隻小雞，被巡查押著走，想是要送過司法。阿根腦裡充滿了懷疑：「不是做著幻夢嗎？」

一面想把事實否定，一面又無意識地走向她的厝去。她的兒女還未回家，只有幾位厝邊各現著不思議的面容，立在門前談論這突然的怪事。

「是怎樣呢？」阿根向著在門前談論的厝邊問。

「講她把雞仔偷拿去罩起來。」有人回答阿根。

「是怎樣罩著？」

「講是用那個籃罩在廳裡。」

「奇怪？若是偷拿的，怎罩在這容易看見所在，那會有這樣道理？」

「就是奇怪，我也不信她會偷拿雞。」

「這必有什麼緣故，雞仔當不是自己走進籃去。」

阿根因爲覺得奇怪，就走進廳裡看看是什麼樣。廳裡那個籃還放著，地上散著幾片破布碎，也散有不少飯粒，籃裡也還有布屑，棹面上印著分明的雞腳跡。由這情形，阿根約略推想出雞仔被罩住的原因，阿根便講給她的厝邊聽，大家都承認有道理，而且他們談論的中間，有一個種菜的走來講他的意見。他講：

「這樣事，實在太冤枉了。」

「怎知道她是冤枉？」阿根反問種菜的。

「這群雞先是在我的菜園覓食，蔬菜被踏死得很多，所以我把牠趕過去。」

「你看見雞走進她厝裡？」

「雞走了我就不再去注意，但是大人失去了雞仔，疑是我撲死，曾來責問我。」

「你報給他雞走進這厝裡來嗎？」

「沒有，這是他自己看到的，但是那寡婦去洗衣是在先，雞仔被我趕過去尙在後。」

「你確實知道？」

「她去洗衣是我親見過的。」

由這證明，愈堅強阿根所推想的情形，是近乎事實的信念。

「對於事情不詳細考察，隨便指人做賊。」阿根一面替那寡婦不平悲哀，一面就對那大人抱著反感，同時所知道他這幾月中間的劣跡，便又在阿根腦裡再現出來：「捻滅路燈，偷開門戶，對一電話姬強姦未遂的喜劇。毒打向他討錢的小販的悲劇，和乞食撕打的滑稽劇」。這些回想，愈增添阿根的憎惡：「排斥去！這種東西讓他在此得意橫行，百姓不知要怎受殃。」阿根一時不知何故，竟生起和自己力量不相應的俠義心來。

「排斥！怎會排斥他去？」阿根一時想無好的方法：「向監察他的上司，提出告訴，這能有效力嗎？他是保持法的尊嚴的實行者，而且會有人可以做證嗎？現時的人若得自己平安就好，誰要管閑事？況兼這又是帶有點危險，誣告詭證這個罪名，還容易擔得麼？投書？這未免卑怯」，想來總想不出好方法。

已經是隔日了，保正奉了大人的命令，來召集保甲會議。阿根得著這個消息，心裡暗自打算。

「啊！這不是可以利用一下看？」

他拿定主意，便去找著保正試試說辭。

「保正伯！那寡婦的事情，你想敢是眞的？」

「證據明明，敢會是冤枉？」保正是極端信賴官府，以爲他們的行爲，就是神的意志，絕無錯誤。但是由這句話的語氣，阿根已覺到保正對這件，也有點懷疑。

「在我想，雞仔不上半斤，刣來也不能喰，賣來也不値錢，她偷拿去有喰路用，而且大家都曉得是大人飼的雞仔，她那會有這樣大膽。」

「你講得都也有點理氣，但是……」

「這不單是推想的，還有確實的證據，昨早我曾去她厝內，看是怎樣情形，看了後，我就曉得籃是放在棹頂，被雞母跳翻落來，下面的雞仔走不及，被罩住的。」

「事情怎會有這樣湊巧？」

「菜園的種菜的可以做證。」

「現在已經無法度啦，講，有什麼用？」

「講，雖然無用，但是這種人讓他在此，後來不知誰要再受虧呢？我自己也眞寒心。」

「已經是碰到他，算是命裡註定的……」

「不好來把他趕走嗎？」

「趕走他？」

「是！」

「要怎樣去趕走他？——他很得到上司的信任，因爲他告發的罰金成績佔第一位。」

「我自己一個人自然是沒有力量，你們若要讚〔贊〕

成，便有方法。」

「什麼方法，不相干？」

「不相干！只要這次的會議，給他開不成，允當就可以趕走他。」

「上司若有話說的時候呢？」

「這可以推在我的身上。」

「不會惹出是非來？」

「是非？那是我的責成。」

「要怎樣才開不成？」

「就用這理由，講給各人聽，教他不用出席，你……」

「別人不知怎樣呢？」

「我去試看怎樣，若是大家贊成，就照所講的來實行。」

「這裡很有幾個要討他好的人，若被漏洩，怕就費事。」

「自然，形勢怎樣，我總會見機。」

這次活動的結果，得到出乎預期的成績，大家都講這是公憤，誰敢不讚〔贊〕成，而且對於阿根的奔走，也有褒獎的言辭，這樣使阿根欣慰，阿根也就費了一日的工夫，再去調查他向來所不知的劣跡，準備要在他上司的面前，把一切暴露出來。

一晚——這是預定開會的一晚，日間阿根因為有事出外去，到事辦完，就趕緊回來，要看大家的態度如何；跨下火車，驛裡掛鐘的短針正指在「八」字，阿根不覺放開大步，走向歸家的路上去。行到公眾聚會所前，看見裡面坐滿了人，阿根覺得有些意外，近前去再看詳細，阿根突然感著一種不可名狀的悲哀，失望，羞恥，有如墮落深淵，水正沒過了頭部，只存有朦朧知覺。又如趕不上隊商，迷失在沙漠裡的孤客似地徬徨；也覺得像正在懷春的時候，被人發見了秘密的處女一樣的腆靦，現在他已是被眾人所遺棄，被眾人所不信，被眾人所嘲弄，他感覺著面上的血管一時漲大起來，遍身的血液全聚到頭上來，他再沒有在此立腳的勇氣，翻轉身要走，這時候忽被那保正伯看見了，他便招呼著他。

「進來！進來坐吧，你有什麼意見？」他們正通過了給大人修理浴室及總鋪的費用，各保的負擔分配，尚未妥當。這保正伯是首先和他表同意的，阿根聽見他的招呼，似覺得了很大的侮辱，一時興奮起來，便不管前後，走到聚會所的門口，立在門限上講起他的意見來。他滿腹怒氣正無可發洩，便把這大人的劣跡橫暴一一曝露出來，連及這一些人的不近人情、卑怯騙人也一併罵到。話講完，阿根也不等待他們有無反駁，跨下門限，走回家裡，晚飯雖不曾喰過，這時候也把飢餓忘卻去，鑽進他自己的床中亂想了一夜。

翌早，阿根因為昨夜失眠，早上起來較晏，還未喰飯，就聽見他父親的喚聲。走入廳裡一看，那保正伯正在和父親對談，看見阿根便笑著問：

「你昨晚飲過酒麼？」

「無，無飲酒。」由這句問話，阿根己曉得保正的來意了。

「你講過的話，尚還記得？」

「自己講的話，那便會忘記。」

「大人很生氣，我替你婉轉，恐怕你是酒醉。」

「我怕他！」

「你想想看，大人講你犯著三、四條罪：公務執行妨害、侮辱官吏、搧動、毀損名譽……。」

「由他去講，我不怕！」

「少年人，攏無想前顧後，話要講就講。」他父親憤憤地責罵起來，以爲阿根又惹了禍。「你返來以後，我們大家和大人講了不少話替你求情，大人纔……不過你須去向他賠一下不是。」保正伯竟然不怕被阿根想爲恐嚇，殷殷地勸說著。

「我不能，由他要怎樣。」

「你不給我去，保正伯和你一同。」他父親又發話了，似有一些不安的樣子。

「…………。」

「少年人，不可因爲一時之氣………。」保正伯又是殷勤勸導。

「總不知死活，生命在人手頭。」他父親又是罵。

阿根覺得這款式，對於他很不利，恰好關於就職問題，學校有了通知，阿根想暫時走向島都；遂入裡面去向他母親要些旅費，不帶行裝，就要出門。來到廳裡，父親和保正伯尚在商量，看見阿根要出門，父親便喝：

「要到何處去？」

阿根一聲也不應，走出門來，直向驛頭，所有以後的事，他讓父親和保正伯去安排。

一九三〇

版本說明｜本文收錄於李獻璋編，《臺灣小說選》，1940 年，頁 25-42。收錄時署名「懶雲」。篇末標註寫作時間爲 1930 年。本文原於 1932 年發表於《南音》，發表時小說主人公爲第一人稱「我」，《臺灣小說選》主人公改爲第三人稱「阿根」。本文校勘以《臺灣小說選》爲底本，以《南音》參校。

富戶人的歷史（稿本一）

稿本　《賴和手稿集．新文學卷》，頁 254-293。底本
《賴和手稿集．新文學卷》，頁 298-299。
《賴和手稿集．新文學卷》，頁 294-297。
刊本　無。

這是山行道中，和轎夫們的閒談，所標註的前後者，就是前後頭兩個轎夫，走者，走街先自己也。中間有幾句扛轎的口號，想是大家所熟悉的，恕不付註。

後：「做人像恁太老，就算值啦，會有你這樣後進。」

走：「這算得啥？我又不會賺大錢，致蔭[1]父母，累他老人家不時操心。」

後：「他老人家自己太細心，凡事都可以付給你們兄弟了，他偏要自己來操心。」

走：「我們也未經事，難怪他不放心。」

後：「不是這樣講，不過你太不忍心，和人家又不大計較。」

前：「聽講你沒有怎樣春錢[2]？有這款生理，講來啥人[3]會

1　致蔭：tì-ìm，得到先人的恩惠。
2　春錢：tshun-tsînn，存錢、儲蓄。
3　啥人：siánn-lâng，誰。

相信，勿會[4]春錢？」

走：「所以他老人家放心不下。」

後：「像某人不是比你慢幾年纔出來開業，現在聽講建置有千外石租[5]，那纔發達得快，像某人尙且起[6]一座很體面的病大厝[7]。」

前：「醫生是怕不時行，一時行，總會賺錢，現時這些的醫生，有啥人像你，生意這樣好？那派頭頂粗魯的某醫生，聽講一年有兩萬餘円賺，他還沒你的信用在。」

走：「某醫生嗎？看他那樣大賺錢，我也實在目睚赤[8]，但是他有他賺大錢的本領，我的所以時行，是因爲不會賺錢，設使我來要賺錢、春錢，怕就不能時行了。」

後：「那有這樣情理？」

前：「這也實在，做人較大概，是難得春錢。」

走：「沒有錢來不給藥的話，在我是眞講不出嘴。」

前：「是，世間人曉理的實在眞少……小[9]！鎭路，帶溜[10]！」

後：「好，走！」

---

4 勿會：buē-ē，不會；連音讀爲 buē 或 bē，記爲「袂」。

5 千外石租：tshing-guā-tsiȯh-tsoo，年收一千餘石的田租。公制十斗爲一石。

6 起：khí，建造。

7 病大厝：pēnn-tuā-tshù，兼設醫院的豪宅。

8 目睚赤：bȧk-khang-tshiah，眼紅、吃味。

9 小：sió，左轉。〔轎夫行話。編按：本文之轎夫行話釋義，參見呂興忠〈賴和「富户人的歷史」初探〉，《文學臺灣》11 期，1994 年 7 月。〕

10 鎭路，帶溜：tìn-lōo，tuà-liu，路有物（腳要跨過去），路滑！〔轎夫行話〕

走：「到大崎腳[11]啦。」

前：「以前我們扛[12]恁太老，他老人家痛著[13]我們太吃力，到這崎腳總落來行[14]。」

走：「唉！上這樣崎[15]，實在太辛苦，我昨夜暗睏，腰骨有點酸，不然我也就落來行，好讓你們輕鬆一下。」

前：「不敢當！不過我是講恁太老眞會體貼人。」

後：「恁阿公（祖父）的做人就更好啦，你那時尚細漢，怕勿會記得了，他老來人家更歡迎他，每要到較遠的所在去賺錢，那時候還無火車，都是坐我們店裡的轎，他總是出街外纔敢坐上去，回來時也總到街外就落轎，未嘗坐到自家門口，伊講：『咱不是做官人，在自少長大的地方轎來轎去，碰見著長輩，實在失禮。』伊是多麼古道，現今的人，就不是這款……」

前：「大無地，小掛角[16]。」

後：「好。」

前：「小！溜，大步開[17]！」

後：「好，大步開。」

看看已爬上大崎頂了，我聽他們頌揚我祖上的話，像是在

11 大崎腳：tuā-kiā-kha，大陡坡下方靠近平地的部分。
12 扛：kng，抬（轎）。
13 痛著：thiànn-tio̍h，心疼著。
14 落來行：lo̍h-lâi kiânn，下來用走的。
15 崎：kiā，陡坡。
16 大無地，小掛角：tuā bô-tē，sió kuà-kak，左邊凹坑，右邊有樹枝或屋角。〔轎夫行話〕
17 大步開：tuā-pōo-khui，步伐加大！〔轎夫行話〕

嘲罵我，本不願意使他們休息，但坐在轎裡被搖上這一里多長的崎，腰骨竟眞有點酸痛起來，便向他們說：

走：「你們太辛苦了，歇一困再行[18]！」

後：「歇息嗎？」

前：「好，垂手[19]！」

轎一垂下，我便鑽了出來。他們把轎移放樹陰下，便各抽出披在肩頭的腳巾，拭拭汗，隨即向轎簷解下煙管，喫起煙來。過了有些一下，前籤的老許把敲去煙灰的煙管，指點前面山腳向我說：

前：「大肚溪就在那邊，你看！那彎折向北的地方，就是船仔頭，日本反[20]的時候，就是由那邊渡過溪來，明明是天意，當時八卦山放出去的大砲，墜落去總不能開花。」

後：「聽講進前[21]二、三日，就有人看見日本兵，在這一帶山上瞭望。」

走：「永過的人那會這款式？一任敵兵來偵察地勢。」

前：「走反[22]的時候，各人只顧生命，那管他怎樣。」

後：「永過的人，常遇到反亂[23]，災殃眞是受去夠額[24]，

---

18 歇一困再行：hioh tsi̍t-khùn tsiah kiânn，休息一下子再走。

19 垂手：suî-tshiú，放下轎休息。〔轎夫行話〕

20 日本反：ji̍t-pún-huán，日本反亂，指 1895 年乙未戰役。

21 進前：tsìn-tsîng，在此之前。

22 走反：tsáu-huán，走避戰亂。

23 反亂：huán-luān，造反、作亂。

24 夠額：kàu-gia̍h，足夠、夠多了。

反轉[25]對他不大關心，反來了只顧自己逃生，一任造反的人和做官的去做對頭。不管他怎樣，所以日本反的時，也打算是同款[26]。」

前：「我們當初打算 ××× 不久也會走返去，誰能想到現今。」

後：「遇著後叔[27]纔想起爹好，臺灣人終久[28]是壞，以前逐項多輕省，總不滿足，常常反亂。」

前：「好來去咯！歇久了，話講多啦，嘴也會乾。」

後：「這所在只好飲牛尿，免生氣啦！」

前頭的人似嫌這幾句話有較過火。

走：「你看！竹巷張姓去湳仔[29]娶新娘返來[30]啦！」

後：「伊娘的，堂堂的大富戶，怎專[31]結交這跑衙門的。」

前：「聽講妝奩[32]有三萬餘円，結這一門親成[33]，就較好平常人勞苦一世了，像我們就是三世人[34]，也不敢想要賺三萬円。」

---

25 反轉：huán-tńg，反而。
26 同款：kâng-khuán，一樣。
27 後叔：āu-tsik，繼父。
28 終久：tsiong-kiú，終究。
29 湳仔：湳雅，即今彰化縣社頭鄉。
30 返來：tńg--lâi，回來。
31 專：tsuan，專門、總是。
32 妝奩：tsng-liâm，嫁妝。
33 親成：tshin-tsiânn，親戚。
34 三世人：sann-sì-lâng，三輩子。

他們講話中間，轎已移到路上，我就鑽進去，他們隨即起肩[35]，還是一路行一路講，好像講講話能使他們肩頭輕鬆一些，所以滔滔不竭。

後：「富戶家的小姐，那些錢我怕只夠她的使費，一個嬸某嫺[36]服待不夠，又要雇一個老婆，茶煙吃食[37]那一項不講究，衣服妝飾那一件不奢華。我想姓張的所長也不能有多少，反討個歹[38]名聲，講得妻家財，討衰。」

走：「是啊！男子漢還是自己賺來的錢靠得住，想藉妻子的致蔭來享福，還是去做『緣投』[39]好。」

後：「講雖是這樣講，我看現時的少年家，還是抱著這路[40]想的多，現在『一四界[41]』厚[42]人議論的塗厝厝[43]陳家所招的敢不是『讀冊仔』，惹下一場訴訟，還撥不清[44]。」

前：「聽講他丈姆[45]死落，所有現銀、眞珠、金仔約有三、四萬，攏總被伊捲去。合妝奩四百石，也有六、七萬円，尚且不滿足？人的心肝咯！」

---

35 起肩：khí-king，抬起轎子。
36 嬸某嫺：tsa-bóo-kán，女傭。
37 吃食：tsia̍h-si̍t，飲食。
38 歹：pháinn，不好的。
39 做緣投：tsò iân-tâu，被年長女人包養，當小白臉。
40 這路：tsit-hō，這種。
41 一四界：tsi̍t-sì-kè，到處。
42 厚：hōo，給。
43 塗厝厝：屬臺中州彰化郡和美庄，今彰化縣和美鎮。
44 撥不清：pué-bē-tshing，理不出結果。
45 丈姆：tiūnn-ḿ，丈母娘。

後：「我聽見講[46]，那少年曾對人講，世間只有錢上好，他現在只看見錢，一概全都忘記，什麼情誼他𣍐[47]記得了，什麼名譽他也顧不到了。哦！他不是也曾和文化的出來講演？啊！人眞……」

前：「聽講他去日本留學，全是爲著這層事去研究法律的。」

我聽見他們這樣議論，實在也替現代青年過意不去，內心也自己慚愧起來，想把他們的話拖向別位去，就想出一個問題。

走：「阮厝[48]的家產實在大，不曉得他們祖上怎樣經營？」

前：「人講『馬無夜草不肥，人無橫財不富』，大富戶家有啥人是毛管出汗的[49]。」

走：「晤！」

後：「現在已經是較了尾[50]啦，十幾年前就眞好，崁宗那一柱[51]已經倒去，孽舍也被龜兩了去[52]講百萬，孝男囝[53]，總被人扛去做大豬賣。」

走：「聽講他一家對子弟是這樣主張，不可給子弟去讀書，

46 聽見講：thiann-kìnn-kóng，聽説、耳聞。
47 𣍐：bē，不會。
48 阮厝：Ńg tshù，阮姓富户。
49 毛管出汗的：môo-kńg tshut-kuānn--ê，憑勞力賺錢的。
50 了尾：liáu-bué，敗家。
51 柱：thiāu，指家族的一支系。
52 了去：liáu--khì，賠了。
53 孝男囝：hàu-lâm-kiánn，指較傻的人。

只教他們吃阿片，阿片一上癮家伙就保得住呢？哈哈！你看！因爲他們的無知識，年年不知被人騙去多少錢？像某某幾人不都是騙他們的錢來做家伙的？」

後：「『卵鳥仔』錢[54]，了也是合適的。」

走：「『卵鳥仔』錢!?這是怎講？」

前：「你不知道嗎？他知道得眞詳細。」

走：「講！講來聽！」

後：「我也是聽人講的，這有關係人家的名譽，怕有罪過。」

走：「不是這樣講，無影無跡[55]，我們揑造出來亂講，纔是罪過，實在的事講來不過等於講古，不相干，講！」

後：「講來，話是眞長，你們少年輩，無聽見講，較有歲[56]的人誰都知道，這雖是儌倖，也有一點天意。」

走：「是怎樣？」

後：「以前的水圳，不像現今有紅毛塗可以造浮梘、礐岸，小可下了幾粒雨，不是岸崩[57]就是圳頭壞，所以像湳仔一帶水尾田[58]，是常常沒有收成。」

前：「永過人煙比較稀少，田又闊作[59]，作田人就不像現時要去巴結頭家，反轉是頭家要去巴結佃戶，所以租收不起也

---

54 卵鳥仔錢：lān-tsiáu-á-tsînn，靠女人得到的不義之財。
55 無影無跡：bô-iánn-bô-tsiah，非事實、不曾有的事。
56 較有歲：khah ū-huè，較年長。
57 岸崩：huānn pang，河堤崩塌。
58 水尾田：tsuí-bué-tshân，水圳末端，總是灌溉不足的田。
59 闊作：khuah-tsoh，大面積耕種。

是常事。」

後：「永過有橫虐的頭家，也有橫虐的佃戶，像湳仔一帶全是姓阮的，所以這一帶的田畑，雜姓的人是不敢去作，所以雖是佃戶，田就像是自己所有的，頭家要租只由他們良心喜捨。」

走：「永過敢眞實這款式，可以搶人？」

後：「你聽我講！話長咯。」

以下就全是後籤老蔡所講的：

「那起家[60]的是屘仔[61]，名叫吉，大家都叫他好尾吉。現時阮家新厝的東方那一塢田洋，講有五甲餘地，這就是他起家的基本，本來那田是姓黃的業，贌尾吉作。

這姓黃的主人已經是死去了，只剩一個寡婦當家，尾吉在他頭家未死的時候，納租已不『照起工』了，莫說只一個寡婦，他那猶有許爾[62]天良？那寡婦明知是佃人狡怪[63]，若不計較一下，被他欺負到底，結局怕田也變作伊的，所以就把佃人尾吉喊來。問：

『這冬收成各處都好，怎樣你的粟多是二糟冇仔[64]？又且納[65]沒到額，以前欠去的可以免講，今年你怎樣打算？』

---

60 起家：khí-ke，發跡。
61 屘仔：ban-á，家中年紀最小的孩子。
62 許爾：hiah-nī，這麼。
63 狡怪：káu-kuài，使用不正當的手段。
64 二糟冇仔：jī-tsô phànn-á，風鼓機攪完後，收集於二槽中較不結實的穀粒。
65 納：la̍p，繳納。

『頭家娘！你也所知，我們敢是“挑意故[66]”？那一帶水尾田常常吃無水，我們也是了本，教我們去糶來厚你，你也是不忍心，我也無本錢，總是頭家娘…………』

『水吃無夠？水銀[67]年年收去，那有這道理，敢只有咱的田吃無水，隔壁區，人都收到足額，且有零五重[68]。』

『冤枉！頭家娘！人的話你不可信，那有這路事？』

『今年雨水這樣充足，是不？』

『雨水過多受浸！稻仔也不好，這一冬就是著『水涎』害去咧。』

『不過田要作，要較天良些。』

『唉！頭家娘，你不相信，有暇請撥一霎時仔工[69]來去看，田是怎樣？稻仔是怎樣？就不再講我騙你。』

黃家這寡婦，曉得空用嘴『車盤[70]』是無路用，便讓尾吉回去。從此她就下了一個決心，她想若不表示一點強硬，只有受人欺負，所以當一個早冬[71]，她探聽著尾吉的稻仔已經刈完，大約是曝乾的時候，便去雇來一班會相打[72]的挑工，自己坐了轎到田佃尾吉家去。

---

66 挑意故：thiau-ì-kòo，故意。

67 水銀：tsuí-gîn，灌溉水費。

68 零五重：khòng-gōo-tîng，百分之五的租金。

69 撥一霎時仔工：puah tsit-tiap-sî-á kang，撥些空。

70 車盤：tshia-puânn，爭論。

71 早冬：tsá-tang，第一期稻作收成。

72 相打：sio-phah，打架，此指身強體壯。

這正是尾吉的運氣要透[73]。

尾吉看見頭家娘親身來，又帶來一陣強壯的挑工，早曉得事情不大穩當，粟已全部曝在庭裡，再不能隱藏，沒法度他只有假裝好禮，要請她到家裡去坐，不打算他頭家娘這次竟眞固執，堅堅[74]不肯到伊家裡，要坐等粟乾好過風鼓[75]，尾吉也只得讓她到更寮[76]去坐涼。

過午天上忽湧起烏雲，更兼有風，西北雨已起報頭[77]，粟看看乾了，這寡婦便命他們過風鼓，鼓淨就教挑工裝進布袋，尾吉看這樣子，似乎不肯給他留下一些，再忍不住了，便去哀求他的頭家娘，說：

『頭家娘！留下些給我們做米母[78]啦！』

『不是給你留下一大堆？』那寡婦指著那二糟冇仔回答他。

『啊！頭家娘，這些冇仔只好去飼畜牲。』

『怎樣？只好飼畜牲？你每年納給我們不是全都這樣？將這些留給你是極公道的。』

『頭家娘！這一冬纔收成得好一點仔，我們幾個月工夫，頭家娘！發一點慈悲，留……』

尾吉一面在哀求，那寡婦卻一味不答應，挑工只管把鼓

73 運氣要透：ūn-khì beh tháu，運勢即將轉好。
74 堅堅：kian-kian，堅持、硬是。
75 風鼓：hong-kóo，分離稻穀與粗糠的器具。
76 更寮：kinn-liâu，夜晚守更用的小屋子。
77 起報頭：khí pò-thâu，風暴將來、氣候變化的徵兆。
78 米母：bí-bú，儲蓄。

過的裝進布袋，尾吉便去搶住斜箕，方在爭持間，湃——西北雨落下來，一時大家忙亂起來，挑工移粟包，佃人蓋粟堆，那寡婦也自走進更寮去避雨。這一陣雨越下越大，沒有便歇的款式。尾吉蓋好粟堆，曉得頭家娘尚在更寮，想是怕頭家娘一個人無聊，要去伺候她，便也走進更寮去。尾吉走入更寮，雨落得更大起來，一粒雨會打死幾個人，一直落到暗[79]，到半暝[80]。他頭娘〔頭家娘〕想是因爲雨大不好教尾吉出去，便一同在更寮等到雨歇，這時大概是半暝後了。

你想當這時候，一個寡婦，一個強壯的男子（尾吉還未娶妻），同在寮仔內，他們不是徛割過的，誰敢保他們能無事？有人講是尾吉用強，究竟怎樣，在那樣風雨夜中，誰看見？結局是尾吉當他頭家娘的意，他就佃戶變成頭家了。」

前：「交纏[81]！」

後：「好，交纏。——— 後來就實在有點天意，可見發財也不是隨便。水尾田晚冬因雨水少，播稻仔[82]總沒有好收成，所以多是撒塗豆[83]、插蕃薯。

當爽文反[84]的時候，反亂還未到的幾月前，百姓間的風聲已經很緊，大家多感到不安，多在準備走反，獨尾吉不信。他

---

79 暗：àm，晚上。

80 半暝：puànn-mê，半夜。

81 交纏：kau-tînn，指路上有籐蔓會絆腳。〔轎夫行話〕

82 播稻仔：pòo tiū-á，插秧。

83 塗豆：thôo-tāu，花生、落花生。

84 爽文反：林爽文反亂，乾隆 51-53 年（1786-1788）。事見連横〈林爽文列傳〉，《臺灣通史》卷 31。

原不是怠惰的人，所以田裡的工作，依舊照常做去。他五甲多地的蕃薯插完了不久，反亂到了，這時候生命要緊，那顧得蕃薯，尾吉在被同村的人嘲笑之中，和他們一起走反去。

講起爽文反，實在眞悽慘，反亂三、四年，種不能種，作不能作，百姓只有吃草根、呑樹子，有錢沒處去買喰，所以餓死也眞不少。像城內外，亂平，走反的回來，看見處處都是死人骨頭，有的全身排在眠床上，逐口灶[85]厝內草都長到厝頂，灶空[86]做了蛇穴，蝙蝠會撲人目睭，慢走的人沒留得一個。萬生反[87]的時候，我已經會曉得了，聽講沒有這次十分一。

亂平，百姓漸漸回來，但是田畑已經全荒廢了，耕作也須四、五月日後纔有收成，…………」

前：「小！」

後：「好，小。——— 官府只曉得喰錢、收稅，管你百姓怎樣，雖然由商人們運來一些糧食，當時都是步擔[88]，接濟不能周到，萬項都起到眞貴。

這時候尾吉的五甲餘地的蕃薯，他走反前所插的，注死[89]！三、四年竟無被人偷掘去，你想！插了三、四年的蕃

85 逐口灶：ta̍k-kháu-tsàu，每一家。

86 灶空：tsàu-khang，灶的升火處。

87 萬生反：戴潮春（字萬生）反亂，咸豐 11 年至同治 4 年（1862-1865）。賴和家族所居市仔尾，戰亂當時是兵家必爭之地。事見吳德功《戴案紀略》。賴和曾寫有〈我的祖父〉：「青年時遇『萬生反』，腰中流彈，彈在腹內，幸未死，但後來常發痛，以鴉片止之，遂成癮。」

88 步擔：pōo-tann，以人力擔負運送。

89 注死：tsù-sí，這麼剛好。

薯，那是滿田都是，層層疊疊，掘起來就是，有的一條一貳『稱』重。那時候一塊銀賣多少斤，你猜一猜看？免著驚，講是頂便宜，六十斤，蕃薯條也值錢，你想！這些蕃薯被他賣多少？」

走：「唔！這是天作成，…………」

後：「人講福至心靈，這時候他就曉得計算了。永過的田是眞俗，不像現今算升算合，一塊銀若是較水尾可以買到一、二石，田面又闊[90]。舊丈一甲，差不多有現今新丈的二、三甲。尾吉將賣蕃薯的錢，攏總買田，無人知道他買到多少，總是收來的噲勿會了，年年春，他又勤苦，一年一年，就成爲大富戶了。」

走：「啊！這是一篇眞好的富戶人的歷史。」

前：「臺灣的富戶，逐家伙多有他特別的故事，但是拼著毛管出汗、白手成家的是眞少。」

走：「是，就是林老五[91]聽講也是拐騙當客的錢來起家的。阿罩霧[92]……」

後：「講到阿罩霧，要講二、三日也講勿會完，單就拼大和尚[93]的事來講，也要講一晡[94]。」

---

90 闊：khuah，寬。

91 林老五：此處指霧峰林家。霧峰林家是彰化南瑤宮「老五媽會」的主要支持者。例如林允卿（林獻堂之父）曾任老五媽會第五任總理。參見《彰化南瑤宮志》，頁312。

92 阿罩霧：霧峰舊稱，源自貓羅社平埔族語。

93 拼大和尚：林文察爲報父仇，殺林和尚（世稱爲大和尚）事。參見連橫〈林文察列傳〉，《臺灣通史》卷22。或黃富三《霧峰林家的興起》第4章。

走：「是啥款？那樣驚人？」

前：「大和尚的竹圍被攻破了，一家十幾人男婦老幼，剿到一個不留，單單一個五、六歲的男查埔囝仔，無刣死，活拿返去。但是斬草總要除根，留一把尾，終久是有後患。他們想：處治囝仔，只有活埋較不費事，所以他便被悉到塚仔埔[95]去。壙[96]掘好了教他倒落去。這囝仔也作怪，不是講要放屎，就是講要放尿，幾下擺倒落去，又再起來。受到主人的命令，要活埋他的人，等得生氣了，看他再要爬起來，便用腳把他踺下去，順手用鋤頭向天靈蓋一擊，這時候，青天白日，忽然起了一下雷，這個人也就被損死了。」

走：「那有這樣湊巧的事？」

後：「眞眞有這號事，不是虛詞。」

走：「後來呢？」

後：「後來準煞去[97]。」

走：「幾十條人命，成百甲的田畑，就安爾[98]準煞去？」

後：「幾千萬的生命！一國的土地也就準煞去咯，莫說這小可[99]……」

前：「蹋步呑[100]！」

---

94 一晡：tsit-poo，半天。
95 塚仔埔：thióng-á-poo，墳場。
96 壙：khòng，坑、墓穴。
97 準煞去：tsún-suah--khì，當做沒這回事。
98 安爾：án-ni，這樣。
99 小可：sió-khuá，小事。
100 蹋步呑：tah-pōo-thun，調整步伐，原地踏步。〔轎夫行話〕

後：「好！躡步呑。」

走：「要到了，講無幾句話，恁眞會行。」

前:「沿路行,沿路講[101],不知道久,哼！行要一點鐘[102]了。」

歸途我因有些懶，一上轎就睡去了，不知他們再有講些什麼？

版本說明｜本文手稿共有三稿，此爲稿本一。手稿20張（編頁1-20），稿紙（臺灣文學週報社），硬筆字，直書，完稿，現存賴和紀念館。稿本署名「走街先」。1932年2月黃石輝在屏東成立臺灣文學週報社，推測本文寫作時間約在1932年。

101 沿路行，沿路講：iân-lōo kiânn，iân-lōo kóng，邊走邊講。

102 一點鐘：tsit-tiám-tsing，一小時。

富戶人的歷史（稿本二）

稿本　《賴和手稿集‧新文學卷》，頁 254-293。
《賴和手稿集‧新文學卷》，頁 298-299。底本
《賴和手稿集‧新文學卷》，頁 294-297。
刊本　無。

現在發財的機會，是眞不少，也眞容易碰到，像株式期米[1]，幾點鐘內，可以賺到整萬銀，但這是要有才能和資本，不是普通人可以夢想的。那些毛管出汗的人，任伊怎會粒積，也不過得以免至受餓，若像那富有幾萬甲的田園，積有幾百萬的錢銀的人，在現時的社會，雖不是稀奇，在以前除去睹〔賭〕博以外，眞不曉得是啥方法，能賺來那樣大的家私。

俗語有講：「馬無夜草不肥，人無橫財不富」，又講：「大富由天，小富由勤儉」，一般大富戶不是橫來的，便是天賜與的，所以凡是地方上被稱道的富戶家，多有牠一段發財的傳說，有的是含著嫉妒的毀謗，有的是帶著浪漫的趣聞。

版本說明｜本文手稿共有三稿，此爲稿本二。手稿1張，稿紙（東京創作用紙），硬筆字，直書，殘稿，現存賴和紀念館。

1　株式期米：tu-sik kî-bí，如現今的期貨所進行的交易。株式，かぶしき，股份。期米，定期繳交的稻米。

富戶人的歷史（稿本三）

稿本 《賴和手稿集．新文學卷》，頁 254-293。
《賴和手稿集．新文學卷》，頁 298-299。
《賴和手稿集．新文學卷》，頁 294-297。底本
刊本 無。

這是山行道中，和轎夫們的閒談，談話中有些可以做自家廣告，也有些可借來笑罵素所厭惡的人，所以要把牠〔它〕來發表。講話的人，有前、後、走三個，前、後者就是前後頭兩個轎夫，走者，走街仔先自己也。中間有幾句扛轎人的口號，想是大家所共悉的，恕不另註。

後：「做人會得像恁太老，就算値啦，會有你這樣後進。」

走：「是恁『賢荷老[1]』，我又不會賺大錢，致蔭他老人家享福，反累他不時爲我們操心扯腹[2]。」

後：「無影[3]咯，啥人不知，不過老大人本來多操煩，凡事他都可以不管了。」

走：「我們太不經事，勿會教他不操煩。」

後：「不是這樣講，因爲你們太不忍心，也和人不大計較，

1 賢荷老：gâu o-ló，善於誇獎。
2 操心扯腹：tshau-sim thiah-pak，牽腸掛肚。
3 無影：bô-iánn，沒這回事。

所以也有些拖累，也有淡薄[4]拍損[5]。」

前：「聽講你沒怎樣春錢？有這款生理，講啥人會相信。」

走：「所以累到老人家，不時著操煩。」

後：「像古大醫生，比你慢幾年纔出來開業，現在聽講建置千外租，羅醫生也比你較慢，現在也起一座大厝，伊的春錢怎那樣快。」

前：「醫生是怕不時行，若會時行，怕伊無錢賺，現在這許多的醫生，啥人像你生意這樣好，就是公醫大人每年有萬餘円賺，也無你的信用好。」

走：「我看人那款賺錢，也會目眶赤，但是賺錢另外有賺錢的本領，我會得大家肯來相尋，大概是因爲不會賺錢，設使我也要來賺大錢，就恐勿會時行了。」

後：「無影咯，臺灣人不是講單單曉得愛錢，勿會曉愛生命，若不是藥喰有應效，送人人也無愛。」

前：「總是做人較大概，本難得春錢。」

走：「無錢提無藥，這句話我眞講不出嘴。」

前：「原也是無錢所致，存意要走藥錢[6]的人，有也眞少。——小！鎮路，帶溜！」

後：「好！小，溜！」

走：「沿路講話，已經到大崎腳了。」

---

4 淡薄：tām-pȯh，多少有點。

5 拍損：phah-sńg，可惜。

6 走藥錢：tsáu io̍h-tsînn，逃藥費，故意不繳納藥費。

版本說明｜本文手稿共有三稿，此爲稿本三。手稿 2 張（編頁 1-2），稿紙（東京創作用紙），硬筆字，直書，殘稿，現存賴和紀念館。稿本署名「走街仔先」。

善訟的人的故事（刊本一）

稿本 《賴和手稿集．新文學卷》，頁 214-217。
刊本 《臺灣文藝》2 卷 1 號，1934 年 12 月 18 日。頁 60-69。底本
《臺灣民間文學集》，1936 年 5 月。頁 104-123。

所謂善訟[1]的人，有他一個特別的名稱，便是世俗所謂訟棍[2]。但是訟棍是專靠訴訟來賺錢，訴訟就是職業，有點像現代的辯護士。不過被稱爲訟棍的人，多不是好人，他所以愛訴訟，就是訴訟於他自己有利益，可以賺錢，不是要主張公理，或維持正義。甚至顛倒是非，混亂黑白，若以自己有益，也是在所不計。

我所要講這故事的主人，雖然也善訟，我卻不忍稱他爲訟棍，因爲他不是以自己的利益爲前提而去興起訴訟的。

雖然任你怎樣善訟，也須是正理有威嚴的時候，纔能得到公平的判決；若是有力或金錢支配著一切的世界裡，縱怎樣善訟，也不能使是非明白。這故事裡的主人，會得爲後世的人所感念，猶幸是生在正理尙有些威嚴的時代。不然，我想不僅僅徒勞無功，且要負擔著擾亂安寧秩序的罪名，去受刑罰。

講起善訟的人，在我們地方很有幾位。第一個要算是詹典

1 善訟：siān-siōng，善於訴訟、好起訴訟。
2 訟棍：siōng-kùn，搧動他人提起訴訟者。

嫂告御狀[3]。這故事已被編爲戲劇，每次上演都能吸引不少觀眾。雖然所編成的純是舊劇，且加入一些無稽的迷信的事蹟，也眞會使觀眾感動。

這故事裡有幾句話可以特別提出來講，就是皇帝親自問詹典嫂「父與夫孰親」，她所應答的是「穿衣見父，脫衣見夫」。這句話和「人盡夫也，父一而已[4]」的古人之言，成爲眞好的對照。這故事到現時雖然經過不甚久，竟有一點神話化，本地方的少年人，多有不知道的。但是不相干，現時已不復是那樣時代了，任它失傳也無關係。

其次有所謂陳圖告林品[5]的事。這故事的主人，雖然他們住在和我們地方同一行政區域裡，根本不能說是我們地方的人；不過這故事流傳去眞普遍，勿論大人、孩子、婦人、女子，大家都知道；雖講大家都知道，其實大家所知道的只是一小部份〔分〕，及至全般大家都不知道。聽講林品是「風的名所[6]」的財富、勢力俱足的土豪，陳圖是慣食蕃薯的海口兄。他們訴訟是因爲什麼事？結局怎樣？講的人也都不知道，大家只是流傳陳圖所講的話，「明知無伊法，偏要告厚

3 詹典嫂告御狀：流傳於福建安溪的民間故事，詹典嫂爲報殺夫之仇而上京告御狀。傳說詹典嫂巧得訟棍盧秋金的幫助，而讓訴訟成功。其情節與賴和〈善訟的人的故事〉相似。參見逸生〈安溪訟棍盧秋金〉，《南方》第146期，1942年2月。

4 人盡夫也，父一而已：語出《左傳．桓公十五年》，後衍繹爲成語「人盡可夫」，比喻不守貞節者。

5 陳圖告林品：乾隆年間，鹿港人陳陶（陳圖）與「日茂行」富商林振嵩（林品）興訟互鬥的民間傳說。參見《鹿港鎮志．人物篇》。頁21-22。

6 名所：めいしょ，miâ-sóo，名勝。風的名所，指鹿港。

伊衰[7]」。這句話現在已成爲不服氣的典故，陳圖、林品也就跟著名傳不朽了。這故事究竟只是一種開玩笑，因爲陳圖敢吐出弱者的不平，爲大眾所共感，所以就流傳爲故事。

再次我所要講的，請讓我將他們的姓名隱住，因爲故事裡的主人，現在尙有繁盛的後裔，講著他們先人的長短，一定不放你干休，所以只好把他們隱住了。

我們這地方，市街的東面，就靠著一帶倭〔矮〕山，這山在我們的所在，是比新高、富士[8]，更被一般的人所熟知，是眞有名聲。這座山永過是歸屬一個人的所有，是被他所占有，或是是[9]應該屬他所領有，在當時就己分不清，何況經過了好久的現在，只要曉得曾經是一人所私有就好了。既爲個人的私有·就不容許別人侵害，凡是拾他一枝柴，割他一叢[10]草，皆視做盜賊，拿著便被送到官去，牧羊、放牛勿論是不許的了，那眞是比較現代的保安林[11]來得更嚴厲，因爲所有者和官府有結託。

我們的社會，不知由那一時代起，個個都有風水的迷信，住的厝宅不用說，掩臭[12]的墳墓，講也會致蔭人，做官發財，

---

7 明知無伊法，偏要告厚伊衰：bîng-tsai bô i huat，phian beh kò hōo i sue，明明知道拿他沒有辦法，卻就是要告到他覺得倒楣。

8 新高、富士：Sin-ko、Hù-sū，新高山、富士山。新高山，今稱爲玉山。

9 或是是：hik-sī sī，或者是。

10 一叢：tsit-tsâng，一株。

11 保安林：ほあんりん，pó-an-lîm，保護林。

12 掩臭：am-tshàu，將空的棺材下葬。

出好子孫，喰長壽數[13]，都由風水而來，所以一塊眞龍正穴，值得千金萬金。這樣事是限在富戶人纔做得到，貧的人雖提不出這樣價錢，逐個都有儌倖之心，像買天財彩票一樣，提出小小成本，抱著萬一的希望，想得著大大的天財。而且死了的人，也不能不扛去埋葬，掩去難於保存的屍體，同時也可藉此來致蔭自己發達，這樣事誰不肯爲？不幸家裡沒有死者可葬的人，他就別想方法，洗骨[14]遷葬，把失去了的希望，重再拾了起來。所以這座山的所有者，單止賣風水地的收入就難以計算了。

聽講一門風水，普通賣五錢銀。那時代因爲尙沒有銀角仔[15]，用銀皆稱分聲，一門五錢銀，比現時一坪地拾圓，雖便宜得多，但是在那時代一錢可以糴一石外米，也就不能算是便宜了。

世間的人，不是個個都有春錢，原是窮苦的居多，而且人是不能不死的，死者當然要埋葬，棄屍是有犯法律，營葬當然要用錢，但窮苦的人，那窮的程度，苦的狀況，絕不是那些喰便飯、使便錢的人，所會想像得到。富戶人甘願講千講萬，提去供獻厚有權勢的人，而絲毫不肯亂使「拍損」，對窮苦人施舍一厘錢也不甘心。然在窮苦人呢，不僅提不出五錢銀，就連五文錢也提不出來的也並不是罕有，所以要埋葬一個屍體，就不是容易的事。

---

13 喰長壽數：tsia̍h tn̂g-huè-siū，長壽。
14 洗骨：sé-kut，拾骨。
15 銀角仔：gîn-kak-á，銀貨、硬幣。

這故事也就是因為世間有窮苦的人，纔會生出來。窮苦的人，喰、穿、睏——人生的三大要件，一項都不充足，身體當然就不會勇健，就較快耗去生的能力，死的就較多了。

這故事的開場是這樣，——「先生！可憐咧，求你向志舍講一聲，實在是眞窮苦，這是先生所素知的。一具薄板仔，親戚間已經是艱苦負擔，散人[16]本無富戶的親戚，志舍這樣家私，少收五錢銀是不關輕重，求你做好心，替我講一聲。」

「你我只隔一竹圍，你的事情我那有不知，不過頭家有些皮〔脾〕氣，我是他所用的人，還是你去托一個相當的人來講，五錢銀，他幾嘴阿片就燒去了，應當是會允許。」

「林先生！除起你，還有什麼人可拜托？草地人[17]到這所在，不是有你在此，跨過戶碇[18]都不敢，和他相當的人，要去拜托誰？總是求你做好心咧！」

「頭家現在又正在睏『中逗』[19]，我又不能主意[20]，你下晡[21]再來，我替你講一聲看。」

「人是大昨日[22]就死去了，不能再放置下去，總求先生給管山的講一聲，讓我們先去安葬，志舍醒來時若說不肯，總算讓我欠些時，我當『拍拚』來清還；雖賺不到錢，兒子也須賣

---

16 散人：sàn-lâng，窮苦之人。
17 草地人：tsháu-tē-lâng，鄉下人。
18 戶碇：hōo-tīng，門檻。
19 睏中逗：khùn-tiong-tàu，午睡。
20 主意：tsú-ì，決定。
21 下晡：ē-poo，下午。
22 大昨日：tuā-tsȯh--jı̍t，大前天。

來還他，定不連累到先生。」

「啊！」林先生嘆一下氣，說：「無法度！好，我寫張字你提去給管山的看，等候頭家醒來，我替你講看，不過這是不一定，錢——你也著去設法。」

林先生是被雇在志舍家裡，替他掌管帳目，和辦理一切事務。聽說是番社庄人，是不是生番的後裔，現在沒人曉得，但是他的性質卻直率果敢，不像承受幾千年文明的人，那樣會用狡智，顧利忘義。當他遣走了來央求他的鄰人之後，心裡甚是不安，總在門前厝內，行來走去。他想起頭家對他所講的話來：「在有錢人的面前，因爲想得到些憐憫賞賜，人是什麼都敢裝做的。」他覺得這次的主意，在這款主人之下有一點不妥，同時又對主人唯利是視的行爲生起反感。——「現今是錢的天下，有錢也就有名譽、幸福，但是也須有無錢的人，纔見得錢的威風；無錢的人，是要使有錢的享福快樂，纔有他們生存的使命，神是爲著有錢的人，纔創造他們的。」想到主人這樣自鳴得意的態度，又鈎起林先生不少的憎惡，他覺得在這樣主人之下服務，是眞無趣，因爲他自己也是無錢的人。但是再一反想，爲著生又不能就捨棄頭路，這樣想來想去，林先生也自己惘惘然，不知要怎樣了。

「喀！喀！喀！」林先生惘惘然的意識，突被這咳嗽的聲驚醒，他知是主人午睡已足，現在正發阿片的癮頭。他心裡愈覺不安，方纔那件事，要怎樣向主人講起，尚想無意見。

「林先生！過午聽講有一個草地人，來求免收他墓地的錢，你答應他了嗎？」志舍阿片過了癮，出來外面，不待林先生講起，就先問起來，因爲早已得到家裡的人的報告。

「是，因爲你還在睡眠中，不敢去攪醒你，我答應他先去埋葬，但又吩咐他錢隨後就要設法提來交[23]，不過我曾對他講:『頭家是眞有度量的人，我替你求情看，若頭家歡喜，憐憫你窮苦，不收你的錢也不一定。』」

「葬下去了罷？」

「不知道，大概葬下去了。」

「這樣，頭家讓你做就好啦！」志舍顯然有些不悅了，「憐憫？世間不是被這樣虛詭的道德，弄到不像樣。憐憫？狗纔有這心情！」

「志舍！不要生氣，我沒有答應他不收錢，曾吩咐他下晡再來。」

「吩咐他帶錢來嗎？」

「是！」

「不帶來要怎樣？」

「讓他欠一些時，他當會設法來清還。」

「你有記帳的工夫，我可沒有設帳簿費用！」

「要是沒有提來，我當代爲賠出。」林先生也有些不服氣了。

「你既然有錢可代賠，就不須來喰頭路了。」志舍也眞生氣起來。

「這頭路，誰希罕！」

---

23 提來交：thėh-lâi kau，拿來繳交。

「哼！不希罕？不希罕就須走啊！」

「走，有什麼關係！」這時候林先生已忘記著家裡有靠他生活的人們。

「不再央三托四，纔算好漢。」

「哈！哈，笑話！」志舍在林先生的眼裡已失去頭家的尊嚴了，「我現在要問你，你靠什麼能力，要占有這一帶山地？」

「嘻！你瘋了，因爲失去頭路……」

「好頭路？你的好擡舉？閒話可以免講！你若是不看破，不把山地捨棄，你總不會平安過日子。」

「你要嚇誰呢？」

「你自謂有錢什麼都不怕？好！試看姓林的手段！」

「狗屁竟也放得這樣響。」

「空空鬥嘴是無路用，我的薪水還有些未算，這是我的勞力所換來的，不是你的施與，我要同時提來去。」

以上是這故事的第一場面。

× × ×

「林先生！這幾日怎不見來？」

「前幾日較有事情，此後就可以常來了。」

「較閒了嗎？敢不是收冬[24]啦？」

「我已經被辭退了。」

---

24 收冬：siu-tang，收割。

「怎樣？志舍怎會辭去你？」

「因爲一點點氣，我也不高興了。」

「富戶家的頭路，本不是易辦。呼爺稱舍，你也是喚不順嘴，依原去開『子曰店』較實在。」

「朋友預斷我幹不上四個月，但是勉強延到年外[25]。」

「是因爲什麼事？」

「因爲墓地。」

「我的心中也是料想爲著這層[26]。實在每門墓地要五錢銀，貧苦的人是提不起[27]。」

「所以我想要來替他們出點力。」

「你有方法？」

「不過須拜托你幫幫忙。」

「我那有這能力？」

「就是有，所以要拜托你，詳細我慢慢對你講。總是求你方便，暫借你禪房住幾日。」

「這有什麼關係，只管住下去，不過我想提起官司是萬萬無伊法。」

「哈哈！你免驚，我無那樣蠢。現在官司是看錢的面上，靠官那有情理好講，須借仗大眾的力量。」

「怎樣講呢？」

「因爲受到艱苦的全是提不起五錢銀的人，世間富有的有

---

25 年外：nî-guā，一年多。

26 這層：tsit tsân，這件事。

27 提不起：thėh-bē-khí，拿不出來。

幾家？聽到有人出來計較，一定會有同情。」

「也有些理由，但是我總替你不安心。」

這兩個對話的人，一個當然是林先生，一個是和尚，地點是觀音亭的禪房裡。

觀音亭，恰在市街的中心，觀音亭口又是這縣城第一鬧熱的所在。就這個觀音亭也成爲小市集，由廟的三穿進入兩廊去，兩邊排滿了賣點心的擔頭，「鹹甜飽巧[28]」，各樣皆備。中庭是恰好的講古場，嘆服孔明的，同情宋江的，讚揚黃天霸的，婉惜白玉堂的等等的人，常擠滿在幾條椅條上；大殿頂又被相命先生的棹仔把兩邊占據去。而且觀音佛祖又是萬家信奉的神，所以不論年節，是長年鬧熱的地方。後殿雖然也熱鬧，卻與前面有些不同，來的多是有閒工夫的人，多屬於有識階級；也多是有些年歲的人，走厭了妓寮、酒館，來這清淨的地方，飲著由四方施捨來的清茶，談論那些和自己不相干的事情。而且四城門、五福戶[29]的總理，有事情要相議，也總是在這所在，就是比現時的市衙更有權威的自治團體——所謂鄉董局，也設在這所在。所以這地方的閒談，世人是認爲重大的議論，這所在的批評，世間就看做是非的標準。但是來這所在的人，雖然是具有智能的階級，卻是無財力的居多，因爲有財力的鄉紳，自有作妻妾的待奉，不用來這所在消耗他的閑歲月。因爲這樣

28 鹹甜飽巧：kiâm tinn pá khá，鹹的、甜的、吃得飽的、較精緻的；指有著各式各樣豐富的小吃。

29 五福户：彰化北門開基祖廟，主祀土地公，其祭祀圈劃分爲五個角頭，分別爲北門口、竹篾街、中街仔、祖廟仔、市仔尾。

關係，這所在的輿論，無形中被非富戶的一群所支配。這些事情對於林先生的故事，也是眞有影響。

志舍自林先生走後，平添了無數煩惱。這煩惱雖不是林先生作弄出來的，但以前確是未曾有過。怎樣一時百姓會不馴良起來？本來是交了錢，纔去做風水[30]，現在死人埋下去後還是不交錢，管山的雖然去阻擋，大家總是不聽，甚至有時還受到毆打。像我們這地方，有幾萬人的城市，一日中死的是不少人，全都是扛到山頂去埋葬，這是志舍一個眞大的財源。現在看看要失去了，他怎會甘心，就仗著錢神的能力，去要求官府的保護。

不先不後同這時候，林先生也向官府提出告訴去，告的是志舍不應當占有全部山地做私產。他的狀紙做得眞好，一時被全城的百姓所傳誦。但是現時的人，已經記不起全文，不知縣誌裡有無抄錄起來。大意是講：「人是不能離開土地，離去土地，人就不能生存。人生的幸福，全是出自土地的恩惠，土地盡屬王的所有，人民皆是王的百姓，所以不論什麼人，應該享有一份土地的權利，來做他個人開拓人生幸福的基礎。現在志舍這人，沒有一點理由，占有那樣廣闊的山野田地，任其荒蕪墟廢，使很多的人，失去生之幸福的基礎，已是不該，況且對於不幸的死人，又徵取壙地的錢，再使窮苦的人棄屍溝渠，更爲無理。所以官府須把他占有權剝奪起來，給個個百姓，皆有享用的機會，又可以盡地之利，是極應當的事，官府須秉王道

---

30 做風水：tsò hong-suí，造墳。

的公平，替多數的百姓設法。」

這張狀紙會被這樣多數的人所傳誦，就因爲這意見是大家所贊成的，不單止是城市裡的人，就是村莊的做息人[31]，聽著這事，也都歡呼起來；多數的人——可以講除起志舍一派以外，多在期待著這風聲能成爲事實。同時，林先生也就爲大家所愛戴了。

本來百姓的願望，不能就被官府所採納，因爲百姓有利益的事，不一定就是做官人的利益。像林先生所提起的告訴，雖然是爲著無錢的百姓們的利益，又不和官府的利益相衝突，但是做官人完全得不到利益，做官的是不缺少五錢銀買墳地的錢，甚不以林先生的告訴爲是。一面志舍又在要求保護他的利益，究竟還是錢的能力大，所以官府把百姓們不遵向來的慣例，不納志舍的錢，便講是林先生煽動的，用那和謀反一樣重大的罪名——擾亂安寧秩序的罪，加到林先生身上，把林先生拿去坐監。

百姓們聽到這消息，可就眞正搔擾起來了，尤其是大多數無錢的人，更較激昂。

「爲著大家的事，把林先生拿去坐監，這是什麼官府？」

「喰我們大家的俸祿，卻專保護志舍一家，喰錢官[32]！」

「打！打到志舍家裡去！」

「打！打到官衙去！」

---

31 做息人：tsoh-sit-lâng，農人。

32 喰錢官：tsia̍h-tsînn-kuann，貪官。

「打！打！打去！」

這喊聲由觀音亭口喊起，到縣衙口已經是聚了好幾百人，有的衝進縣衙把鼓亂撞起來。縣大老爺原有些手腕，問到搔擾的因由，也不小膽怯，隨時陞堂。

「放出我們林先生來！」

「還我們林先生來！」

這些人看見大老爺坐堂，便一齊這樣喊起來，形勢眞有點緊張。

「這公堂的地方，不許大家喧嘩！」二爺把大老爺的話譯給大家聽，教大家肅靜。

「有什麼事情？可推舉幾個人來商量，大家這樣喧嘩是辦不成事。」

對大老爺這樣的要求，大家一時失了主意，暫時轉覺靜默，有幾個人便自以爲首事，走上公堂去。

「事情可以和這幾位爲首的人商量，大家請散回去！等待回覆就好了，大家在此反有礙公事。」二爺又替大老爺來教大家散開去。大家雖不願意，但受不住衙役的催趕，便一齊退出縣衙，又再聚集到觀音亭口去。但是等了好久，總不見那幾個自以爲首的人出來；就使了幾人去看看什麼形勢，回來的報告講：「縣衙已經關起了大門，裡面不聽見有什麼人聲。」這分明幾個爲首的人，也被關起來了。百姓們得到這消息，更加激憤，有的人便走進觀音亭內，去講究和縣大老爺計較的方法。

隔日不單是城市的人，村莊的窮百姓也成群結隊集到觀音亭來，這條街直連到衙門口，盡被人塞滿了，個個人的面上，都現著興奮緊張的樣子，眞親像[33]戰爭就要開始一款。在這人群喧嘩鬧鬧的中間，突然有「罷市！不關門的先搶他！」的喊聲喊起來，不一時，街頭傳到街尾去，「乒乒乓乓」，霎時間全街面的生理店皆把門上了鎖。

「打！打進衙門去！」喊聲一起，縣衙大門便被撞開了。古早的百姓眞是凶蠻，大概因爲開化未久，尙有蠻性的遺留，不像現代的人，受到文明的惠澤，這樣馴良，動不動就直接行動起來。永過的官也怕惹動了百姓，因爲永過的做官人就視做官和做生理一樣，總想由做官來賺錢致蔭子孫，多做幾年官就可多賺錢，所以常怕頂戴[34]被摘去。像這樣民眾的騷動，已經不是幾個衙門可以鎮壓得住，要去求協臺派出兵隊來，那問題就大了。地方有了反亂，是關礙地方官的前程，這時候要保住做官的頂戴，只有對百姓讓步，別無他法了。

林先生和那幾位爲首的人，雖然被眾百姓的熱情所解救，恢復了自由的身軀，但是他所提起的告訴，一些些也沒有結果。一面林先生看見志舍雇來不少民壯，時時在巡視山場，沒有納他的錢，絕對不許埋葬，甘心把錢供給流氓、羅漢，不肯對貧窮的人同情一點，愈使他憤慨；一面又被大家熱烈的應援所激動，遂下了決心，似有不惜犧牲，要捨身幹下去的覺悟。

上府城去，向道臺告了一狀，因爲這也是志舍金錢的勢力範圍裡，到底也是無法度。

---

33 親像：tshin-tshiūnn，好像。

34 頂戴：tíng-tài，官帽。

「受到大家這樣援助，我眞感激。不過這去不知會成功不會，在我想，公道還未至[35]由這世間滅亡，大眾的窮苦，蒼天是看到明明白白，一定會同情的。強橫的若眞沒有果報，那樣世間也就可知了。總是天道是難得講，而且似乎可憑，也似不可憑，原是盡我們的力量做去，若不成功也對得自己。此去路程遙遠，會得再和大家相見不會，亦屬不可知，但是事情的結局怎樣，大家自會得到消息。大家這樣熱誠，我眞受不起。」

「林先生！保重，公道還未滅亡呢！」

「林先生！太爲難你了，一路小心！聽講他買囑了不少歹人。」

「林先生！不相干，歹人未至全無心肝！」

「林先生！保重！」

「林先生！林先生！……」

在這林先生的呼聲裡，開船的鑼聲「快快快」地響起來了。船家也燒起紙錢，帆也張滿，風也正緊，一經拔起鐵錨，乘著潮水，船就開向港口出去；鹿港到馬尾原不須幾日水程。

林先生到了福州，因爲人面生疎，地頭不熟，只得住到客店[36]去。古早無有現代這樣「新聞」的東西，所以一地方有了什麼特異事情，也不容易傳到別所在去。像林先生這樣人，若是現在，一定到處受人歡迎，無如他生的年代較早，所以到了福州也和平常時出外人一樣，只有客店的人招呼他，他也不因

35 未至：bī-tsì，不至於。
36 客店：kheh-tiàm，客棧、旅館。

爲這些事情憤慨，把他所要做的事放下去，關於這事還是日日操心。

有一日林先生出去探聽總督衙的門路，歸來時經過茶樓門口，他亦曾聽見講茶樓是消遣的所在，不時有各種的人在出入，所以也就走進去，喝茶之外還想聽點新聞。當他找到了坐位時，聽見人家正在談論他的事，大概是載他的船，同時也把他的事運了進來。因爲談的人不認識他，便讓他們插些枝葉，講古似的談論下去。

「聽說他進省來了，不曉得實在不實在？」

「實在的，有人和他同船來。」

「現在呢？」

「住在埠頭客店裡。」

「啊！有閒空兒須來去見識這樣一個人物。」

「要去的時候，我們可以同道。」

「實在須來去看看他是什麼樣的人物。」

這樣逐個人對他仰慕，反使我們林先生不安起來；而且獨自一個人默默飲著茶，也覺無甚趣味，正想回客店去。

「先生！請我喝杯茶可以嗎？」忽然受著這一個不相識的，形狀有似乞食的人求乞，林先生一時惶惑，應答不出。那個人卻似很熟識，自去林先生對面坐下，便又問道。

「先生似不是本地的人？」

「是，貴地方是初到的。」

「聽你的口音，是不是由廈門來的？」

「是由…………」

「喂！」走堂的看見座上有了客到，便來沖茶，那個人遂又吩咐說：

「有好的點心再拿兩份來！」吩咐後又轉問林先生：「是由臺灣？來多久啦？」

「剛來不久。」

「有什麼貴事？」

「沒有什麼別的事情。」

「沒有事情？」那個人似不相信，隨後又問：「先生是不是姓林？」

「是！賤姓林。」

「哈！啊！我知道了，一定是爲著訟事來的。」

「…………」林先生被他這話所嚇，一時竟不知要怎樣應他。

「不要恐怕，而且也不須瞞我，先生所要做的事，我已經得清清楚楚了，我一點亦不會去妨礙先生。」

「嗄！嗘！」林先生只是強笑著，依然不能回答。

「不要緊，別人是不會注意到的，來這裡喝茶的人，只會消耗光陰，說說笑笑，做不來什麼事。」

「但是…………」林先生還是躊躇著。

「我先問你，呈子[37]送進去未？請相信我，設使你被我騙去，亦不過這一杯茶和一碟點心。」

「還未送上去。」林先生似有了決心，相信這個形似乞食

37 呈子：tîng-á，訴狀、狀紙。

的，是可以講話的人，遂怛〔坦〕白地對他講：「正在思考，實在想不出有什好的意思。」

「先生所想寫的，請先講給我聽。」

「想先把大多數百姓的困苦講起，然後纔講那土豪霸占那樣廣闊的地土，更使一般的百姓難堪。」

「這意思還不錯，我有十六個字請先生寫進呈子裡去，我想當會使先生所寫的增強了力量。」那個人遂用指頭蘸著碗裡的茶向棹面寫著「生人無路，死人無土，牧羊無埔，耕牛無草」。

林先生看見這十六字，心裡大著了一驚，這正是他所想要講，而想不出要怎樣去表現的意思，遂緊緊地握住那個人的手，道：

「先生！眞眞費你的關心了，先生貴姓呢？」

「哈哈！有沒有效力，還不可知呢，問要做什麼？」

「先生的指教，使我眞有得益，而且也堅強我的自信。」

「先生也不是爲著謝禮纔出來的，我算不白費先生的茶點就可以了。」

「總是求先生賜個名姓！」

「哈哈！」那個人不再講什麼，笑著走出去，林先生要挽留他亦來不及了。雖問到走堂的，亦不知道他是什麼樣人，而且講是不常見他來的，這使林先生驚疑了好久。

過了有些時候，我們的地方就得到林先生在省城打贏了官司的消息。志舍的山場自然是捨做公塚[38]，牧羊、放牛也不須再到大肚溪邊去，窮苦的人也可以去拾些柴草。但是，林先生的消息卻是一向杳然，所以大家就疑是有什麼意外的事，有人就以爲是被他的對頭買人陷害了，究竟如何？總無人知道。此後百姓的困苦，算已解除了，死的人也得了長眠之地。時日過久了，林先生的事也自然由大家的記憶中消失去。

這故事的大概，聽講刻在一座石碑[39]上，這石碑是立在東門外。現在城已經拆去了，石碑不知移到什麼所在，惹起問題的山場，還留有一部份〔分〕做公塚。可是時代不同，事情也有些相反，現在窮苦的人可以自由去做和他身份〔分〕相應的風水，有錢人可就不能了，又不僅僅是五錢銀的墓地稅，一坪地須納拾圓的使用料。這是當然不過的事，因爲他們有錢。像這樣時代也在替以前受挑難過的窮苦人，出一點點氣。

（一九三二，一二，二〇）

版本說明｜本文發表於《臺灣文藝》2 卷 1 號，1934 年 12 月 18 日。頁 60-69。完稿。發表時署名「懶雲」。後收錄於李獻璋編，《臺灣民間文學集》，1936 年 5 月。

---

38 公塚：kong-thióng，公共墓地。

39 石碑：即「官山義塚示禁碑」（或稱爲義塚取締碑、嚴禁佔墾官山義塚碑），嘉慶 20 年（1815）4 月，彰化知縣錢燕喜勒立。碑文云：「官山義塚，任民生樵死葬」，「俾死葬有地，人鬼均安」，與本文主旨相符。但賴和小說的人物設計、故事情節，則與碑文相異。參見《國立臺灣大學典藏古碑拓本：臺灣篇》，頁 282-285。該碑現存於彰化市陽明街。

賴和對小說有大段的刪節。手稿4張，稿紙（南音文藝雜誌原稿用紙），硬筆字，直書，殘稿，現存賴和紀念館。戰後初期另有楊逵印行《善訟的人的故事》，民眾出版社，1947年1月。該書底本採用《臺灣文藝》版，主要差異在篇末增加一句：「但這也是人民自主團結纔得爭取來的。」此句並非賴和所撰。

善訟的人的故事（刊本二）

稿本　《賴和手稿集·新文學卷》，頁 214-217。
刊本　《臺灣文藝》2 卷 1 號，1934 年 12 月 18 日。頁 60-69。
《臺灣民間文學集》，1936 年 5 月。頁 104-123。底本

「先生！可憐咧，求你向志舍講一聲，實在是眞窮苦，這是先生所素知的。一具薄板仔，親戚間已經是艱苦負擔，散人本無富戶的親戚，志舍這樣家私，少收五錢銀是不關輕重，求你做好心，替我講一聲。」

「你我只隔一竹圍，你的事情我那有不知，不過頭家有些皮〔脾〕氣，我是他所用的人，還是你去托一個相當的人來講，五錢銀他幾嘴阿片就燒去了，應當是會允許。」

「林先生！除起你，還有什麼人可拜托？草地人到這所在，不是有你在此，跨過戶碇都不敢，和他相當的人，要去拜托誰？總是求你做好心咧！」

「頭家現在又正在『午眠』，我又不能主意，你下晡再來，我替你講一聲看？」

「人是大昨日就死去了，不能再放置下去，總求先生給管山的講一聲，讓我們先去安葬，志舍醒來時若說不肯，總算讓我欠些時，我當『拍拼』來清還；雖賺不到錢，兒子也須賣來還他，定不連累到先生。」

「啊！」林先生嘆一下氣，說：「無法度！好，我寫張字

你提去給管山的看，等候頭家醒來，我替你講看，不過這是不一定，錢——你也著去設法。」

林先生是被雇在志舍家裡，替他掌管帳目，和辦理一切事務。聽說是番社庄人，是不是生番的後裔，現在沒人曉得，但是他的性質卻很率直果敢；當他遣走了來央求他的鄰人之後，心裡甚是不安，總在門前厝內，行來走去。

他想起頭家對他所講的話來：「在有錢人的面前，因爲想得到些憐憫賞賜，人是什麼都敢裝做的。」他覺得這次的主意，在這款主人之下有一點不妥，同時又對主人唯利是視的行爲生起反感。——「現今是錢的天下，有錢也就有名譽、幸福，但是也須有無錢的人，纔見得錢的威風；無錢的人，是要使有錢的享福快樂，纔有他們生存的使命，神是爲著有錢的人，纔創造他們的。」想到主人這樣自鳴得意的態度，又鈎起林先生不少的憎惡。

覺他得〔他覺得〕在這樣主人之下服務，是眞無趣，因爲他自己也是無錢的人。但是再一反想，爲著生又不能就捨棄頭路，這樣想來想去，林先生也自己惘惘然不知要怎樣了。

「喀！喀！喀！」林先生惘惘然的意識，突被這咳嗽的聲驚醒，他知是主人午睡已足，現在正發阿片的癮頭。他心裡愈覺不安，方纔那件事，要怎樣向主人講起，猶想無意見。

「林先生！過午聽講有一個草地人，來求免收他墓地的錢，你答應他了嗎？」

志舍阿片過了癮，出來外面，不待林先生講起，就先問起來，因爲早已得到家裡的人的報告。

「是，因爲你還在睡眠中，不敢去攪醒你，我答應他先去埋葬，但又吩咐他錢隨後就要設法提來交；不過我曾對他講：『頭家是眞有度量的人，我替你求情看，若頭家歡喜，憐憫你窮苦，不收你的錢也不一定。』」

「葬下去了罷？」

「不知道，大概葬下去了。」

「這樣，頭家讓你做就好啦！」志舍顯然有些不悅了：「憐憫？世間不是被這樣虛詭的道德，弄到不像樣？憐憫，狗纔有這心情！」

「志舍！不要生氣，我沒有答應他不收錢，曾吩咐他下晡再來……」

「吩咐他帶錢來嗎？」

「是！」

「不帶來要怎樣？」

「讓他欠一些時，他當會設法來清還。」

「你有記帳的工夫，我可沒有設帳簿的費用！」

「要是沒有提來，我當代爲賠出。」林先生也有些不服氣了。

「你既然有錢可代賠，就不須來喰頭路了。」志舍也眞生氣起來。

「這頭路，誰希罕!?」

「哼！不希罕？不希罕就須走啊!?」

「走，有什麼關係。」這時候林先生已忘記著家裡有靠他生活的人們。

「不再央三托四纔算好漢。」

「哈！哈，笑話！」志舍在林先生的眼裡已失去頭家的尊嚴了，「我現在要問你，你靠什麼能力，要占有這一帶山地？」

「嘻！你瘋了，因爲失去頭路……」

「好頭路？你的好擡舉！閒話可以免講！你若是不看破，不把山地捨棄，你總不會平安過日子。」

「你要嚇誰呢？」

「你自謂有錢什麼都不怕？好，試看姓林的手段！」

「狗屁竟也放得這樣響。」

「空空鬥嘴是無路用，我的薪水還有些未算，這是我的勞力所換來的，不是你的施與，我要同時提來去。」

以上是這故事的第一場面。

× × ×

「林先生！這幾日怎不見來？」

「前幾日較有事情，此後就可以常來了。」

「較閒了嗎？敢不是收冬啦？」

「我已經被辭退了。」

「怎樣？志舍怎會辭去你？」

「因爲一點點氣，我也不高興了。」

「富戶家的頭路，本不是易辦；呼爺稱舍，你也是喚不順嘴，依原去開『子曰店』較實在。」

「朋友預斷我幹不上四個月，但是勉強延到年外。」

「是因爲什麼事？」

「因爲墓地。」

「我的心中也是料想爲著這層。實在每門墓地要五錢銀，貧苦的人是提不起。」

「所以我想要來替他們出點力。」

「你有方法？」

「不過須拜托你幫幫忙。」

「我那有這能力？」

「就是有，所以要拜託你，詳細我慢慢對你講。總是求你方便，暫借你禪房住幾日。」

「這有什麼關係，只管住下去，不過我想提起官司是萬萬無伊法。」

「哈哈！你免驚，我無那樣戇。現在官司是看錢的面上，靠官那有情理好講，須借伏〔仗〕大眾的力量。」

「怎樣講呢？」

「因爲受到艱苦的全是提不起五錢銀的人，世間富有的有幾家？聽到有人出來計較，一定會有同情。」

「也有些理由，但是我總替你不安心。」

這兩個對話的人，一個當然是林先生，一個是和尚，地點是觀音亭的禪房裡。

觀音亭，恰在市街的中心，觀音亭口又是這縣城第一鬧熱的所在；就這個觀音亭也成爲小市集。由廟的三穿進入兩廊去兩，邊〔兩廊去，兩邊〕排滿了賣點心的擔頭，「鹹甜飽巧」，各樣皆備。中庭是恰好的講古場；嘆服孔明的，同情宋江的，讚揚黃天霸的，婉惜白玉堂的等等的人，常擠滿在幾條椅條上；大殿頂又被相命先生的棹仔把兩邊占據去，而且觀音佛祖又是萬家信奉的神，所以不論年節是長年鬧熱的地方。

後殿雖然也熱鬧，卻與前面有些不同，來的多是有閒功夫的人，多屬於有識階級，也多是有些年歲的人，走厭了妓寮、酒館，來這清淨的地方，飲著由四方施捨來的清茶，談論那些和自己不相干的事情；而且四城門、五福戶的總理，有事情要相議，也總是在這所在，就是比現時的市衙更有權威的自治團體——所謂鄉董局，也設在這所在所，以〔所在，所以〕這地方的閒談，世人是認爲重大的議論，這所在的批評，世間就看做是非的標準。

但是來這所在的人，雖然是具有智能的階級，卻是無財力的居多，因爲有財力的鄉紳，自有作妻妾的待奉，不用來這所在消耗他的閑歲月。因爲這樣關係，這所在的輿論，自然就脫離了富戶人的支配，這些事情對於林先生的故事，也是眞有影響。

志舍自林先生走後，平添了無數煩惱。這煩惱雖不是林先生作弄出來的，但以前確是未曾有過。怎樣一時百姓會不馴良起來？本來是交了錢，纔去做風水，現在死人埋下去後還是不交錢，管山的雖然去阻擋，大家總是不聽，甚至有時還受到毆打。像我們這地方，有幾萬人的城市，一日中死的是不少人，全都是扛到山頂去埋葬，這是志舍一個眞大的財源。現在看看要失去了，他怎會甘心，就仗著錢神的能力，去要求官府的保護。

不先不後，同這時候，林先生也向官府提出告訴去。告的是：志舍不應當占有全部山地做私產。他的狀紙做得眞好，一時被全城的百姓所傳誦。大意是講：「人是不能離開土地，離去土地人就不能生存。人生的幸福，全是出自土地的恩惠，土地盡屬王的所有，人民皆是王的百姓，所以不論什麼人，應該享有一份土地的權利，來做他個人開拓人生幸福的基礎；現在志舍這人，沒有一點理由，占有那樣廣闊的山野田地，任其荒蕪墟廢，使很多的人，失去生之幸福的基礎；已是不該，況且對於不幸的死人，又徵取墳地的錢，再使窮苦的人棄屍溝渠，更爲無理。所以官府須把他占有權剝奪起來，給個個百姓，皆有享用的機會，又可以盡地之利，是極應當的事，官府須秉王道的公平，替多數的百姓設法。」

這張狀紙會被這樣多數的人所傳誦，就因爲這意見是大家所贊成的，不單止是城市裡的人，就是村莊的做穡人，聽著這事，也都歡呼起來；多數的人——可以講除起志舍一派以外，多在期待著這風聲能成爲事實，同時林先生也就爲大家所愛戴了。

本來百姓的願望，不能就被官府所採納，因爲百姓有利益的事，不一定就是做官人的利益。像林先生所提起的告訴，雖然是爲著無錢的百姓們的利益，又不和官府的利益相衝突，但是做官人完全得不到利益，做官的是不缺少五錢銀買墳地的錢，甚不以林先生的告訴爲是；一面志舍又在要求保護他的利益，究竟還是錢的能力大，所以官府把百姓們不遵向來的慣例，不納志舍的錢，便講是林先生煽動的，用那和謀反一樣重大的罪名——擾亂安寧秩序的罪，加到林先生身上，把林先生拿去坐監。

百姓們聽到這消息，可就眞正騷擾起來了，尤其是大多數無錢的人，更較激昂。

「爲著大家的事，把林先生拿去坐監，這是什麼官府？」

「喰我們大家的俸祿，卻專保護志舍一家，喰錢官！」

「打！打到志舍家裡去！」

「打！打到官衙去！」

「打！打！打去！」

這喊聲由觀音亭口喊起，到縣衙口已經是聚集了好幾百人，有的衝進縣衙把鼓亂撞起來。縣大老爺原有些手腕，問到騷擾的因由，也不小膽怯，隨時陞堂。

「放出我們林先生來！」

「還我們林先生來！」

這些人看見大老爺坐堂 ，便一齊這樣喊起來，形勢眞有點緊張。

「這公堂的地方，不許大家喧嘩！」二爺把大老爺的話譯給大家聽，教大家肅靜 。

「有什麼事情？可推舉幾個人來商量，大家這樣喧嘩是辦不成事。」

對大老爺這樣的要求，大家一時失了主意，暫時轉覺靜默，有幾個人便自以爲首事，走上公堂去。

「事情可以和這幾位為首的人商量，大家請散回去！等待回復〔覆〕就好了，大家在此反有礙公事。」

二爺又替大老爺來教大家散開去。大家雖不願意，但受不住衙役的催趕，便一齊退出縣衙，又再聚集到觀音亭口去。

但是等了好久，總不見那幾個自以為首的人出來，就使了幾人去看看什麼形勢，回來的報告講：

「縣衙已經關起了大門，裡面不聽見有什麼人聲。」

這分明幾個為首的人，也被關起來了。百姓們得到這消息，更加激憤，有的人便走進觀音亭內，去講究和縣大老爺計較的方法。

隔日不單是城市的人，村莊的窮百姓也成群結隊集到觀音亭來，這條街直連到衙門口，盡被人塞滿了；個個人的面上，都現著興奮緊張的樣子，眞親像戰爭就要開始一款。在這人群喧嘩鬧鬧的中間，突然有「罷市！不關門的先搶他 ！」的喊聲喊起來：不一時，街頭傳到街尾去，「乒乒乓乓 」，霎時間全街面的生理店皆把門上了鎖。

「打！打進衙門去！」

喊聲一起，縣衙大門，便被撞開了。古早的百姓眞是凶蠻，動不動就直接行動起來。往過的官也怕惹動了百姓，因為往過的做官人就視做官和做生理一樣，總想由做官來賺錢致蔭子孫，所以常怕頂戴被摘去。像這樣民眾的騷動，已經不是幾個衙門可以鎮壓得住，要去求協臺派出兵隊來，那問題就大了。地方有了反亂，是關礙地方官的前程，這時候要保住做官的頂戴，只有對百姓讓步，別無他法了。

林先生和那幾位爲首的人，雖然被眾百姓的熱情所解救，恢復了自由的身軀，但是他所提起的告訴，一些些也沒有結果。一面林先生看見志舍雇來不少民壯，時時在巡視山場，沒有納他的錢，絕對不許埋葬，甘心把錢供給流氓、羅漢，不肯對貧窮的人同情一點，愈使他憤慨；一面又被大家熱烈的應援所激動，遂下了決心，似有不惜犧牲，要捨身幹下去的覺悟。

上府城去，向道臺告了一狀，因爲這也是志舍金錢的勢力範圍裡，到底也是無法度。

「受到大家這樣援助，我眞感激。不過這去不知會成功不會，在我想：公道還未至由這世間滅亡，大眾的窮苦，蒼天是看到明明白白，一定會同情的。強橫的若眞沒有果報，那樣世間也就可知了！總是天道是難得講，而且似乎可憑，也似不可憑；原是盡我們的力量做去，若不成功也對得自己。此去路程遙遠，會得再和大家相見不會，亦屬不可知；但是事情的結局怎樣，大家自會得到消息。大家這樣熱誠，我眞受不起！」

「林先生！保重……公道還未滅亡呢 ！」

「林先生太爲難你了，一路小心！聽講他買囑了不少歹人。」

「林先生！不相干，歹人未至全無心肝！」

「林先生！保重！」

「林先生！林先生！……」

在這林先生的呼聲裡，開船的鑼聲「快快快」地響起來了。船家也燒起紙錢，帆也張滿，風也正緊，一經拔起鐵錨，乘著潮水，船就開向港口出去，鹿港到馬尾原不須幾日水程。

林先生到了福州，因爲人面生疎，地頭不熟，只得住到客店去。

有一日林先生出去探聽總督衙的門路，歸來時經過茶樓門口，他亦曾聽見講茶樓是消遣的所在，不時有各種的人在出入，所以也就走進去，喝茶之外還想聽點新聞；當他找到了坐位時，聽見人家正在談論他的事，大概是載他的船，同時也把他的事運了進來。因爲談的人不認識他，便讓他們插些枝葉，講古似的談論下去。

「聽說他進省來了，不曉得實在不實在？」

「實在的，有人和他同船來。」

「現在呢？」

「住在埠頭客店裡。」

「啊！有閒空兒，須來去見識這樣一個人物 。」

「要去的時候，我們可以同道。」

「實在須來去看看他是什麼樣的人物。」

這樣逐個人對他仰慕，反使我們林先生不安起來。而且獨自一個人默默飲著茶，也覺無甚趣味，正想回客店去。

「先生！請我喝杯茶可以嗎？」忽然受著這一個不相識的，形狀有似乞食的人求乞，林先生一時惶惑，應答不出；那個人卻似很熟識，自去林先生對面坐下，便又問道：

「先生似不是本地的人？」

「是，貴地方是初到的。」

「聽你的口音，是不是由廈門來的？」

「是由…………」

「喂！」走堂的看見座上有了客到，便來沖茶，那個人遂又吩咐說：

「有好的點心再拿兩份來！」吩咐後又轉問林先生：「是由臺灣？來多久啦？」

「剛來不久。」

「有什麼貴事？」

「沒有什麼別的事情。」

「沒有事情？」那個人似不相信，隨後又問：「先生是不是姓林？」

「是！賤姓林。」

「哈！啊！我知道了，一定是爲著訟事來的。」

「…………」林先生被他這話所嚇，一時竟不知要怎樣應他。

「不要恐怕，而且也不須瞞我，先生所要做的事，我已經得清清楚楚了，我一點亦不會去妨礙先生。」

「嗄！嘆！」林先生只是強笑著，依然不能回答。

「不要緊，別人是不會注意到的，來這裡喝茶的人，只會消耗光陰，說說笑笑，做不來什麼事。」

「但是…………」林先生還是躊躇著。

「喂！跑堂，拿開水來！」那個人一面喚跑堂，一面由懷中摸出一只小茶壺來，放到林先生面前去，珍惜地笑著對他道：「請先生看看詳細，這一只茶壺就吞盡了我一份家財呢，哼！我先人遺留給我的田園厝宅，就盡裝在這裡。」

「這？是什麼緣由？」林先生有些不自然的疑問。

「可不是？我平生別無嗜好，愛的只是幾甌好茶，什麼珍貴的茶我都嘗過，用的就是這個壺，用久了，茶的精英盡吸收在這壺裡，先生！請打開壺蓋聞聞看！」

「是麼？」

當林先生俯下頭剛要嗅嗅茶壺底味兒，跑堂已經拿來了熱騰騰的一壺開水。

「對不住！先生！請讓我泡茶。」

「還拿點糖來！」林先生忙抬起頭來，一邊醒〔擤〕[1]著鼻子，一邊向走堂叮囑著。

「唔，先生！我拿去——」放下水壺，跑堂的準備著取糖去。

「不，用不著，這壺子就沒放茶葉，單挪開水泡下去，已夠香甜啦。」

好像要證實他那茶壺的好處，那個人連忙阻止著，一面又鄭重地親自拿起水壺來沖罐；然後，放下茶葉去泡。

一會兒之後，一縷縷茶煙，已從兩人面前的小茶甌裡冒起來了。

「這味兒你道怎樣？先生！」那個人嗅了嗅茶煙，得意地向林先生說。

「唔，果然很好！」跟著，林先生也嗅了兩下。

「我先問你，呈子送進去未？請相信我，設使你被我騙

1 醒〔擤〕：tshìng，捏著鼻子，將鼻涕用力排出來。

去，亦不過這一杯茶和一碟點心。」

茶入喉嚨，那個人振作振作精神，又開始談正經事了。

「還未送上去。」林先生似有了決心，相信這個形似乞食的，是可以講話的人，遂怛〔坦〕白地對他講：「正在思考，實在想不出有什好的意思。」

「先生所想寫的，請先講給我聽！」

「想先把大多數百姓的困苦講起，然後纔講那土豪霸占那樣廣闊的地土，更使一般的百姓難堪。」

「這意思還不錯，我有十六個字請先生寫進呈子裡去，我想當會使先生所寫的增強了力量。」那個人遂用指頭蘸著碗裡的茶向棹面寫著「生人無路，死人無土，牧羊無埔，耕牛無草」。

林先生看見這十六字，心裡大著了一驚，這正是他所想要講，而想不出要怎樣去表現的意思，遂緊緊地握住那個人的手，道：

「先生！眞眞費你的關心了，先生貴姓呢？」

「哈哈！有沒有效力，還不可知呢，問要做什麼？」

「先生的指教，使我眞有得益，而且也堅強我的自信。」

「先生也不是爲著謝禮纔出來的，我算不白費先生的茶點就可以了。」

「總是求先生賜個名姓！」

「哈哈！」那個人不再講什麼，笑著走出去，林先生要挽留他亦來不及了。雖問到走堂的，亦不知道他是什麼樣人，而且講是不常見他來的，這使林先生驚疑了好久。

過了有些時候，我們的地方就得到林先生在省城打贏了官司的消息。志舍的山場自然是捨做公塚，牧羊、放牛也不須再到大肚溪邊去，窮苦的人也可以去拾些柴草；但是林先生的消息卻是一向杳然，所以大家就疑是有什麼意外的事，有人就以爲是被他的對頭買人陷害了。究竟如何？總無人知道。此後百姓的困苦，算已解除了，死的人也得了長眠之地。時日過久了，林先生的事也自然由大家的記憶中消失去。（這故事的大概，聽講刻在一座石碑上，這石碑是立在東門外。現在城已經拆去了，石碑不知移到什麼所在，惹起問題的山場，還留有一部份〔分〕做公塚。）

版本說明｜本文收錄於李獻璋編，《臺灣民間文學集》，1936年5月，頁104-123。賴和對原1934年《臺灣文藝》之發表版有大段刪改。

一個同志的批信

稿本　無。
刊本　《臺灣新文學》創刊號，1935年12月28日。

郵便！在配達夫[1]的喊聲裡，「卜」的一聲，一張批[2]擲在機〔几〕上，走去[3]提起來。

施 灰 殿[4]

無錯，是我的。啥人寄來？翻過底面。

大橋市福壽町　　許　修

嗘！是啥事？他不是被關在監牢？怎寄信出來給我？是要創啥貨[5]呢？扯開封緘。

1 配達夫：はいたつふ，phuè-tát-hu，送件員。
2 批：phue，信件。
3 走去：tsáu-khì，跑過去。
4 殿：どの，tiān，信件文書的用語，「先生」之意，多用於上對下。
5 創啥貨：tshòng-siánn-huè，做什麼。

……………………………………

啊！啊！晦氣！伊安怎[6]想到我來？「身體病到太壞，需要一點營養補給劑，身邊無半個錢。」無錢？你無錢，我敢春[7]有百外萬？有錢？我自己𣍐曉使[8]？供給你？我有這義務？怎樣身體不顧乎好好？

同志？我不是被恁笑過的落伍者，向後轉？現在怎樣？恁走錯了路呢？還是我無認錯「戥花[9]」？恁忠實，恁信堅[10]，安呢，就該會堪得病，那用喰藥？更至於滋養？

恁這一班東西，實在使我禁不得要罵，怎樣偏要講我生理做去好，賺錢多。賺錢多？敢應該要提去厚恁開駛[11]，怎欠用就來向我提。是欠恁的嗎？這東西。

雖然是在頭殼裡獨語著，這樣發洩一下，心肝頭的悶氣也輕鬆了許多。

提起批，重再看一遍。啊！伊的身軀原本軟弱，這款病的確無騙我。不管伊啊，我那有這氣力？不過！不過若會一下病就死去，那都無講起了，萬一病無死，後日出來，怎有面目好相見？但是我雖講日日見財，卻不是收入來就是利益，要寄些給伊，也著多日的粒積。

---

6 安怎：án-tsuánn，怎麼會。
7 春：tshun，存、剩。
8 𣍐曉使：bē-hiáu sái，不會花用。
9 戥花：tíng-hue，戥秤的刻目；「戥」為一種小秤，用來秤金銀或藥品。
10 信堅：sìn-kian，信仰、意志堅定。
11 開駛：khai-sái，花用。

一、二、三…………這幾日間，這些數目，是當好寄去厚伊了，數數後，卻再放進衣袋裡去，有些捨不得。寄去，到郵便局[12]路有點仔遠，今日腳也懶行。終究是要寄出去的，在袋裡多放些時，也算還是自己的錢。

× × ×

今晚暗頓[13]喰了太無滋味。喰飯的時候，父親像是蘊積了太久的悶氣，今晚衝開了安全瓣，帶點自傷，也含些怒氣，向我警戒著：「我老了，恁的事我本可以不管，由恁要去怎樣，但是也要想想看，自己幾歲了，再有幾年的歲月可拍拼，替人賠的錢尚賠未清，又再給人家認了幾筆錢。兒子也大了，錢攏㔾曉得好寶惜[14]。」我不敢應，默默地任他老人家去念，量約喰一碗，就準飽去，緊緊離開食棹[15]。

喰飽就睏，這是最幸福的事，無奈我尚未修養到像豬一款的性情。晚上七、八點鐘，除去有病以外，勿論怎樣都睏㔾去。聽老人家的念茹[16]，聽少〔小〕孩子的吵鬧，更是無意思。日間因爲有工作，還不感到怎樣，暝時這厝內就使我安坐不來，還是外面好，來去，來去圍棋盤邊。

12 郵便局：ゆうびんきょく，iû-piān-kiỏk，郵局。
13 暗頓：àm-tǹg，晚餐。
14 寶惜：pó-sioh，珍惜。
15 食棹：tsiảh-toh，餐桌。
16 念茹：liām-jû，嘮叨。

花廳[17]空空，一個人也不在，黑白的棋子尚散在棋盤上，可以想像這經過一場惡戰之後。他們一班啥所在去。醉鄉？樂園？去，我也去，一個人不怕寂寞，有妓女的伴飲，有女給[18]的招待，去，我也去。

紅的綠的電波蕩漾著，緊的繁的樂聲哮喨的，酒的氳香，女人的貼粉的芳氛散漫著，在這境地孔子公也陶然過。不銷魂便是兇大獃[19]。

「雨紛紛，路滑滑[20]，——」

臺灣流行歌，這片可以算是好的。聽了還不至拐斷耳孔毛。

我不會唱，半題也不會。現在學𪜶來。

永過？永過現在不流行了。

唱乎你聽？二十多年前的不合時。

你還未出世？是咯，我敢也老了嗎？哈哈！「嘴鬚鬍鬍無合臺[21]」囉。

是不是呢？

不是安呢講？不是？怎樣講？

---

17 花廳：hue-thiann，客廳。

18 女給：じょきゅう，lú-kip，女服務生。

19 兇大獃：gōng-tuā-tai，大傻瓜。

20 雨紛紛，路滑滑：臺語歌曲〈路滑滑〉，賴碧霞演唱，顏龍光作詞，陳秋霖作曲，張福興編曲，1935 年勝利唱片出版。參見葉龍彥《臺灣唱片思想起》，2001 年，頁 86。

21 嘴鬚鬍鬍無合臺：tshuì-tshiu hôo-hôo bô ha̍h-tâi，滿口鬍鬚蓬亂生長，不能和你的意。

哈哈！無分？不嫌這幾撥鬚，會刺痒〔癢〕你紅嘴唇。

我們是尋快樂的，使我們能感到快樂，就是你們的職務，所以任便我怎樣都可以？實在？

哈哈！這款我也就不能吝嗇著「止卜[22]」了。

一個人，一矸月桂冠，也有些醺醺然了，走出樂園，行起路來，腳覺得特別輕且快。哈哈！「不可跋倒[23]滿身塗」。歸到家來，摸摸衣袋，錢是沒有了，有的是一張計算書[24]。抽開抽屜，想把計算書放進去。「大橋市福壽町　許修」那張信又映到目睭內。

啊！對不住，同志！煩你再等幾日。

過了幾日，又想起那個同志的批信，算一算這幾日的收入，尚可供應暫時的欠用。但是過午了，送金[25]怕不辦理，等待明日，大概不要緊。若會死已經聞也爛了，新聞尚無看見發表。

請坐！大人！

今日公事較閒？

哈！寄附？要我寄附？

敢不是講按[26]十外萬[27]要開？也著再募寄附。

哦，是別項的沒講，自動車？

---

22 止卜：チップ，tsih-phuh，小費。
23 跋倒：puah-tó，跌倒。
24 計算書：けいさんしょ，kè-sǹg-su，消費明細。
25 送金：そうきん，sàng-kim，匯款。
26 按：àn，預估、預定。
27 十外萬：tsa̍p-guā-bān，十多萬。

還有別項的使用，不限定什麼？

沒有理解的，就不要伊寄附？

哈！哈！我也是不能理解的一個。

豈敢，是汝大人過頭「荷老」。

嘎！這款的不能還價，按派[28]多少，就要多少。

安呢，就不是寄附了，可以用告知書[29]來徵收。

按照我們的身份〔分〕？

汝大人對我的估價，估了過高啊！

還價的也不要伊寄附？

這樣我的份可以勿算在內啦。

豈敢豈敢，我永遠是悾頭[30]。

這是全市民的負擔？也是限於保甲民的義務？

沒有這種區別？這款就眞公平啦？

這款的實在不應當，但是我可沒有公然反對的力量，也沒有講：「我不寄附」的勇氣，就只有對汝大人還還價，求減出多少。

還價的也不要伊寄附？這就無法度啦？

是汝大人不要我寄附，不是我不寄附。哈哈！

大人要不客氣？我就特別著細膩[31]。

28 按派：àn-phài，指定、分配。

29 告知書：こくちしょ，kò-ti-su，通知單。

30 悾頭：gōng-thâu，傻瓜。

31 細膩：sè-jī，小心。

這次的寄附，就算做過怠金，一年也罰刎了[32]。

哈哈！保正伯要做公道人，那就眞好啦。

勿得半減[33]，再勉強四分之一？不曉得大人肯嗎？

哈哈！保正伯的仲裁，大人不再異議？

要現交[34]，是怎樣？

別的都去了啦，錢也都交清，只有我這所在最後來？

因爲我是有識階級？凡事不若一般憃百姓，要費時間，打算一講就可以承諾，所以……

這項臨時支出，我無預算。

不是故謙[35]，實在無便。

不能再緩？啊！

我躊躕了一下，就把預備要寄去給那同志的款項移用了。這是做國民應當盡的義務。那個同志呢？非意識地又提起那張信來，抽出信箋。

「………………這張信的郵費，是罄盡了我最後的所有，我不願就這樣死去，你若憐惜我，同情我，不甘我這樣草草死掉，希求你寄些錢給我，來向死神贖取我這不可知的生命，我也曉得你困難，但是除你以外，我要向什麼人去哀求？………………」

---

32 罰刎了：huat-bē-liáu，罰不完。
33 半減：puànn-kiám，折半。
34 現交：hiān-kau，馬上付款。
35 故謙：kòo-khiam，謙遜。

啊！同志！這是你的運命啊！

一九三五，十二，十三

付註

這篇有些處應該是對話，因爲沒有對方的承諾，不敢妄爲發表，遂成獨白，恐閱者疑誤，故特聲明。

十二月十三夜

灰

版本說明｜本文發表於《臺灣新文學》創刊號，1935 年 12 月 28 日。頁 67-69。完稿。發表時署名「灰」。賴和留有 1923 年 11 月 6 日之日記，記載三叔賴天進責其需注意金錢借貸關係，情節與本文相似。參閱《新編賴和全集·散文卷》，頁 66-67。

附錄

〔我們計劃的旅行〕

稿本　《賴和手稿集．新文學卷》，頁 241-246。
刊本　無。

我們計劃的旅行，至出發的前幾日，有好多人聲明不能參加，打算此行不過幾人罷。

出發定在元旦早上的夜行車，是三點十分鐘開的。

除夕循例的圍爐，因三叔父別居[1]，覺著一種言不出、摸不著，非酸似感的情緒，雖叔父和弟弟、妹妹猶同來團圓坐著。席終把預備下的壓歲錢，分贈弟妹侄甥，末了想及伯母那邊，二姑母、三姑母那邊，總須贈送一些，可是這幾處沒有預算，又不能把旅行要用的攤出，心裡頭煩悶得不能耐。啊！只嘆一嘆氣，亦只索罷，就到同窗D君處約束[2]明早的事，要是誰早醒起來，總要招呼一聲。

我回家來要先睡一刻，養足精神，因爲明一天的旅程有些勞頓的跋涉，但擔心著氣車[3]的時刻，很久的睡不著，我的妻因幾日來，爲著新年的預備勞憊了，不忍教她爲著這件事，不睡覺來守候時刻，只索自己擔心著半睡睡地躺著………

1　別居：べっきょ，piat-ki，分居。
2　約束：やくそく，iok-sok，約定。
3　氣車：khì-tshia，蒸汽火車。

乓乓……

「門誰在敲著？」妻子夢惺地說。

「時刻快到了麼？」，我說著就□□□□出來接應他，卻是來請看病的，在山鄉的一家窮人，我□□□□□雖經是一勾鐘[4]，猶來得及搭夜車，可是踟躕一□□□□然地拒絕他，因爲是鄉村路癖，車子不能到，須步行一趟，且窮人亦沒有多大的禮儀，雖良心上感著不安，遂也拒絕他的懇請。

乒乒乓乓，爆竹的響聲中雜著一陣陣吹春的鑼鼓聲，人家正忙在開正，立在廳門口的主人們，手裡執了三條的線香，誠懇地念著恭請喜神、財神到我家。當這個當兒，我只一介人在街上踱來蹀去，無意識地走到火車站，裡頭已有了大堆的人在等著搭北行[5]的車，距南下的還有一刻多鐘，我不耐得久候，遂又轉一大圈子，由東門街折向天壇口。得得地行著，不覺又到Ｄ君門前，從門縫兒窺進去，壁上時鐘已近三勾鐘[6]，又聽著裡頭有窸窸的動作聲，我試呼一聲，裡面亦答應著。我說：「時候快到了，向火車站去啊！」我不等他回答，遂回轉[7]家裡，開了旅行藍〔籃〕子，裝進幾本預備破悶的無聊書籍，自己攜帶著走。藍〔籃〕子有些沉重，少覺累人，走得不快。走進火車站，同志們多已聚齊，一見我皆哈哈的笑了。

「汝太聰明，會想得到帶這個箱子。」Ｄ君說。

---

4 一勾鐘：tsit-kau-tsing，一點鐘。

5 北行：ほつこう，pak-hîng，指北上的列車。

6 三勾鐘：sann-kau-tsing，三點的時刻。

7 回轉：huê-tsuán，返回。

「我們的零碎物件，可借他的箱子放著，可免遺失。」C說。

「妙！妙！」、「讚〔贊〕成。」許多人喊著。

那就不等我答應，把藍〔籃〕蓋掀開，一件一件的放進去。

「喲喲！這重擔子，我是擔不起喲！」我說。

「獃子，那不是有紅帽子[8]嗎？」他們說。

「我曉得啊！不過是要錢呢？誰負擔⋯⋯」

悲[9]——汽笛報道要開車了，大家爭向車箱裡找座頭，落後我和S先扛著籃子，隨他們上了車，不湊巧I君的相好已先在此。

「I先生那兒去呢？」女人問，「聽說已經歇業可眞的麼？」

「是啊！汝回去後，我亦不想做生意了，今兒曉得汝要再去，所以我要陪汝去。」I說。

「多謝！費神汝關心著。」女說。

「今行不愁寂寞了，有這好相遇。」D說。

「他本來很規矩的啊！」C說。

「可是假面具久揭穿了。」D說。

---

8 紅帽子：âng-bō-á，在車站幫忙扛行李的搬運工。

9 悲：pi，狀聲詞，指火車的汽笛聲。

版本說明｜手稿4張，稿紙（文英社），墨筆字，直書，完稿，缺題，現存賴和紀念館。創作時間不詳。原稿有兩處破損。本文提及「三叔父別居」，賴和漢詩甲子年（1924）稿本篇末，有漢詩〈瑪瑙梅〉是爲三叔父新居而作，可知其移居在甲子年末。參閱《新編賴和全集・漢詩卷》，頁624。另依户籍謄本所載，賴和之叔父「賴天進」寄留（本籍之外另有居所）在大正14年（1925）1月26日，即乙丑年正月初三日，與本文情節約略相符。故推測本文寫作時間在1925年初。

〔新時代青年的一面〕（稿本一）

稿本　《賴和手稿集．筆記卷》，頁217。底本
　　　《賴和手稿集．筆記卷》，頁218-221。
刊本　無。

「汝不是沒有見識，什麼要同那盲動的人們，做那沒有效果的事……」

「我們山場造林種樟？幾年纔能出息？」

「這種事卻不能一起議論。」

「是，看得到的效果，那亦不過些些兒罷。」

「現在不是汝容易所能做到？」

「是，我們現在有三重的壓迫：社會、家庭、陳舊的傳統觀念。怕需要到我們的子孫纔容易些。」

「怎麼樣說？」

「我們先把這末〔麼〕沒個人的家庭打破，集結人們的想法革除，殘酷的社會改造，那時就沒有骨肉的概念、思想的暗示、環境的推攬，能盡量發揮個人的固性，任做那當做、要做的事。」

版本說明｜本文手稿共有二稿，此爲稿本一。手稿1頁，筆記本（橫條），硬筆字，橫書，殘稿，缺題，現存賴

和紀念館。本文與〈一桿「稱仔」〉手稿寫於同一筆記本，推測寫作時間在1926-1930年之間。本文篇首有賴和批註：「民族優越感（教育、經濟）統治。」

新時代青年的一面（稿本二）

稿本　《賴和手稿集．筆記卷》，頁 217。
　　　《賴和手稿集．筆記卷》，頁 218-221。底本
刊本　無。

「汝也不是沒有見識，怎麼和那班人做那惘懂事[1]？」

「世間若是沒有戇人[2]，機智的人們就不能得到便宜了。」

「這事在我總覺沒有效果，反轉會得到以上的苦痛。汝不是在開墾山野，造林種樟？明年有幾多[3]的收成？」

「這事不能放在一起說，山林事業的成功，在數理上可以予定的。」

「是呢，我們的事業，不是也有論理可以推測嗎？」

「我們的樟樹一年長過一年，汝們的行程不是一步艱難一步嗎？汝不聽過人說嗎？三千里的弱水外，不是有個仙山？人們死不了總有個會昇仙的，可惜汝的肉眼怕[4]不及見。」

「新聞不是在報大屯山有金鑛，汝什麼不就去開掘，況不能先把金塊洗揀出來證明其確有，人們肯下鋤嗎？」

「雖不能一下鋤就掘到鑛脈，有無限的埋藏那是確定

1　惘懂事：bóng-tóng-sū，傻事、糊塗事。
2　戇人：gōng-lâng，傻瓜。
3　幾多：guā-tsē，多少。
4　怕：kiann，恐怕、或許。

的，黃金不是閃閃在放光嗎？」

「無奈惹不起人們的注視。」

「現在有什麼人，簡直都是行屍。」

「汝奮激了嗎？」

「還該說是死屍，他們不是被家庭的魔鬼從了自己，被社會的墓穴埋葬了固性，被舊道德的符錄〔籙〕壓住了靈魂，還有什麼活人，鬼都看不見。」

「他們不是自己在受虧嗎？誰再來替他出力？」

「自己做的總要自己負責任，要誰出力？」

「他的家族不是在困苦嗎？誰能憐念他？」

「困苦不就是我們的三餐嗎？要受人們憐恤的家裡，也不能生出像他的人，且這些事也不是為著自己（人格上，不是利益上），真値得憐恤嗎？」

「雖然他不是為多數人們犧牲嗎？」

「犧牲而得到報酬，那已是賣力了，値得說嗎？」

「人類總死不了，汝這麼樣決心，我也不再說。」

「但是我不是受了委托替人來做說客，須不要誤會。」

「豈敢，汝自己多心，這樣的說，轉使我要誤會了。」

「汝大學的畢業生嗎？留學幾年？」

「三年，前月纔回來的。」

「畢業纔回來就擾亂著社會的安寧，汝學的什麼？」

「學的什麼卻單曉得社會的安寧。」

「犯法的行動，是保持安寧的手段嗎？」

「是！現在犯到最大的罪的人纔眞曉得眞理，纔抱有純正的人格。」

「須規矩些，這是神聖的法堂，說話要謹愼些。」

「在下級的官平常是沒有知識的居多，他做錯了事，還有上司可訓戒他，汝什麼不訴之所屬的官長？」

「我認定官是，不論屬何階級，總是共同一體，難道官長是盲是聾[5]，小百姓們若少忍不住非理的壓迫干涉，汝們就以爲是反抗叛逆，動不動就做爲土匪處治，訴給誰？」

「那末汝以爲像汝的行動，就可矯正他嗎？」

「是要撲滅他的，這樣還值得矯正？」

「暴力汝們不是以爲極大的罪惡嗎？」

「我不是要用暴力撲滅他，是要把鮮血來淘洗他呢！」

「汝要犧牲，也須擇個對手，以大學生來和個下級巡警拚命，我替汝可惜，很不値的是嗎？汝不後悔嗎？」

「不後悔，我認定他的罪惡，不管他的位置，在他所留下的罪惡，比到在高位的還更重大，用我一滴滴的血，洗去多麼大的罪惡，不是很光榮嗎？」

「那末刺殺他，汝是存意[6]的了。」

「是，但是撲殺。」

「好，審問終結，按法第〇條的規□□，重監禁〇年，服不？不服還能再上控。」

5　聾：lông，聾，耳朵聽不見。

6　存意：tshûn-ì，故意的。

「服，但在判詞裡須再批明寫，我是屈伏□力的下面，不是受到法的制裁。」

「什麼說！」

「現在汝們所謂法，不是汝們做的，來保護汝們一部分的人的嗎？這樣，若是能無私地公正執行，也還說得去，汝們在所謂神聖法的後面，不是還受到一種力的支配嗎？汝們敢立誓嗎？汝們能無汙了司法的神聖嗎？簡直在服務在罪惡的底下過，所以我沒有辯論，雖不服，不該服也不能不服，所以也就服了。」

版本說明｜本文手稿共有二稿，此爲稿本二。手稿 4 頁，筆記本（橫條），硬筆字，橫書，完稿，現存賴和紀念館。本文與〈一桿「稱仔」〉手稿寫於同一筆記本，推測寫作時間在 1926-1930 年之間，起首三句與〈不投機的對話〉相似。

不投機的對話

稿本　《賴和手稿集．新文學卷》，頁 328-329。
刊本　無。

「你原不是沒常識的人，怎要和那一班人？做憫懂事……」

「世間若無悾人[1]，巧[2]的人就得不到便宜，世間怕要亂起來。」

「這事在我總覺得是無路用，不僅不能照你們所期，能有些改善，怕反轉得到比現在以上的痛苦。」

「那末你是承認現在的苦痛少些？你可不是常喝酒？」

「你太過於嘲笑人，我自信還有知覺，未至神經麻痺，只不似你們過於敏銳。」

「是！我們全都是精神病者，所以要和世間隔離，須住到監獄中去。」

1　悾人：gōng-lâng，傻瓜。
2　巧：khiáu，聰明。

版本說明｜手稿 2 張（編頁 1-2），稿紙（臺灣民報原稿用紙），硬筆字，直書，未完稿，現存賴和紀念館。以所用稿紙推測，應寫於 1930 年之前。本文起首三句與〈新時代青年的一面〉相似。

〔洪水〕

稿本　《賴和手稿集‧新文學卷》，頁 248-251。
刊本　無。

蠢蠢群生罪孽深，毫無改變競相侵。
合該洪水從天降，洗去人間作惡心。

莫怪天災要降臨，世人罪孽已真深。
大家只顧貪私利，一樣全無公德心。

暗霧重重撥不開，人間汙穢積成堆。
合該洪水來沖刷，洗出光明世界來。

「汪——，罵——，呱呱呱。」狗吹螺[1]、牛嘶、小兒啼聲，雜在暴風雨聲裡。

「呵——你不起來看？不知有啥事，牛狗這款生驚[2]，起來看看咧！風雨即大，怕是要做大水[3]，□，起來！」女人喚他的丈夫。

1　狗吹螺：káu-tshue-lê，狗發出嚎叫聲。
2　生驚：tshenn-kiann，驚嚇。
3　做大水：tsò-tuā-tsuí，淹大水。

「哦！大水？不會啦。」男人被攪醒，懶慵地應著。

「不會？你無聽見狗牛那樣生驚。」

「哦！」

「起來！點火[4]看看，雨絲吹到房內來了，雨這樣大。」

「乓，啊！」男人伸足下床，忽然踏著水的驚叫聲。

「入水了啊！」

「怎樣？水到房裡來了嗎？趕緊點火，火柴在匱屜。」

「啊！水要浸過地基腳啦。」男人點上燈火，看見水又驚叫了。

「水侵到地基啦？」女不相信地驚問。

「趕緊你也著起來，驚也是[5]溪岸崩去[6]。」

「呱呱」，幼兒離開母懷的啼聲。

「啊！水這樣大，再漲三、四寸，土葛會溶去啦。阿大起來，緊。你……起來掘塗[7]……」

「啥彌[8]？」阿大朦朧裡的應聲。

「厝要倒去啦[9]，快起來。」

「恁掘塗起來造岸，把□□造高起來，勿使水滿過來。」

「要去倒位提塗[10]？」

---

4 點火：tiám-hué，點燈、點燃燭火。

5 驚也是：kiann-iā-sī，恐怕或許是。

6 崩去：pang--khì，崩塌。

7 掘塗：ku̍t-thôo，挖土。

8 啥彌：siánn-mih，什麼。

9 厝要倒去啦：tshù beh tó--khì--lah，房子快要倒了。

10 提塗：the̍h-thôo，拿土。

「牛稠間[11]，掘來，趕緊，我來去叫大家協力來造崩隙[12]。」

「風雨正大，要怎樣出去？」

「不出去，要坐地等待水流去嗎？」

版本說明｜手稿4張，稿紙（株式會社臺灣大眾時報社原稿用紙），硬筆字，橫書，殘稿，缺題，現存賴和紀念館。大眾時報社於1928年3月成立，賴和擔任監事，《大眾時報》在同年7月停刊，推測本文寫作時間在1928年。本文首頁賴和有批註：「陳火達（久仔）。」

---

11 牛稠間：gû-tiâu-king，牛舍。

12 造崩隙：tsō pang-khiah，堆土阻擋崩塌的裂縫。

〔元氣精神已盡消〕

稿本　《賴和手稿集．新文學卷》，頁 628-630。
刊本　無。

元氣精神已盡消，滅亡許不待終朝。
吾族於今興盛久，讓他胡虜遙天驕。

人生不幸在何處？弱者悲哀強者喜。
艱難忍辱爲什麼？愛名貪利又驚死。

拖牛作馬[1]艱難慣，忍餓凌寒吃苦多。
五穀不收價又賤，欠來租稅要如何？

即使饑寒只一身，欠來租稅非良民。
有兒可賣須完納[2]，勿負官廳保護恩。

（以上幔未開時）

1　拖牛作馬：thua-gû tsò-bé，做牛做馬。
2　完納：かんのう，uân-la̍p，繳清。

甲長（丑）：

烏鴉呼樹天未光[3]，

也就[4]赤腳落眠床[5]。

一日天光[6]拚到暗，

趁人未著只之頓[7]。

爲著一個名譽職，

聽人呼喚無閒日。

日頭未出就出門，

肚皮餓凹[8]腳要直。

阿兄不是別人，現任甲長就是。爲著甲內張三一人的代，累得我這幾日走東奔西，工攏免做[9]。又了著[10]點心錢，唉！甲長也眞難做哉？

「甲長兄！爲什麼代誌呢？」後場問。

〔甲長：〕

唉！可憐代，諸位請聽道來：

---

3 天未光：thinn buē kng，天未亮。

4 就：tio̍h，得要。

5 落眠床：lo̍h bîn-tshn̂g，下床、起床。

6 天光：thinn-kng，黎明、清晨。

7 趁人未著只之頓：thàn lâng buē-tio̍h tsit-tsit-tǹg，賺不到別人的錢，僅能換得一頓溫飽。

8 餓凹：iau-neh，餓到肚皮凹陷，形容極爲飢餓。

9 工攏免做：kang lóng bián tsò，工作都不用做了。

10 了著：liáu-tio̍h，損失。

張三作〔做〕人憨甲直[11]，
有工做即會[12]過日。
平時生活眞艱難，
往往三頓[13]無火食[14]，
況兼這樣呆[15]景氣。

〔以下原稿闕頁〕

版本說明 | 手稿3張，稿紙（現代生活社原稿用紙），硬筆字，直書，殘稿，現存賴和紀念館。《現代生活》創刊於1930年10月，同年12月停刊，推測本文寫作時間應在1930年。從形式而言（布幔、後場、丑角），本文應爲戲劇作品。

11 憨甲直：gōng kah ti̍t，傻里傻氣又直來直往。
12 即會：tsiah ē，才能夠。
13 三頓：sann-tǹg，三餐。
14 無火食：bô hué-si̍t，沒有伙食、吃不飽。
15 呆：pháinn，不好。

赴了春宴回來

稿本　無。
刊本　《東亞新報》新年號，1936 年。
《臺灣小說選》，1940 年 1 月。頁 43-48。底本

赴了春宴回來，我坐在人力車上，儘那個車夫拖著跑。這時，我已經有了六分醉意啦。

照例一些街燈、店鋪、行人、狗和電柱……從我的身邊向後跑。但我都像是一點也不覺得，盤旋于我腦際的，倒是一些紅的唇，白的頸項，水溶溶的媚眼；還有，是富于彈性的雙乳和肥滿的臀部……。

「哈哈哈！」不禁自個兒倒笑了起來。

因爲我想起了剛才在酒席上演的一齣齣滑稽的把戲來。

最叫我起興味的，就是那雪髮銀鬚的煌舍；不是麼？這老頭子倒也風流，一搭上女子，總是那麼興致勃勃，嘿！我一看女給蘭子拿著筷子挾著一塊肉塞進他落了牙齒的嘴，我就好笑起來。哈哈！那簡直就像公公的同孫女們玩著一個樣兒；他，煌舍卻哈哈地笑起來了。

這直叫我聯想到「老伯伯，你的鬚，白得太漂亮啦。」這一句幽默的話來。

但，少年家偏又有他一套新玩意。

那小潘倒儘同他心愛的年子在桌角邊落那一片空地上，摟

著腰，碰著胸，在跳甚麼交際舞。啊！這是多麼肉麻的一套玩意兒喲！兩個身子緊湊著，摩擦著；不發電，誰信！

「再來一個。」

耳朵裡，忽然響進這一聲，擡過頭一瞧，原來是那瘦個子擁抱著靜子在親嘴；那又是多寫意的勾當，簡直世上就只有他們似的親熱。哈哈！不是他的閫令綦嚴麼？而他偏有這末浪漫的生活樣兒？哦！

「嚴官府，多賊[1]。」閫令無論如何，該沒有施之閫外之力……。

「你輸了麼？」本在打瞌睡的全舍，忽地睜開眼問：「輸了幾拳？」

「……」玉子只管搖著頭，像是懶得開口；她的臉頰，確有點兒紅起來了。

「你想替她復仇麼？」偏是胖醫生使的挑戰口吻。「來！有膽量就試試看。」

「好！來！兩相好！」

報復，但，母訓呢？一連輸了三拳，喝酒。

哈哈！全舍可忍著疔瘡[2]的痛，把母親的教訓忘掉，直著喉嚨把酒灌下去。呔！母訓可違，瘦個子怎不可以忘掉閫令？

不由得又叫我聯想起剛入座的事來了。

「不，對不住，我出門的時，家母是千叮嚀，萬吩咐，教

1　嚴官府，多賊：giâm kuann-hú，kāu tsha̍t，即「嚴官府，出厚賊」：指政府愈是嚴苛，則愈招致反亂之賊子。

2　疔瘡：ting-tshng，皮膚病。

我千萬不要喝酒，因爲頭上生這幾箇疔瘡，還不大好……。」

「一盃，僅僅這一盃，大家喝的，你沒喝也沒有意思。」是做東的老三的好意。

「雖然，母令，叫我怎好違拗？」

好模範，眞眞是個好模範，夠使後生家做個樣兒——是傍坐的高鼻子的吳樣在讚揚。

然而，現在，他終于喝下去了。爲著女人，爲著要替他心愛的女人……哼！這還有錯麼？帝王尚可以「不愛江山愛美人」，何況母命，更何況閫令？——哈哈！我有兩句詩了。

我便向著大家說，諸位請靜一下，我有兩句詩贈全舍。聽聽看！有切當沒有？

「不是敢違阿母訓，美人情重更難違。」好！好！大家拍著手。

人力車又是拐了一個角，但，什麼地方？我可無心去想這條街的名兒。

「咖啡館確是個好去處，只要有錢——」

一下子，我突又想起了自己來：是，自己不是被稱爲聖人之徒麼？結局，一被邀進過咖啡館，在肉香、酒香，還有女人的柔情、媚態的包圍中，一次、二次……心也活啦。不是麼？吃過了晚飯，總覺得失掉了什麼似的。心裡頭空空虛虛的，只是悶，就一直等到喝下酒，嗅嗅女給們的脂粉味，才算把空虛填平。

我又想起來了。剛才胖醫生說是暴露全舍的醜態：

「你還想君子麼！笑話，其實，君子又何嘗眞心愛你……」

哈！也夠暴露，我本想反問一句：

「鈴子可眞心愛你？」

還更是笑話，我還親眼看見他偷偷地塞給她一紙五圓的鈔票呢。哈哈！他，胖醫生就爲的他心愛的鈴子回去了，沒對頭發牢騷。

其實，誰又眞心在愛誰，不是麼？那愛子，能說不是爲的錢才兜搭起我來？不然ノーチップ No tip[3] 她還識你？

鈴，鈴鈴——車把手漸次放低下去。哦！已經是停在自家的門口了。——我的思路登時也被打斷。

給了車賃[4]，轉過身，想跑進去，哦！門給關上，我明白這是誰使的仙法了。

「唉！還酒臭，該死，晚上又要被吵一個整夜咯。」

我的心裡頭，不由得突然感到一點點冷氣起來了。

一九三五，一二，一〇

版本說明｜本文發表於《東亞新報》新年號，推測爲 1936 年 1 月出版。該刊原名《臺中新報》（週刊），1934 年 12 月創刊，是林獻堂捐助「東亞共榮協會」之機關刊物，葉榮鐘主編。1935 年 6 月改名爲《東亞新報》，

---

3 ノーチップ No tip：nóo-tsih-phuh，沒有小費。整句的意思是：「沒有小費，她怎麼會來跟我搭話、認識。」

4 車賃：tshia-jīm，車資。

約在1936年10月停刊，今已佚失。本文後收錄於《臺灣小說選》，1940年1月。頁43-48。完稿。收錄時署名「懶雲」，文末標注寫作時間爲「1935.12.10」。楊守愚在1936年8月11日之日記載明，本文爲楊守愚以賴和名義代寫。參閱楊洽人、許俊雅編《楊守愚日記》，頁55。

國家圖書館出版品預行編目 (CIP) 資料

新編賴和全集 . 貳 , 小說卷 = Sin-pian Luā Hô Tsuân-tsip /
賴和作 . -- 初版 . -- 臺北市 : 前衛出版社 ; 臺南市 : 國
立臺灣文學館 , 2021.05
面 ; 公分
ISBN 978-957-801-932-4(平裝)

863.57 110001906

新編賴和全集（貳）・小說卷

作　　者　賴　和
主　　編　蔡明諺
執行編輯　鄭清鴻
研究團隊　許俊雅（小說卷）・陳家煌（漢詩卷）
　　　　　蔡明諺（新詩、散文、資料索引卷）・呂美親（臺語文、日文）
審　　訂　呂興昌・李漢偉・施懿琳・黃美娥・廖振富
導讀撰寫　施懿琳（漢詩卷）・許俊雅（小說卷）
　　　　　蔡明諺（新詩卷）・陳萬益（散文卷）
校　　對　王雅儀・鄭清鴻・林雅雯

發 行 人　蘇碩斌・林文欽
共同出版　國立臺灣文學館・前衛出版社

國立臺灣文學館
地址：700005 臺南市中西區中正路1號
電話：06-221-7201｜傳眞：06-221-8952
電子信箱：pba@nmtl.gov.tw
網址：www.nmtl.gov.tw

前衛出版社
地址：104056 臺北市中山區農安街153號4樓之3
電話：02-2586-5708｜傳眞：02-2586-3758
電子信箱：a4791@ms15.hinet.net
網址：www.avanguard.com.tw

封面設計　Lucace workshop. 盧卡斯工作室
內文排版　宸遠彩藝
印　　刷　漢藝有限公司

法律顧問　南國春秋法律事務所
出版日期　2021年5月初版一刷
總 經 銷　紅螞蟻圖書有限公司
地址：114066 臺北市內湖區舊宗路二段121巷19號
電話：02-2795-3656｜傳眞：02-2795-4100

展 售 點　國立臺灣文學館藝文商店（06-221-7201 ext.2960）
國家書店松江門市（02-2518-0207）
五南文化廣場（04-2226-0330）

GPN　1011000294
ISBN　978-957-801-932-4
定　　價　新臺幣450元